くろふね

佐々木 譲

角川文庫
15234

目次

箱館に死す

「敵襲!」の声に、中島三郎助《なかじまさぶろうすけ》ははね起きた。

いや、彼を目覚めさせたものは、砲声であったかもしれない。

大地を揺るがすように、重い音が響いたのだ。すぐ間近で、ばりばりと激しく木材が砕け散る音が続いた。

「敵襲! 敵襲!」の声に、激しい銃声も重なっている。胸壁の板に銃弾がめりこむ音も連続した。敵はこの小さな要塞《ようさい》へ向けて、一斉に射撃にかかっている。胸壁の内側から、味方も小銃で応戦を始めていた。

中島三郎助は、大刀を左手に取って胸壁の内側に張りついた。砲眼から外を窺《うかが》うと、正面でまた光が炸裂《さくれつ》した。続いて、どんという鈍い破裂音。敵砲の照準は、この小さな要塞の大手門に当たる陣門に向けられていると見えた。陣門を破壊したところで、歩兵たちが殺到してくることだろう。

中島三郎助は振り返った。ここは土塁上の砲座である。かがり火のもと、部下の砲手たちが視線を向けてくる。命令を、と求めている顔だ。すでに彼らも、野戦砲を囲んでそれぞれの持ち場についていた。砲手たちの中には、中島三郎助のふたりの息子、恒太郎《こうたろう》と英次郎《ふさじろう》もいる。

空はまだ暗い。曇り空だった。星明かりは見えない。東の空だけが、かすかに白みがかってきている。正面にあるはずの敵の砲座は、闇に溶け込んで判然としない。

中島三郎助は命じた。

「見当でいい。撃て。正面だ。おそらく四、五町の距離のはずだ」

「は」と、下士官の柴田《しばた》伸助《しんすけ》が応え、振り向いて砲手たちに命じた。「五町だ。合わせろ」

照準手たちが砲の位置と射角を修正した。

「よし」と照準手が言った。

中島三郎助は、両手で耳を覆った。

「撃て！」と柴田伸助が命じた。

野戦砲が、火を噴いた。

明治二年の五月十六日払暁である。箱館《はこだて》郊外、五稜郭《ごりようかく》の南にある千代《ちよ》ヶ岱《たい》陣屋、または津軽《つがる》陣屋とも呼ばれる小要塞であった。

中島三郎助は、胸壁の内側で腰をかがめ、周囲に目をこらした。

攻撃は、この要塞の正面側だけではないようだ。北側、それに南側でも砲声がする。三方から要塞を攻めたてている。夜襲とあって虚を突かれた守備部隊も、いまはなんとか胸壁背後の持ち場へ着こうとしているところだった。要塞の周囲至るところで射撃の光が炸裂し、硝煙が白く散っている。

日本の近代のありようを争う戦争は、いよいよ最終局面である。

中島三郎助は武者走りの上を駆けて、もうひとつの砲座に近寄った。すでにこちらも、砲撃準備を終えている。中島三郎助は、この砲座の下士官である朝比奈三郎《あさひなさぶろう》に命じた。

「正面の砲だ。撃て」

すでに照準は、命じられるまでもなく、敵砲のあるらしき方角に据えられていた。朝比奈三郎は、すぐに砲手たちに命じた。

「撃て!」

野戦砲が轟音《ごうおん》を上げた。

中島三郎助は、砲弾が正面の原野で炸裂したのを確認した。悲鳴が上がった。敵砲の至近距離に着弾したようだ。

中島三郎助は、北の方角に目を向けた。この千代ヶ岱陣屋の北、およそ一里の位置には、五稜郭がある。五稜郭には、榎本武揚《えのもとたけあき》率いる蝦夷《えぞ》共和国軍の主力があって、きょうにもあるであろう西軍(京都政権軍)の総攻撃に備えているはずである。

逆に言うならば、この千代ヶ岱陣屋への攻撃は、五稜郭総攻撃への布石であった。この要塞を陥落させたならば、五稜郭は完全に孤立無援となる。戦いは一方的なものとなるだろう。

つまり、この千代ヶ岱陣屋が陥ちたとき、共和国の運命も決まる。日本が近代に足を踏み入れるならば、そのあるべき姿はこうであろうと、自分たちがひながたを作った共和国も、消える。潰《つい》え去るのだ。

五稜郭の方角に目を向けながら、中島三郎助は思った。

「すべてはあの黒船から始まった。浦賀《うらが》に姿を見せたあの黒船から、その後の一切のことが始まったのだ」

要塞の陣門の方角で、また激しい破裂音があった。銃撃がひとしきり激しくなった。

中島三郎助は武者走りを駆けもどって、陣門の様子を確かめた。門扉の上端が破壊されている。照準が正確になってきているということだった。ほどなく、門は完全に破壊されることだろう。

そう思った刹那《せつな》、門扉が猛烈な破壊音を上げて吹き飛んだ。木っ端や土塊《つちくれ》が噴き上がった。直後に、もう一発の砲弾が撃ち込まれた。門扉は完全に破壊された。城戸《きど》にぽっかりと穴が開いた。

外で、おうっという声が聞こえた。続いて吶喊《とっかん》。西軍部隊が、破壊された陣門に向けて突撃してくるようだ。

要塞の南側でも、大きな破裂音が上がった。目をやると、何枚もの厚板が、鉋屑《かんなくず》のように宙に舞い上がったところだ。土塁上の胸壁に命中したのだ。外から銃声が響き出した。胸壁に取りついた味方も応戦している。戦闘は、一瞬のうちに砲戦から銃撃戦へと変わっている。

陣門付近での銃声が、ひときわ激しくなった。西軍の一部が、ついに門を突破したようだ。さらに北の土塁の外でも、銃声が大きくなっている。郭内のほうぼうで、怒声や悲鳴が上がり始めた。物が壊れるような音も激しくなっている。

中島三郎助は、砲座を見た。

ここには、数十年前、津軽藩が使っていた旧式砲もある。脇によけ、砲口を郭内へ向けて置いてあった。あまりにも旧式で使いものにはならないものであるが、中島三郎助は千代ヶ岱防衛戦の最後の最後には、これを自爆用として使おうかと考えていたのだ。何発分かの弾薬を詰めて、土塁上まで敵が寄せてきたときは、中島三郎助みずからが点火して、多くの敵兵を巻き添えにして自爆できるだろうという考えだった。

ただし、事故を懸念して、いまだ弾薬を詰めてはいない。もう詰めている余裕もないだろう。この砲を爆弾がわりに使うという手はもう使えない。

砲手を指揮していた柴田伸助が、ご指示を、というように中島三郎助を見つめてくる。

中島三郎助は、柴田伸助に言った。

「これまでだ。五稜郭へ退け」

柴田伸助は、はっとオランダ海軍式の敬礼で応えてから砲手たちに言った。

「退くぞ。降りろ」

柴田伸助の命令で、砲手たちが砲座を離れた。彼らはほとんどが浦賀奉行組の面々である。

中島三郎助がじきじきに砲術を伝授した男たちだ。この浦賀奉行組を中心にした五十名ほどの部隊を、ほかの将兵たちは敬意をこめて、中島組と呼んでいる。これが、千代ヶ岱陣屋守備兵力の中心だった。

柴田伸助たちが降りていったあと、砲座にはふたりの青年が残った。中島三郎助のふたりの息子たちだった。恒太郎と英次郎である。

中島三郎助はふたりの息子たちを見つめた。ふたりとも、徳川海軍の士官服姿だ。江戸を脱出する際、死ぬときは一緒、と誓い合って連れてきた子供たちである。恒太郎は満二十一歳、英次郎は満十八歳だった。

中島三郎助は、長男に顔を向けて言った。

「恒太郎、よいな」

覚悟はできているな、と問うたのだ。もちろん、答はわかりきっている。あらためて問う要もないことであるが。

「はい、父上」と、恒太郎が短く答えた。

中島三郎助は、次男のほうに目をやった。

「英次郎、行くぞ」

次男の答も簡潔だった。

「はい」

中島三郎助は、うなずいて言った。

「こい」

すでに郭内では、銃声だけではなく、白刃を斬り結ぶ音さえ響いてきている。かすかに白み始めた空の下、かがり火の明かりを頼りに、乱戦となっていた。守備部隊は劣勢である。戦闘開始と同時に砲弾で陣門を破られて、混乱している。

突入してきた西軍部隊に、味方は圧倒されているようだった。

中島三郎助は、羽織っていた羅紗《ラシャ》のマントルを右手ではねのけ、右の腰から短銃を抜き出した。徳川海軍の士官として、中島三郎助は洋式軍服姿である。ただし、ほかの海軍軍人たちとはちがって、総髪やざんぎりではなく、髷《まげ》を結っている。左の腰に差しているのも、サーベルではなく日本刀だった。中島三郎助は、ふだんは短銃は身につけていないが、いよいよ西軍との決戦ということで、先日来、軍服の上に革帯をつけて、短銃を革袋に落としこんでいたのだった。

中島三郎助は、短銃の撃鉄を起こしてから、いま一度息子たちにうなずいた。息子たちは、同時に刀を抜いた。

中島三郎助は、胸壁内側の武者走りを階段の方角へと駆け出した。ふたりの息子たちがうしろに続いた。すでに西軍の突撃部隊は、土塁の下まで達しているようだった。守兵の数人が、門の脇の銃座から、郭内の西軍兵士に向けて発砲していた。

正面に、ふたつの影が躍り出てきた。

銃を持った兵士たちだ。銃の先には、銃剣が装着されている。

中島三郎助は、前に進みながら無造作に引き金を引いた。真正面にいた兵士が、あっけなく土塁の下に転がり落ちていった。

そのうしろにいる兵士に向けて、中島三郎助はさらに撃った。二発放ったところで、そのふたり目の兵士はようやく倒れた。階段の下からは、まだ西軍の兵士たちが駆け上がってこようとする。中島三郎助は、階段を下りながら、残りの全弾を正面にいる敵兵に撃ち込んだ。

階段の下に、すっと小さな空き地ができた。階段を下りてくる三人を見て、西軍の兵士たちが一瞬、気圧《けお》され、それ以上の突撃をためらったのだ。中島三郎助とふたりの息子は、そのぽっかり空いた、時間が停まったような空間に下り立った。

郭内では、守兵たちは裏手、東側の搦手《からめて》門の方角に追い詰められているようだ。一部は、門から脱出を始めている。

逆に、南や北の土塁を乗りこえてきた西軍は、同士討ちまで始めているらしい。

弾を撃ち尽くして、中島三郎助は短銃を投げ捨てた。あとは抜刀し、目の前に並ぶ西軍兵士たちのただ中に斬り込んでゆくだけである。柴田伸助たちには五稜郭へ逃げるよう命じたが、自分自身には、そのつもりはなかった。そもそも、江戸を脱出したその瞬間から、戦いを生き延びることなど考えてはいない。千代ヶ岱陣屋の指揮を榎本武揚に任されたときも、それは死に場所が決まったことなのだと理解していた。ここが自分たちの、自分たち親子の死地なのだ。

ここは自分たちが夢見た共和国の、その防衛の一拠点である。共和国軍本隊が立てこもる五稜郭の、その支城とも呼ぶべき小要塞《ようさい》だった。この要塞に拠って、薩長《さっちょう》中心の西軍から共和国軍の本隊を守るべく戦って死んでゆく。それは中島三郎助にとって、何の不足も不満もない、十分な使命であり、死にかただった。中島三郎助はこの瞬間、ほんのわずかの疑いもなく、自分は大義の側にあって死ぬ、と言うことができた。

抜刀した中島三郎助が歩み出たのを見て、正面の敵兵たちがひるんだ。銃や刀をかまえたまま、一歩退いたかもしれない。

中島三郎助は、さらに前へと出ようとした。そのときだ。両横に従っていた息子たちが、中島三郎助の前に出た。ちょうど中島三郎助をかばうようにだ。

そこで敵兵たちは、ようやく気を取り直したように発砲してきた。弾は息子たちに集中した。ぐらりと崩れかけた恒太郎を、中島三郎助はうしろから支えようとした。しかしすぐに英次郎も倒れかかってきた。倒れてもなお、息子たちは中島三郎助を守ろうとしているかのようだった。

そこにまた、西軍の新手《あらて》が駆けつけた。ふたたび一斉射撃があった。中島三郎助は、すっと自分の足から力が抜けたのを感じた。息子たちと共に、中島三郎助はその場に崩れ落ちた。

中島三郎助は、薄れゆく意識の中で、ふとあの日のことを思い出した。

この動乱がそもそも始まった日、世の中のありとあらゆることが、音を立てて動き出した日のこと。つまり、浦賀沖に四隻の黒船が現れた日のことをだ。ペリー提督に率いられたアメリカ東インド艦隊が、日本に開国を迫るべく現れた日のことをだ。

あの日自分は、と中島三郎助は、懐かしくも誇らしい気持ちで思い起こした。

自分はあの日、あの黒船に最初に乗り込んだふたりの日本人のうちのひとりだった。浦賀奉行所の与力のひとりとして、ペリー艦隊と最初に接触、即刻退去を求めたのが自分だった。

それはまたこのようにも言い換えることができるのだった。

あの時代、世界を、うねる歴史を、地球を、科学を、最初に目にした日本人、それがこの自分、中島三郎助であったかもしれぬと。あれは十六年前、一八五三年（嘉永《かえい》六年）のことだった。それからここまで、たった十六年しかたっていない。

ふと首筋に熱い刺激が走った。つぎの瞬間、意識は赤く濁った。

中島三郎助は、自分の身体が突然引き起こされたような感覚を味わったが、それは死の間際の錯覚であったかもしれない。

中島三郎助は、急速に暗くなってゆく意識の中で、この言葉だけは聞き取ることができた。

「樽沢信之助《たるさわしんのすけ》、賊将の首を討ち取ったり！」

明治二年五月十六日（一八六九年六月二十五日）、箱館戦争が榎本軍の降伏をもって終わる二日前のことであった。

第一章　夜明けの黒船

そこに姿を見せているのは、船体をタールで塗装した黒い船であった。長さは百八十呎《フィート》ばかり。三本のマストを装備した船である。船体を黒く塗るのは、軍艦の場合普通であるとして、奇妙なのはその外観だった。船体の左右に、大きな箱のようなものが取り付けられているのだ。その箱は、ちょっとした小屋をひとつ縦に置いたほどの大きさである。箱の上端は、舷側《げんそく》の高さをはるかに越えている。もし注意深く見るなら、その箱の内側には、巨大な水車のような形の構造物が隠されていることに気づくだろう。

さらに、甲板上には、大きな筒が一列に並んで突っ立っている。筒は煙突であった。煙突の下には、当然蒸気機関がある、と想定できた。

いま、ひとりの男が、この船を見下ろす台の上に登ってきたところだった。スーツ姿の役人風の中年男である。そのうしろから、もうひとり海軍の軍服姿の背の高い男が続いた。こちらも歳のころ四十を少しすぎたあたりかという男である。

軍人は、台に登ると、スーツ姿の男の横に立って船を見下ろした。

「どうかね」と、先に台の上に立った男が言った。

「うむ」うなずきながら、軍服姿の男が言った。「この形のほうが、ずっといい」

「醜いとも言われておるぞ。これは船かと」

「新しい物は、最初はみなそう言われるさ」

「では、きみは、この船の艦長になることを、ほんとに喜んでいるのか？」

「当然だ。蒸気艦の建造を主張してきたわたしが、この船の艦長にならなくて、誰がなる？」

「たしかにそうだが。しかし、まだ蒸気機関は、未熟な技術だ。蒸気艦を操船する水兵もいない。蒸気艦の指揮を執るためのマニュアルもない。この船を動かすのは、帆船ほど容易ではないぞ」

「要員は、養成するさ。学校も作らねばならないだろう。マニュアルも、わたしが作る。いずれ、海軍は保有艦をすべて蒸気艦にせねばならぬのだ。それは、時代の流れだ」

役人風の男が言った。

「果たしてほんとうに使いものになるかどうか、まだ心配だ」

軍人のほうが言った。

「一号艦の失敗は、双胴船にしたことだ。ホイールをあいだにはさんだのが過ちだった。この形なら大丈夫だ。海軍はこいつを制式採用とするさ」

「けっきょく、きみはすべて要求を実現してきたわけだな」

「わがままを言ってきたわけではない。正しいことを、多少熱をこめて主張してきたからだ」

「蒸気艦を建造したあとは？」

「蒸気艦の艦隊を作る」

「では、その艦隊は、何をするのだ？」

「命じられることをすべて。当面の主要な任務は、奴隷貿易の取り締まりということになるな」

「メキシコとのあいだも、きな臭い」

「メキシコ湾も、艦隊の遊弋《ゆうよく》海域となるだろう」

「日本を開国させることは？」

軍人は、少し答をためらってから答えた。

「それは、わたしの任ではないと思うが、大統領閣下から命じられれば、全力を挙げてそれをなし遂げるだろう」

そう答えた偉丈夫の名を、マシュー・カルブレイス・ペリーという。「熊提督」というニックネームを持つ、アメリカ海軍の高官であった。父親も兄ふたりも海軍に奉職するという海軍一家の三男で、この年、四十三歳である。

ペリーはいま、ニューヨーク市のブルックリン海軍工廠《こうしょう》に、監督官として、蒸気艦フルトンII世号の建造状況を視察にきたところだった。フルトンII世号は、蒸気艦として米海軍二隻目、外輪蒸気艦としては一号艦になる船である。数カ月後には艤装《ぎそう》工事を終えて就役の予定だった。

一八三七年の六月である。

同じころ、はるか太平洋の西にある島国では、後にペリーをその島国に導くことになる事件が起こっていたのだった。その事件はまた、その島国のひとりのサムライを、ペリーの人生と交錯させるのである。

　早馬が、浦賀奉行所の門をくぐって駆け込んできた。

　尋常のこととは思えぬ勢いである。奉行所の同心たちがあわててこの馬の前に飛び出して立ちふさがった。馬上の武士は、手綱《たづな》を強く引いて馬を止めると、転がるように地面に降り立った。

「城ヶ島番所よりご注進」と武士は言った。

　はあはあと、荒く息をしている。馬も同様だ。浦賀奉行所の三崎役宅のある城ヶ島からずっと駆け続けてきたとも思えるほどだった。

　同心たちに続いて駆け寄ってきた与力たちも、なにごとかとこの武士を取り囲み、つぎの言葉を待った。折りから四年続きの不作、凶作というご時世である。どこかの郷村で一揆《いっき》でも起こったのかもしれなかった。浦賀奉行所の役人たちにとって、いまいちばん考えられる大事とは、それだった。

　武士は、差し出された水を飲む前に、やっとの思いのように言った。

「黒船だ。黒船が、今朝、城ヶ島の沖を通った」

　浦賀奉行所の役人たちは顔を見合わせた。

　黒船。

　だとすると、それは十五年ぶりの出現ということになる。前回黒船が現れたのは、文政五年（一八二二年）のことなのだ。イギリス船サラセン号が浦賀沖に投錨《とうびょう》、薪や食糧の提供を受けた後、素直に退去通告に従って帰帆している。サラセン号は、全長十九間ばかり、幅が最大の部分で四間三尺ほど、およそ二千石積みと見える三本マストの帆船であったという。
このころ、ヨーロッパの船は、商船も軍艦も船体に防腐剤としてタールを塗ることが一般的だった。つまり、船は黒く見えた。とくに、帆を畳んでいるときは、その黒という色の印象は強い。だから日本人は、異国船、とくに欧米の船を、黒船と呼んだのである。黒船とは、必ずしも蒸気船を指すわけではなかった。

「黒船が」と、その武士は水をひと口飲んでから繰り返した。「黒船が通った」

天保《てんぽう》八年（一八三七年）の六月二十八日である。ちょうどニューヨーク市では、米海軍のペリーという軍人が、竣工《しゅんこう》間近の蒸気艦フルトンII世号を視察していた時期であった。

この日、三浦半島一帯は雨であった。

雨の中、城ヶ島番所からの報告を聞くと、月番浦賀奉行の太田《おおた》運八郎資統《うんぱちろうすけのり》は、ただちに与力や同心たちを奉行所に集めた。

この時期、浦賀奉行は二員制が採られており、ひとりが浦賀勤務、もうひとりが江戸勤務となって、これを一ヵ月ごとに交替する。二員制が採用されたときに、与力、同心の定員も増えて、いまは奉行ひとりにつき、与力が七騎、同心四十二人の部下がつくことになる。この与力、同心たちも、通常直属の奉行の交替に従って、浦賀勤務と江戸勤務を繰り返すのであった。

太田資統は言った。

「かねてより申してあるとおり、ご公儀は、異国船来訪あれば打ち払えとのお達しである。ただし、実用専一に心がけて、手重《ておも》すぎぬように。また怠慢することとなきよう、それぞれ持ち場につけい」

異国船打払令は、文政五年のイギリス船来航のあと、文政八年に発布されたものだった。それ以前、外国船の来航が増えて、薪水を与えて退去させよという、いわば穏健策が採られたこともあったのが、文政八年からは幕府は強硬策で当たることに決めたのである。それは事実上、寛永の鎖国令の復活と同義であった。

異国船打払令、正しくは無二念《むにねん》打払令とは、このような中身である。

「どこの海岸であろうと、異国船が乗り寄せてくれば、その場にいる者の手で、問答などすることなく、これを打ち払え。逃げ去る場合は、行くがままにしておけ。もし乗組員が強引に上陸することがあれば、これを捕縛するなり殺害するなり、適当に処置してもかまわぬ」

十五年ぶりの黒船の到来、しかも、十五年前とはちがって、打ち払いが命じられているのである。浦賀奉行所の与力、同心たちは、みな一様に緊張した面持ちで、奉行からの次の命令を待った。

浦賀奉行の太田資統は、ちらりと雨空を見やってから続けた。

「この雨では、平根山からの遠目はきくまい。見届船を出せ。また、房州洲《す》ノ崎《さき》へ合図の号砲を撃て。御備船には砲、銃を積んで漕《こ》ぎ出す用意を。兵糧炊き出しの支度も始めよ」

中島三郎助は、奉行の言葉が終わったところで、横にいる父親、中島清司《せいじ》の顔を窺《うかが》った。

三郎助は、このとき、十六歳。二年前から浦賀奉行所与力見習として召し抱えられていた青年であった。

父親の中島清司も、浦賀奉行所の与力である。奉行所の与力は世襲職ではないが、中島家は代々、男児が浦賀奉行所の与力として召し抱えられてきた。その初代、中島三郎《さぶろう》右衛門《えもん》から数えて、中島家養子となった中島清司で七代目である。清司は当年四十七、すでに浦賀奉行所で三十余年勤務していた。当然、十五年前の、サラセン号の来航のときの事情もよく知っている。しかし十五年前というと、三郎助自身は、まだやっと一歳であった。当時のことなど、記憶にはあるはずもない。これが黒船の初体験となる。

三郎助の表情を察して、父親の中島清司はうなずいた。

「これまで話してきたとおりだ。淡々と務めればよい。脅えるな。また、気負うな」

三郎助は、そう言われて初めて、自分が妙に高ぶっていることに気づいた。黒船がくる、という話を耳にしただけで、足が地に着いてはいない気分さえ感じる。

三郎助は父親に言った。

「話でしか知らなかった黒船を、ようやく見るわけですから」

「待っておったのか？」

そう言われて、三郎助は気がついた。なるほど、自分はいままで、打ち払わねばならぬ異国船を、ほんとうは待ち望んでいたのかもしれない。早くやってきてくれないかと、請い願っていたのかもしれなかった。奉行所の同僚に聞かれたならば、それは不謹慎と言われかねない期待だった。

三郎助は言った。

「いいえ、待っていたわけではありませぬ。ただ、そのときがきたら存分に働こうとは考えておりました」

「働くのは当然だが、お奉行の言うとおり、手重ではならぬぞ。戦を始めることは、我らの務めではない」

「承知しております」

そこに与力のひとり、松村啓次郎《まつむらけいじろう》が現れた。松村は、中島三郎助の直属の上司である。

松村は、中島清司に小さく頭を下げてから三郎助に言った。

「観音崎に急げ。同心たちと共に、砲の支度を」

三郎助は、与力見習として、観音崎の台場勤めを命じられているのだ。

「はい」

三郎助は、父親に一礼してから、小雨の中を駆け出した。

足が、やはり奇妙なまでに軽かった。

昂揚《こうよう》している。きょうは、自分は空さえ飛べるのではないかと思えるほどだった。

父親の言うとおり、戦を始めることは、奉行所の任務ではない。しかし、異国船を打ち払うことはきょうの奉行所勤番衆の最大の務めである。

田付《たつけ》流砲術を修めた三郎助にとっては、この日は、その砲術の腕を披露する最初の、そして最高の機会かもしれなかった。ついつい足が軽くなったのは、やむをえないところだった。三郎助は、駆けながら着物に白襷《しろだすき》を掛けて、袖《そで》をからげた。

浦賀奉行所は、浦賀港を海側から見たとき、その入り口手前の左手、西浦賀の川間と呼ばれる小さな谷あいにある。浦賀港の出入りを監視し、またこれを守る位置である。

濠《ほり》と土居に囲まれたこの奉行所の山側と海側に、与力たちの役宅が並んでいた。中島家の役宅は、海側の一角にある。その役宅の並ぶ斜面を下りきると海岸に出る。ここは紺屋町といい、奉行所の船改めの番所が建ち、波止場や船蔵があった。番所構内の海岸には、江戸湾警備のための御備船や見届船が引き上げられている。

三郎助は船着場に出て、足を止めた。

呼吸が苦しかった。三郎助は、両膝《ひざ》に手を置いて背中を丸め、呼吸を整えようとした。

三郎助は、喘息《ぜんそく》持ちなのだ。発作が出なければよいがと願った。この大事な日に、喘息が出て欲しくはなかった。

そこに、あとを駆けてきた同じ観音崎の台場勤務の同心たちが到着した。

中島三郎助は、同心たちに言った。

「観音崎へ。松村さまの到着までに、支度を整えておきましょう」

同心たちは、みな三郎助よりも年長である。しかし職階で言えば、見習とはいえ、与力職の三郎助のほうが上であった。三郎助はまだ十六歳であるが、同心たちに命令できる立場である。

しかし三郎助は、いつもていねいな言葉づかいで同心たちに接していたのだ。

三郎助たちが八丁櫓《ろ》の舟に乗り込むと、舟は穏やかな海面を滑るように進み出した。

舟が鴨居浜の沖まできたときだ。雨を通して、どおんという大きな音が聞こえてきた。砲声である。すぐ近く、平根山台場で撃たれたもののようだった。これはおそらく、対岸、房州の洲ノ崎砲台に急を告げる号砲だろう。

ほどなくして、東の方角からも砲声がひとつ聞こえてきた。洲ノ崎砲台が、平根山砲台の号砲を聞いたという請け撃ちである。

振り返ると、十艘《そう》近い船が、浦賀港を出てくるところだ。奉行が出した見届船だろう。

観音崎の台場では、四人の同心が砲座を守っていた。三郎助は事態を簡潔に伝えると、上役の与力である松村啓次郎がくるまでに砲撃準備を整えるよう、同心たちに指示した。

観音崎台場に据えられているのは、青銅製の先込め砲である。一貫目弾を発射できる。射程距離は、およそ十町ばかり。四輪の台座に載って、砲口は南へ向いていた。小雨が降っていることもあり、三郎助は黒船が見えるその瞬間までは、炸薬《さくやく》も弾も装塡《そうてん》せぬことにして、支度だけを整えた。

ほどなくして、与力の松村啓次郎が観音崎台場に到着した。

松村は、小雨に煙る海上を見やりながら言った。

「お奉行が、平根山のお台場で、砲撃の指揮を執る。平根山が撃ち出したら、ここからも砲撃だ。海岸に近づけるな。近づく前に、追い払うのだ」

やがて、空が少しずつ明るくなって、雨が上がった。三郎助は南の海上に目をこらした。今朝がた城ヶ島沖にあった船なら、もう見えておかしくはないころである。

同心のひとりが叫んだ。

「いた。黒船だ！」

その同心とまったく同時に、三郎助も視認していた。

見えた。黒船である。ちょうど海獺《らっこ》島の沖合にあって、針路はまっすぐ北にとっているようだ。

その周囲に、幾艘もの見届船がある。見届船のうちのいくつかは、向きを変えて黒船から遠ざかろうとしていた。

三郎助は、港の方角に目を向けた。こちらには、御備船が何隻も、港口をふさぐ格好で並んでいる。その背後に、何十艘もの漁船が見えた。奉行が問屋衆に声をかけ、漁船もいわば柵《さく》の代わりにしようとしたようだ。

松村啓次郎が短く命じた。

「火薬込め。強薬《つよぐすり》だ！」

同心たちがさっと砲に取りついて、手順どおりに砲口から炸薬を詰めた。演習とちがい、海上の船を攻撃するのである。演習時よりも火薬の量は多くしなければならなかった。

ついで松村は言った。

「弾は、鉛弾を」

弾丸は、鉛、銅、鉄と三種類あるが、もっとも遠方まで飛ぶのは、鉛弾である。しかし、溶けやすいという難点があった。銅弾は重量が軽くて、遠くに飛ばない。鉄は溶けにくいが、銅よりもさらに軽い。だからこの観音崎台場には、鉛弾を中心にして、全体の一割ほどを鉄弾で備えていた。松村は、遠方射撃用の鉛弾を選んだのである。

奉行所で田付流砲術を習った三郎助は、この台場では狙い役を受け持つことになっていた。三郎助は砲のうしろに回って、黒船の接近を見守った。

黒船は、海獺島の沖合を進み、いまや千代ヶ崎の沖合に達しようとしていた。折りからの南風を受けて、かなりの船足である。

比較するものがあるので、その大きさも判断がつくようになった。日本の船よりもはるかに大きく見える。帆柱のせいでそもそも背が高いし、船体もずんぐりしていた。

これが黒船か。

三郎助は、しばらくのあいだ、自分が打ち払うことになる船であることを忘れて、初めて接するその西洋式の船に見入った。

松村啓次郎が、ひとりごとのように言った。

「軍船ではないようだな。商船か？　それとも鯨捕りか」

松村啓次郎も、代々浦賀奉行所で与力を勤めてきた家の出である。十五年前のサラセン号も当然見ていたし、さらにそれ以前にも黒船とは何度も接触してきた男であった。多少は黒船の種類について、見分けがつくのだろう。

三郎助の父、清司は、十五年前のサラセン号を絵に描いている。掲げた旗の一枚一枚にまで彩色を施した詳細なものだ。

幼いころ、その絵を見たときは、三郎助はなんと珍妙な船なのかと思った。日本の船とはまるで形がちがっており、三本の帆柱や帆桁《ほげた》や舳先《へさき》がみな細い錐《きり》のようで、まるで竹細工のようだった。三郎助は思ったものだ。こんな船がほんとうに海を走るのだろうかと。ほんとうにこんな船が、和船では行けぬほどにはるかな彼方《かなた》からやってこられるのかと。

しかしいま眼前にある黒船は、堂々と帆をふくらませて、威厳さえ見せている。けっして奇妙でも竹細工のようでもなかった。

黒船は、燈明崎《とうみょう》から浦賀港方向に針路を取ろうとしている。まるでそこに港と船改めの番所があると、知っているかのような動きと見えた。すでに黒船の周囲からは、見届船は消えている。燈明崎から黒船までの距離は、せいぜい八町ほどとなった。

と、砲声があった。平根山台場の方角である。撃ったか、と三郎助たちは目をこらした。黒船の手前で、水柱が上がった。

「撃った！」と与力の松村啓次郎が叫んだ。「あれを合図に、こちらでも撃てということだった。撃てるか」

三郎助は答えた。

「まだまだ距離がありすぎます。いま撃てば、こちらの砲の力を教えてしまうようなもの。いま少し待つべきかと存じます」

「しかし、平根山の台場が撃っているのに、こちらが撃たぬでは」

また黒船のそばで水柱が上がった。砲弾は、こんどは船の上を飛び越えて着弾したのだ。黒船の船足が、一瞬停まったようにも見えた。

少し置いて、また水柱である。こんどは黒船のごく近くだった。たぶん甲板にいた者なら水《みず》飛沫《しぶき》を浴びたに違いない距離。狙いは一発ごとに正確になっている。

黒船が、船体を傾けて針路を変えた。あわただしくいくつかの帆が畳まれ、同時にまたべつの帆が広げられた。

松村啓次郎が言った。

「いよいよだ。用意はよいか」

「はい」

三郎助は、黒船のつぎの針路を予測して、台車の位置を修正させた。

平根山の台場は、まだ撃ち続けている。黒船は、その砲弾の届かぬ距離まで出た。船は大きく向きを変えており、針路はわずかに東寄りの北だ。つまり、観音崎台場の砲の射程距離内に入ろうとしているということである。ほどなく黒船は、帆柱に張られた綱の一本一本まで見分けがつくまでの距離に入ってきた。

三郎助は、素直に感嘆していた。

こいつは美しい。

もうひとつ言えることがある。美しいものは、たぶん理にかなっているのだ。この船はやはり、大洋を航海できるだけの船なのだ。

撃てと命じられても、この船を破壊することはしたくない。三郎助は松村啓次郎に言った。

「黒船は、このままでは江戸湾の奥へと進みます。行く手を遮るように撃ち込むことで、よろしゅうございますか？」

松村啓次郎は、黒船から目をそらさぬままに三郎助に言った。

「それでよい。江戸湾には絶対に入れるな」

「狙い、合わせました。よし」

松村啓次郎は、砲を振り返ると、両手で耳をふさいでから言った。

「用意」

三郎助も、砲の背後で黒船を見据えたまま耳をふさいだ。

「撃て！」

砲手のひとりが、導火線に火縄の火を点じた。

直後、激しい爆発音が響いた。

三郎助は海面に目をこらした。黒船の行く手である。ただし、黒船にはまだ一町か二町の距離があるという海面だった。

水柱が上がった。

砲手が砲身に玉竿《たまざお》を差し込んだ。再び炸薬がこめられ、鉛弾が装塡される。三郎助は台車の位置を変え、射角を直させてから言った。

「よし」

松村啓次郎が命じた。

「撃て！」

黒船の行く手で、また大きく水柱が上がった。

「続けて撃て。接岸は相ならぬと伝えるのだ」

五発撃ったところで、黒船はまた針路を変えた。観音崎の砲台から逃れるように、針路を東に向けたのだ。

黒船が完全に射程距離外に出たところで、松村啓次郎は砲撃の一時中止を命じた。

三郎助は耳から手を離した。まだ耳の奥が鳴っている。胸の動悸《どうき》が激しくなっていたが、これは与力見習に召し抱えられて最初の大きな務めを果たしているせいか、初めて黒船を間近に見たせいであるか、区別がつかなかった。たぶんその両方のせいで、自分は高ぶっているのだろう。

松村啓次郎は言った。

「まだ油断するな。もうひとたび海岸に接近するなら、つぎは船体を狙ってかまわぬ」

「はい」

やがて黒船は、南へと向きを変え、さらに千代ヶ崎の岬を回りこんで見えなくなった。

松村啓次郎が言った。

「まだ退去したかどうかはわからぬ。今夜は寝ずの番となるぞ」

ところが夕刻になって、奉行の太田資統から新しい命令が下った。

「観音崎台場組は、野比《のび》村に移動せよ」

松村啓次郎が、命令を伝えにきた同心に訊《き》いた。

「異人が野比の海岸にでも上陸したのか？」

その同心は答えた。

「黒船は、野比村の沖合に投錨《とうびょう》しました。わずか十二町ばかりの場所です。お奉行は、明朝、この船にあらためて砲撃を加えるとのことです」

「あの海岸に砲などあるまい」

「御備船を繰り出し、中筒小筒で砲撃するとのことにございました」

ということは。

三郎助は思った。そうなれば、自分はもっと間近に黒船を見ることができる。その造りを、その大きさを、身体で実感することができるではないか。

三郎助ら松村啓次郎率いる観音崎台場組は、夜道を歩いて野比村海岸に到着した。

野比村に行ってみると、村人たちは黒船の話題でもちきりである。なんでも投錨したあと、多くの押し送り船や漁船が黒船のそばに漕《こ》ぎ出し、好奇心の強い者は黒船に乗り移ったというのだ。その数は数十人にのぼったという。奉行所の役人たちは懸命にこれを止めようとしたが、制止は馬耳東風と聞き流された。

　黒船の乗組員もきわめて友好的であったという。酒や食事も振る舞ってくれた、とのことであった。何か漢字を書きつけた書状などを乗り込んだ村民に手渡そうともしてきたらしい。

　この話を同僚から聞かされて、松村啓次郎は苦々しげに言った。

「無二念打払令が出ておるというのに、乗船して酒まで振る舞われたとは」

　しかし三郎助は、羨《うらや》ましさに胸が張り裂けるような想いだった。野比村の村民たちは、黒船に乗ったというのか。異人の乗組員に歓待されたというのか。自分がその場にいたなら、酒など飲むこともなく、船の造りを隅々まで見せてもらったのだが。

　松村啓次郎は、三郎助を見つめて言った。

「黒船はわが国是を勘違いしたやもしれぬ。明日は、誤解などされることなきよう、断固として撃ちかけるのだぞ。ただし、軍船ではないとはいえ、鉄砲ぐらいは備えておろう。油断するな」

「はい」と、三郎助は頭を下げた。

　その翌日、早暁である。

　空が明るくなると、野比の沖に黒船の姿が見えてきた。まだ投錨したままだ。

　野比の海岸には、奉行所の与力、同心衆はもとより、問屋衆とその手下の者も動員されて、上陸を警戒する態勢だった。

完全に日が昇ったころ、平根山台場から号砲が聞こえてきた。これを合図に、浦賀奉行所の御備船三隻が、黒船に向けて漕ぎ出した。

三郎助は御備船のうちの一隻の小頭を命じられた。この船から、中筒を撃ちかけよということだった。中筒は、三百匁弾を発射する小口径の砲である。砲手が抱えて撃つ。さほどの威力があるものではない。手投げのほうろく弾よりはまし、という程度である。

与力の松村啓次郎は、べつの御備船に乗って、全体の指揮を執っている。

御備船は、停泊する黒船のおよそ二町ばかりの距離まで近づいた。砲窓がないから、たしかに軍船ではなかった。船尾に掲げられている旗は、アメリカの星条旗である。船尾には異国の文字が書かれているが、三郎助はその文字を読むことはできなかった。たぶんそれは、船の名を記したものだろうと想像がつくだけだ。

甲板上では、異人の乗組員たちが、手を振り始めている。敵意はさらさらないようだ。来航の理由はいまだわからなかったが、薪か水の補給を求めているだけなのかもしれない。

松村啓次郎が、隣の船から怒鳴ってきた。

「三郎助、用意はいいか？」

三郎助は答えた。

「いいえ。揺れる船にございます。もっと近づかなければ」

「無理をするな。よい、撃て」

松村啓次郎の乗る船から、砲撃があった。中筒の三百匁弾が宙を飛んで、黒船のすぐ手前の海面に落ちた。甲板上の乗組員たちが、あわてた様子を見せた。

続いて、松村啓次郎の船の向こう側にいた御備船からも砲撃である。この砲弾も、黒船の手前に落ちて、小さな水柱を上げた。

三郎助は、配下の同心たちに言った。

「もっと寄せてください。すぐ近くまで」

同心たちは櫓《ろ》を使って、御備船をさらに黒船に近づけた。すでに黒船は一町ほどの距離のところにある。乗組員の声さえ聞こえるようになった。何人かが叫んでいる。たぶん、撃つな、と言っているのだろう。

中筒を抱えている同心が言った。

「もうそろそろでは？　これだけの船だ。まちがいなく当たりますよ」

後方で、松村啓次郎も叫んでいる。

「三郎助、撃て。そこでよい。撃て」

三郎助は、恨めしい想いで眼前の黒船を見つめた。もっと見ていたい。いや、できることなら、この船に乗ってみたい。いったいあの数多くの帆がどう使われるのか、それを見てみたい。このずんぐりとした丸っこい形の船は、どのような構造になっているのか、この目で確かめてみたかった。いったいどのように造れば、何十日も大海原を航海できる船が生まれるのか、それが知りたかった。

折りしもこの三年ばかり、わが国では凶作が続いている。しかしもしわが国にこの黒船のような外洋船が数多くあれば、江戸に運び込まれる米の量も格段に増えるのではないか。豊作の土地から、一気に米を運び込んで、凶作の土地の不安を解消することもできるのではないだろうか。

松村啓次郎の声が、悲鳴じみてきた。

「三郎助、無理をするな。そこで撃て。撃て！」

三郎助は、ちらりと背後に目をやった。御備船や押し送り船の数が増えている。中筒を積んだ三隻のうしろに、二、三十艘《そう》と見える数の小舟が出ているのだ。おそらくは小筒や鉄砲で黒船を攻撃しようという船である。

しかたがない。

三郎助は、中筒を抱えた同心に命じた。

「舳《へ》先《さき》の上を狙ってください。弾が船を飛び越えてゆくように。脅すには、それで十分です」

「当てちゃならんのですね」

「必要はありませぬ」

三郎助は、砲手の腕が確かであることを念じつつ、命じた。

「撃て！」

そのとき、御備船はぐらりと揺れた。三郎助は両足を踏ん張って、この揺れに耐えた。同時に、どんと空気が震えて、白い煙が散った。真正面、黒船の舳先に近い横腹で、木っ端が飛び散った。

あっと三郎助は叫ぶところだった。当てるなと命じたのに。

舷側《げんそく》に顔を出していた乗組員たちが、あわてて首をひっこめた。

ほかの船も、砲撃している。黒船のすぐ間近に落ちる弾が増えてきた。

黒船は、錨《いかり》を巻き上げ始めた。黒船は、抜錨してこの海域から離れようとしているのだ。帆《ほ》桁《げた》の上に水夫たちが上がって、数枚の帆を広げた。

三郎助は、中筒を抱える同心に言った。

「次の弾をこめてください。でも、わたしが命じるまでは、撃たないで」

それから漕ぎ手を務めているほかの同心たちに言った。

「味方の弾が心配です。少し左手、船首のほうへ回ってください」

漕ぎ手たちが、指示されたとおりに船を進めた。ちらりとうしろを見ると、後方の御備船の上で、松村啓次郎がじっとこちらを見つめている。どこまで近づく気かと、案じているにちがいない。

視線をもう一度、眼前の黒船にもどすと、三郎助は抜刀した。船の同心たちが、わずかに驚きの声を上げた。

刀を抜いていれば、松村啓次郎もほかの先輩諸兄も、まさか三郎助が好奇心だけでこれだけ近寄ったのだとは思うまい。

やがて黒船は動き出した。広げられた帆が風を受けてはらみ、ゆっくりと動き出したのだ。浦賀港に尻《しり》を向けて、そのまま沖合に出る気配である。

中筒を抱えた同心が訊いた。

「もう一発、撃ち込みますか」

三郎助は、去ろうとする黒船を見つめたまま答えた。

「もう要りませぬ。退去してゆくようです」

動き出した黒船に向けて、また二発、砲弾が飛んだ。黒船が作る波の合間に、ぽしゃりとふたつ、水柱が上がった。

翌日の午後である。

野比村海岸に張られた陣幕の中で、浦賀奉行である太田資統が言った。

「面《おもて》を上げい、中島三郎助」

三郎助は、土下座の姿勢からゆっくりと顔を上げた。太田資統が、正面の床几《しょうぎ》に愉快そうな顔で腰掛けている。

その横には松村啓次郎がいる。彼の顔も、満足げだ。

黒船は、前日の朝の砲撃のあと、浦賀を出てそのままはるか外洋に消えたのだ。その日一日警戒を続けたが、もうその黒船は近づいてはこなかった。打ち払いは成功したのである。

太田資統が言った。

「そのほうの昨日の働き、見事であった。黒船にほんの十数間の距離まで近づき、中筒の砲弾を命中させたという。あっぱれである」

自分が望んだことではなかった。あれは過失ゆえの命中である。船体に弾を撃ち込むことなく退去させるのが、三郎助のひそかな心づもりだった。

しかし三郎助はそのことは告白せずに言った。

「昨日は、わたしばかりではなく、多くの同輩が、黒船に弾を浴びせました」

「命中させたのは、そのほうだけだ」

「観音崎台場の同心一同、田付流砲術の心得がありましたゆえ」

太田の横で、松村啓次郎が言った。

「それがしはほかの御備船にも、もっと寄れと命じたのですが、中島は真っ先に飛び出し、果敢にも黒船にほんの十五、六間の距離まで船を寄せて、一発必中を狙ったにございます。この若さにもかかわらず、肝が据わっておりました」

太田資統は言った。

「その命中弾によって、あわてて黒船は錨を巻き上げ、帆を広げて逃げたと聞いた。まちがいはないか？」

三郎助は言った。

「因果はわたしにはわかりませぬ。おそらくは船の周囲に落ちる砲弾の数を見て、すっかり怖じけづいたのでありましょう」

また松村啓次郎が言った。

「一発命中させたあとは、抜刀してさらに黒船に接近の構えでした。どうしても退去せぬなら、船に乗り込んで強談判《こわだんぱん》というつもりだったのでしょう。そうだな、三郎助？」

「はい」三郎助は、松村たちの誤解をおかしく感じながらも答えた。「いざとなれば、手がかりを探して、船に乗り込もうと思っておりました」

太田資統は、大きくうなずきながら言った。

「そのほうの働き、まことにほかの範となるものであった。いずれご老中からもじきじきのお褒めがあるかと思うが、いまわたしより、褒美に白銀二枚を取らせる」

三郎助は、もう一度平伏した。

「過分なるお褒め、ありがたき幸せに存じます」

その夜、三郎助は役宅に帰ると、父親の中島清司にこれを報告した。まだ与力見習の三郎助は、独立した役宅を与えられてはいない。与力の父親の役宅で起居しているのだ。

父親の中島清司も、この騒ぎでは船改めの番所の責任者として、ほとんど寝ずに多忙な二日間を過ごしていたのだった。

奉行からじきじきに褒められたと聞いて、中島清司はその謹厳そうな顔をわずかにほころばせた。

「そうか。お奉行さまも、お前の働きぶりを見ていてくれたか」

「はい。そして銀二枚を褒美にいただきました」

紙に包まれた報奨を父親の前に差し出すと、父親は言った。

「官吏として務めを果たしただけだ。銀は過分だ。お前は武士として、名だけを受け取ればよい」

三郎助は訊《き》いた。

「では、この銀はお返ししろと？」

「配下の同心たちに与えよ。労《いたわ》りの言葉をかけて、酒肴《しゅこう》でも、と渡すがよい」

与力勤めの長い父親の言葉は、当を得たものと感じられた。

三郎助は素直に言った。

「はい。そのようにいたします」

「それにしても」と、父親は目を細めた。「このぶんでは、中島家からいずれふたりの与力が出ることになるかもしれぬな」

そうなるだろうか。

三郎助には、見当がつかなかった。

与力職は、世襲ではなく、一代かぎりの召し抱えである。与力が引退するときは、その後任に自分の息子を推薦して、あらためて召し抱えてもらうのである。

ふつうはおおむね父親の跡番を息子が継ぐが、必ずしも確実に子が継げるとは限らなかった。また世襲職ではない以上、たしかに、逆に一家からふたりの与力が出ることがあっても、おかしくはないのである。

父親は、続けて言った。

「じつは、いつ言い出すか、考えていたことがある。こんどの働きを見て、心が決まった」

父親がまた謹厳な顔になったので、三郎助も威儀を正した。

父親は言った。

「お前は、嫁をめとるべきだ」

それは思いがけない言葉だった。まったく考えたこともない。三郎助はまだ十六歳なのだ。

「定十郎《ていじゆうろう》のところに、すずという娘がいる。お前の従妹《いとこ》になる」

父親の中島清司は、江戸在勤の御家人の家から中島家に養子にきた身である。生家は岡田《おかだ》といい、清司の弟の定十郎は、このころ西ノ丸一番組に所属する徒《かち》であった。

「すずは十四歳だ。定十郎は、じつはお前が与力見習になったときから、すずをお前の嫁にやりたいと言っておった。あのころは生返事しかしなかったのだが、昨日の様子を聞けば、お前はもう一人前の武士だ。弟の娘をもらっても、弟を失望させることはあるまい。どうだ？」

すずのことは、一、二度話には聞いたことがあるが、まだ会ったことはなかった。どうかと問われても返事のしようはない。しかし、父親が決めた縁組であれば、答はひとつしかなかった。

「父上の仰せのとおりにいたします」

「決めよう。祝言は、そうだな、三月ほど後の吉日ということでよいな」

三郎助と、岡田定十郎の娘すずは、三月後に浦賀で祝言を挙げることとなった。

この祝言のことを、母親も喜んでくれた。

「気立てのよい娘さんだと聞いております。よき縁談でございますよ」

三郎助の母親は実母ではない。継母である。

実母は同じ浦賀奉行所の組与力のひとり、樋田《ひだ》仲右衛門《ちゅうえもん》の娘だったが、三郎助が十歳のころ、中島清司と離別して江戸に出ていたのだ。後に松平和泉守《まつだいらいずみのかみ》家の家臣のもとに再嫁したという。

実の母親がいなくなったあと、父親は江戸城本丸詰めの奥医師の養女を後妻にもらった。実母が父と離別した理由については、三郎助は何も知らない。父もついぞ語ったことがなかったのだ。中島家の空気が、ほかの与力衆の家庭と較べて、どこかひんやりとしてよそよそしいものであったのは、たぶんそのことが影響している。三郎助自身、どうしても継母には、甘えたり、なついたりはできなかったのだ。

父親と、継母と、三郎助と、用人がふたりに、下女がひとり。当時、中島家の役宅にいたのは、その六人だった。ここに自分の嫁が加われば、と三郎助は思った。この家の空気も少しは変わるのではないだろうか。

浦賀から黒船を打ち払って三月後、三郎助は、岡田定十郎の娘で、自分の従妹《いとこ》に当たるすずと祝言を挙げた。

祝言の夜、三郎助は、固くなっているすずを前に、穏やかな調子で言った。

「おれはまだ、房事を知らぬ。お前もその若さだ。お前がまだいやだと言うなら、それでもよい。自然に結びつくのを待とう」

すずは意外そうに三郎助を見つめ、それからこくりと小さく、謝意のこもった目でうなずいた。

三郎助は続けた。

「聞いているかもしれぬが、おれは喘息《ぜんそく》持ちだ。ときおり、発作が出る。傍からは苦しげに見えるかもしれぬが、心配はいらぬ。ことさら騒ぐことはない」

すずは、またうなずいた。

「おれは、与力見習。二十石取りの身に過ぎぬ。ずっと苦労をかけると思う。よろしく頼む」

すずはようやく笑顔を見せて言った。

「三郎助さまのことは、父からずいぶん聞かされておりました。覚悟はできております」

三郎助は訊いた。

「お父上はなんと申されたのだ？」

「三郎助さまのもとに嫁いで、楽ができるとは思うなと。でも、女子として、嫁いだことを悔やむことは、絶対にあるまいと」

三郎助は、いとおしさで胸がいっぱいになった。そうして決意した。おれはこの女を、自分は不幸だと泣かせるような真似だけはすまい。生涯、何があろうとだ。

祝言の翌日から、三郎助がひそかに予測していたとおり、家の中の空気が少し明るくなった。会話のある、軽やかな空気に満ちた家となったのである。中島清司の表情さえ、それまでとはずいぶんちがってきた。三郎助の祝言を何より喜んだのは、三郎助自身よりも、むしろ父親のほうであったかもしれない。

天保九年の正月は、中島家にひさしぶりに笑い声がはじけた。

第二章　江川太郎左衛門のまなざし

そのころ三郎助はまだ気づいていなかったが、黒船来航の余波がずいぶんと大きなうねりを巻き起こしていたのだった。三郎助は、あの黒船がきた日を、己の生と歴史とが交錯した瞬間だったと、後々思い起こすことになる。

このときの黒船の名を、モリソン号という。アメリカ船籍の商船であった。モリソン号来航の目的は、アメリカがこの数年間のうちに保護した日本人漂流民七人を送り届けることであった。

アメリカ政府のはからいで、この七人は天保八年（一八三七年）の一月には、マカオにまで送られていた。アメリカ政府は当初、ここでオランダ船にでも乗せ替えて日本へ送り出す腹づもりであった。しかし、日本の開国を切実に求めているのは、アメリカの民間商社や船舶会社である。マカオに支社のあったオリファント会社ほかの企業は、この七人の日本人を送り届けるという名目でなんとか日本の港に入り、通商の実績を作ろうと考えた。

アメリカの商船モリソン号が、そのための船として仕立てられた。

この船には、貿易商社の社員のほか、新聞記者、中国語通訳、宣教師や医師も乗り組んだ。入港した瞬間から、通商や布教の既成事実を作る計画である。

モリソン号は、マカオや広州在住の欧米人の熱い期待を集めつつ、日本へと向かった。目指す港は、長崎ではなく、首都の江戸に近い浦賀である。首都に近い港に入らなければ、鎖国を続ける日本の門扉をこじ開けたことにはならないのだ。

天保八年六月二十八日、モリソン号は浦賀沖に達した。

役人と接触する間もなく、陸上の砲台から砲撃が始まった。砲の射程距離は短かった。現実的に脅威となるような砲撃ではなかったが、それにどのような意志がこめられているかは明白だった。モリソン号は浦賀港にとっていた針路を変え、いったん野比村沖に投錨《とうびょう》した。海岸から四分の三マイルの距離である。翌日、あらためて来航の目的を役人に告げて、漂流民七人を降ろすつもりだった。

野比村沖に投錨したところ、すぐに多くの小舟がモリソン号を取り巻いた。これらの舟に乗っていた一部の日本人は、好奇心もあらわに船に上がってきた。乗組員たちは喜んだ。いましがたの砲撃はやはり誤解で、外国船は追い返せ、という幕府の方針は緩和されたのではないかと思えたのである。

しかし七人の日本人漂流民たちは、しっかりと事情を確かめないうちに姿を現せば、たちまち捕縛されて処罰される、と恐れた。船倉に隠れて、甲板には上がらなかった。モリソン号に乗り込んだ浦賀の漁民や町衆は、この七人の漂流民の存在には気づかなかった。

モリソン号は、来航目的について中国語で記したビラを用意していた。これを浦賀の役人に手渡したいと願ったのだが、船に乗ってきた日本人たちはこれを無視した。それが重要なメッセージの書かれた文書であるとさえ、思わなかったのかもしれない。

そのうち、役人たちの小舟が出てきて、漁民や町衆の舟を追い払った。

その翌日になると、夜が明けるとすぐにまた砲撃が開始された。武装船が多数出てきて、船の上から小口径の砲を撃ってきたのだ。一弾は、船体に当たって楢《なら》材の厚い板の表面を砕いた。

「やはり開国させるのは無理か」

船長はすぐに錨《いかり》を上げるように命じ、漂流民を降ろさぬまま、浦賀を離れた。

モリソン号はこのあと、鹿児島で再度日本の政府関係者との接触を試みるが、やはり砲撃を受けて退去している。

マカオにもどったモリソン号から、砲撃事件が欧米人たちに伝えられた。

「日本は、武装せぬ商船にも砲撃してきた」

「日本の政府は、日本人送還すら拒絶した」

このニュースは、さらに各国の商船によって欧米各国に報告された。日本を開国させるには、やはり砲艦を派遣する以外にはないのかもしれぬ。そのような認識が、各国政府のあいだに強まった。

アメリカ海軍のマシュー・カルブレイス・ペリーがこのニュースを知ったのは、一八三八年の初頭である。

彼はちょうどこのとき、アメリカ海軍の事実上の第一号蒸気艦フルトンII世号を、ロングアイランド海峡で試走させていた。フルトンII世号は、二十八マイルの距離を二時間弱で航行した。この試走でペリーは、蒸気艦が自分の予測どおりきわめて実用性の高い船であることを確信した。この試走結果を軍中央や政府に報告するなら、蒸気艦についての偏見も消えることだろう。

ペリーが気にしている偏見の中には、パウルディング海軍長官のつぎのような発言もあった。

「威風ある昔からの我が艦船が、あの見苦しい姿（外輪のこと）をした新参の艦と交替すること
など、わたしは断固として許さない」

ロングアイランド海峡横断の試験航海を成功裏に終えたあと、ペリーもモリソン号砲撃事件
の報を受けて、思ったのだった。

「商船にできなかったのなら、やはり我がアメリカ海軍が出てゆくしかないのではないか」

ペリーは、蒸気艦を中心にした艦隊なら、それは容易になし遂げうる、と確信していた。

いっぽう幕府は、オランダ商館長を通じて初めて、このモリソン号砲撃事件についての諸外国の反響を知ることになった。天保九年の六月である。

浦賀奉行の対応を高く評価していた幕府だが、よもやこれほど大きな国際問題になっていたとは考えていなかった。

「異国船打払令は、かえって欧米列強との摩擦を招くかもしれぬ。あの砲撃事件は、外からの開国圧力をいっそう強めることになったかもしれぬ」

海防の体制をめぐって、幕府の上層部でひそかに再検討が始まった。

蘭学者たちは、早くから異国船打払令には批判的だった。それどころか、早く開国して、欧米の先進的な産業技術を取り入れよ、と説く蘭学者も少なくなかった。

モリソン号事件の顚末《てんまつ》と反響が外国から伝えられると、蘭学者たちの危機意識は募った。と

くに、田原《たはら》藩士で画人としても有名な渡辺崋山《わたなべかざん》を中心にしたグループが、もっとも敏感にこの事件に反応した。グループのひとり高野長英《たかのちょうえい》は、『戊戌《ぼじゅつ》夢物語』を書いて、幕府の異国船撃攘《げきじょう》方針を批判した。この書は幕政に一家言ある者のあいだに回覧され、写しが作られていった。

ちなみに、渡辺崋山を中心にしたグループの中には、高野長英のほか、韮山《にらやま》代官の江川太郎《えがわたろう》左衛門《ざえもん》英竜《ひでたつ》、勘定吟味役の川路聖謨《かわじとしあきら》、幕臣羽倉外記《はくらげき》といった人物がいた。みな崋山の政治的見識と蘭学への造詣《ぞうけい》の深さを慕って集まってきた面々である。幕臣、儒者、文人たちを中心にしたこの面々の発言力は、けっして小さなものではなかった。

天保十年、中島三郎助がすずと結婚して二度目の正月を迎えた直後である。浦賀奉行所に、幕府から役人の一行が派遣されてきた。測量師も交えた、役人だけでも四十人ほどの江戸湾調査団ということであった。

三郎助が奉行に呼ばれて奉行所に出向くと、その一行の中から、歳のころ四十前くらいかと見える男が歩み出てきて言った。

「韮山代官、江川太郎左衛門英竜と申します」

江川太郎左衛門英竜と名乗った男は、中島三郎助に言った。

「このたび、江戸湾巡見使の副使を任じられました。江戸湾一帯を測地し、海岸の備えのありようなど、具申するよう命じられております。浦賀一帯については、先日の黒船来航の折りのことなど、事情をつまびらかにうかがいたく、よろしくお願いつかまつります」

年下の中島三郎助に対しても、ていねいなもの言いだった。

江川英竜のうしろで、松村啓次郎が言った。

「この中島三郎助は、与力見習ですが、若いのになかなか豪胆、先般の黒船来航のときも、身を挺《てい》して打ち払いの先頭に立った者にございます」

江川英竜の表情が、一瞬かげった。ほんのかすかに、とまどいが走ったように見えた。三郎助は、その表情を見逃さなかった。この韮山代官は何が気になったのか？ 松村啓次郎が言った言葉のうちで、どの部分が？

打ち払いの先頭、という言葉だろうか。

松村啓次郎が続けた。

「何かご不便などあらば、この中島三郎助を、どうぞ配下の者同様にお使いくださいますよう。よいな、中島」

三郎助は一礼しながら言った。

「はい。なんなりと仰せくださいませ」

「早速ですが」江川英竜は言った。「お台場のある平根山まで、ご案内つかまつりたく存じます。江戸湾を一望するには、まず平根山がよかろうとうかがいましたので」

「はい。そのあと、観音崎の台場にはいかがでしょうか。浦賀の湾を挟み、平根山と向かい合う台場です」

「では、両方とも、ぜひきょうのうちに」

松村啓次郎が言った。

「まあ、そう急がれなくとも。きょうはごゆるりとされてはいかがでしょうか。お奉行が、歓迎の粗餐《そさん》など差し上げることになるかと存じますが」

「急ぎます」と江川英竜は言った。「急ぎます」

江川太郎左衛門英竜は、伊豆《いず》韮山で世襲代官に任じられている江川家の当主である。幼名を初め芳次郎、ついで邦次郎といった。

若いころから学問好きであったが、儒学を好まず、昌平坂学問所には通わなかった。代わりに父親英毅《ひでたけ》は、江戸の最高の学者たちのもとで、書から詩文、経書など、武士の素養を学ばせた。実学を好んだ邦次郎はさらに、間宮林蔵《まみやりんぞう》について測量術まで学んでいる。成人してからは、蘭学に傾倒する。蘭語を習得するには至らなかったけれども、蘭学者たちと交流し、積極的に海外事情や西洋科学の摂取に努めた。

天保六年（一八三五年）、父の死により、三十四歳で第三十六代の韮山代官となった。江川家の当主は代々、太郎左衛門を名乗る。邦次郎も江川太郎左衛門英竜と名乗るようになった。

韮山代官となった直後、江川英竜は幕府に対して三通の上申書を提出した。

ひとつは、幕府人事に於ける固定的な身分制の改革の提言であり、ひとつは、伊豆地方の国防に関する意見書である。三つ目のものは、ポーランド分割問題についての考察である。諸外国が日本に対して積極的に開国を迫るようになった事態を受けての、国防論であった。

天保八年二月、大坂で大塩平八郎《おおしおへいはちろう》の乱が起こり、幕府は震撼《しんかん》した。ついで六月には、開国を意図した外国船の浦賀来航である。幕府中枢部は、危機意識を募らせた。凶作が続き、経済は混乱が慢性化している。国内には大坂に乱が起こるまでに憤懣《ふんまん》が溜《た》まっているのだ。このままでは、幕府統治が揺るぎかねない。

首席老中の水野越前守忠邦《みずのえちぜんのかみただくに》は、内政・外交について重臣や幕閣、主要大名たちに諮問したが、幕政を激しくなじる者はいても、対案を出す者はない。具体的な提案はろくに出てこなかった。

そんなとき、水野の腹心である羽倉外記が、江川英竜が興味深い上申書を出していると教えてくれた。水野はさっそくその上申書を運ばせ、検討した。水野忠邦は、江川英竜の伊豆防備についての上申書にうなずけるものを感じた。

江川英竜は、大意、このように書いていたのである。

「伊豆は、太平洋に面し、三方が海に囲まれていて、しかも背面は、駿河《するが》、相模《さがみ》に接し、首都江戸にも近い。外敵が日本を武力で屈伏させようとする場合、上陸し兵站《へいたん》基地を作るには好適である。外国軍は、その軍事的一歩を印す土地として、まちがいなく伊豆を選ぶことだろう」

「軍事的攻略を目指す外国軍に対するには、諸藩の軍事力だけではとうていかなわない。武家中心の兵制を改め、農民たちにも軍事訓練を施して、危急の際には動員できるようにすべきである。また海軍力の増強が急務である。当面、十二隻の大型軍艦を備える必要があるだろう」

さらに江川英竜は、西洋に於ける軍事技術の水準や砲術の進歩についても、具体例を挙げて注意を促していた。

水野はこの上申書に感銘を受け、伊豆一円の巡見を江川英竜に命じたのだ。寛政五年（一七九三年）にも伊豆巡見は行われているので、四十六年ぶりの調査ということになる。ただし幕府内部の序列から、巡見使の正使には目付の鳥居耀蔵《とりいようぞう》が任じられた。江川英竜は、巡見使の副使である。

天保十年早々、中島三郎助の前に現れた江川英竜とは、このような男であった。

三郎助は、松村啓次郎と共に、江川英竜たち巡見使一行を平根山に案内すべく、奉行所を出た。

巡見使一行は、人足まで入れて総勢で百五十名ほどとのことであった。しかし、ふたつの組で構成されている。ひとつは、目付の鳥居耀蔵が指揮を執る組であり、浦賀の本陣に宿泊したという。百十人ほどの大部隊である。

副使の江川英竜の組は、十三人。人足たちは十四人であるから、総勢三十に足らない。彼らは浦賀の脇本陣に宿を取ったとのことである。

これを聞いて、ふしぎに思った三郎助は江川英竜に訊《き》いた。

「なぜ、ふたつの組で巡見されるのですか。地域を分担させるというならわかりますが」

江川英竜は、言いにくそうに答えた。

「厄介なことに、測地術の競い合いということになりましてな」

「と言いますと?」

「測量術も、このところ進歩著しく、旧来の測量術ではなしえなかったまでに精密な測地ができるようになっております。ただ、その難しさや煩雑さを嫌う者もいないではない。精確さには劣っても、手早く測地できることこそ大事と考える者もおります。火急の場合は、とりあえず図面ができることのほうが肝要であろうと」

たしかにそれは一理ではあるが。

江川英竜は続けた。

「測量術をめぐって、測量師同士、わが測量術こそ優っておると一歩も譲りませぬ。その結果、鳥居さまは小笠原貢蔵《おがさわらこうぞう》なる測量師を測量方に選ばれました。わたしは、高野長英先生門下の、奥村喜三郎《おくむらきさぶろう》という者と、内田弥太郎《うちだやたろう》という者の同行をご老中に願ったのですが」

奥村喜三郎は、『量地弧度算法』という専門書を著したほどの測量術の第一人者であり、内田弥太郎も和算の分野では知られた数学者とのことであった。

「ところが」と江川英竜は言った。「このふたりの同行の許しがいまだ出ませぬ。やむなくわたしは、測量はあとまわしにすることにして、まず事情を見てまわるべく、一門のうちから若い者を連れてまいりました。わたし自身も、間宮林蔵殿から少しだけ測量術のてほどきを受けたことがありますので、測量にはまったく素人というわけではございませぬ」

三郎助は、江川英竜らを、松村啓次郎と共にまず平根山台場に案内した。

松村啓次郎と三郎助は、江川英竜に対して、海面を示しながら先般の異国船打ち払いの際の事情を説明した。船はどのように入ってきて、どう動き、これに対して浦賀奉行所はどう対処したか、ということである。

松村啓次郎が、説明を終えてから江川英竜に言った。

「あの船は、モリソン号という名であったと、あとになってからお奉行に聞かされました。外国では、モリソン号が打ち払われたことは、なかなかに評判になったと聞きましたが」

江川英竜は言った。

「そのようです。モリソン号は、わが同胞の漂流民を帰国させるべくやってきた船でした。平和のうちに寄港しようと、砲もおろしていたそうです。漂流民を送り届ければ、交易や滞在もできるようになるのではないかと、医師や学者、瓦版《かわらばん》書きのような者まで乗っていたそうです」

「そんなことまで、伝わっているのですか」

「ええ。オランダ商館を通じて知らされました。あの一件は、われわれが考えていた以上に諸外国の反響を呼んだのです。諸外国は、わが国がこのモリソン号をどう扱うか、固唾《かたず》を呑《の》んで見守っていたのです。砲撃を受け、追い払われたと聞いて、大いに落胆したとか」

「我らの断固たる姿勢を知って、開国させようなんてことは諦《あきら》めてくれましたかな」

江川英竜は、いくらかぶっきらぼうな調子で答えた。

「さて、どうでしょうか」

平根山を下りてから、三郎助たちは巡見使たちの一行を観音崎の台場に案内した。

観音崎の台場では、江川英竜が訊いた。

「この台場からでは、砲撃には不都合はございませんでしたか」

松村啓次郎が答えた。

「いいえ。とくには。このとおりの見晴らし、砲撃には格好の場でありました」

江川英竜が、三郎助に顔を向けてくる。

三郎助は答えた。

「砲の射程が足りませんでした。黒船は、浦賀へ入ろうと思えば入ることもできたでしょう。この山上よりも、海岸の波打ち際に台場を築けば、より備えは堅固になったかと存じます」

「それは、平根山も同じですな」

「ええ。山上から海岸へと台場を移したほうがよいかとは感じました。ただ浦賀の備えはそれでよくても、江戸湾の備えには不十分です」

松村啓次郎が言った。

「江戸湾をすっかり塞《ふさ》げるような砲はあるまい。もっとも狭い場所でも、三里ある。一里半届く砲は、西洋にもあるはずがない」

江川英竜は、愉快そうに三郎助を見つめてくる。何か思うところはないか、と問うている顔だった。

三郎助は言った。

「沖の浅瀬を埋めて、台場を築くという手があります。大船に砲を備え、一朝事あれば、江戸湾の入り口に置くというのも一法でしょう」

江川英竜は何度もうなずきながら、江戸湾のほうに目を向けた。

松村啓次郎が訊いた。

「しかし、外国の軍船は、江戸湾までやってまいりましょうか。無理をすれば戦になることを覚悟で、あえて江戸湾の奥に侵入しようと、試みましょうか。元寇《げんこう》を二度もしりぞけたこの神国を、本気で攻めようという国がありますかな」

江川英竜が振り返った。

その表情に、三郎助は驚いた。江川英竜は、まるで不意に傷口にでも触れられたかのような顔になっていたのだ。

江川英竜は、三郎助と松村啓次郎を交互に見ながら言った。

「かつてヨーロッパには、ポーランドという大国がありましたが、ロシアをはじめとする周辺の諸国によって繰り返し侵略され、およそ四十年ほど前に完全に滅びました。いまやこの地は、ロシア皇帝が治める領地のひとつにすぎませぬ。また、清国もわが国同様、鎖国して交易を制限しておりますが、エゲレスは清国をなんとか開国させようと躍起です。戦争が始まるのではないかと噂されております。ひとたび始まれば、あの清国にしてもはたしてこれを撃退できるかどうか、わたしには、ポーランドも、清の事情も、ひとごとにはございませぬ。滅びたポーランドも、百年前まではけっして切り取り御免を許すような弱小国ではなかったのです」

江川英竜の真摯《しんし》すぎるほどの口調に、松村啓次郎は黙り込んだ。三郎助も、それ以上軽々しく質問しようという気はなくなった。このひとに何かを問うときは、こちらも真剣でなければならない。ほんとうに答を求めているときだけ、問うのでなければならないようだ。

観音崎から浦賀港にもどると、つぎに陸路野比村の海岸へと向かった。ここでも三郎助は、先般の打ち払いの様子を江川英竜に詳細に語ったのだった。

松村啓次郎が、自慢げに言った。

「そのとき、ここにいる中島三郎助が中筒を備えた御備船で黒船に近づき、一発放ったにございます。弾丸は見事船腹に命中、またほかの船からも矢継ぎ早に弾丸を撃ちかけましたところ、船はあわてふためいて、錨《いかり》を上げ、出帆していった次第でした。中島は、昨年も徒目付《かち》さまの前での砲術見分では、実弾をすべて標的に命中させ、褒美をもらった腕にございます」

それを聞いている江川英竜の顔は、けっして愉快そうな表情ではなかった。

三郎助も、居心地の悪い思いだった。あれはたまたま命中したのだ。もともと三郎助自身は、あの船に砲弾を命中させようとは考えていなかった。撃つぞという姿勢を見せて、異国船が退去してくれたらそれでよいと思っていたのだ。商船だと思えばこそあれだけ近づいて中筒を発射したが、あれが軍艦であったならば、たぶん三郎助は、砲撃するどころか、接近することさえためらっていただろう。

江川英竜と視線が合った。三郎助は、とがめられたような気がして、うつむいた。

松村啓次郎も、江川英竜の苦しげとも不機嫌とも見える表情に気づいたようだ。あのときの浦賀奉行所の自慢話をそこで止めた。

その日、浦賀にもどる道の途中である。久里浜で小休止したとき、ほかの者から離れ、三郎助と江川英竜がふたりきりになった。

「中島さま」と江川英竜が呼びかけてきた。

三郎助が江川英竜を見つめると、江川は穏やかな調子で訊《き》いた。

「モリソン号を砲撃したことを、いまでも自慢にされていますか？」

それは、三郎助を非難している目ではなかった。ただ、本気で知りたがっているのだ。三郎助がそれを誇りにしているかどうかを。

三郎助は、江川英竜のまなざしを真正面から受けとめて言った。

「わたしは、それを自慢したことはございませぬ。与力見習として、なすべき本分をはたしただけでございます」

「お奉行よりお褒めがあったのでしょう？」

「はい、たしかに。でも、正直申しますれば、弾を船に撃ち込むことは本意にはございませんでした。撃たずとも退去してくれたら、というのが、本心にございました」

「なぜ撃ちたくはなかったのです？」

「それは」三郎助は言葉に詰まった。ひとにはまだ語ったことのない想いだ。三郎助は言葉を選びながら言った。「相手が軍艦であれば、砲撃は戦を招くことになりかねません。商船であれば、撃たずとも、退去させることはできるでしょう。どちらにせよ、撃つことよりも、撃たずにすませることのほうがよいのではないかと思えたのです」

「しかし、打ち払いはご公儀の定めたことです。撃たぬわけにはまいりますまい」

「打払令は、片っ端から砲弾を撃ち込め、という主旨のお達しではないと存じます。要は、追い払うことです」

「追い払うためには、砲撃が必要では？」

「はい。ただし、退去せよというこちらの意志さえ伝われば、それで十分でしょう。船を損壊させたり、ひとを傷つける必要はございませぬ。わたしは、威《おど》すだけでも異国船は退去するだろうと考えておりました。砲弾が船に当たったのは、じつは偶然でございました。褒められるようなことではありませぬ」

江川英竜はさらに訊いた。

「打払令そのものについては、中島さまはどうお考えです？　これは正しい策と思われるか」

三郎助は、また言葉に窮した。江川英竜は、浦賀奉行所のこの若造に、議論を吹っ掛けているのだろうか。自分を試しているのだろうか。

三郎助はいっそう慎重に言葉を選んで言った。

「わたしは、打払令が正しいかどうか、わかりませぬ。それを語ることは、ご政道について是非を論じること。わたしがなすべきことではないと存じます」

「ご遠慮なさるな。中島さまは、一度すでに自分の頭で考えておられる。考えて自分が何をなすべきか判断されておられるではありませぬか」

三郎助は、江川英竜に頭を下げた。

「申し訳ございませぬ。これ以上はお問い詰めくださいませぬよう」

江川英竜は、微苦笑を見せて言った。

「これからの世、中島さまのような役人が必要となります。お達しを杓子定規《しゃくしじょうぎ》に振りかざすのではなく、大局を知って、機に臨んでその都度もっとも適《かな》った道を選びうる役人が。中島さま、そうなられませ」

三郎助は、言われていることの意味がよくわからないままに、もう一度頭を下げた。

もっとも、ひとつだけ見当がついたことがある。どうやらこの江川英竜は、国の備えを案じていることでは人後に落ちぬようだが、だからといって、けっして単純な排外思想の持ち主ではない。幕府の頑《かたくな》な異国船排撃の方針には賛同してはいないようだ。ちがう道がある、と考えているのだろう。

その夜、浦賀の本陣のほうでは、鳥居耀蔵率いる巡見使の一行が、浦賀奉行と盛大な宴席を持った。当然、浦賀奉行の側の接待である。これに対して、江川英竜の一行は、夜のうちに星の位置を確認しておかねばならぬこと、また明日が早いからと、この宴への同席を断ったということだった。

翌日、三郎助のもとに、江川英竜が風邪をひいて寝込んだ、との報せがあった。江川が回復するまで、彼の組は脇本陣を動かぬという。それまで、案内は無用とのことであった。

三郎助は、松村啓次郎に言った。

「お風邪、重いのでしょうか。昨日は、お風邪を召されたようには見えませんでしたが」

松村啓次郎は、にやりと笑って言った。

「なあに、あれはご公儀の決断を促す芝居だ」

「芝居?」三郎助は何のことかわからなかった。「何の決断です?」

「測量師ふたり、同行のお許しが出ていない、と言っていたではないか。早く許可せぬと、仕事が滞るぞ、と言っておるのよ」

そういうことか。

与力見習の三郎助には、上役に決断を促すべく仮病を使う、という発想はなかった。幕閣に対しては、このような駆け引きも必要だということなのだろう。

鳥居耀蔵の組は、その日の昼過ぎから、浦賀港周辺の測量にかかった。

三郎助は、松村啓次郎と共に、鳥居耀蔵の一行の案内と、諸事全般の手配を受け持った。測地作業が不審に思われぬよう、問屋衆や漁民に対して公用であることを説明して回るのも、三郎助たちの仕事だった。

一行の測地の仕事は、三郎助には珍しいものであった。彼らは、大小いくつかの奇妙なかたちの道具を携えており、これを地面に置いては、数人の者がこれを覗《のぞ》き込んだり、細かく動かしたりしてゆく。べつの者は、数種類の竹竿《たけざお》を持っては海岸線を駆け、これを立てたり横にしたりを繰り返す。またべつの者たちは、縄を伸ばして引いたり巻いたりを繰り返すのだった。

測量師の小笠原貢蔵は、弟子たちが伝えてくる数字やら言葉やらを、野帳に細かに書きつけてゆく。

休憩どきに、三郎助は小笠原に訊いた。

「これは、何という道具です?」

「ダイホウギ」と、小笠原は答えたが、三郎助にはそれにどんな字を当てるのか、わからなかった。それを訊くと、大方儀、だという。

似たようなかたちの小さな道具は、小方儀とのことだった。

「何をする道具なのですか?」

「方位を正確に測るための道具です」

「この真鍮《しんちゅう》のからくりは、磁石でしょうか」

「さよう、羅針儀。この針が磁北を示します」

「こちらの杖《つえ》のようなものは」

「これは杖先方位盤と申します。このとおり、先に小ぶりの羅針儀をつけておりますが、どんなときでも羅針儀が常に水平を保ちます」

その日半日、三郎助は一行を質問攻めにした。

昼の休みのときに、とうとう徒《かち》目付のひとり、小菅幸三郎《こすげこうざぶろう》という侍が言ってきた。

「ご質問にはできるだけお答えしようかと思うが、測地のあいだはご質問を控えていただけまいか。仕事にならぬと声が出ている」

三郎助はそのとき初めて、自分の好奇心が一行の邪魔をしていたと気づいた。

したままであった。

「申し訳ありませぬ。ついつい珍しいことは知りたがる癖がありまして」

測量が始まって四日目、江川英竜はまだ風邪から回復していない。江川の組は脇本陣に逗留《とうりゅう》したままであった。

この日、三郎助は奉行から鳥居耀蔵に書状を届けるよう命じられた。本陣に着いてみると、一室では和紙を畳の上に一杯に広げて、小笠原たちが図面を起こしているところだった。

鳥居耀蔵が、立ったまま指図している。

「見栄えをよくしろ、見栄えを。山は山らしく、川は川らしく描かなければ、無粋ではないか」

風体から、図面に彩色をほどこしているのは、測量師というよりは絵師と見える人物だった。慣れた筆使いで山の形を描き、山水画のような松を描き込んでゆく。見ていると、海岸線までひと筆で、流れるような線に描いていた。

三郎助はいぶかった。

これは地図か？ 地図に描かれるべき線は、山水画を描くようにひと筆で引けるものではあるまいが。この図は美しいが、正確さには欠けるのではないか。海岸防備のために使われる地図が、これでよいのだろうか。

そう思ったけれども、三郎助はそれを口にはしなかった。鳥居耀蔵に書状を渡すと、合点がゆかぬ想いのまま、本陣を辞した。

翌日、江川英竜が風邪から回復した。

江川の組も動き出すという。

三郎助が松村啓次郎と共に脇本陣に出向くと、江川英竜が言った。

「きょうは、ぜひひとつ、平根山台場と観音崎台場とで、砲術を拝見したいのですが」

松村が訊《き》いた。

「試し撃ちをご覧になりたいと？」

「そうです。モリソン号のとき、ふたつの台場の砲がじっさいにどのように使われたか、この目でしかとたしかめたい。実弾を撃っていただけませぬか」

「よろしゅうございます」

早速、試し撃ちの支度が整えられた。小舟が一艘《そう》、モリソン号の代わりとして仕立てられ、長い綱でべつの小舟を曳《ひ》いた。曳かれた小舟のほうには、「御用」と染め抜かれた大旗を掲げた。小舟の船頭には、おおよそモリソン号の動いたとおりに、航行してほしいと命じられた。

最初は、平根山台場の視察である。江川英竜は平根山台場に立って、モリソン号打ち払いのときと同様に砲撃するよう命じた。平根山台場の与力、同心たちが、モリソン号に見立てられた小舟に向けて実弾を発射した。砲弾はすべて、小舟のはるか手前に落ちて水柱を上げた。

ついで江川英竜は、観音崎の台場へと移った。ここでは、松村啓次郎の指揮のもと、三郎助らが二年前と同様の砲撃を見せた。

「なるほど」と、江川英竜は言った。「中島さまが申されていたとおりですな。砲の射程が、まるで足りませぬ。台場は山の上から降ろさねばなりませぬ。海上の台場も必要だ」

三郎助は、江川英竜に訊いた。

「西洋の砲は、かなりの長い距離、弾を飛ばすと聞きますが、じっさいはどれほどのものなのでしょうか」

「わたしが聞くところでは、三十五、六町も飛ぶのがあたり前とか」

それは観音崎の台場に備えつけの大筒の三倍以上飛ぶということである。こちらの弾の届かぬところから、相手は悠々と撃ってこられるということになる。

三郎助はたしかめた。

「その射程、耳にしたことはありますが、ほんとうにございましょうか。そんな砲があるなら、異国船はこれまでも、遠くから反撃してきてもよかったのではと思いますが」

「まだ撃たれていないことを、喜びましょう。聞きますれば、西洋には、長い距離から弾を撃つ加農《カノン》砲のほか、射程は短いが攻城戦などに有効なモルチール砲、炸裂《さくれつ》弾を撃つホイッスル砲などがあるそうにございます」

「モルチール砲？」

江川英竜は、指で宙に弧を描いて言った。

「弾がこのように大きく山なりに飛ぶのです。手前に高い石垣があっても、その向こう側に弾を落とせます」

「ホイッスル砲の炸裂弾なるもののしくみはどのようなものでしょうか」

「弾の中に火薬を詰めておくのです。この導火線に火を点じ、発射する。弾は、敵の密集する中に落ちるころ、炸裂します。鉄の破片が、あたりの人馬をなぎ倒します。モルチール砲でもこの弾を撃つことができるそうです」

「では、台場に必要な砲は、加農砲のようなものですね。異国船と同じ距離から撃てるだけの砲でなければなりませぬから」

　松村啓次郎が言った。

「遠くなればなるほど、当たりは悪くなる。恐れずにうんと引きつけて、一発必中を期せばよいのではないか。要は、砲手の腕で」

　江川英竜は、おだやかに言った。

「長距離砲の砲手の腕がよければ、太刀打ちできませぬ」

　三郎助は訊いた。

「そのような西洋砲術の事情など、どなたかお教えくださるかたはいらっしゃるのでしょうか」

　江川英竜は言った。

「長崎に、高島四郎太夫秋帆《たかしましろうだゆうしゅうはん》という人物がおります。長崎の町年寄で、砲術家です。この人物が、オランダから砲をいくつも取り寄せて、研究しているとか。いまのわたしの話も、その高島四郎太夫が伝えたということの受け売りにすぎませぬ」

「長崎の、高島四郎太夫という砲術家ですか」

「わたしも、高島四郎太夫殿のもとに弟子入りして、西洋砲術を習えぬものかと考えたことがあります。でも代官の身ではそれはかないませぬ。代わりに、家中の者を長崎にやろうと思っておりますが」

　西洋砲術家、高島四郎太夫秋帆。

　三郎助は、その名を忘れまいと頭に刻み込んだ。

江川英竜はつけ加えた。

「いまから二、三十年ばかり昔、ヨーロッパにナポレオンという英傑が出ました。戦の天才であったそうです。この将軍の時代を境に、ヨーロッパの戦は様相をすっかり変えたとか」

江川英竜の話では、ナポレオン以降、とくに陸戦が変わったのだという。歩兵、騎兵、砲兵の三兵を巧みに組み合わせ、運用することで、戦に勝利するのだとか。銃も砲も改良がなされたが、とくに野戦に於ける砲の重要性が格段に増したのだということだった。

「ですから」と江川英竜は言った。「今日の西洋の砲術とは、単に弾の装塡《そうてん》から照準合わせ、点火、発射という段取りを伝えるだけではなく、砲兵の運用についての術を教えるものになっているのだそうです。清国が相手にしているのは、そのような時代、そのような戦を体験してきた、いわば百戦錬磨の新しい軍隊なのです」

そう言った江川英竜の身体が、一瞬ぶるりと震えたように見えた。

それから十日ばかり、三郎助は、江川英竜の組による浦賀や三崎周辺など、三浦半島一帯の調査に従った。

その十日ほどのあいだに、三郎助は、江川英竜が実に清廉な官吏であることを知った。そもそも江川英竜本人を含め、全員、身なりがじつに慎ましい。また組の者たちみな、一汁一菜の食事。酒宴なども無縁である。脇本陣に女が呼ばれたという話も聞かなかった。

加えて、江川英竜が議論好きであることも知った。久里浜で三郎助に議論を吹っ掛けてきたのは、あの日だけの気まぐれではなかったのだ。江川英竜は、同行の者たちに絶えず問いかけ、答を吟味しては、べつの視点からさらに問いかけ、答を待つ。こうして、みずからの見方や主張を鍛えているようだった。それが習い性になっているようである。だから江川英竜は、組の家臣たちに問いかけて、いい加減な答しか返らなかったとき、あるいは江川に遠慮した答が出てきたときなどは、不機嫌になるのだった。

江川英竜は、海防や国事について大胆で過激な一家言を持ち、ときにはそれを率直に口にする人物だった。いまの世の中、保身から本心を語らぬ者は多いし、ましてや求められても建議書や具申書を出さぬ幕吏が多いというのは常識である。しかし江川英竜は、相手が誰であろうと正論を堂々と口にするし、それが必要となれば上役の決断に対して真っ向から反論を述べる男のようであった。

立派な人物だ、と三郎助は江川英竜について思うようになった。このひとはいずれ、幕府を背負って立つようになるのではないか。

ただし、と三郎助は、一方で心配した。みずからを律して正論を語る人物は、しばしば周囲から煙たがられる。おそらく江川英竜は、敵も多く作ることになろう。

一月二十八日、江川英竜は、脇本陣まで一行を送っていった三郎助に言った。

「明日、巡見使は海を渡ります。竹ヶ岡から、洲ノ崎、野島崎、安房《あわ》国白子まで視察することにしております」

三郎助は訊いた。

「浦賀には、もう戻られないのですか？」

「戻ってきます。測量が終わっておりませぬ。高野長英門下生の奥村喜三郎と内田弥太郎の同行が認められました。このふたりと共に、あらためて浦賀周辺を測量しなおしにまいります」

「お待ち申し上げます」

江川英竜たちが、浦賀にもどってきたのは、それからほぼ二十日後である。

三郎助は、測量の専門家だとして、内田弥太郎を紹介された。

怪訝《けげん》に思って、三郎助は江川英竜にたしかめた。

「奥村喜三郎というかたは、どうなりました？」

江川英竜は、顔を曇らせて答えた。

「鳥居殿のご注進で、江戸に戻りました」

「なぜです？」

「鳥居殿は、解雇をご公儀に進言したのです。奥村の身分は、増上寺の御霊付地役人。公儀ご用向きの測量に携わるなどもってのほか、という理由でした」

「そんなことが、解雇の理由になるのですか」

「なったのです」

三郎助は、先月、浦賀の本陣で見た地図作成の場の様子を思い起こした。あのとき鳥居耀蔵は、まるで風雅な山水画でも作っているかのように、地図を見栄え第一で描かせていた。どうやら鳥居耀蔵という人物は、かなりかたちにこだわるひとなのだろう。かたちからはずれることが、我慢ならないたちなのではないか。

「なあに」と江川英竜は続けた。「内田が残っております。わたしや組の者が内田を助けて、よき地図を作ってみせます」

翌日から、江川の組によって、浦賀周辺の再測量が始まった。

三郎助は、先日の鳥居の組での経験から、質問攻めで作業を邪魔してはならない、と思いつつも、ついつい何度も質問してしまうことになった。測量の現場にいて好奇心を抑えることは、とてもできない相談だった。

三郎助は、鳥居耀蔵の組が使ってはいなかった道具が気になって、内田弥太郎に訊《き》いた。

「これは、いったい何の道具にございますか」

内田は、その道具から顔を離して答えた。

「写真鏡。いわゆる遠眼鏡ですな」

江川英竜がつけ加えた。

「渡辺崋山先生からお借りしたものです」

またべつの道具を示して、三郎助は訊いた。

「これは何のからくりです?」

内田は答えた。

「象限儀《しょうげんぎ》と申します。勾配《こうばい》を測ります」

「先ほどから、何やら照らし合わせている図面はなんでしょうか」

「こちらは、割円八線表と申しましてな。勾配を測った後に、この表を使って、平面上の正確な長さを算出いたします」

「誰が考案したものです?」

「これも、ヨーロッパに伝わる測量術の一部でありますが」

「まるで異教の呪文《じゅもん》でも書かれているように見えますな」

「算学の応用です」

「このような道具の使いかたは、どこで教えてくれるのです?」

「長崎ですな。長崎で学んだ者が、また江戸でも教えています。わたしは、高野長英さまの塾で教わりました」

測量が三日続いた後に、二月には珍しく雨となった。それでも測量はあるかもしれない。三郎助が脇本陣に行ってみると、江川英竜たちは、前日までの測量の結果を図面に描き起こしているところだった。実測は休むという。

三郎助は、江川から許しをもらって、その地図作成の様子を見学させてもらった。

鳥居たちとちがい、こちらは座敷に卓を出し、その上に紙を何枚も並べている。幾枚かは、下書きのように見えた。ひとりが短い菜箸《さいばし》のような道具を使い、慎重に線を決めている。測量のために専門の道具があったように、図面を引くためにも、いくつも専門の道具があるようだった。

三郎助は、また内田に訊いた。

「これは、何という道具です?」

内田は、ちらりと三郎助を見て答えた。

「烏口《からすぐち》」

「こちらは?」

「定規」

「こちらは？」

「点線器」

作業の様子を眺めていた江川英竜が顔を上げた。かすかにとがめるような目で、三郎助を見つめてくる。やっと気づいた。地図を描くという作業は、測量よりもはるかに注意力が必要なのだろう。自分は作業を邪魔している。三郎助は小さく頭を下げて口をつぐんだ。

一服しようというときになって、江川英竜が三郎助に訊いてきた。

「測量術にご関心があられるかな」

三郎助は答えた。

「測量術ばかりではありませぬ。世の中には、知りたいことばかり、多うございます」

「もし、ご興味があれば、江戸勤番の折りにでも、わが屋敷へ参られてはいかがです。蘭学を学ぶ者たちが、互いにみずからの得意を教え合っておりますが」

「江川さまの塾ですね？」

「塾というほどのものではありませぬ。ただ同好の士の寄り合いのようなものにすぎませぬ」

「測量術も学べるのですか」

「いいえ。むしろ、海外事情とか、西洋の史学とか、そのようなことですが。もしご興味があれば、いかがです？」

興味があるどころの話ではなかった。もて余すほどに、自分の好奇心は旺盛《おうせい》である。

ただ、通う時間が取れるかどうか。

ふたりいる浦賀奉行のうちのひとりが江戸勤番のあいだは、奉行の江戸屋敷がそのまま江戸表の浦賀奉行所となる。その月の江戸詰め勤番衆は、その屋敷に寝起きして雑務をこなす。浦賀勤務のときほど毎日することがあるわけではないが、それでも塾に通うことができるほど暇があるわけでもなかった。ましてや三郎助は与力見習である。雑用を言いつかることも多いのだ。

三郎助は、無念を隠さずに言った。

「お屋敷をお訪ねする時間は、なかなか取れぬかと思います」

江川英竜は言った。

「ご都合がつくときだけでも、寄ってみてはいかがですか。ただ話を訊くだけの客人として」

「それでもよいのですか？」

「かまいませぬ。けっして退屈はせぬ話が聞けるかと思います。蘭学の中でも、何にいちばんご関心がおありですかな」

「そうですね」三郎助は、思いがけない申し出に、陶然とする想いで答えた。「わたしも、海外事情など、もし聞けるのであれば聞かせていただきたい。地理や、西洋の史学も、その触りだけでも知りたいものです」

「海外事情に地理と西洋史学ですな」

「あ、そのほかにも」三郎助は、先般モリソン号を間近に見たときの驚きを思い起こしながら言った。「江川さまのお屋敷では、西洋砲術や西洋造船術は講じられてはおりませぬか」

「残念ながら。ただ、先日も申したように、長崎には高島四郎太夫秋帆という砲術家がおります。いずれは韮山に招きたいだけの人物。また長崎には、造船術を学んだ者もおるかと思います。その必要が出てきたときには、家中の者を長崎に出そうと思っております。いつかは、砲術や造船術も、講じることができるかもしれませぬ」

三月末、三郎助にきわめて強い印象を残して、江川英竜は浦賀を去っていった。

同じころ、浦賀奉行のひとりで三郎助の上司にあたる太田資統が御先手に転出、後任として伊沢《いざわ》美作守《みまさかのかみ》政義《まさよし》が浦賀奉行に着任した。

それから数ヵ月後、三郎助は、江戸で江川英竜をも巻き込む大事件が勃発《ぼっぱつ》したことを知る。後に「蛮社の獄」と呼ばれることになる蘭学者の弾圧である。

五月、鳥居耀蔵は、渡辺崋山、高野長英らの蘭学者たちが無人島密航と密貿易を企てたとして、関係者の捕縛にかかったのである。根も葉もない容疑であったが、容疑のかかった蘭学者のうち、渡辺崋山は逮捕、シーボルト事件を連想して絶望した小関《おぜき》三英《さんえい》は自殺、高野長英はいったん逃亡するも、自首して出た。

三郎助には、この弾圧の直接のきっかけが何であったか、すぐにわかった。それはつまり、江戸湾巡見の際の、測量術をめぐる対立である。小笠原貢蔵を抜擢《ばってき》した鳥居耀蔵は、おそらく巡見使が報告書と地図を提出する際、高野長英の門下生を使った江川英竜に面目をつぶされたはずである。その意趣返しに、江川英竜と親しく、ふだんから幕政を批判する蘭学者たちの弾圧に出たのだ。

三郎助は、江川英竜に累の及ぶことがなきよう願った。江川英竜の言動を考えるなら、いくらでも捕縛、投獄の理由は挙げられるのだ。

江川英竜は、韮山代官として国防に直接関わっている官吏である。江川英竜の主張が、渡辺崋山や高野長英のそれよりも穏便なものとは思えなかった。

まずいことに、新任の浦賀奉行、伊沢美作守政義は、鳥居耀蔵と親しく、この蛮社の獄にも関わっているらしい。このことについて、浦賀では一切批判めいた話題は口に出せなかった。

それにしても、と三郎助は思った。江川英竜は、江戸湾一帯の巡見の結果として、幕府中央にはいったい何を建議したろうか。いまの防備体制では、外国が本気で日本に軍事侵攻なり、無体な要求を掲げてきたとき、これを退けられないのははっきりしていた。自分たちは、平和のうちに開国させようとやってきたモリソン号を追い払ってしまったのだ。平和裡《り》の開国が望み得ないものとわかった外国は、つぎにくるときはまちがいなく武力を背景にしてくるだろう。砲艦を押し立ててくるだろう。このままでは、江戸湾は守りきれぬ。

しかし、どんなに危機感が募ったところで、浦賀奉行与力見習の数え十九歳の若侍にできることは、ほとんど何もなかった。自分の砲術の腕を上げることぐらいだろう。三郎助は、田付流の砲術の稽古《けいこ》に、いっそう身を入れるようになった。天保十年の秋ころには、三郎助は、浦賀奉行所一の砲術家であり、最優秀の狙い役となっていた。

また、与力見習として、任される仕事も少しずつ増えていった。とくに浦賀船番所で、廻船《かいせん》の荷揚げを監督し、その事務全般を取り扱うことについては、正規の与力同様に働き、その力が認められていった。

あるとき、上役の松村啓次郎が、茶飲み話のついでに三郎助に言った。

「中島、お主、こんど乗誓寺の集まりに出てみないか。おれが推薦してやろう」

乗誓寺は、東浦賀にある寺であるが、画僧の雲室《うんしつ》を囲んで、俳諧《はいかい》や和歌、漢詩などをたしなむ集まりがもたれている。浦賀の趣味人たちがこの集いの常連だった。三郎助の父親、中島清司が絵の手ほどきを受けたのも、この雲室の集まりに於いてだった。

三郎助は、松村啓次郎の誘いに答えた。

「わたしは、いま砲術の稽古とお役目とで、手一杯にございます。若輩者ゆえ、風流を楽しむゆとりがございませぬ」

「中島、お主の真面目さ、優秀さは誰もが認める。まるで樫《かし》の木で作った木刀みたいだ。硬くて、まっすぐ。悪いことじゃない。だがな、お主はいずれ与力となる。もっと多くの配下を束ねるようになる。そのときな、真面目さだけでは、ひとを動かすことはできぬぞ。風雅の心も、多少は持っていないとな」

「俳諧や漢詩のたしなみ、自分にもその才があったらと憧《あこが》れますが、いまはまだしばらく、砲術の稽古に励みたく存じます」

「このような習いごとは、早く始めるにこしたことはないのだぞ」

「早く田付流の奥義をきわめて、そののちぜひ乗誓寺に参りたく存じます」

それでも三郎助は、その後少しずつ雲室らの集まりに顔を出すようになった。詩文の中でも、とくに俳句が好きになった。やがて三郎助は、木鶏《もっけい》という俳号を使うようになる。

第三章　西洋砲術

中島三郎助が田付流砲術の稽古《けいこ》にいよいよ精を出していたころである。

アメリカ海軍のマシュー・カルブレイス・ペリー大佐は、蒸気艦フルトンII世号を実験艦に、ひとつの演習を試みていた。

フルトン号に、新旧とりまぜた砲を搭載し、今後の蒸気艦で編制される海軍艦隊にはどの種類の砲が最も適当か、それを確認しようとしたのである。

ペリーは、ニューヨーク市に近いサンディフック海岸を試射場としてここに標的を作り、これを八百ヤード（約七百三十メートル）から千二百ヤード（約千百メートル）の距離に停泊させたフルトンII世号から砲撃した。

その結果、独立戦争のころに使われた陸砲の砲車がすでに実用には耐えないこと、また旧式の丸型砲弾はあまりにも命中精度の低いことがわかった。この実験でもっともよい成績を修めたのは、ペクサンス型六十四ポンド砲である。新式の紡錘型砲弾を発射できる新鋭砲であった。

この砲術審査の最終日、ペリーはフルトンII世号上で、副官に言った。

「破壊力では、断然ペクサンス砲だな。命中率も高い。今後は、アメリカ海軍の砲艦には、ペクサンス砲を標準装備とすべきだ」

副官がペリーに言った。

「ただ、射程距離の短いことは気になります。千ヤード前後での距離での砲戦となると、かなりの接近戦ですが、このような海戦は、今後は少なくなってくるのでは？」

「どうかな。独立戦争のときのことを考えれば、港の封鎖やこれの突破は、今後も変わらずに海軍の重要な任務だろう。大海原だけが戦闘水面ではない」

「でも、長距離砲を完全に捨ててしまうことには、懸念があります」

「うむ」

ペリーは同意した。その懸念は、じつは自分も共有できるものだったのだ。

たとえばアジアのどこか、外国船の寄港を認めず、交易を拒むような国を、開国と交易の自由を求めて攻めるとき、たしかに長距離砲は必要だろう。その相手国の陸上砲台からの弾の届かぬ距離から、こちらは攻撃できるように。その国の沖合にあるだけで、相手の軍事力を事実上無力化できるようにだ。アメリカ海軍がそのような任務に就くのは、そう遠い将来のことではないようにも思える。

ペリーは言った。

「当分は、ペクサンス砲を主体に、旧式長距離砲も搭載しておく必要があるだろうな」

そう答えつつ、ペリーが具体的にイメージしたのは、三隻の新鋭蒸気艦だった。

これはフルトンII世号の好成績を受けて、この年の三月に海軍の予算策定を通過したものである。USSミシシッピー、ミズーリ、ユニオン、という名がすでに予定された三隻だった。

これらの新鋭蒸気艦は二年以内に竣工《しゅんこう》、進水するが、これらの蒸気艦には、ペクサンス砲を主体に、旧式長距離砲も搭載しなければならない。将来予想される任務のために。つまり、開国を拒み、交易の自由を認めぬ頑迷固陋《ころう》な国に対して、力ずくでも道理を説いて聞かせる日のために。

その次の年、つまり天保十一年(一八四〇年)、長崎からもたらされた情報が、幕府中央をはじめとし、諸藩や関係者のあいだに衝撃を与えた。

「清国・広州で、清国とエゲレスとのあいだに衝突が勃発《ぼっぱつ》した。エゲレスは清国に軍隊を上陸させ、各地で清国軍と激しく戦っている」

当時、清は日本と同様に鎖国政策を採り、外国との交易は広州一都市だけに限っていた。しかしイギリスはこれを不服として、絶えず清に開国と貿易制限の撤廃を迫っていたのだった。逆に清の側も、阿片《アヘン》の輸出によって清の国家財政を窮迫させているイギリスに対して、不満を募らせていた。

阿片の密輸入に業を煮やした清国政府は、林則徐《りんそくじょ》に命じ、イギリス人貿易商の阿片を没収してこれを焼き捨てた。ここに、阿片戦争が始まったのである。

開国と自由貿易を求めるイギリスの存在は、日本にとっても脅威であった。イギリスが清に対して、軍事力をもってしても開国を迫るという政策を採るのであれば、イギリスが清のつぎに標的とするのは、日本かもしれない。しかし、現在の日本の国防体制は、おそらく清国以下のものである。これまで二百数十年間、幕府が想定していたのは内乱であって、外国勢力による上陸、侵攻ではない。異国船は打ち払え、というのが、唯一の外交的・軍事的方針である。

外国軍が開国と交易の自由を求めて国土に上陸してくる、という事態など、まるで想定してはいなかったのだ。

この清国とイギリスとのあいだの戦争の一件を聞いて、三郎助は思った。

「江川太郎左衛門さまは、台場を山から降ろし、浦賀周辺の海岸に新たに設けることに賛同されたようであったが、それは建議されたのだろうか。建議はいったいどうなっているのだろう？」

不審に思いつつも、中島三郎助はなおいっそう、田付流砲術の稽古に励んだ。

九月、浦賀で砲術の稽古があった。

年に数度おこなわれる稽古であり、幕府鉄砲方の田付主計《かずえ》が、出稽古に赴いてくる。

野比村の海岸に標的を作り、これを数門の砲で撃つ。砲の扱いの練度を維持し、さらになお弾着の正確さを上げるための稽古である。

標的は、遠距離射撃の場合、十間（約十八メートル）四方の大きさに張った布である。ちょうど大凧《おおだこ》を思わせる物だ。これを十町の距離から撃つ。短距離射撃の場合は、一間四方の標的。これを一町の距離から狙う。

観音崎台場組の組頭は松村啓次郎であり、与力見習の三郎助は、狙い役である。三郎助が与力見習となって以来、この編制は替わっていない。二年前、天保九年の見分では、長距離射撃三発、短距離射撃三発の全弾を標的に命中させている。いま、観音崎台場の大筒組は、平根山台場の組よりも腕がいい、と評価されているのだった。

この日の稽古でも、観音崎台場組の三郎助たちは、三発ずつ全弾を標的に当てて、田付主計を満足させた。

ちょうど同じころ、長崎の町年寄であり長崎奉行直属の鉄砲方、高島四郎太夫秋帆は、長崎奉行田口《たぐち》加賀守《かがのかみ》喜行《よしゆき》に対して、国防意見書を提出した。これは、阿片貿易をめぐってイギリス軍が清国領土を攻撃、清国軍が圧倒されていることを受けて、緊急に書かれた提言であった。長崎は、諸外国の情報と品々が行き交う日本唯一の都市である。その長崎の町年寄にして砲術家である高島秋帆にとっては、阿片戦争はけっして対岸の火事ではなかった。他人事のように見過ごすことのできる問題ではなかった。それは迫り来る炎、襲いかかってきた津波同然に受け止められたのである。

「当子（天保十一年）、紅毛船入津の上、内風説に申し上げ候。エゲレス人、唐国広東の地に於いて騒擾《そうじょう》に及び候よし」と、高島秋帆は書き出している。

イギリスは、国土の面積に於いては清国に及ぶべくもない小国であるが、軍事力に於いて大国清を圧倒している。これはただただ武器用兵の術に卓越しているからであり、まったく驚くほかはない。日本も国防の不備を冷静に認識し、新式砲術と洋式用兵術を早急に採用することが肝要であろう……。

この意見書は「高島上書」と呼ばれ、長崎奉行から幕府中枢に届けられた。

老中の水野忠邦は、これを目付の鳥居耀蔵に渡して、評価を問うた。

鳥居耀蔵は、儒学者・林述斎《はやしじゅっさい》の三男から旗本に養子となった身である。彼の蘭学に対する反感は、根深いものであった。彼は水野忠邦にこう答えた。

「俗情とかく新奇を好むは古今の通弊である。いわんや蘭学者流は奇を好む病もっとも深く候、その末に火砲のみならず行軍布陣の法から平日の風俗教習までも遵行するような様となり果てては、その害少なからず」

水野忠邦は「高島上書」を江川英竜にも渡して、意見を求めた。このころすでに江川英竜も家中の者三人を高島秋帆のもとに送り、西洋砲術を修めさせていたのである。高島秋帆の上申について、正確に評価できる立場にあった。

江川英竜は、「そもそも砲術は天文年間に蛮国から伝来し、御家（徳川家）でも専御用となった技術である」と書き出し、高島秋帆の意見書を全面的に支持した。

水野忠邦は、高島秋帆を江戸に呼び寄せ、西洋砲術の実際を見分したうえで、採否を決めることにして、高島秋帆に出府を命じた。高島秋帆は、翌天保十二年の閏《うるう》正月二十二日に、門弟たちを引き連れて長崎を出発する。長男の浅五郎《あさごろう》ほか、諸藩から送り込まれた門人のうちおよそ百三十人が高島秋帆に従った。この数は、門人のおよそ半分である。

高島秋帆が、五月、武州豊島《としま》郡徳丸ケ原で演練を実施する。

三郎助がこのことを知ったのは、天保十二年の四月である。高島秋帆一行が江戸に到着してひと月ほどたったころであった。

「観たい。おれも観たい」

三郎助はいても立ってもいられない気持ちで、松村啓次郎に相談した。

「この徳丸ケ原での演練、浦賀奉行組もなんとしてでも見物すべきかと存じますが」

松村啓次郎は言った。

「誰もが観たがっておる。だが、直参と陪臣以外には観せぬと聞いたぞ。お奉行しか見物は許されぬのではないか」

「お奉行だけでなく、松村さまやわたしも観るべきです。じっさいに砲を扱うのは、わたしたちではありませんか」

「たしかにそうだが、ま、お奉行にも相談してみよう」

この時期、三郎助の上司にあたる奉行は、伊沢美作守政義である。鳥居耀蔵と親交があり、蛮社の獄に於ける蘭学者弾圧にも関わったという有力旗本であった。

はたしてお奉行は、西洋砲術の演練の見物を、部下に許してくれるだろうか。

五月といえばちょうど伊沢は江戸勤番奉行にあたっており、部下である三郎助もこの時期江戸にいるのだが。

松村啓次郎が、すぐにいい報せを持ってきた。

「お奉行も、この演練を見物するそうだ。観たいという申し入れが諸藩諸士から殺到しているらしい。在府の大名たちも大勢見学する。幕臣も、届け出ればすべてに観せると決まったそうだぞ」

「それで、わたしたちは？」

「来月江戸勤番の与力、与力見習たちは、お奉行に同行せよとのことだった」

「そうですか！」

三郎助は飛び上がりたい気分だった。

それにしても、蘭学嫌いの伊沢美作守も、西洋砲術には関心があるのか。鳥居耀蔵自身はどうなのだろう。

高島秋帆の西洋砲術演練は、天保十二年五月九日、武蔵《むさし》国豊島郡の徳丸ヶ原で実施されることとなった。現在の板橋区高島平近辺である。高島平という地名は、高島秋帆一行がこの地に宿営したことからついた名である。

徳丸ヶ原の南側には、五張りの天幕が設けられた。これは幕閣、諸侯用である。西の隅に設営された幕舎が、高島秋帆一行の仮屋であった。

演練の地の周囲には竹矢来《やらい》がめぐらされている。矢来の外には、物見高い江戸の市民たちが押しかけていた。

三郎助は、伊沢美作守について、幕舎の東側で演練を見守ることになった。このとき、江川英竜が、家中の者を連れて徳丸ヶ原にきていることを知った。

すれちがうときあいさつすると、江川英竜は三郎助を覚えていた。

「これは中島さま、ようこそいらした。きょうは、勉強になりますぞ」

「楽しみにしてきました」三郎助は言った。「西洋砲術を見るのは、初めてです」

「ここにいる大部分の者がそうです。きょうは高島殿は、用兵術も披露することになっています。目に焼き付けてゆかれよ。御免」

江川英竜は、忙しそうな様子で黙礼して離れていった。

演練は、午《うま》の刻ちょうどに始まった。

中央の幕舎には、老中の水野忠邦をはじめとし、真田《さなだ》幸貫《ゆきつら》、目付の鳥居耀蔵らが並んでいる。そのほかにも、幕府の主だった者はほとんどがこの徳丸ヶ原に集まっていた。阿片戦争の情報が引き起こした危機意識の高まりの故であった。

三郎助のいる場所からは、高島秋帆の率いる砲兵、歩兵たちの姿は、ごく小さくしか見えなかった。みな黒っぽい衣類を身につけているようである。歩兵たちの姿は、ごく小さくしか見えなかった。

その歩兵たちが、高島秋帆の合図でさっと砲に取り付いた。トンガリ帽子をかぶっていた。ずんぐりした砲なので、たぶんこれがモルチール砲と呼ばれるものなのだろう。

三郎助が息を呑《の》んだその瞬間だ。地面を震わせて爆音が響いた。砲が火を噴いたのだ。見物人たちがわっと叫んだ。悲鳴を上げた者も少なくなかった。うろたえてその場から逃げ出そうとする侍さえいた。

三郎助は、砲弾がひゅんと前方に飛ぶのを見た。砲列の八町先には、標的が置かれている。土塁を築き、その前に板塀を立てているのだ。浦賀で砲術見分を行うときのものよりは小さい。板塀の高さは、小屋の屋根ほどである。その板塀が吹き飛び、つぎの瞬間、砲弾は炸裂《さくれつ》した。土塁の斜面に火柱が上がった。ばらばらと土塊《つちくれ》が舞い上がり、また地面に落ちてきた。板塀はもう跡形もなく、土塁は大きくえぐられていた。

また見物人がどよめいた。

「これが炸裂弾か」

三郎助は松村啓次郎の顔を見た。彼も驚きを隠していない。目が真ん丸だった。

高島秋帆たちは、たて続けにあと二発、標的に撃ち込んだ。その二発とも、八町先の標的に正確に着弾、破裂した。

硝煙が流れて消えたところで、見物人たちはざわついた。顔を見合わせて、何ごとかささやきだしている。

ついで、また砲弾の発射である。こんどは、べつの種類の弾を使ったようだ。着弾地点で、炎が大きく広がった。焼夷《しょうい》弾、とでも呼ぶべきもののようだ。木造の建物や船舶の攻撃に使うものかもしれない。

つぎに出てきたのは、モルチール砲よりもいくらか砲身の長い砲だった。これがホイッスル砲のようだ。ホイッスル砲は、やはり八町先の標的に正確に弾を撃ち込んだ。モルチール砲のときよりもいくらか小さな火柱が上がった。これがもう一発。ついで撃たれた弾は、着弾地点で大きく土埃《つちぼこり》を上げた。

砲兵たちがあわただしく動き、隊形を組み替えた。べつの砲の発射演練となるようだった。

松村啓次郎が、小声で三郎助に言った。

「炸裂弾の威力はすごい。あれが浦賀の台場に撃ち込まれたなら、ひとたまりもないぞ」

三郎助も、同じ思いだった。おれたちが鉄弾がいいか鉛弾を使うか悩んでいるときに、西洋はすでにこのような砲弾を開発し、これを撃ち込む砲を実用化しているのか。いったいおれたちと西洋とのあいだの隔たりは、どの程度のものなのだろう。これから西洋砲術を学んで、果たして追いつくことができるものなのだろうか。ここで阿片戦争が始まらないうちにだ。

つぎに砲兵たちが囲んだのは、小ぶりの細身の砲だった。これが野戦砲のようだ。二門ある。この砲も、標的に二発の弾を命中させた。

砲術を熟知している三郎助にも、この演練は驚きだった。居並ぶ幕閣や諸侯たちは、それ以上だったろう。きわめて衝撃的であったはずである。

ところが、ほんとうに驚くものは、そのあとに続いた。

歩兵たちが銃を胸の前に立て、整然と一列になって幕舎の前に行進してきたのだ。

高島秋帆と見える人物が、列から離れて指揮を執っている。黒い筒袖《つつそで》に裁着袴《たっつけばかま》、黒い陣羽織姿である。

二個の歩兵隊の一隊を指揮するのは、高島四郎太夫秋帆である。その子の浅五郎も、歩兵隊二隊のうちのもう一隊を指揮している。高島秋帆の副官、市川熊男《いちかわくまお》が、残った砲兵隊の指揮をとっていた。歩兵隊の隊士は総計で九十九名である。

歩兵隊士たちのいでたちは、砲隊の隊士たちとほぼ同じで、紺の筒袖に股引《ももひき》、脚絆《きゃはん》、黒塗りのトンガリ帽子姿であった。全員、革の帯を腰に巻き、これに革の弾薬袋と銃剣袋をさげている。脇差も、この革の帯に差していた。

歩兵隊は、将軍や幕閣や諸侯の居並ぶ幕舎の前で、左右二隊に分かれて整列した。見物人たちに向かい合うかたちである。

高島秋帆が、大声で指示した。

「プレセンテールト・ヘット・ゲベール！」

中島三郎助の知らぬ言葉だったが、おそらくは蘭語だろう。歩兵隊の隊士たちが一斉に銃を胸の高さまで持ち上げた。

再び高島秋帆が命じた。

「セット・アフ・ヘット・ゲベール」

歩兵隊の隊士たちは、銃の銃床を脇腹の位置まで下ろし、身体の前で斜めに構えた。

ついで歩兵隊は、秋帆の指揮で身体の向きを変え、足並みを揃えて後方へと歩いた。さらに二隊がまたひとつとなり、横一列となってから、その列を崩して陣形を変えた。できたのは、三方備の陣である。歩兵隊は、その三方備の方形陣のまま銃を空に向けて構え、空砲を放った。

幕閣や諸侯たちのあいだから、またも呻《うめ》き声が洩《も》れた。

また高島秋帆が命じた。

「バヨン・ネット・オップ！」

今度は何か？

三郎助が注視していると、歩兵隊はきびきびとした動作で、銃に剣を着けた。

ついで歩兵隊は、二重陣を作った。ここで高島秋帆が合図すると、歩兵隊は二重陣のまま、銃剣を前方に向けて、西方向へと突撃した。秋帆の合図で再び静止した。

二重陣は、すぐに三重陣へと変わった。ここでも火薬の装塡《そうてん》と発砲があって、三重陣は崩れ、再び一列横隊となった。横隊を維持したまま、歩兵隊は後退した。

さきほどまで八町先の標的に弾を撃ち込んでいた砲隊が、歩兵隊の前面へと出てきた。後退する歩兵隊と、さっと入れ違うようにである。

高島秋帆の鋭い命令が響いた。

「セット！」

砲兵たちが、それぞれの砲に取りついた。

「ヒュール！」

四門の砲が、奥から順に火を噴いた。大音声の連打だった。幕舎のもっとも近いところにあった野戦砲が火を噴いたところで、こんどはまた歩兵隊の突撃である。列前の砲隊のあいだをすり抜けて前面に飛び出し、一斉射撃だ。一斉射撃が済んだところで、こんどは追撃となった。歩兵隊の隊士たちは、吶喊《とつかん》と共に徳丸ヶ原を駆けた。

幕臣や諸侯は一斉に床几《しょうぎ》から立ち上がって、銃隊の突撃する方向に目をやった。もちろん三郎助も立ち上がった。

歩兵隊は、西の天幕の前まで駆けてから止まり、向きを変えてまた横一列となった。横一列の歩兵隊は、ザッザッと小太鼓を打つような足音を立てて幕舎の前にもどり、静止して直立、先ほど同様に重臣たちの前で威儀を正してから、構えを解いて銃の床を足元の地面に置いた。

居並ぶ幕閣、諸侯たちが、ふうっと吐息をもらした。

松村啓次郎が呆《あき》れ顔を三郎助に向けて言った。

「なんとまあ、見事な采配《さいはい》ぶりか」

三郎助は言った。

「隊士たちの一糸乱れぬ動きには、目を見はりました」

「陣形をつぎつぎと変えてゆくさまも、じつに見物だった」

「我らが徒組《かち》の槍持《やりも》ちたちも、あのように動けるものなのでしょうか」

「徒のことは知らぬ」松村啓次郎は、左右の見物人たちの顔を見やりながら言った。「みんな呆気《あっけ》に取られている。たぶん、これとはかなりちがった様なのだろうな」

周囲でも、同じような言葉がひそひそと語られ始めた。ここにいる幕閣、諸侯一同にとっても、高島秋帆が見せた用兵術は、新鮮で驚きに値するものだったようだ。

やがて、高島秋帆が幕舎の前までもどってきて、トンガリ帽を脱いだ。帽子には、銀月の紋がついている。高島家の家紋なのだろう。高島秋帆は、老中たちの前で跪《ひざまず》いてその帽子を脇の地面に置き、土下座した。

三郎助には聞こえなかったが、このとき幕閣たちは、このようなことを高島秋帆に訊《き》いたのだという。

「あの砲を、そのほうはいかほどで購入したか」

「銃は、見慣れぬ扱いかたであったように見えたが、これまでのものとは仕組みがちがうのか」

「ホイッスル砲の弾はかなり大きなものと見えたが、玉目はどのくらいか。火薬はどれほどの量を使用するのか」

「炸裂《きくれつ》する弾のからくりは、どんなものか」

「野戦砲は、最大でどれほどの距離に弾を撃ち込めるのか」

「隊士たちのあの筒袖や革帯もやはり、オランダに範があるものか」

「下知の言葉は、蘭語であるか。どのような意味であったか」

「ヨーロッパの軍は、どこもかような用兵術を用いて戦うのであるか」

高島秋帆は、これら多岐にわたる質問にひとつひとつ丁寧に答えた。砲術の門外漢からの質問にも答えかたは真剣であったし、細かな数字を問われても言いよどむことはなかった。終始誠実で、言葉の明快な高島秋帆の態度に、この演練を見た者は誰もが感銘を受けた。

この場で不機嫌だったものの代表格は、目付の鳥居耀蔵であったろう。先日、水野忠邦の諮問に対して、「蘭学者流は奇を好む病もっとも深く」「平日の風俗教習までも遵行するような様となり果てては、その害少なからず」と答えた手前もある。幕閣たちがみなこの演練に感嘆したのでは、自分の面目が立たないのであった。

鳥居耀蔵は、そばにいた田付四郎兵衛《しろうひょうえ》と井上左太夫《いのうえさだゆう》の顔を見た。ふたりとも幕府鉄砲方である。

そのひとり田付四郎兵衛は、ぽかりと口を開けたままだ。井上左太夫は、苦々しげに顔をしかめている。

鳥居耀蔵は、ふたりをけしかけた。

「こんな児戯で、砲術が誤解されてはかなわぬ。弱みを突けい。さもなければ、高島流が御家公認の砲術となるぞ」

気を取り直したように、田付四郎兵衛が高島秋帆に訊いた。

「本日の砲撃のために、この徳丸ヶ原に於いても、稽古はなされたのであろうな」

高島秋帆は、明晰《めいせき》な声で答えた。

「たしかに、昨日試し撃ちを行い、きょうに備えました」

「では、八町先の的への着弾、試し撃ちと同様に同じ場所で同じことを繰り返しただけか。あらためて狙って撃ったわけではないのだな」

高島秋帆は、田付四郎兵衛の声に含まれた皮肉と悪意に気づいたようだ。顔にかすかにとまどいを見せて言った。

「いつもと同様の手順を繰り返したのにございますが」

「最初の着弾で、的は破裂して四散した。二弾目以降は、果たして的のどのあたりに当たったのかもわからぬ。お手前、稽古はいつもあのように、的を最初に吹き飛ばして行われるのであるか」

「ボンベン弾、すなわち炸裂弾の試し撃ちとなれば、的が初弾で壊れるのはやむをえなきことにございます」

「炸裂するような弾を使っていては、はたして的に命中したのかどうかもわからぬ。命中せずとも近くに落ちればよい、という砲術では、砲手たちの腕は上がるのだろうか」

「門弟たちの腕は確かにございます。炸裂弾も、狙った場所に正確に落ちて破裂したことに相違はございませぬ」

「炎と煙と土埃《つちぼこり》で、たしかに門外漢の目は驚かせることができたようだ。だが、果たして的に正確に当たったかどうかは、ここではわからぬ」

高島秋帆は答えた。

「まちがいはございませぬ」

鳥居耀蔵は、この場にいる浦賀奉行のひとり、伊沢政義にも言った。

「下知の言葉まで西洋の真似そのままとは、聞くに耐えないものであった。美作守、いかがでござるか」

三郎助は、自分の上司に問いが向けられたので、伊沢政義のうしろから耳を澄ました。

伊沢政義は高島秋帆に訊いた。

「これらの砲、合わせて四百両近くの代金であったと、先ほど答えていたが、その金はいかように工面したものか」

高島秋帆は答えた。

「それがしの私財と、門弟たちからの束脩《そくしゅう》を充てたのにございます」

「そのほう、長崎では、町年寄で奉行所鉄砲方と聞くが」

「はい。町人にございます。つい先般、江戸表に着いたところで、諸組与力を命じられました」

「そのほうにこれだけの銃砲を購《あがな》う資力があったのか？」

「それがしは商人として、多少の私財はございます。これに加え、束脩もすべて、銃砲の買い入れのために使いました」

伊沢政義は、鼻で笑うように言った。

「どのように私財を貯めたのかは知らぬが、よくもまあ、銃だの砲だのをこれだけ購うことができたものだ」

何やら含みのある言葉と聞こえた。

三郎助は、高島秋帆の身を心配した。

伊沢政義は、高島秋帆が長崎奉行所で何か不正でもしていると言っているのだろうか。金の出所が心配だと言っているのだろうか。

水野忠邦が、このやりとりに割って入った。

「これだけの砲術や用兵術、そのほうは書物からだけで学んだのか？」

高島秋帆は、水野忠邦に顔を向けた。

意地の悪い問いが続いたので、ほっとした想いだったのだろう。

高島秋帆は言った。

「書物からも学びました。『歩兵操典』なるオランダ軍が発行した書物にございます」

「その書の翻訳は誰が？」

「それがしにございます。『西洋銃陣』と題した書物といたしました」

「書物以外では、何から学んだ？」

「出島に出向くついでができるたびに、砲術や用兵術を知るオランダ人を探し、教授を請いました」

「教授を受けるときは、そのほうひとりか？」

「いいえ。必ず出島の町役人や組頭、お目付が立ち会っておりました。従って、それがしもわざわざ伝授を受けるために出島を訪れたわけではなく、また、密かに伝授されたのでもございませぬ」

「そのオランダ人の名をひとりでも挙げてみよ」

「オランダ商館長のスチュルレルさまからのご教授が、有意義なものでありました」

「その商館長は、砲術家なのか？」

「スチュルレルさまは、十四歳で砲兵隊に入隊し、かのナポレオン将軍がヨーロッパを席巻しておりましたころ、オランダ軍の砲兵将校として従軍、オランダ軍の砲兵頭にまで昇り詰めた人物にございます」

水野忠邦は、高島秋帆の答に満足したのかどうか、半分はまだ理解できていないという顔でうなずいた。

「よろしい。きょうの演練、見事であった。下がってよい」

高島秋帆は、もう一度居並ぶ幕閣たちに深々と頭を下げてから、膝《ひざ》であとじさって立ち上がった。徳丸ヶ原に張られた幕舎の中の緊張が解けて、ざわざわとささやく声が広がった。

重臣たちが幕舎を出た後、中島三郎助は松村啓次郎と共にその場に立った。すでに浦賀奉行である伊沢政義は、重臣たちに続いて、幕舎から退去している。

松村啓次郎が、伊沢政義について徳丸ヶ原を出る様子と見えたので、三郎助は言った。

「少しお暇をくださいませ。いま一度、間近にあの西洋の大筒を見てまいりとうございます」

松村啓次郎は、徳丸ヶ原を出て行く幕閣や諸侯の行列にちらりと目を向けてから言った。

「お奉行の様子を見たろう。ご機嫌はけっしてうるわしゅうなかったぞ。西洋砲術には、いましばらく距離を置いたほうがよい」

三郎助は言った。

「間近に見るだけにございます」

「早う、もどってこい。おれは、お奉行に従って先を行く」

「すぐ追いつきます」

松村啓次郎は、浦賀奉行組のほかの与力たち三人と共に、伊沢政義を追いかけていった。三郎助は、ひとの波にさからうように、徳丸ヶ原の西へと駆けた。

原の端に、高島秋帆とその門弟たちのための幕が張られている。秋帆たちは、砲を分解しているところだった。

近寄っていくと、槍《やり》を持った徒《かち》が数人、三郎助の前に立ちはだかった。

「何者か？　ここから先は、許しを得た者しか入れぬ」

三郎助は言った。

「浦賀奉行組、与力見習の中島三郎助と申します。高島先生の大筒を、近くで見せていただくわけにはゆきませぬか」

「ならぬ。いま見せた以上のことは、誰にも見せてはならぬとのことだ」

「わたしは、浦賀でお台場勤務を命じられております。いわば異国船の真ん前にいる身。西洋砲術を知らぬわけにはまいりませぬ」

徒のひとりは言った。

「さっきから、同じようなことを言ってくる者が絶えぬが、駄目なものは駄目だ」

そこにすっと姿を見せた男があった。

「いかがされました」

男を見ると、江川英竜だった。

江川英竜は、頰に微笑を浮かべている。彼はどうやら、きょうの演練の雑務一切を取り仕切っていたのだろう。うれしそうだ。幕閣たちの反応に満足しているのだ。

「これは、江川さま」三郎助は言った。「感銘いたしました。できれば、西洋の砲をこの目でしかと見せていただけないかと思ったものですから」

「かまいませぬ。どうぞ」

江川英竜は徒に指示して、三郎助を高島秋帆たちの幕舎に招じ入れてくれた。奥では、黒い帽子を脱いだ高島秋帆が、砲の分解を監督していた。江川英竜は高島秋帆に呼びかけると、三郎助を紹介した。

「浦賀のお台場の、砲の狙い手です。中島三郎助という御仁。先般はモリソン号来航の折り、モリソン号に御備船の上から中筒を撃ちかけた男ですよ」

高島秋帆は、目を大きくみひらいて、三郎助を見つめてきた。

高島秋帆は、歳のころは四十をいくつか過ぎたあたりか。眉《まゆ》の濃い精力的な顔だちで、目の光が強かった。好奇心もまたそうとうなものと見える壮年男だった。

高島秋帆は、確かめるように三郎助に訊《き》いた。

「モリソン号を砲撃されたと?」

「はい」三郎助は、慎重に答えた。先般は、それを自慢していると取られて、江川英竜には笑われているのだ。「異国船は断固として打ち払うべしとお達しが出ておりますゆえ」

「失礼ながら中島さま、西洋の砲術がどのようなものか、知っておられたのですか」

「いいえ。きょう、この徳丸ケ原で見るまで、知りませんでした」

「いかがでした。西洋のいまの砲術は」

中島三郎助は、さきほどの演練の様子を思い起こして答えた。

「かなわぬ、という想いだけでした」

「モリソン号は、そのあと、鹿児島にも来航しております。薩摩《さつま》も打ち払ったのですが、あの船が砲を降ろしていて、ほんとうによかった。そうは思いませぬか」

「そのとおりに存じます。わたしはあの炸裂《さくれつ》する弾を初めて目の当たりにいたしました。我が台場にあるような砲では、まったく相手にならぬと、きょう思い知らされました」

江川英竜が言った。

「そのことは、きょう見ていた誰もが感じたことだろう。我が国は、砲術において、おそらく西洋に二百年の遅れを取っている。我らは、西洋の軍の敵にはなりえぬ」

高島秋帆が、微笑を浮かべて言った。

「誰もが同じように思ったわけではありますまい。何人かの砲術家たちは、些末《さまつ》なことを非難してきましたぞ」

江川英竜が言った。

「田付四郎兵衛に、井上左太夫でしたな」

「高位の旗本と見える御仁も、つまらぬことを訊いてきた」

「伊沢美作守」と言ってから、江川英竜は三郎助に顔を向けてきた。「いまの浦賀奉行でしたな」

「はい。ふたりおられるうちのおひとりです」

「目付、鳥居耀蔵殿のご縁戚《えんせき》とか。蘭学を毛嫌いしていることでは、鳥居殿の人後に落ちぬ」

高島秋帆は、くっくっと喉《のど》を鳴らすようにして笑った。

「儒学も、そもそも漢土からきた教え。蘭学の何がいかんというのですかな」

江川英竜が言った。

「それはともかく、中島さま、とくとご覧になってゆくとよい」

「は」

高島秋帆が、砲をひとつひとつ指差して説明してくれた。

臼《うす》の形を思わせるモルチール砲に、榴弾《りゅうだん》を撃つホイッスル砲、そして小型軽量の野戦砲。

高島秋帆は、弾も見せてくれた。モルチール砲で撃つ炸裂弾（ボンベン弾）に焼夷弾《しょうい》（ブラントコーゲル弾）、それにホイッスル砲で撃つ小型ボンベン弾、榴弾（ドロフィーコーゲル弾）、野戦砲で撃つ椎《しい》の実型の弾である。

砲も弾も、三郎助の目にはずいぶんと斬新《ざんしん》で輝かしいものに映った。金属の表面がじっさいに磨かれていたせいばかりではない。それは、三郎助が初めて目にする、西洋の軍事技術であった。その粋であったのだ。

三郎助は、高島秋帆に訊いた。

「炸裂弾の仕組みは、花火玉と同じですか。中に火薬を仕込むと聞いておりますが」

高島秋帆は答えた。

「そのとおりです。砲弾の中に火薬が仕込まれており、着弾地で爆発します」

「弾の点火は、どのようにされるのでしょうか。導火線を使う場合、加減を間違えれば、弾は空中にあるうちに炸裂しますね。あるいは地面に転がってから」

三郎助の質問が、砲術家として的確なものであったせいか、高島秋帆はうれしそうな表情となっていった。

「さようです。西洋でも長いこと導火線を使ってきましたが、この場合、着弾した瞬間に炸裂させるには、修練が必要です。また、炸裂弾を使う場合、もっとも危ないのは、発射されぬうちに砲身の中で炸裂することです」

「では、導火線ではなく、弾にはべつの仕掛けが施されているということでしょうか」

「このようなものが作られております」

高島秋帆は、長さ二寸ばかりの竹の筒のようなものを取り出して、説明してくれた。

これは木管に火薬を詰めて、その端に門線をつけたものである。曳火《えいか》信管、と高島秋帆は日本語の名をつけたという。

ボンベン弾を使用するときには、これを弾に空けられた穴に槌《つち》で叩《たた》きこむ。この弾を砲から発射すると、発射火薬の爆発によって門線に点火され、木管の中の火薬が燃えつつ、弾の中の炸薬に至る。そこでボンベン弾は内側から破裂するのである。

木管の長さによってボンベン弾の炸裂までの時間を調整できるから、砲手は射距離に応じてこの木管を切ってやる。導火線よりも確実で安全、しかも炸裂までの時間を正確に加減することができる仕組みだった。

三郎助に説明する高島秋帆は、玩具《がんぐ》を自慢する子供のようにも見えた。頬がゆるんでいる。

三郎助のような砲に詳しい者に伝えることが喜びなのだろう。三郎助も、さらに好奇心のままに、遠慮なしに質問をぶつけた。

高島秋帆は、銃も見せてくれた。

三郎助が手にとってみると、三郎助が知っている火縄銃とは、機構がちがっている。

高島秋帆は言った。

「燧石《すいせき》銃という種類です。ご存じですか」

「名前だけは聞いておりましたが、見たのは初めてです。不発になりやすい銃とも聞いておりましたが」

「それは、ごく初期のものですな。西洋では、火縄銃のあと、この燧石銃が長いこと使われておりました。ただし、西洋の最新の銃は、いわば雷管式とでも呼ぶべきものです。どんな豪雨の日でも、風があっても、確実に発火、弾が発射されます」

高島秋帆は、膝《ひざ》を屈《かが》めると、持っていた指揮杖《じょう》で、地面にさっと図面を描いた。

三郎助もその横に腰を屈めた。

高島秋帆は言った。

「つい先年、ヨーロッパでは、ピンファイヤー式と呼ばれる銃と銃弾が作られました」

高島秋帆は、地面に描いた絵を示しながら説明した。

ピンファイヤー式の弾丸には、薬莢《やっきょう》を用いる。あかがねの薬莢の前部には、椎の実のかたちをした鉛弾。薬莢の中央には黒色火薬を詰め、後部には雷汞《らいこう》と呼ばれる発火剤を詰める。雷汞とは、別名ドンドロスという結晶状の薬品である。弾のうしろには、一角獣の角のように針が刺さっており、これが撃針である。この撃針を叩くと、ドンドロスが発火して薬莢内の火薬を爆発させ、弾を発射するのである。

三郎助は訊いた。

「銃弾は、銃身のうしろから詰めることになりますか？　撃針が邪魔をして、銃口から詰めることはできませんね」

よくわかっているな、とでも言うように高島秋帆はうなずいた。

高島秋帆は言った。

「そうです。銃身の後部の薬室に、切込が入れてある。撃針はここから顔を出しているのです」

高島秋帆は、さらに地面に絵を描いて、ピンファイヤー銃の構造を教えてくれた。

そこに、役人らしき侍が現れた。

その侍は言った。

「ご老中、水野さまより、高島四郎太夫にお言葉である。きょうの演練、見事なものであった。後日あらためて沙汰《さた》があるが、それまでこのまま徳丸ケ原に留まるよう、よいか」

高島秋帆が頭を下げて言った。

「は」

「それまで、砲や銃など、許しを得た者以外には見せてはならぬ。徳丸ケ原は、徒組《かち》が警備する」

「かしこまりました」

その役人が去ってゆくと、江川英竜が三郎助に顔を向けて言った。

「いま言われたとおりだ。中島さま、きょうはここまでということになるが」

残念な想いが顔に出たのだろう。江川英竜は続けた。

「ご老中をはじめ、ご重臣の面々のあの表情から察すれば、高島殿の砲術はご公儀の専御用となるだろう。あらためて門弟が募られる。中島さまも、焦らずに待つがよろしい」

そうだろうか。それを期待してよいだろうか。おれは西洋砲術を習うことができるだろうか。

多少は不安に思いつつも、三郎助は徳丸ヶ原のその幕舎を出た。

浦賀奉行組の一行に追いつくと、松村啓次郎が三郎助に言った。

「遅かったな。何をやっていた?」

三郎助は、周囲の同僚たちには聞こえぬよう、小声で答えた。

「西洋砲術の真髄、教えを受けてまいりました」

松村啓次郎が言った。

「観音さまにでも出会ってきたような顔だぞ」

「そうですか?」

三郎助は、自分の頬に手を当ててから、自分がからかわれたのだと気づいた。

「たしかに光明が見えた気がしましたが」

松村啓次郎は、三郎助の袖《そで》を引くと、浦賀奉行所の同僚たちから少し離れて言った。

「いま一度言うがな。いまのお奉行さまの前では、西洋砲術を学びたいなんてことは絶対に言い出すなよ。絶対にだ」

松村啓次郎の目はあまりにも真剣なものだった。三郎助はうなずいた。


この徳丸ヶ原の演練から六日後の、天保十二年五月十五日、幕府はいわゆる「天保の改革」を発令する。

これは、直接には、連続する大飢饉《ききん》によって物価騰貴が起こり、社会不安が増大していたことに対して、幕府が採った緊急の政治・経済改革であった。経済面では、農村と商業を幕府が直接統制下に置き、緊縮財政と消費の引き締めによって、インフレを抑え込もうとした。とくに改革の目玉は、株仲間を解散させることであった。これにより商業の完全自由化を進めて、物価の安定をはかることが狙いだった。

しかし、幕府がこのとき理想としていたのは、徳川幕府成立のころの封建体制であり、これを支える米本位制である。幕府の保守派によって進められたこの改革は、完全なる時代逆行だった。とくに株仲間の解散は、逆に商工業者を孤立させ、流通を麻痺《まひ》させて、市場を機能停止に追い込むのである。

内に経済の疲弊、外からは開国圧力。このころの日本は、まさに内憂外患という状況にあり、しかも、それは日々深刻化していたのだった。

再び大塩平八郎のような役人が現れるのではないか。どこかの地方で、乱が起きるのではないか。

幕府中枢は、本気でそう懸念していたのだった。

天保の改革が発令されたとほぼ同じころ、鉄砲方の井上左太夫が、徳丸ヶ原の西洋砲術演練について、見分役として報告書を幕府中枢に提出した。

その報告書は、このような内容のものである。

「銃の射撃は空砲であったため、的中度を調べることはできなかった。用兵については、足並みは揃っていたけれども、こんなものは子供の遊戯に等しい」

「銃については、我が鉄砲方秘蔵の銃のほうが優れている」

「野戦砲なるもの、あの軽い砲を多人数で扱うのは、手回しよく見えるけれども、無益である。わが流であれば、撃ち方ひとり、手伝いひとりで十分である」

「馬上砲、臼砲《きゆうほう》なるもの、わが流にもあり。外国製は重すぎて、役に立たない」

「総体で言って、演練は至極不出来である」

「異体の服と笠《かさ》を着用させ、命令もオランダ語とは心得ちがいである。禁止すべし」

なんとも偏見に満ちた報告書であり評価であるが、井上左太夫の本音は、最後の一文にあった。

「ただし、右の臼砲と野戦砲を献納せしめて、我に於いて研究し工夫を加えるならば、あるいは役に立つかもしれぬ」

井上左太夫は、要するに高島秋帆が見せた西洋近代砲術に圧倒されたのだ。この砲術を、自分が独占したいと言っているのであった。

さらに井上左太夫は、六月に入ってからもう一度、幕府中枢に上申書を提出した。

「高島四郎太夫と彼の砲術は、一切御用に立ててはならぬ」

幕府が高島秋帆を鉄砲方に任じることを恐れて、先に反対意思を表明したのである。

この上申書に対して、江川英竜が猛烈に反駁《はんばく》した。「金令山人」の名で、江川英竜は書いている。

「モルチール砲は異国製なので役に立たないと言うが、そもそも鉄砲、石火矢などは、我が国で発明されたとでも思っているのだろうか。大砲も小銃も異国で発明されたものだということぐらい、三歳の子供でも知っている」

幕府中枢は、徳丸ヶ原の演練で、近代西洋砲術の力をはっきりと認識した。これに較べるならば、「児戯に等しい」のは、むしろ伝統的な砲術のほうであると知ったのだった。

しかし、田付四郎兵衛、井上左太夫のふたりの鉄砲方ほか、蘭学を嫌う幕閣たちの中傷と非難も激しいものがあった。

とくに鳥居耀蔵や、彼と親しい伊沢政義などは、高島秋帆が砲や銃を輸入した経緯や手続き、金の出所にこだわった。何か不正がないかと、高島秋帆に対しての審問を求め、質問状まで出している。

幕府は、このときは鳥居耀蔵たちの中傷を退けた。六月二十五日、幕府は高島秋帆に対して銀子二百枚を与え、高島秋帆が長崎から運んできた砲四門を金五百両で買い上げている。

それはつまり、幕府は高島流砲術の価値を評価し、これが広まることを歓迎するという意思表示であった。近い将来、高島流砲術の伝授を公認すると取れる褒賞である。

鳥居耀蔵たちは危機感を強めた。

このままでは、和流の砲術が危ない。

それまで幕府の中で、この西洋近代砲術にもっとも強く関心を示し、この採用を主張してきたのは、江川英竜である。徳丸ヶ原の演練の前に、すでに幕府に対して、高島流砲術入門の許可を願い出ている。彼が高島流砲術を継承する可能性はきわめて強くなった。

同時に江川英竜は、江戸湾巡見のとき以来、蘭学をめぐって鳥居耀蔵とははっきりと敵対してきた人物であった。江川英竜が幕府公認の砲術家となった場合、蘭学を否定する自分たちの立場はなくなる。自分たちは、権力から遠ざけられる。もし高島流砲術が幕臣に伝えられることになったとしても、その相手は江川英竜であってはならない。絶対に彼を幕府公認の砲術家としてはならない。

鳥居耀蔵たちは、水野忠邦に直接進言した。

「この砲術が他家に伝わることは危険すぎます。もし高島秋帆がこの砲術を江戸で伝授する場合は、それは幕府直参に限り、諸藩への伝授は一切禁止と考えますが」

水野忠邦は、たしかにそのとおりだと同意した。

鳥居耀蔵はさらに言った。

「先般の大塩平八郎の一件があります。幕府直参にしても、江戸在府の者に限るべきでしょう」

すなわち、伝授相手としては、韮山の世襲代官である江川英竜を排除する、ということであった。

水野忠邦は、一応は鳥居耀蔵からこの進言を受けて、側近たちに相談する。

側近のひとりが言った。

「ならば、伝授すべき者は西丸小姓組の下曾根《しもそね》金三郎《きんざぶろう》です。旗本で、父親は筒井《つつい》伊賀守《いがのかみ》政憲《まさのり》さま」

「ああ、知っておる。江戸町奉行を勤めたな」

「長崎奉行も。下曾根金三郎本人も、西洋砲術にはなみなみならぬ関心を持っております。高島秋帆に伝えさせるべきは、まずあの男が適任かと」

「それでよい。高島秋帆に伝えよ。下曾根金三郎ひとりに限って、あの砲術を伝授してよいと」

高島秋帆は、下曾根金三郎ひとりに伝授すべしというお達しを受けると、はっきりと不満をもらした。

「早くから西洋砲術に関心を示し、その力を正しく評価されてきたのは、江川英竜さまです。それがし、江川さまのお家来を門弟としてもお預かりしました。下曾根金三郎さまだけではなく、江川さまにも伝授することが、ご公儀の利にもかなうのではないでしょうか」

水野忠邦は、秋帆の不満を聞いて、再び腕を組んで考えこんだ。

「江川にもか」


中島三郎助は、高島流砲術は下曾根金三郎ひとりに伝授する、という幕府のこの決定を、七月の初旬に耳にした。この一件は、砲術を学ぶ者たちのあいだにたちまち伝わったのだ。

「伝授相手は、下曾根金三郎なる旗本か」

下曾根ひとりだけが高島流の西洋近代砲術を高島秋帆から伝授されるということは、彼がいずれ幕府公認の鉄砲方になるということだろうか。それとも、高島秋帆が事実上、幕府鉄砲方の地位に就いたということだろうか。

いずれにせよ、と三郎助は、自分に言い聞かせるのだった。ご公儀は高島流砲術を高く評価し、門外不出の重要な技術と認めたのだ。

三郎助は思った。

幕府が高島流砲術をここまで評価したということは、いずれ浦賀の台場を守る自分たちにも、高島流砲術を学べ、と命じられる日がくるということだ。いま浦賀奉行の伊沢政義や、重臣の鳥居耀蔵がどれほど異国ふうのものを毛嫌いしていようともだ。

国防という視点から考えるなら、江戸湾の警備部隊にとって、近代的な砲と、近代砲術の採用は不可避だった。それなしには、江戸湾は守ることができぬ。

松村啓次郎や部下の同心たちと共に観音崎台場に上がっていたときだ。同心のひとりが三郎助に言った。

「中島さま。中島さまは近頃、沖を見るときは顔が穏やかではありませぬ。何か心配ごとでもおありかと見えますが」

三郎助は、我に返って言った。

「いや、何でもない。ただ、つぎに異国船はいつくるか、それを案じているだけだ」

本心は少しちがうところにあった。

この次、砲を積んだ異国船がきたときは、打ち払いは先般のようにはうまくゆかぬだろう。台場から砲を撃った場合、確実に反撃がある。しかもその反撃は、高島秋帆とその門弟たちが徳丸ケ原で見せたような、威力が十倍もちがうほどの新式砲をもってなされるのだ。

自分たちの台場は、あの炸裂弾《さくれつ》によって一瞬にして沈黙してしまうことだろう。いや、それだけではない。浦賀の台場が破壊されるということは、江戸湾が蹂躙《じゅうりん》されるということである。江戸湾全体が異国船に制圧されるということであった。

ご公儀は、いつ浦賀に西洋の新式砲を備えるのだろうか。自分たちに、西洋砲術を習得せよと指示してくるであろうか。来るべきその日に、それは間に合うのだろうか。

同心が言った。

「ほら、そのお顔でございます」

三郎助は、あわてて自分の焦慮に蓋《ふた》をして、無理に余裕の表情を作った。

江川英竜は、高島流砲術の伝授が下曾根金三郎ひとりに限定されたことを知って、あらためて自分にも伝授をと強く願い出た。

そもそも高島流伝授にあたって、「当地御直参」（江戸在府の旗本）と条件をつけること自体、馬鹿げていた。江川英竜の認識では、いま西洋近代砲術を緊急に必要としているのは、豆州の代官所であり、浦賀や江戸湾警備の管轄役所である。江戸在勤の幕臣たちではない。

幕府中枢も、江川英竜の再申請を受けて、この一件を再検討する。

水野忠邦は、側近たちに言った。

「江戸在府の直参に限る、という一言は、気にせずともよいのではないか」

七月十一日、江戸城に登った江川英竜は、老中から言い渡された。

「高島流砲術伝授を受くべきこと」

はっ、と、江川英竜は、かしこまってこの通達を受けた。すでにその準備にはかかっている。

韮山の代官屋敷は、いつでも高島秋帆を受け入れることができる。

江川英竜は、その日すぐに、幕府が買い上げた高島秋帆の四門の砲の借用を願い出た。これらの砲は、いま鉄砲方の田付四郎兵衛、井上左太夫が保管しており、ほかの者は手を触れることができない。しかし、この件については、すぐには回答はなかった。

「江川太郎左衛門英竜が、高島秋帆から西洋近代砲術の伝授を受けることになった」

この報せは、下曾根金三郎の一件が伝わったときと同様、旬日を経ぬうちに、砲術に関わる武士や役人たちのつながりを通じて、三郎助の耳にも届いた。

「江川さまが、高島流砲術を伝授される」

そうなると、自分が高島流砲術を学ぶ日も近いはずである。江川英竜は、何より伊豆や江戸湾周辺の海防について、幕閣の誰よりも深い知識と問題意識を持っている人物だった。その人間が高島流砲術を学ぶ以上は、つぎに予想されるのは、江戸湾周辺の役人たちへの普及である。

三郎助は、先日来の焦慮が少しだけ薄れたのを感じた。

「江川さまが、高島流砲術を学ぶということは、ご公儀もいずれは高島流砲術をもって江戸湾警備にあたらせたいとの意向にちがいない」

しかし、それがいつになるかははっきりしない。半年先のことか、あるいは二年先か。浦賀奉行組が高島流砲術を学ぶ日は、いつになるのだろう。

三郎助はその夏、江戸勤番の折りには剣術を習いに道場に通うことを決めた。

剣術については幼少時からすでに宝蔵院《ほうぞういん》高田流と天然理心《てんねんりしん》流を習っていたが、あらたに北辰《ほくしん》一刀流を習うこととしたのである。高島流砲術をいますぐ習うことがかなわぬ不満を、少しでも意義あることに振り向けるためであった。

稽古《けいこ》の初日である。千葉周作《ちばしゅうさく》の道場で、師範代の門人が稽古の途中に三郎助に言った。

「剣術は喧嘩《けんか》とはちがうぞ。何に腹を立てているのだ？」

三郎助は、竹刀《しない》を下げてあわてて弁解した。

「べつに何も。ただ、ちょっと気合が入りすぎただけです」

「何かの鬱憤《うっぷん》晴らしに剣を取ってはならぬぞ」

「承知しております」


明けて天保十三年（一八四二年）の正月である。

中島三郎助は、松村啓次郎から、浦賀奉行の伊沢美作守政義が、阿片《アヘン》戦争に関する情報について疑念を持っている、との話を聞かされた。

なんでも年越しの小宴の際、部下の与力たちを前に言ったのだという。

「そもそもオランダ風説書にある阿片戦争の次第、このところ疑わしいとの声が強まっておる。清ほどの大国の軍が、エゲレスのような小国の軍と争って敗れるということなどありえようか。しかも広東での衝突のおりは、エゲレス軍にひとりの死者もなかったという。

だが清を通じて入る風説書などは、これとはまったくちがう顚末《てんまつ》を記しておる。最初にオランダ商館から戦争の報がもたらされたときは、幕閣にもあわてふためいて、何から何まで異国風がよろしいとわめきたてる者がおったが、さすがにときが経てばその声も小さくなった。

戦争はまだ終わってはおらぬが、いまやわたしはこの戦争に関して、あらためて各方面から事情をつまびらかに聞くときがきたと思っておる。

ほんとうに北京にまでエゲレス軍は迫っておるのか、伝えられることとはちがう事情があるのではないか、慎重に吟味する必要がある」

天保十一年に開始された清とイギリスとのあいだのいわゆる阿片戦争については、オランダ商館を通じて、また高島秋帆の上書を通じて、幕府中央に情報がもたらされていた。江戸海防の先端にある浦賀奉行所にも、この情報は届いていた。また奉行を通じ、三郎助ら奉行所の役人たちにも、あらましが伝えられていた。このような事態が起こっているから、異国船の早期発見がいかに肝要か、打ち払いがどれほど重要な任務であるか肝に命じよということであった。

伊沢政義が言ったという言葉を聞いて、逆に三郎助は思ったものだ。

あの徳丸ヶ原の演練を見た者なら、むしろ阿片戦争についての報せは、ほとんど事実だと取るべきではないのだろうか。清の砲術がどの程度のものかは知らないが、日本のそれよりも進んでいるとは思えない。もしそうであれば、長崎ではその事情も知ることができたはずだ。高島秋帆も、西洋の砲術を学ばずに、清の砲術を学んだことだろう。つまり、清の砲術も日本の砲術とどっこいどっこいである。

そこにイギリスが、軍船に近代的な砲を多数積んで清に上陸したなら、清軍の大敗は明らかだ。伊沢政義が疑うべきは、むしろ清の被害は伝えられている程度で済んでいるのか、ということであろう。もしかすると敗戦は、清という大国の、あるいは王朝の、崩壊を促し始めているのかもしれないのだ。

もちろん与力見習の三郎助は、たとえ直属の上司の松村啓次郎にであっても、そんな想いを口にしたりはしなかった。父親にも言わなかった。もちろん妻のすずにも。

自分はまだまだ未熟者であるという想いのほうが強かったのだ。天下について自分の意見を持つには、あまりにも知識は少なく、知らぬことが多すぎた。

ともあれ、天保十三年の正月、三郎助はあらためて決意した。勉強せねばならぬ。砲術も、西洋事情もだ。

この年、中島三郎助は二十一歳になった。すずは十九歳であるが、ふたりはまだ子供を授かってはいなかった。

その年の五月、伊沢美作守政義が浦賀奉行から長崎奉行に転任と決まった。

伊沢政義に代わって、浦賀奉行に赴任してきたのは、中奥御小姓組の小笠原加賀守長穀《ながより》である。二員制浦賀奉行のふたりのうちのひとりということであり、この小笠原長穀が三郎助の新しい上司となった。

小笠原長穀が、蘭学や西洋砲術にどの程度の理解を持っているか、最初は三郎助にはわからなかった。伊沢政義の後釜《あとがま》だから、同じように蘭学嫌い、異国風嫌いかと思えた。

しかし、赴任して数日後、観音崎台場を案内したときに、小笠原長穀は三郎助たちに訊《き》いた。

「昨年の徳丸ヶ原の演練を見た者はいるか？」

三郎助は、松村啓次郎と共に、見たと名乗り出た。あの場にいたと。

小笠原は言った。

「わたしも見ておった。まったく驚いたものだったな。ところでこの台場の砲は、高島秋帆が見せた砲と較べてどうなのだ？」

松村啓次郎が答えにくそうなので、三郎助が代わって答えた。

「射程距離は不十分です。炸裂《さくれつ》弾も用いませんので、あれほどの威力はございませぬ」

「やはりそうか」小笠原は海を見つめて、いくらか不安げな顔となった。「この次異国船が現れたときも、先般のモリソン号のときのように、首尾よく打ち払うことはできるだろうか」

「それが商船ならば、なんとかできましょう。しかし、それが軍船となると」

小笠原長穀は頼りなげな目で訊いた。

「無理か？」

「砲を撃ちかければ反撃がありましょう。そのとき、我が台場の砲では果たして異国船に立ち向かえますかどうか。我が砲弾の届かぬ距離から、異国船は炸裂弾を放ち、おそらく数発で我が台場は沈黙せざるをえません。あるいは異国船は、我らが弾の届かぬ距離を航行し、そのまま江戸湾奥へと入ってゆくやもしれませぬ」

小笠原長穀の顔は、いっそう不安そうなものになった。

「打ち払いはできぬか」

三郎助は答えた。

「向こうが本気で江戸湾侵入を試みた場合、止める手だてはございませぬ」

「それは、許されまいな」

小笠原長穀は渋い顔となり、小さく溜《た》め息をついた。とんでもない時期に浦賀奉行を拝命したと、自分の不運を嘆いたのかもしれない。もしかすると、異国船の撃退ができなかったときに予想される処断を想像して、戦慄《せんりつ》したのかもしれなかった。

三郎助は、新奉行の顔を見つめながら思った。

西洋近代砲術で備えることができないならば、幕府が取りうる対策はただひとつである。無二念《むにねん》打払令という強硬方針をあらため、開国まで進まずとも、せめて異国船の来航は黙認することだ。それが、たぶん欧米列国との戦争を回避する、唯一の途《みち》のはずである。

観音崎で三郎助が小笠原長穀に率直なところを答えたころ、水野忠邦は、高島流の諸家相伝禁止を解いた。諸藩が高島流砲術を学ぶことについて、勝手次第としたのである。水野忠邦は、徳丸ヶ原の演練以降、洋式陸軍の創設をひそかに構想するようになったが、この禁止措置解除はその第一歩であった。

同時に、幕府が買い上げた砲がようやく江川英竜に引き渡された。江川英竜が、高島流砲術の指南役となる準備は、整いつつあった。

小笠原長穀が浦賀の新奉行として赴任してきてからおよそ二ヵ月後の七月二十四日である。朝、浦賀奉行所の月番の与力たちに、至急奉行所の広間に集まるよう伝えられた。同心が、奉行所前の中島家の役宅にも伝えにきたのだ。

三郎助は、ちょうど家族と共に朝食を取り終えたところだった。

父親が立ち上がったので、三郎助は父親を見上げて訊いた。

「なんでしょう。半鐘も鳴っていない。早馬も駆け込んでいったようではありませぬ。異国船とも思えませせぬが」

「わからぬが、急ぐ」父親はそう言いながら、腰に刀を差した。「お前もこい」

三郎助は、奉行所の前庭で与力たちが出てくるのを待った。ほかの同年代の与力見習たちも、落ち着かない様子で庭を行ったり来たりしている。与力が奉行に非常呼集をかけられたことなど、ここしばらくないのだ。振り返ってみれば、あのモリソン号のとき以来のことになる。あれに匹敵する大事が起こったことは確実だった。

やがて、与力たちが広間から出てきた。父親の中島清司も、上役の松村啓次郎も一緒だった。

松村啓次郎が、三郎助に近寄ってきて言った。

「無二念打払令は撤回されたぞ」

一瞬、理解できなかった。

「は?」

「異国船は、無理に打ち払うなというお達しだ」

「打ち払わずに、どうするのです?」

「異国船は、たいがい薪や水や食糧を求めて我が国に来航するのだ。ことを荒立てず、薪や水などくれて追い返せということになった。文化のころの薪水《しんすい》給与令の復活だ。たったいま、きょうからということだ」

なるほど、それは、目下の方針としては正しい。我が国の軍備がお粗末で、いまは絶対に欧米列国とは戦争に入ってはならぬからだ。江戸湾のどの台場にも射程十町ほどの貧弱な砲しかないいまは、打払令は非現実的である。

だが、と三郎助は思った。

いまはよいにしても、ご公儀はつぎの手をどのように考えているのだろう。

台場の砲は、いつ新式の砲に取り替えられるのか。あのホイッスル砲が台場に装備されるのはいつのことになるのだろう。オランダから買う手筈《てはず》にでもなっているのか。

いや、新式砲を揃えたところで、その砲を誰が扱う? 江戸湾の警備はこれからも浦賀奉行所が中心になるしかないはずだが、浦賀奉行所の誰がその新式砲を扱う? 自分はできぬ。浦賀奉行所には、自分を含め、誰ひとり新式砲を扱える者はいない。

三郎助は思った。

となると、浦賀奉行所は江戸湾警備の任には耐えぬということである。高島流砲術は、いますぐにでも、関係する役所や藩の侍たちに伝授されなければならない。

もちろん薪水給与令によって、当座はしのぐことはできる。しばらくのあいだ、戦争を回避することはできる。しかし、その猶予のあいだに海防の体制も一新されねばならないのだ。その段取りはできているのだろうか。

三郎助のこの懸念は、この前後のアジアの情勢をかなりの程度に反映していたのだった。

天保薪水令の出たその日、ついに清はイギリスに屈し、不平等な南京条約を押しつけられるのである。西暦で言えば、一八四二年の八月二十九日のことである。

その阿片戦争の結果も伝えられた八月、幕府は江戸湾海防策をあらため、諸藩にも江戸湾の警備に就くよう命じた。

江戸湾の三浦半島側は、川越《かわごえ》藩の管轄と決まった。川越藩は大津に陣屋を設け、三浦半島の二ヵ所に台場を築いた。

観音崎台場も、川越藩が管轄することになった。この台場は、文政三年（一八二〇年）までは会津《あいづ》藩が担当していたのだが、その後浦賀奉行所が引き継ぎ、直接管轄していたのだ。

観音崎台場詰めの三郎助は、川越藩への引き継ぎにも立ち会った。

このとき、川越藩の砲手だという同い年ぐらいの侍と話をする機会があった。

その若い侍は、三郎助に言った。

「わたしはこの台場詰めを命じられましたが、一度も異国船を見たことがありませぬ。首尾よく務められるかどうか、いまから心配です」

三郎助は、心配ないと笑顔を見せて言った。

「打払令は、薪水給与令にあらためられた。異国船がきたからといって、すぐに台場から砲撃とはなりませぬ」

「でも、無理に江戸湾に侵入しようとする船があったら、やはり砲撃せねばならぬのでしょうね」

三郎助は答えた。

「制止しても従わぬ場合だけです」

川越藩のその若い侍は言った。

「相手が軍船でも、砲撃せねばなりませぬか？」

「我が国の内海への侵入は、止めなければなりませぬから」

「この砲で、止めることはできますか？　我が国の砲術は、西洋に較べてずいぶん遅れてしまったようですが」

三郎助は、一瞬躊躇《ちゅうちょ》した後、答えた。

「向こうが本気で江戸湾に侵入しようとしているとき、止まるかどうかはわかりませぬ。でも、手近にあるものを使って、とにかく止めねばならないでしょう。あれがない、これがないと言っても始まりませぬ」

「武者ぶるいが出ます」

「わたしも同じです。観音崎でのお勤め、よろしくお願いいたします」

三郎助の上司であった伊沢政義が、鳥居耀蔵の意を受け、奉行として長崎に着任したのは、天保十三年の九月五日である。

伊沢政義に課せられた使命は、阿片戦争についてあらためて情報を収集することであったが、もうひとつ、鳥居耀蔵から言い渡されていたことがあった。

高島秋帆の捕縛、投獄である。

鳥居耀蔵は、かつて長崎で高島秋帆に嫌われたならず者から、高島秋帆の犯した罪状について、密告書を受け取っていた。というより、そのならず者に、鳥居は讒訴状《ざんそ》を書かせていたのだ。

曰《いわ》く。

「高島秋帆は、かねてより私財を投じて西洋の銃砲を買い求めて、砲術の訓練をおこなっておるが、これは乱の準備である」

「その証拠として、長崎小島郷の高島秋帆の別宅は城郭のような造りであり、大小の銃砲を集め、籠城《ろうじょう》の用意をしている」

「高島秋帆は、長崎会所の金で肥後《ひご》米を買い入れ、所蔵している」

「軍用金を得る目的で、オランダと密貿易をおこなっている」

「抜け荷の商いのために、数隻の早船を建造している」

長崎奉行に着任すると、伊沢政義はただちに、訴えにある高島秋帆の容疑を詮議《せんぎ》した。もともと高島秋帆に恨みを持つ人物が作成した告訴状であり、高島秋帆の評価を喜ばぬ者が詮議するのである。結果は決まりきっていた。

十月二日、高島秋帆とその一族、一門は一斉に検挙された。高島秋帆の身柄は、年明けに江戸に送られることが決まった。

三郎助が高島秋帆捕縛の報を聞いたのは、天保十四年の一月、江戸勤番のときであった。千葉周作の道場で、同じく稽古《けいこ》に通う旗本の息子が教えてくれた。

「やっぱりだ」とその若い侍は言った。「あれだけの砲や銃を集めるとは、町年寄の分際で奇妙だとは思っていた。長崎で乱を起こすつもりだったとはね」

三郎助は、相手の口調が気に障って訊《き》いた。

「罪状は、ほんとうのことだと？」

「当たり前だ。夷狄《いてき》を撃つのに、異国の武器はいらぬ。乱のためだ。夷狄なら、気合で叩《たた》き斬ればよいのだ」

三郎助は、竹刀《しない》を持って立ち上がりながら、その若侍に言った。

「つぎはお手合わせをぜひ」

「いいだろう」

ほんの数呼吸の後、三郎助は相手を道場の壁に追い込んで激しく竹刀を叩き込み、気絶させた。

ほかの門人たちが、呆気《あっけ》に取られた顔で三郎助を見つめてくる。

三郎助は稽古場に突っ立ち、荒く息をつきながら思った。

おれは腹を立てている。同時に激しく焦慮も感じている。言葉にならず、かたちも定かではない憤りと焦りだ。この憤りと焦りはいったいどこからきたのだろう。どこに向かうべきものなのだろう。この激しい感情の核にあるものは、いったい何なのだろう。

天保十四年早春、三郎助、二十二歳である。前年末、下田と羽田に奉行が置かれることになり、小笠原長穀が下田奉行に転出して、浦賀奉行は一員制となっていた。

第四章　異国船相次ぐ

天保十五年（一八四四年）の夏、中島三郎助は、二十三歳となっていた。

浦賀奉行所の与力見習という身分には変わりはなく、与力の松村啓次郎を直接の上司として、奉行所の勤めに精勤する日々であった。観音崎の台場が川越藩の受け持ちとなったので、浦賀奉行所が直接管轄する平根山台場の担当となったことが、勤めの上では以前と変わった点であろうか。

ただし、この年の二月に下田奉行と羽田奉行が廃止されたので、浦賀奉行の一員制は短期間で廃止となり、ふたたび二員制にもどっていた。

三郎助が所属するのは、奉行のひとり土岐丹波守頼旨《ときたんばのかみよりむね》の組である。二年前までの上司、伊沢美作守とはちがって、諸外国の事情にも通じ、蘭学にも寛大な開けた人物であった。

またいっぽうで、浦賀奉行所の与力の役職が増えていた。これまでの地方掛、吟味掛に加え、武器掛と応接掛の職が新設されたのである。機構の面では、浦賀奉行所は、国防上の大事を管轄する重要な役所として、いくらか整備されたということであった。

家庭には特段の変化はない。

妻のすずは二十一歳になっていたが、まだふたりのあいだに子供はなかった。

近所の世話好きの女たちは、すずに太れ太れと勧めている。すずの身体がまだ子供のままであるから、子宝を授かれぬのだと。そんなふうに言われたときは、三郎助もすずも、ただ黙って微笑を返すのだった。

あるとき、同輩の女房のひとりに、執拗《しつよう》に子供のことを言われたあとだ。三郎助はすずに言った。

「聞き流しておけばよい。おれは、お前がこのまま子供を産まずとも、それでよいと思うておる」

すずは、いくらか不安気な顔で言った。

「このまま石女《うまずめ》では、離縁されてもしかたがないと思うております。そのときは三郎助さま、どうぞすずのことなど、気にかけませぬよう」

「そんなことを言うでない。すずは、おれと夫婦になったことを、喜んではおらぬのか」

すずは言った。

「とんでもございませぬ。わたしは、三郎助さまのもとに嫁いで、幸せに存じます」

三郎助は言った。

「ならば、子がなくても、このまま夫婦でいよう。おれは、すず以外の女子と夫婦になることなど、考えることができぬ」

「このままでは、中島家が絶えてしまいますが」

「いよいよとなったら、養子を取る。おれは、すずを離縁してまで、子供が欲しいとは思わぬ」

すずは三郎助を見つめ、涙ぐんで言った。

「すずも、三郎助さまがそのように想ってくださるなら、ずっとおそばにいとう存じます」

三郎助は、すずの肩に手を回して抱き寄せた。たしかに三郎助の腕の中に感じるすずの身体は、まだ肉も薄く、まるで子供のようであった。

この年の八月、三郎助は奉行の土岐丹波守に呼ばれて、奉行所におもむいた。浦賀奉行所のもうひとりの砲の使い手、合原操蔵《あいはらそうぞう》と一緒である。

三郎助が土岐丹波守の前で面《おもて》を上げると、土岐は言った。

「今般、ご公儀は、あらためて諸藩諸大名に、沿海の兵備の強化を命じた。海底を測地し、水の浅深も調べてすみやかに幕府に報告せよとのことだ。浦賀奉行所にも、いっそうの注意で監視にあたれとのお達しである。いまさらここで言うまでもないことであるがな」

土岐丹波守の口調は、高位の旗本には珍しく、かなりざっくばらんである。

それでも三郎助たちがかしこまって聞いていると、土岐丹波守は言った。

「ただ、いまのままでよしとは、わしも思ってはおらぬ。あの旧式の砲と、いまの台場の位置とでは、もしものとき役に立たぬと承知している。薪と水だけ受け取って退去する異国船ばかりとは限らぬからな。それでそのほうらに、知恵を出してもらいたいのだ」

土岐丹波守は続けた。

「近々、視察のため、荻野《おぎの》流砲術指南の桜井《さくらい》なんとやらが浦賀にくる。そのとき、桜井と相談して欲しいのだ」

土岐丹波守はさらに説明した。

鉄砲方や砲術家のあいだでは、砲が旧式で台場の位置にも難があるのを補うため、番船にも大筒を積んではどうかと議論されている。一朝ことあらば、その番船がいわば浮かぶ台場として、異国船の前に立ちはだかるのだ。

しかし、重くて陸上でも扱いの厄介な大筒である。どうやれば番船で使うことができるか、じっさいに異国船に砲を撃ちかけたことのあるこの浦賀奉行所の砲手たちが、その仕掛けなど考えてやって欲しいのだ、と。

合原操蔵は言った。

「は、なんとか策を考えます」

土岐丹波守が三郎助に顔を向けてきた。

三郎助は、一瞬ためらってから答えた。

「おそれながら申し上げます」

「かまわぬ。何だ？」

「番船に大筒を積むとのことにございますが、八丁櫓《ろ》程度の大きさの御備船では、五十貫匁もある大筒を積むのは不可能。浮かぶ台場となれば、そうとうに大きな平底船か、あるいは百畳敷きもあるような筏《いかだ》を建造せねばなりませぬ。であればむしろ、浮かぶだけではなく、走る台場としたほうがよろしかろうかと存じます」

「走る台場、とは？」

「すなわち、砲艦にございます。いっそ西洋式の軍船を建造したほうがよいかと。異国の軍船は、我が台場にあるような砲を、十門二十門と積むのが当たり前と聞いておりますれば」

合原操蔵が三郎助にとがめるように言った。

「お奉行は、いますぐできることを、と仰せられておるのではないかな」

三郎助は、ちらりと合原操蔵を見てから言った。

「じっさいに役に立つ案を、という意味かと存じます。御備船に大筒を積むというのは、反撃を想定しておらぬように感じられます。もし砲戦となった場合、小さな弾ひとつで木っ端微塵《こっぱみじん》になるようでは、実の用には耐えませぬ」

土岐丹波守は笑って言った。

「よい。ふたりはまずは番船に積む仕掛けを考案せよ。さらに桜井とも相談して、軍船のことも上申してみよ」

三郎助は、そのことについてはあまり期待するなとみずからに言い聞かせつつ、土岐の前から引き下がった。

それでも鉄砲方たちが、船に砲を積む、ということを検討し始めただけでも、進歩かもしれない。じっさいに番船に載せてみて、とても使いものにならないとわかったところで、そのときこそほんとうに砲艦の建造が検討されるかもしれない。

ああ、それにしてもと、三郎助は思った。おれはいつ、西洋砲術を習うことができるのだ。浦賀に西洋式の砲が配備されるのはいつなのだ。

同じころ、三郎助の知らぬところで、幕府は頭を抱えることになっていたのだった。オランダ国王ウィルレム二世からの国書が、将軍宛てに届けられたのである。

国書を運んできたのは、遣日特派使節のオランダ海軍コープス大佐だった。七月二日、大佐は国書を、長崎奉行である伊沢美作守政義に手渡し、同時に口頭で、極東アジアをめぐる世界情勢を伝えたのだった。

伊沢美作守政義が長崎奉行として赴任したのは、幕府内の保守派の意向を受け、西洋に傾いた長崎の空気を引き締めるためであった。だから長崎に着いて伊沢政義が最初にやったことは、西洋砲術家高島秋帆の捕縛であった。謀叛《むほん》を企てたと罪状をでっちあげ、彼を罪人とすることで、蘭学者や、西洋礼讃者を沈黙させようとしたのである。

しかし、長崎で現実に世界の風を感じながら二年、さすがの伊沢政義も、自分の世界観があまりにも狭量であったことを知るようになっていた。

そこへオランダ国王からの特使がくる、という連絡があったのだ。

オランダからの特使の派遣など、歴史上前例のないことであった。徳川幕府はオランダとの通商は認めていたけれども、国交を結んでいたわけではないのだ。特使の受け入れは、鎖国政策の転換と受け取られかねなかった。

オランダ国王が使節を派遣する、とオランダ商館長から連絡があり、そのための予備交渉が、オランダ商館長と伊沢政義とのあいだでもたれた。

予備交渉で、商館長は、特使に対してこれにふさわしい扱いをするよう、伊沢政義に求めた。

身元改めをしないこと、特使の帯剣を認めること、軍艦の武装解除を求めぬこと、祝砲を交換すること、献上品を受け取ること、等である。

伊沢政義は、特使の受け入れを含めて、独断では返答できぬとして、すべて幕府中央にお伺いを立てた。しかし返事がこないうちに、特使の乗るオランダ軍艦バレムバン号が長崎に入港してしまったのだった。

「しかたがない」伊沢政義は、外交儀礼については、オランダ側の要求をおおむね受け入れた。「万国共通の外交作法というものがあるというなら、黙認するしかあるまい」

軍艦パレムバン号は武装解除されず、特使コープスも身元改めを受けなかった。ただし、伊沢政義の判断で、祝砲の交換はなされなかった。

しかし、献上品を受け取ることは、これもまた鎖国政策の転換と取られかねない行為であった。伊沢政義は、献上品の受領は断固として拒んだ。

七月二日、特使のコープス海軍大佐は、長崎奉行所で伊沢政義と面会し、オランダ国王ウィルレム二世からの国書を手渡した。

草案は、シーボルトが書いたものである。

「偉大なる日本国皇帝陛下」と国書は書き出している。皇帝とは、将軍のことである。オランダ人にしても、日本の最高権力者であり元首たる人は、江戸城の中にいると見えていたのである。

国書は、まずオランダと日本の古くからの友好関係に触れたあと、阿片《アヘン》戦争でアジアの大国・清が敗れたことを詳しく記し、こう続けていた。

「貴国もいままたこのような災害に遭わんとしております。およそ災害は突発的に起こるものですが、今日日本の周辺の海に外国船が来航すること多く、このため乗組員と日本の人民とのあいだに争いが起こり、ついには戦争となることさえ懸念されます」

国書は続けていた。

「戦争は国の荒廃を招きます。この災害を免れるために、鎖国政策を緩和されてはいかがかと申し上げます」

「昨今のご時世を考えますれば、万国の民衆はすみやかに相親しんでおり、この勢いはひとの力ではもはや抑えることのできるものではありませぬ。とくに蒸気船が開発されて以来、各国のあいだははるかに近きものになったのでございます」

蒸気船の出現で世界の様相が変わった、とはっきり指摘されているのだった。鎖国政策を改めるべき根拠のひとつとして、蒸気船の登場が挙げられているのである。

ただし、このころ、日本にはまだ蒸気船を目にしたものはいない。蒸気機関の原理は知られていたにせよ、誰もまだ蒸気船がどのようなものであるのか、それが国是を改めるべきほどの画期的新技術なのかどうか、想像もできなかったのだった。西洋式の船とは、まだ帆船を意味した。三郎助にとっても。

だから三郎助は、合原操蔵に繰り返し言った。

「こうなったら、御備船に大筒を積むなどと言わず、西洋式の大船を造ろう。船足の早い大船なら、追うもよし、逃げるもよし、造りも頑丈だから、反撃にも耐えられる。御備船に積むのでは、異国船に対抗できぬ」

合原操蔵も、何度も同じことを答えた。

「誰がその西洋式の船を造る？　誰が操る？　夢物語だ。ちっとは地に足がついたことを言え」

けっきょく荻野流砲術指南の桜井某《なにがし》をまじえての相談でも、御備船に大筒を積むという仕掛けについては無理がある、と結論が出た。代わりに三郎助たちは、江川英竜がかつて建白した台場の位置の移動を、あらためて提案した。

三郎助は浦賀奉行の土岐丹波守に説明した。

「いまじっさいに採り得る策は、台場を移すことです。平根山台場は、用を終えました」

土岐丹波守は訊《き》いた。

「どこがよいと言うのだ？」

「千代ヶ崎と、浦賀港内の亀甲岸《きっこう》に」

土岐丹波守は首をかしげた。

「千代ヶ崎に砲を置いても、江戸湾に侵入しようとする異国船を止めることはできまい。射程の外を回って、侵入できる」

三郎助は答えた。

「新式砲が配備されぬかぎり、砲だけでは、異国船の江戸湾侵入は止められませぬ。射程外では、小舟を繰り出して、止めるしかありますまい」

「小舟で、太刀打ちできるか」

「数多く繰り出せば、力になります」

「四、五十艘《そう》ほどもいるだろうか」

「モリソン号が来航したときには、見物の船が二百艘近くも出ました。三百までは出せるでしょう。浦賀の問屋衆にあらかじめ協力を求める必要がありますが」

「もうひとつ、亀甲岸のほうは、浦賀に近すぎないか。ここまで侵入を許すのか」

「その異国船が、軍事的野心を持って江戸湾侵入をはかった場合、浦賀の制圧をはかることは必至です。必ず浦賀湾にも船を入れてまいります。そのとき亀甲岸で迎え撃つなら、我がほうの砲でも十分に対抗できます」

土岐丹波守は、何度もうなずいてから言った。

「いいだろう。ご老中にそう上申する」

三郎助の提案は採用された。新台場建設工事は、翌年早々の着工と決まったのだ。

しかし、三郎助は幕府中枢のこの反応にも満足できなかった。合原操蔵が問うたことに、誰かが早く回答せねばならないのだ。

「誰がその西洋式の船を造る？　誰が操る？」

けっきょくのところ、それをもっとも切実に必要としている者が、引き受けるしかないのではないか。いま、技術も知識もなかろうともだ。つまり、自分が。

三郎助には、それをもう夢だと笑って放っておけるだけの気持ちのゆとりはなくなっていた。

新台場建設の指示が浦賀奉行所に届いたころ、江戸城には、長崎奉行・伊沢政義を通じて、オランダ国王からの国書が届いた。天保十五年の八月二十八日である。

オランダ国王ウィルレム二世からの、鎖国政策転換を促す国書は、幕閣に衝撃を以って受けとめられた。

国書は、阿片戦争の経緯について詳しく述べた後に、欧州のどこかの国とのあいだで突発的に戦争が始まる危険を指摘してきたのである。友好国が、あえて慣例を破って、国王からの親書というかたちで、戦争の危険を告げてきたのだ。深刻に受けとめないわけにはゆかなかった。

このころの幕閣の首班は、この六月に再任となった老中の水野忠邦である。

「どう対応すべきか、お偉方にご相談しなければならぬ」

水野忠邦は、主要幕閣や有力諸侯に国書の写しを見せて意見を訊いた。関連する役所の責任者として、浦賀奉行にも国書の中身は示された。ただし、部下にも絶対に秘密と指示された。

諸侯の中で、攘夷《じょうい》を主張するもっとも過激な有力者は、前の水戸《みと》藩主、徳川斉昭《なりあき》であった。

斉昭は言った。

「オランダ人はすこぶる利口じゃ。何か裏のあることであろう。でなければ、ただのおためごかし。要らぬお世話というものじゃ」

打払令を復活させよ、オランダとの交易も禁止だ、というのが、斉昭の主張だった。

水野忠邦は頭を抱えた。いまさら打ち払いができるくらいなら、面倒はないのだ。できないから諮問している。斉昭の主張では、解決にならない。

けっきょく水野忠邦は、とりあえず現状維持で、しばし情勢の変化を見守ることにする。ときは天保から弘化へと移ったところであった。

弘化二年（一八四五年）の正月明けから、千代ヶ崎と亀甲岸とで、新しい台場の建設が始まった。本来なら一年ほどで一気に完成させなければならぬ台場であるが、幕府はいわゆる天保の改革に失敗、財政は逼迫《ひっぱく》している。台場建設に十分な費用をかけることができなかった。三年かけて完成させる、という予定である。

「間に合わぬ」

三郎助は嘆いた。このたびは、ひとりつぶやいただけではない。はっきりと人前で口にした。

「いつまた異国船が現れるかわからぬのに」

三郎助の予測は、的中した。

その日、三郎助は浦賀港の番所で、出入りする船の監視にあたっていた。

監視と言っても、とくに不審な船の出入りの多い港ではない。荷船が入ったときに波止場に行き、船の名と所属をあらため、積み荷を調べて記録する、それだけの務めである。軽輩者でも勤まると、与力見習に任せられることの多い仕事であった。

真昼近く、浦賀港に八丁櫓《ろ》の早船が滑りこんできた。馬が息せき切って駆け込むような様子とも見えた。漕《こ》ぎ手のほかに、侍がひとり乗っている。その侍は舳先《へさき》近くに立ち上がって、港に目をこらしていた。

江戸から？　いや、対岸房州の御備場からであろうか。ただごとではない空気である。

もしや、異国船が房州に？

三郎助が番所を飛び出すと、早船はみるみるうちに近づいてきて、桟橋にどんと突き当たるように接岸した。立ち上がっていた侍が、桟橋に飛び下りてくる。

侍は三郎助を認めると、その場に立って大声で言った。

「館山《たてやま》藩稲葉《いなば》正己《まさみ》殿家来、佐久間新左衛門《さくましんざえもん》と申します。館山より浦賀奉行へご注進に参った。すぐにもお奉行にお目通り願いたいのだが」

佐久間と名乗った侍の顔には、焦慮がはっきりと現れている。

三郎助も名乗った。

「浦賀奉行所与力見習、中島三郎助。では奉行所までご案内つかまつります。ご同道を」

三郎助は、あとを部下の同心に任せると、奉行所への道を大股《おおまた》に歩き出した。

歩きながら、三郎助は訊いた。

「もしや、異国船ですか？」

佐久間は、歩きながらうなずいた。

「そう問われるところをみると、話は伝わっておりませぬな」

「何のことです？」

「異国船に助けられた我が同胞たちが四人、あらかじめ小舟で浦賀に向かったはずなのですが」

「聞いておりませぬ。最初から話してくださいませぬか。異国船が館山に？」

佐久間と名乗った侍は言った。

「さよう。アメリカ船にございます」

三郎助は訊いた。

「軍船でしょうか？」

「いいや。鯨捕りの船です。昨日、館山沖に錨《いかり》をおろした」

「薪と水が欲しいと？」

「いや、厄介な荷を積んでおった」

「厄介な荷というと、武器でございますか？」

「いや、なんとこれが、十八人の邦人です。難破して助けられた漁夫、水手《かこ》たちでした」

「いま仰せの四人を含めて？」

「いや全部で二十二人」

「その四人、難破していなければよいが。それで尊藩ではどうされたのです」

佐久間は歩きながら、頭をかいた。

「それが、薪と水だけなら、ただちに渡して退去させるのですがな。アメリカ船の船長は、その漁民たち、水手たちを引き渡すと言ってきた。船長は、ひとの道と信じて送り届けたのであって、日本に着いた以上、もう漁を休んで遠回りしている余裕はないと言うのです」

「たしかに、鯨捕りの途中で漂流民を発見したのであれば、このうえわざわざ長崎まで行きたくはないでしょう」

「こうなると、どうすべきか、弊藩では判断できませぬ。それで浦賀奉行所にこうして早船を出した次第にございます」

佐久間の話では、この捕鯨船はマンハッタン号と言い、アメリカの船である。船長はクーパーなる男とのことであった。前日二月十七日に、その黒い山を思わせる姿を館山沖に現した。

館山藩では、かねてより準備していたとおり、周辺の漁民たちや問屋衆を動員、多くの小舟でこの異国船を取り巻いて、船がそれ以上江戸湾の中に入るのを妨害した。

館山藩の侍が船に近づいて退去を命じようとしたところ、驚いたことに船から日本語が返ってきた。

「日本人が乗ってる。海で助けられたんだ。おれたちは日本人だ」

甲板上に上げられて、その館山藩の侍は、日本人たちから事情を聞くことができた。

助けられた日本人の総計は二十二人であった。そのうち半分は、阿波《あわ》の国、橘浦《たちばなうら》の船頭徳之《とくの》丞《じょう》以下の水手たちで、船が難破して鳥島に漂着していたところをマンハッタン号に救助されたものである。

残り半分は、下総国《しもうさ》銚子《ちょうし》港の幸太郎船に乗り組んでいた奥州宮古《みやこ》村の漁民たちであった。彼らもやはり難破し、漂流しているところを発見されて、救助されたのだった。

マンハッタン号の船長は、これらの日本人たちを送り届けようと、わざわざ日本に接近したのだという。しかし日本人たちも、異国船に救助されて送り届けられたとなると、何かお咎《とが》めがあるのではないかと心配した。日本人たちは、行くのなら浦賀へと船長に勧め、あらかじめ日本人が異国船来航の旨を伝えておいたほうがよいと提案したという。

マンハッタン号が房州に近づいたところで、四人が小舟に乗り移り、浦賀を目指した。

佐久間と名乗った侍は言った。

「ところが、そのあと海が荒れ出したそうです。それでマンハッタン号はやむなく館山に入港したのだとか。このマンハッタン号の一件も、浦賀には届いておらぬのですな」

「初めて聞きます」

「では、この分ですと、四人はどこかべつの海岸に漂着しておりますな」

「先般のモリソン号のときを思い出します」

佐久間という館山藩の侍は言った。

「何があったのです?」

三郎助は答えた。

「あとになって知ったのですが、モリソン号も、日本人漂流民を送り届けようと、浦賀に来航したのでした。こちらは何も知らないまま砲撃し、お達しどおりに打ち払った。同胞が乗っていたとは、夢にも思っておりませんでした」

　佐久間が言った。

「お奉行は、こんどの一件、どうされるだろう。古いお達しに従って、とにかく長崎へ回れ、と追い返すのでよいのかどうか」

　三郎助は言った。

「たしかに、昨年出た心得には、同胞の引き渡しにどう対処するかについては、まったく触られておりませんでしたな」

「いつまでも小舟で異国船を囲んでいるわけにもゆかぬ。長引けば、異国人と漁民たちとの衝突も懸念されます」

　ちょうど奉行所に着いた。

　三郎助は佐久間を伴って奉行所に駆け込み、土岐丹波守の小者に館山藩の佐久間の来意を伝えた。すぐに奉行所から使いが四方に散った。与力と与力見習はすべて奉行所に参集せよとのことである。

　土岐丹波守は、集まった与力たちに、館山に異国捕鯨船が入ったことを告げた。この船に二十二人の同胞漂流民が乗っていたことも。

　彼は、てきぱきとした口調で続けた。

「与力一名、それに通辞は、いますぐ館山に向かい、この船に対して、浦賀に回航するよう命じよ。すべての処理は、当地浦賀で行う」

与力のひとりが確認した。

「長崎へ回航ではないのですな。当地浦賀へ回航ですな」

「そうだ。アメリカ人たちがみずからの仕事を放ってまで我が人民を救助してくれたのだ。ここでは引き取れぬから長崎へ回れと言うことはできぬ。本職の権道を以って、館山から浦賀へ回航するよう、アメリカ船に命じる」

与力たちがかすかにざわついた。

三郎助も賛嘆する想いで土岐丹波守の顔を見た。このようなお達しにもない事態にあたって、土岐丹波守は上の判断を仰ぐとか、先例に逃げることなく、みずからの責任で対処しようとしている。三郎助は、いままで幾人もの奉行を上司としてきたが、ここまで責任感ある判断を見せた奉行はいなかった。

土岐丹波守は、さらに明快な口調で続けた。

「ことは薪水令《しんすいれい》に従って処理する心づもりではあるが、万が一の場合に備える。平根山の台場詰めの者は、ただちに持ち場に就いて同心たちを指揮せよ。ただし砲撃の命令は、わたしが下す。台場の判断で砲撃を始めてはならぬ」

土岐丹波守は続けた。

「川越藩の陣屋にもこの旨を伝えよ。さらに三崎の役宅にも使いを出せ。また、浦賀に向かった四人の漁民の行方が知れぬ。付近の海岸の監視では、これにも十分留意するように」

担当する与力たちが、はっ、と短く応えた。

最後に、土岐丹波守は言った。

「本日ただいまより、浦賀奉行所は、非常時であると心得よ。穏便のうちにこの異国船を退去させるべく、各人職務への精励を求める。よいな」

集まっていた与力と与力見習たちは、張りのある声で応えた。

「はっ」

命の下った与力たちや通辞が、すぐに奉行所を出ていった。

松村啓次郎が土岐丹波守に言った。

「江戸にも、至急注進せねばなりませぬが」

土岐丹波守はうなずいて言った。

「やる。報告を書き上げるまで、待て」

小半刻の後、土岐丹波守の小者が、書状を持って奉行所の奥の間から出てきた。

「中島。中島三郎助」

三郎助がその小者の前に進み出ると、彼は書状を差し出して言った。

「問屋に江戸表へ急ぐよう命じよとのことだ。船と陸と、両方でこの書状を届けさせよ」

「はっ」

緊急時、江戸に早舟、早飛脚を出すことについては、すでに浦賀の問屋衆と約定ができている。

三郎助は書状の包みを受け取ると、浦賀港へと走った。

その翌々日は、三郎助は番所詰めであった。平根山台場については、いま詰めている組と一日ごとに交代する。この非常時が終わるまでの変則的な勤めである。

番所にいるとき、八丁櫓《ろ》の舟が港に入ってきて直接番所の栈橋に接岸した。漕《こ》ぎ手のほか、侍がふたり、奇妙な風体の男が三人乗っている。

三郎助と松村啓次郎が栈橋に出ると、降りてきた侍のひとりが言った。

「松平下総守陣屋より参った。これにあるは、異国船に救われた漁民たちにござる」

三郎助と松村啓次郎は、まばたきしてそこにいる奇妙な風体の男たちを見た。

漁民とのことであるが、着ているものは、洋服のようである。軽衫《かるさん》のような股引《ももひき》に、筒袖《つつそで》の上着姿だ。三郎助は徳丸ケ原の演練のときの、高島秋帆の門人たちの身なりを思い出した。

侍は言った。

「漂流していた宮古の漁民たちだと言う。異国船に救われ、浦賀奉行所に向かうべく小舟に乗り移ったとのこと。嵐のため拙藩領内の海岸に着いたので、お送り申した」

松村啓次郎が言った。

「四人いたはずだが」

「ひとり、はぐれたが、太郎兵衛《たろべえ》なる者は、どうやらよそで保護されたようだ」

三郎助は、その漁民たちを見た。みなやつれており、表情はどこか不安そうだ。異国船に救われたこと、そして江戸湾に送られたということで、何か罰でも受けやしないか、取調べがあるのではないか、それを案じているようである。

三郎助は、いちばん年長の男に訊《き》いた。

「そのほうの名は?」

「孝助《こうすけ》」と男は答えた。「こうなったのは、あたしらが望んだことではありませんので」

「心配するな。その身なりはどうしたのだ」

「あ、この着物は、あたしらの着物がボロになってしまいましたので、船の乗組員が古着をくれたんでございます」

松村啓次郎が訊いた。

「どこで助けられたと？」

「宮古のずっと沖のほうでございます。嵐で流され、気がついたら、あんな東でございました」

「異国船には、何日くらい乗っていたのだ？」

「五日あまりです」

「船の中の様子など、見てきたのか？」

「そりゃあ、珍しいものですから、いろいろ見せてもらいました」

「ご公儀も、聞かせて欲しいと言い出すだろう。まずは奉行所へ参ろう」

三郎助は、三人を奉行所まで案内した。

その途中でも、三郎助はその漁民たちを質問攻めにした。

「その捕鯨船とはどんな造りだ？　何人で動かしておる？　何人が乗っておるのか？　アメリカの何という港を出て、何日で宮古沖に達したのか？　何日続けて航海できるのか？　我が国と大きく異なった特別の航海術はあるのか？」

番所から奉行所までは、わずか二町ばかりの距離である。満足のゆく答も得ないうちに、奉行所に着いてしまった。三人は、そのまま奉行所内に留め置かれることになった。

翌日、三人を江戸に送ることが決まった。

もちろんこれは取調べのためではない。三人を罰するために江戸に送るのでもなかった。三郎助が三人の体験に興味を持ったように、幕府中央でもおそらく三人から直接話を聞きたいはずである。この三人は、直接アメリカ人と接触し、異国船に乗った者である。訊くべき者が訊けば、有益な軍事情報や技術情報を引き出せるだろう。浦賀に置いておくよりは、江戸にしばらく滞在させるほうがよかろうと、土岐丹波守は判断したのだった。

その朝、三郎助は浦賀港から出発しようとする漁民たちに近づいていった。

「残念だ。ここにいるなら、いろいろ聞かせてもらいたいことがあったのだが」

漁民のひとり、孝助が言った。

「あたしら、あの大海原でアメリカ船を見たときは、ほんとうに地獄に仏という想いでした。考えますに、おいらたちのように流された漁民は、もっともっといるにちがいありません」

「たしかに、けっして少なくはあるまい」

「我が国で、あのアメリカ船ぐらいに大きい船をたくさん使っておれば、これまでにも多くの漁民が助かっていたのだと思いますよ」

三郎助は、少し沈黙した後に言った。

「その通りだ。たしかにそうだ」

三郎助は思った。ご公儀は、打払令を撤回すると同時に、大船建造の禁止も解くべきであったかもしれぬ。海は昔とは変わっている。

さらに思った。

いまは大海原を幾多の商船や漁船、捕鯨船が行き交って、ひところよりもはるかに多く異国人同士が触れ合うようになってきている。もしものときは互いに助け合うことがふつうになってきている。外洋には出るな、異国人とは接触するな、と禁じること自体が虚しい。海の現実は、法の先を行っている。我が国だけが、後ろ向きではいられないのではないか。

孝助は言った。

「おいらたち、流されていたとき、仲間が、でなけりゃお役人が必ず助けにきてくれると信じることができたら、どんなによかったかと思いますよ。でも、流されたときに、もうおしめえだと思うしかなかった。助かるなんて、思ってもみなかった。繰り返しますが、あのアメリカ船は、地獄に仏でしたな」

「日本人は、外洋には出ていないからな」

「ろくな船も持っていません」

江戸に向かう用船の支度ができた。三人の漁民は、与力のひとりに付き添われて、その船に乗っていった。

たしかにその通りだ、と三郎助はもう一度思った。おれたち役人は、荒海に出て行く我らが漁民たちの生命を、どんなことをしてでも守り抜く責務がある。外国船の好意に甘えていてはいけないのだ。みずからの民を、みずから守る手だてを持たねばならぬ。

三郎助は、浦賀港を出てゆく用船を見送りながらつぶやいた。

「おれたちは、やはり外洋船を持たねばならぬ」

いっぽう館山では、浦賀奉行所の与力が、マンハッタン号の船長クーパーに、館山から浦賀に移ることを求めた。

マンハッタン号は、もともと政治的な理由で寄港したわけでもない。クーパー船長は、与力が拍子抜けするほど素直にこれを了解した。

しかしいざ出航しようとすると、船底の水漏れが発見され、悪天候も続いた。なかなか館山を出ることができなかった。

月が変わって三月となった。

本来なら、浦賀奉行所は、浦賀勤番と在府組とが交代するところであるが、非常時ということで、在府組もそのまま浦賀に残った。もうひとりの浦賀奉行、大久保因幡守忠豊《おおくぼいなばのかみただとよ》も浦賀にもどった。つまり、浦賀奉行所はふだんの二倍の体制に拡充されたことになる。

ただ、日本人漁民の引き取りについて、幕閣から奉行所に何も沙汰《さた》がなかった。

土岐丹波守は焦った。

「漁民の引き取りについて、指示がないとはどういうことか。あくまでも長崎回航を求めよということか」

土岐丹波守はあらためて意見書をしたため、幕閣に提出した。かなり厳しい調子の具申である。

「外国船が我が漂流民を発見し、その職業をいったん休んでまで救助して送ってくれたというのに、ここでは引き取れぬでは、自国の人民を棄てるに当たる不道徳と言うべきである。さらに異国船にその仕事を休んでまで長崎へ回れと要求するのが正しいか。これは恩を仇《あだ》で返すに等しいことではありますまいか。我が国の人民も苦難に耐え、ようやく故国にもどったというのに、あらためて長崎へ行けでは、ただでさえ衰弱した者たちはどうなるか。

ここで長崎回航を命じることは、人命を軽んじることであるのみならず、我が国が非礼非義の国であるとの汚名を被ることになりかねませぬ。どうぞこの日本人たちを浦賀で引き取るよう、上申する次第にございます」

捕鯨船マンハッタン号が館山を出て浦賀に入ったのは、三月十二日である。マンハッタン号が投錨《とうびょう》したところで、土岐丹波守はみずから番所詰めの役人たちを引き連れて船に乗り込んだ。通辞は、堀達之助《ほりたつのすけ》という男である。オランダ語の通辞だが、少しだけ英語もできた。

三郎助は、土岐丹波守の一行について、自分もマンハッタン号の甲板に上がった。甲板に足をおろしたとき、小躍りしたい気分だったが、じっとこらえた。土岐丹波守のうしろで直立しながら、目だけを動かして、西洋式の船の細部を目の奥に焼き付けようとした。

土岐丹波守は、甲板に出てきたクーパー船長にていねいに謝辞を述べた。

「このたびは難破した我が同胞の救出と送り届け、まことに敬服すべきご厚情にて、当地役人を代表し、深く感謝申し上げる」

「なんのなんの」と、クーパー船長はざっくばらんな英語で答えた。「遭難した者を助けるのは、シーマンシップです。われわれは当たり前のことをしただけです」

堀達之助は、通訳につかえて口ごもった。

土岐丹波守は堀を見て小声で訊《き》いた。

「どうした？　意味のわからぬ言葉か？」

「いえ。そのシーマンシップなるものが」堀はやっと思いついたように言った。「船乗りたちの武士道があるそうです。助けたのは、その士道ゆえのことであると」

「そうか」土岐丹波守はクーパー船長に顔を向けた。「ただ、我が国の法では、長崎以外の場所での異国人との接触は禁じられておる。本職は、救出された漁民をこの地で受け取るべく許可を待っているが、いまだ許しが出ていない。まちがいなく許可になると思うが、漁民たちを船に留めたまま、しばらくお待ち願えるだろうか」

クーパー船長は言った。

「こちらは、あまり長いこと仕事を休むわけにはゆきません。でもあと数日なら待ちましょう。ついては、食糧や水、薪など、この地で補給させてもらえるとありがたいのだが」

「希望を教えてください。最大限の便宜をはかります」

「リストにして出しましょう」

「ついては、出航まで、武器はお預かりしたいのだが、いかがか？」

クーパー船長は一瞬困惑を見せてから言った。

「いいでしょう。たいしたものは積んでいないが、返してもらえるなら」

「もちろんです」

「出航までのあいだ、我らが乗組員を上陸させてもかまいませんか」

「それは許すわけにはゆきませぬ」

クーパー船長は肩をすくめると、部下に火器や長剣の類《たぐい》をすべて出すように命じた。捕鯨船であるから、船長の言うとおり、たいした武器は積まれていなかった。数挺《ちょう》の猟銃、幹部乗組員の持つ拳銃《けんじゅう》、船長が持つ長剣などが出てきただけだ。

三郎助は、差し出されたこれらの武器を抱えて、船を降りた。猟銃も拳銃も、初めて触るものである。三郎助は、番所の蔵にこれを運ぶまでのあいだ、何度もいとおしむように撫《な》でてその感触を楽しんだ。

幕閣から、日本人漂流民引き取りについて回答がきたのは、ようやく三月十四日である。閣老の阿部伊勢守正弘《あべいせのかみまさひろ》の名で、許可が出たのだ。

「この度は例外として、その日本人たちを浦賀港で引き取っても差し支えない。その船が希望するなら薪水等を供与したうえで、すみやかに帰帆するよう取り計らえ」

三月十二日の日付の入った通達であった。

土岐丹波守は、阿部正弘からのこの許可を受け取ると、ただちに日本人たちを船から降ろした。

すでに薪水や食糧は前日までに積み込んである。白米二十俵をはじめ、蕎麦《そば》や小麦、野菜類、それに水が千荷という品々である。日本人を降ろせば、あとはいつでも出帆できる。

奉行所の応接掛は、日本人がすべて下船したところで、クーパー船長に求めた。

「では、船長。あたうかぎりすみやかに出帆し、我が国沿海から出ていただきたい」

翌三月十五日、マンハッタン号は浦賀港を抜錨、満帆に春の風を受けて、外洋へと出ていった。

三郎助が、番所の桟橋でマンハッタン号を見送っていると、横で松村啓次郎が言った。

「異国人を間近に見たのは初めてだが、さほどいやな連中ではない、という気がしたな。あまり馬鹿にしたものでもないぞ」

三郎助は言った。

「堀殿が通訳した言葉が、胸に残りました。あんがい我々は、わかり合えるのではないかと思いましたが」

「どんな言葉だ？」

「船乗りたちの武士道、という言葉です」

松村啓次郎が納得して言った。

「おお、その言葉、お奉行もいたく気に入ったようであったな」

マンハッタン号が出航して三日後の三月十八日、土岐丹波守に二十日付けで大目付に任じるとの内示が出た。浦賀を離れるのである。

土岐丹波守はつぎの日、部下の労をねぎらう小宴を催し、ここで短歌を一首披露した。

「もろもろに漕《こぎ》や出づらん我も人も同じ三浦の海士《あま》の友ぶね」

土岐丹波守は、目付に転任後、このマンハッタン号への対応を高く評価されて、大久保忠豊と共に金五枚の恩賞を受けた。

マンハッタン号の事件の興奮もさめやらぬ八月である。その月の江戸勤番として三郎助が江戸に出たとき、在府奉行として江戸にいる一柳一太郎直方《いちやなぎいちたろうなおかた》から命じられた。

「中島三郎助、そのほう、下曾根金三郎に弟子入りし、高島流砲術を習得すべし」

西洋砲術を学べる！

ようやく徳丸ヶ原以来の念願がかなったのである。

三郎助は一柳一太郎に深々と頭を下げた。

引き下がってから、残念なことに気づいた。いま高島流砲術は、伊豆韮山の江川英竜の塾でも教授されている。幕府が高島秋帆から買い上げた砲が韮山にあることを考えれば、幕府公認の西洋砲術学校は、韮山である。下曾根金三郎の芝赤羽《しばあかばね》の屋敷の中では、実際に砲を撃つことはできない。座学が中心ということになる。

それでも、何も知らないよりはましであるが。

翌日から、三郎助は芝赤羽の下曾根金三郎の屋敷へ、高島流砲術を習いに通うことになった。

稽古の初日、下曾根金三郎にあいさつすると、下曾根は言った。

「中島さまのお名前は聞いておりました。きょうから、わたしが高島流砲術を教授いたします」

三郎助は言った。

「ご教授いただく前に、ひとつふたつ伺ってよろしゅうございますか」

「なんなりと」

「捕縛された高島秋帆先生は、いまどうしておられます？」

下曾根は顔を曇らせた。

「上伝馬《てんま》町の獄屋です。江川さまが、再度のお調べをと繰り返し嘆願され、ようやく吟味のし直しが始まったところだが」

「まだ放免にはなっておらぬのですか」三郎助はもうひとつ訊《たず》ねた。「わたしが高島流砲術の習得を命じられたということは、西洋式の砲が浦賀奉行所にも備えられるということですね？」

「それについては存じません。ただ、江川さまが韮山でいろいろ試作されております。完成すれば、真っ先に浦賀に備えられることでしょう」

高島流砲術の教授が始まった。三郎助が想像していたとおり、それは座学がすべてだった。

しかし、三郎助はすでに田付流、荻野流をはじめ、和式砲術を身につけている。理論の理解は早かった。

十月には、下曾根金三郎が言った。

「これでそれがしが教えることはすべてです。中島さま、あなたは今後いつでも西洋式の砲を撃つことができますぞ。免許皆伝です」

そう言われても、と三郎助は思った。実際に西洋式の砲を撃ったことはないのだ。免許皆伝と言っても、ようやく実技の教授を受ける資格ができたということにすぎない。

それにしても、田付流砲術に較べるなら、高島流は実際的であり、合理的だった。技術は技術と割り切って、そこに人格やら徳やらを付属させせない。

弘化二年十月十日、中島三郎助は、正式に高島流砲術の免許皆伝を受けた。

年が明けて、弘化三年（一八四六年）となった。前年のマンハッタン号の記憶もまだ新しい閏《うるう》五月である。浦賀奉行所に矢継ぎ早に異国船見ゆの報告が届いた。

「遠州沖に、黒船あり」

「豆州沖合を黒船航行中」

「城ヶ島沖に黒船二隻。江戸湾方面へ向かう」

「黒船二隻。軍船のごとし」

このとき在地奉行である大久保忠豊は、報告を受けてただちに浦賀に非常態勢を敷いた。

彼は与力たちに言った。

「報告では、こんどは商船でも捕鯨船でもない。艦隊を組んだ軍船である。何を意図しての接近かわからぬが、戦闘勃発《ぼっぱつ》の事態も十分にありうる。心して備えよ」

五月二十六日である。

大久保忠豊は、部下たちを率いてみずから平根山の台場に赴いた。

この報を聞いたとき、三郎助はちょうど平根山台場詰めであった。

軍船が二隻接近と知らされて、三郎助は思わず台場の砲を見やった。射程がわずか十町ほどの砲である。しかも炸裂《さくれつ》弾のような弾を撃てるわけではない。球形の鉛弾を発射するだけの砲である。

三郎助は、胸の奥に湧き上がってくる不安を押さえつけながら思った。

おれたちは、やはり間に合わなかったのではないか。

その黒船が、じっさいに浦賀に姿を見せたのは、翌二十七日であった。野比の沖合に現れて、海岸からおよそ二十町ばかりの距離に錨《いかり》をおろしたのだ。

村人たちは、これまで見たこともないほどの大きさの船に驚いて言った。

「まるで島がふたつできたようじゃ」

野比沖に現れたのは、アメリカ海軍の二隻の軍艦であった。アメリカ海軍東インド艦隊に所属する船で、一隻はコロンバス号、もう一隻はビンセンス号という。

コロンバス号は砲八十三門を搭載、砲甲板が三層になっているという、全長七十五メートルもある巨大船である。ビンセンス号はこれの半分ほどの大きさで、砲二十四門を積む船であった。和船の場合、千石船でもせいぜい全長十五メートルほどだから、この二隻はたしかに山と表現すべき大きさであった。

この二隻の船は、アメリカ政府が日本に開国を促すべく派遣したものであった。東インド艦隊の司令長官ビッドル准将が艦隊を指揮していた。

当初、日本への正式使節として、アメリカ国務省のアレクサンダー・エバレットが、公使としてコロンバス号に乗り込んでいたのだった。彼は、清とアメリカとのあいだで結ばれる清米修好通商条約締結のために派遣された公使であるが、条約調印のあとの任務として、日本との開国交渉を命じられていたのである。

しかしエバレット公使は、清で病にかかり、使節としての任務を果たせなくなった。ビッドル提督は、ならば、と自分がその役目を引き受けることに決めた。ビッドルは、エバレット抜きで日本に向かい、首都に近いという江戸湾の入り口に着いて、ここで投錨《とうびょう》を命じたのだった。

投錨を確認すると、浦賀奉行所は問屋衆に、ただちに小舟をすべて繰り出すよう命じた。かねてより指示していたことであるが、異国船がきた場合は、これを小舟でぎっしりと囲み、それ以上の侵入を阻止しようとするものである。

半鐘が鳴らされ、浦賀港や付近の海岸から、舟という舟がみな出ていった。押し送り船も漁船も奉行所の番船も、すべてである。

一刻の後には、総計四百隻もの小舟が、二隻の異国船を取り囲んだ。

三郎助は、問屋衆や漁民たちの出した舟にまじり、番船でこの異国船に接近した。

「大きい」

三郎助は、白襷《しろだすき》姿で異国船を見上げて思わずもらした。これは、自分が先年見たモリソン号の比ではない。砲窓の数から考えると、半舷《はんげん》四十門は搭載しているように見える。つまり、砲の総計は八十門以上になるか。こんな船とまともに砲戦など始めたならば、瞬時に自分たちは蝿のように叩《たた》き潰《つぶ》されることだろう。

同じ番船に乗る松村啓次郎も言った。

「まるで黒い山のようだな。帆を張っていたときは、入道雲が湧いたかと見えたが」

「軍船となれば、ただ薪を求めにきたとも思えませぬ。また漂流民を保護して届けにきたわけでもありますまいが」

松村啓次郎が言った。

「漂流民の浦賀での受け入れは前回かぎりと伝えた。向こうも、それは承知しているはずだが」

そこに、海岸から一隻の押し送り船が進み出てきた。役人ふたりが乗った船である。

その船に乗っているのは、与力の佐々倉桐太郎《ささくらきりたろう》と、通辞の堀達之助だった。

佐々倉桐太郎は十七歳。浦賀奉行所の最年少の与力である。

堀達之助は、マンハッタン号のときにも通辞を務めた男で二十四歳。浦賀奉行所にも堀という与力がいるが、縁戚《えんせき》ではない。堀達之助は長崎生まれであった。父親も長崎で通辞を勤めている。

三郎助が見ている前で、堀達之助が大きなほうの異国船に近づき、舷側《げんそく》から顔を出している乗組員たちに大声で言った。オランダ語である。

「当地の役人である。通告すべきことがある。乗船を求める」

すぐに船梯子《ふなばしご》が下ろされた。

佐々倉桐太郎が最初に船梯子に足をかけ、堀達之助が続いて上っていった。甲板に上がると、水夫たちが二列に整列している。その真ん中に、身なりから士官と見える人物が四人いた。佐々倉桐太郎と堀達之助は、その士官らの前に進んだ。

佐々倉桐太郎が言った。

「当地浦賀奉行所与力、佐々倉桐太郎と申す。お奉行はどなたか」

これを堀達之助が、オランダ語に直して言った。

「日本国浦賀政庁役人、佐々倉桐太郎です。船長はどなたか」

アメリカ側も、開国交渉のためにオランダ語のできる士官を用意していた。言葉はすぐに英語に直されて、相手に伝えられた。

四人いる士官の中で、最年長と見える中年男が敬礼して言った。

「合衆国海軍東インド艦隊司令長官、ビッドル准将です」

佐々倉桐太郎は、一礼してから言った。

「この船の船籍は？　来航目的は何か？」

　ビッドル提督は答えた。

「合衆国海軍東インド艦隊所属であります。コロンバス号と、僚艦ビンセンス号です。このたび、本国政府からの訓令にもとづき、日本が開国しているか否かを確認するために当地に来航いたしました」

　佐々倉桐太郎は言った。

「あいにくと我が国は、祖法に従い、諸外国との交誼《こうぎ》を断っております。また通商は、長崎の商館を通じてのみおこなっており、ほかの港は開放してはおりませぬ。さらにご承知かと思うが、通商の権限は、独占的にオランダ国の商館に対して認められております」

　ビッドル提督はこれを聞いて言った。

「であるならば、本官はつぎの指示を受けております。すなわち貴国政府と開国についての交渉を持ち、合衆国政府の代表として、通商条約を結ぶことであります」

「それは、正式の交渉の申し入れでありましょうか」

「さようです。これを機に、貴国と合衆国は互恵の精神に基づいて通商条約を締結すべきであると提案いたします。互いに自由に交通することが、必ずや双方の利益になることでありましょう」

「それが、貴官の来航の目的であると仰《おっしゃ》られるのですな」

「そのとおりです」

　佐々倉桐太郎は、いったん持ち帰り当地の総督に伝えるとして、コロンバス号から降りた。

押し送り船で海岸にもどってゆく佐々倉桐太郎と堀達之助の顔を見て、三郎助は思った。堅苦しい用件であったようだな。単に薪や水が欲しいとか、漂流民を引き渡したい、というような話ではないようだ。

佐々倉桐太郎の報告を受けて、奉行の大久保忠豊は佐々倉桐太郎に言った。

「当地では対応しきれぬことだ。来航目的は、文書で出せと告げよ。江戸表に伝える。また、回答あるまで乗組員の上陸は禁止、武器類一切を引き渡せと伝えよ」

一刻の後、佐々倉桐太郎と堀達之助は再びコロンバス号に乗船した。

奉行からの要求を聞いて、ジェームズ・ビッドル提督は答えた。

「よろしい。文書の用意はできております。上陸禁止も受け入れます。ただし、武器の引き渡しには応じられませぬ。これは政府を代表する軍艦なのです」

佐々倉桐太郎は言った。

「絶対に武器は引き渡してもらわねばならぬ」

ビッドル提督は言った。

「この艦には、八十三門の砲を積んでおります。どうやって引き渡したらよいのです？」

「八十三門も？」

「ご覧になるか？」

「いや、けっこうにござる」佐々倉桐太郎は狼狽《ろうばい》して言った。「小筒などはどれほど積んであるのであるか、数字をお聞かせ願えるか」

「八百。コロンバス号の乗組員全員に行き渡るだけ積んでおります」

「この船には、八百人も乗っているのですか」

「僚艦ビンセンス号には、二百。いかがだろうか。あくまでも武装解除を求められますか」

「いや、ここでは通告だけいたします。提督の回答は、そのまま当地の総督に伝えます」

五分後、甲板上で待つ佐々倉に対して、書面が渡された。

大意このようなものであった。

「我々はアメリカ政府を代表しており、清国に派遣され、彼の地に於いて交易の条約を結んで参りました。この帰路、我々が貴国を訪問したことについては、一切の野心はありませぬ。我が国の船がかねてより望むとおり通商ができる状態にあるのか否かを確認し、もし未だできぬとのことであれば、貴国とも清国と同様に交易の条約を締結することが任務であります。本官はこの件について、アメリカ政府から全権を委任されて参った者です。

ジェームズ・ビッドル」

佐々倉桐太郎は、英文と漢文とで書かれたその書面を受け取ってから言った。

「江戸の中央政府に届けますので、回答までお待ちを」

ビッドルは言った。

「条約の案文についても、参考となるものを持って参りました。清国が我が合衆国、それにイギリス、フランスなどと締結した条約を漢文にしたものですが、これもお持ちください」

「いや」佐々倉桐太郎は、それでは事態が条約の案文をめぐる交渉にまで一気に進んでしまうと心配した。「それは受け取れませぬ。提督よりのこの書面のみ、当地総督に届けます」

佐々倉桐太郎がコロンバス号の甲板上でビッドル提督と交渉をしているあいだ、三郎助は番船上で警戒していた。

問屋衆の舟や漁船が、この二隻の異国船に接近しすぎぬよう、またアメリカ人水兵と日本人とのあいだで不測の事態など起こらぬようにということである。異国船を囲む輪のごく中央近くにまで警戒しているあいだ、一艘《そう》の小舟の挙動が気になった。海面上にじっとしておらず、ひんぱんに場所を変えているのだ。乗っているのは、男三人である。男のひとりは、強い好奇心以上の関心を見せて、異国船を見上げ、見つめている。

三郎助は、その男に目をやったまま訊《き》いた。

「誰だろう、あれは」

同心の春山弁蔵《はるやまべんぞう》が答えた。

「船大工の、勘左衛門《かんざえもん》のように見えますが」

「柏屋《かしわや》か?」

柏屋勘左衛門なら顔だけは知っている。まだ若い船大工だが、腕がいいという評判だ。一年ほど前にひとりだちして棟梁《とうりょう》となった。

その柏屋勘左衛門の乗る小舟は、三郎助たちが囲みのもっとも内側の線と想定していた線を超えて、異国船の船尾に近寄ってゆく。

三郎助は漕《こ》ぎ手の同心たちに言った。

「あの舟に近づけよ。何かやる気だ」

番船がその小舟に近寄ってゆくと、小舟はあわてて逃げるように異国船から遠ざかった。

三郎助は、その小舟をなお追った。

その小舟は、囲みの中にまぎれようとしたが、三郎助は逃さなかった。執拗《しつよう》に追い詰めて、とうとう勘左衛門の乗る小舟に接舷《せつげん》した。

三郎助は訊いた。

「勘左衛門、何をしておる?」

勘左衛門は、ひたすら恐縮の体で言った。

「申し訳ございません。黒船をなんとか間近に見たかったものですから、ついつい」

「見たいのはわかるが、なぜあれほどまでに近づく?　何か故あってのことか」

「へえ、その、申し訳ございませぬ」

松村啓次郎が厳しく言った。

「はっきり申してみよ。何だ」

勘左衛門は、観念したように言った。

「異国船の造りが気になりまして。異国の船大工がどんな仕事をしてるのか、どうしてもこの目で確かめたくなりましてな」

「そんなことを確かめてどうする?」

「へえ。あたしの船造りに何か生かせるところはないかと。いや、そんなことよりなにより、こんな大きな船がどうなっているのか、それが気になります。船大工の性分ってものです」

三郎助は、いまの勘左衛門の言葉がひとつ気になった。

「お前の船造りに生かせる?」

「へえ」勘左衛門は三郎助に顔を向けた。「大船を造っちゃならないのは承知してますが、あたしらの船があっちこっちで時化《しけ》にやられたり流されたりしてるのに、異国船は大海原をなんなく越えてやってくる。あたしだって、そんな船を造ってみたいと思いまさあ」

三郎助は、二年前、合原操蔵と議論となったときのことを思い出した。

誰がその西洋式の船を造る？　誰が操る？

もしかすると、ひとつ答があったのかも知れぬ。

三郎助は訊いた。

「近くで見れば、わかるのか？」

「船大工が見れば、わかるところはわかります」

三郎助は、上司の松村啓次郎に言った。

「船大工には、むしろこの異国船の様子、じっくりと検分させたほうがよいのではないでしょうか。まずいことが起こらぬよう、わたしが一緒に乗り込んでもかまいませぬ」

松村啓次郎が同意した。

「そうだな。船大工が見れば、あの船の弱点などわかるかもしれぬ」

三郎助は勘左衛門の乗る舟に乗り移って言った。

「許す。できるだけ近づいて、目に焼き付けよ」

勘左衛門は、白い歯を見せて言った。

「そうこなくちゃ」

三郎助と勘左衛門の乗った舟は、まず大きな船の周囲をゆっくりと回った。真下から見上げると、この船の大きさは途方もないものだった。高さも、水面から出ている部分だけでおよそ五間はある。横幅は、いちばん広いところで十間ほどだろうか。真ん中の帆柱の高さは、たぶん三十五間はありそうである。

回りながら、三郎助は矢立と帳面を取り出し、興味を引く部分を手早く図に描いた。絵心は、父親譲りだ。見たままを描くことができる。

ついで小さいほうの船の周囲を回った。

こちらは全長が二十二間ほどで、幅は六間弱、水面からの高さは四間半ほどだろう。大きなほうの船とはちがって、砲甲板は一層だけと見える。

観察しながら、三郎助は勘左衛門に訊いた。

「勘左衛門、お主、ほんとうにこのような西洋式の船を造ってみたいと思っているのか」

勘左衛門も、船から目を離さずに答えた。

「そりゃあもう。こっちのでかいのは無理でしょうがね。でも、小さいほうのような船なら、あたしのところでもいつかは造ってみたいものです」

「我らの船とは、ずいぶんちがうものだろうな」

「ちがいますな。腹の膨らみなんて、中がどういう細工になっているのかわかりません」

「おれたちは、どうやれば、このような船を造れるようになる？」

勘左衛門が、首をめぐらしてふしぎそうに三郎助を見つめた。

「おれたち？」

「そうだ。おれだって、やれるものならば、こういう船を造ってみたいのだ」

「お役人が、船大工の真似ごとですかい」

「城の縄張りをするのも、城造りのうちだ」

勘左衛門は、小首をかしげた。

「でも、どうして中島さまは、西洋式の船など造りたいんですか？」

三郎助は答えた。

「海防のことを考えるとな。我が国も、西洋が持っているような軍船が必要ではないかと思うのだ。この大きな船を見よ」三郎助は、大きな船を指さして言った。「片側だけでも、砲窓は四十。この船が本気になったら、平根山の台場では、江戸湾を守ることはできぬ」

「江戸湾を守るためだけに、西洋式の船が必要なんで？」

三郎助は勘左衛門の顔を見つめた。ほう、それはどういう意味だろう。それでは不足と言っているのだろうか。

勘左衛門は言った。

「去年、二十二人もの日本人が、アメリカの鯨捕りの船に助けられましたな。あの漁民たちだって、もし大きな船に乗れたなら、そうそう簡単に時化で流されたりしませんでした。それに、遠くの海まで多くの船が出てゆくようになれば、流されても助かる者が増える。あたしらには、大きくて遠くまで行ける船が必要なんじゃありませんか？」

そうだ。そのとおりだ。それはおれも思っていたことだ。大船の建造禁止は解くべきだ。

三郎助は言った。

「お主、本気で西洋式船造りを学んでみようと思わぬか」

「西洋の書物など、探してみようと思う。まず小さな舟から造って、少しずつ大きな船を試してみるのだ」

「どうするんです？」

勘左衛門は愉快そうにうなずいた。

「一緒にやらせていただきますよ。蘭語など読めやしませんが」

「おれだって同じだ。だが、やってみよう」

三郎助はもう一度、巨大な船体を野比沖に浮かべる巨大船を見やった。

その黒い船はちょうど夕陽を浴びて、船体に橘《たちばな》色のきらめきを散らせているところだった。

夜になるまでには、野比の海岸には川越藩や忍《おし》藩の藩兵たちも集結、かがり火を焚《た》いて不測の事態に備えた。

小舟の中には、いったん港にもどったものもあったが、大半はそのまま野比沖から離れることはなかった。問屋衆が出した船の水手《かこ》たちはみな、夜具を用意していたのだ。夕方、問屋衆は小舟の水手たちに炊き出し握り飯を配った。コロンバス号とビンセンス号は、夜のあいだも多くの小舟に囲まれたまま、野比沖に留まったのである。

中島三郎助は、松村啓次郎らと共にいったん海岸に上がって、夜食をとった後、再び番船で米艦監視の任務についた。

ちょうど真夏であったから、夜は短かった。興奮のせいもあって、三郎助がろくに眠らぬうちに、夜が明けた。

弘化三年閏《うるう》五月二十八日（陽暦一八四六年七月二十一日）である。

在地奉行である大久保忠豊は、組与力をコロンバス号に差し向けることにした。あらためて、国是、すなわち外国との交易通商をおこなわず、という方針を伝えるためである。その伝達の使者として、中島三郎助の父、中島清司が選ばれた。通辞は、昨日同様に堀達之助である。

大久保忠豊は中島清司に言った。

「きっぱりと、いっさい誤解を与えぬように、国法を伝えよ。本国政府にも、開国を迫ることは無益であると伝えるように」

中島清司は、内心この大役を得たことを喜びつつも、謹厳な顔で答えた。

「はっ。その旨、明快に伝えてまいります」

三郎助は、コロンバス号を監視する番船の上で、父親がべつの番船でコロンバス号に近づき、堀達之助と共に船梯子《ふなばしご》を上がってゆくのを見た。

「なんとまあ、うらやましい」と、三郎助は歯ぎしりした。「おれを従者としてでも同行させてくれたなら、たぶん父上よりももっと多くのものを見て取ってくるのだが」

その中島清司は、コロンバス号の船体の横に開いた出入り口から船内に入って、その船の途方もない大きさに衝撃を受けていたのだった。

中島清司は、コロンバス号の舷側《げんそく》の板の厚さにまず驚いた。ゆうに一尺はあるのだ。堅板を用いて、きわめて堅固そうな造りとなっている。

さらにその甲板の広さにも目を見張った。昨日この船に乗った佐々倉桐太郎は、大船には八百人が乗り組んでいる、と聞かされたと言っていた。じつを言えば中島清司はこれを聞いて、多少は疑ったものだ。船長は、はったりで八百と言ったのではないかと。

しかし、この船の大きさを身体で感じてみると、乗組員八百というのは、嘘ではないようだ。

だいいち、目の前に並んでいる水兵や士官だけでも、百以上はいるのだ。

中島清司の正面に、装飾の多い洋服を着た中年男が現れた。これが船将のビッドルなる男だろう。中島清司は、通辞の堀を通じて言った。

「浦賀奉行所与力、中島清司。奉行大久保忠豊の命により、あらためて国法について伝えに参りました」

相手の男が言った。

「合衆国海軍ビッドル准将と申します。貴国の鎖国方針については、重々承知しております。その方針の変更をうながし、ここに通商条約を結ぶべく、我々は派遣されてきたのです」

「もうひとつ、お伝えしたいことがある。我が国は先頃まで、外国船の来航に対しては、一切の寄港、接触を認めずに退去を命じ、従わぬ場合は打ち払うという方針でおりました。現在はこれがあらためられ、薪や水など、必要な物資は提供することにしております。通商は拒絶いたしますが、諸外国と争う意思があるわけではございませぬ。必要とあれば、薪、水、そのほか食糧など用意つかまつりますが、いかがでしょうか」

「ありがたいお言葉です。本官も、貴国と争う意思など毛頭考えてはおらぬことの証として、謹んでお申し出を受け入れたく存じます」

「では、ただちに手配をいたしましょう。とくにご希望のものはございますか」

「薪と水だけで十分です」

「鶏や小麦などは」

「せっかくのお申し出とあらば、ありがたく受け取ります」

「閣下の来航の目的については、受け取った文書を幕府中央へと送りました。しかし、これも一応の手続き上のこと。回答を待っても、閣下が望むような中身では絶対にありますまい。薪と水が補給されたところで、ただちに出帆されると、約束してはいただけませぬか」

「正式回答を持ち帰りたく存じます」

「回答がいつになるかは、わかりませぬぞ」

「待ちます」

「いつまでも?」

「しかり」

「停泊が長引けば、不測の事態の発生も懸念されます。周辺の住民が、貴艦隊を取り巻いておる」

「小舟を退去させていただけたら、危険は減じることでしょう」

「それはできませぬ」

「我らはあくまでも平和のうちに通商交渉を進めるためにやってきたものです。ただ、不測の事態の勃発《ぼっぱつ》を恐れるものではありませぬ。これに対処する用意もありますし、乗組員たちはそのための訓練も受けております」

威嚇とも取れる言葉であった。

中島清司は言った。

「双方、不測の事態など起こらぬよう、万全の注意を払いましょう。我らも、周辺住民には、挑発などを厳に慎むよう、言い渡します。閣下も、同様に部下ご一同にご注意をお願いしたい」

「承知しております」

中島清司は、コロンバス号を降りると、すぐに奉行のもとへと向かった。このころには、野比の海岸には、幕命を受けて、いっそう多くの役人が集まってきていた。保科《ほしな》能登守《のとのかみ》、酒井《さかい》安《あ》芸守《きのかみ》、米倉丹後守《よねくらたんごのかみ》、稲葉《いなば》兵部少輔《ひょうぶのしょう》らの家中の者や藩士たちである。

中島清司の報告を聞いて、浦賀奉行の大久保忠豊は言った。

「こうなると、ご老中からの命と回答を待つしかないな。無理に退去を求めることは、避けるしかあるまい」

中島清司は言った。

「感触では、我が国が通商交渉に応じる意思はないとはっきりわかれば、あの艦隊はそれ以上長居はせぬように思われます。薪と水を与えて、いつでも帰帆できるように支度をさせておくべきと存じますが」

「そうだな。そのように手配せよ」

いっぽう、江戸では、閣老たちの方針はなかなかまとまらなかった。

通商は国禁、という従来の方針を伝えるなら伝えるで、もう少し早く結論が出てもよさそうなものであったが、浦賀奉行所に指示と回答が届いたのは、六月三日のことになる。

この日まで、野比海岸は、数百の各藩藩士らによって固められ、さらに沖合で停泊中の米艦の周囲は、およそ四百艘《そう》の小舟で包囲されたままだった。米艦の側にも、無理に江戸湾に進入しようとか、乗組員を上陸させようという動きもなかった。

また海岸には、浦賀奉行所が米艦に提供する薪や水、鶏や小麦などの食糧が続々と運ばれてきた。包囲態勢はそのままに、集まった分から順に、コロンバス号とビンセンス号に積み込まれることになった。

四日朝、松村啓次郎が三郎助を呼んで言った。

「薪やら水やら、片っ端から積み込んでやらねばならぬ。そのほうが、積み込みの指図をせよ」

三郎助は確かめた。

「積み込みのためには、船に乗ることも必要かと存じますが」

松村啓次郎はにやりと笑って言った。

「止めたって、乗るのだろうな」

「勘左衛門を伴います」

積み込み作業が始まった。

番船をコロンバス号に近づけて、艀《はしけ》の水手たちを指図していると、昼近くになって、船体の横に開いた出入り口から船梯子が下ろされた。

士官と見える男が、番船の三郎助に大声で訊《き》いてくる。

「そこに通訳はおるか?」

堀達之助が、番船の上で立ち上がった。

「ここに」

士官は言った。

「そこのお役人たちに、船を案内しよう。通訳氏と一緒に参られるがよい」

三郎助は、船大工の勘左衛門、通辞の堀達之助と顔を見合わせた。これを望んでいたのだ。

出入り口は、二層目の砲甲板についていた。

船内に入ると、正面に立った士官が言った。

「艦内をご覧に入れます。どうぞわたしに従ってください」

三郎助たちは、士官のあとについて、その砲甲板を進んだ。両舷《げん》にずらりと砲が並んでいる。ざっと見て、その数は片側十数門である。

奥にいた下士官が、三郎助たちに気づいて、何ごとか鋭く叫んだ。

その甲板にいた制服姿の男たちがさっと整列して、直立不動となった。海兵なのか、それとも水夫なのかはわからない。数は二百以上である。

士官が言った。

「陸の上で戦う訓練を受けた海兵たちです」

三郎助は訊いた。

「ここのすべてが？」

「砲手もおりますが」

士官は、その層には留まらず、すぐにまた船梯子《ふなばしご》を降りてゆく。三郎助たちもあとに続いた。

つぎの層も、砲甲板だった。同じように両舷に砲が並んでいる。この甲板にいる男たちも、やはり二百近いと見えた。

「第三砲甲板」と士官は言った。

三郎助は訊いた。

「全体で、何層あるのです？」

「五層です。砲甲板の下にさらに二層」

三郎助は、士官に気づかれぬよう、そっと息を吐いた。それは、驚きと感嘆に加えて、おののきもまじった吐息だったのだ。

昨日推測したとおり、砲の数はほんとうに八十門以上ある。それに、乗り組んでいる海兵、水夫の数も、八百というのはけっしてはったりではなかった。この船は、これひとつでそのまま浮かぶ要塞《ようさい》と言ってよい。この船に向けて、退去を求めて強硬手段を取ることはできない。理詰めで納得させて退去させるしかない。

階段を上り、最上層の砲甲板に出た。部分的には屋根のない、開放された甲板である。その甲板上に立って、その海面からの高さにまず驚いた。まるで海底から城を築いたかのように感じられる。これは大きい。下から見上げて感じていた以上に大きな船である。

三郎助たちは、士官の許可を得てさらに細かく船の造りを見せてもらうことにした。

士官やほかの乗組員は、好奇心を露《あらわ》に船内を動きまわる三郎助たちにおおむね好意的だった。いくらかは、自分たちの造船技術や科学の水準を自慢する気持ちがあったのだろう。さほど迷惑げではなかったし、あつかましさに顔をしかめたようでもなかった。

三郎助たちは、堀達之助を通じて、案内してくれる士官を質問攻めにした。

竜骨《りゅうこつ》の太さは、船の大きさに比例するか。どれほどの大きさに対して、どれだけの太さが必要か。

肋骨を曲げる技術はどんなものか。舵《かじ》が和船とちがい、軸受けを通じ船体に固着されているが、海底に引っかけて船体まで損傷させる心配はないのか。それとも舵を簡単に引き上げる方法でもあるのか。

帆の数がこれだけ多いのはなぜか。風上側何度まで進むことができるか。蒸気船なるものがあるそうであるが、それはどんなからくりを使うものか。従来の船と、構造に違いはあるのか……。

士官も、自分が知っていることであれば、誠実に答えてくれた。

コロンバス号の艦内を一周してから、士官は三郎助たちに向かい合って、愛想よく言った。

「これでご案内を終えます。いかがでしたでしょうか。これがアメリカ海軍の誇る最新鋭船コロンバス号でした」

三郎助が士官に言った。

「最後にひとつだけ」

「なんでしょう」

「隣のビンセンス号も、ご案内してもらえないだろうか」

士官は一瞬、うんざりという表情を見せた。

六月五日の朝が明けた。米艦が野比沖に停泊してから八日目である。

江戸から駆けつけた在府奉行、一柳一太郎と共に、大久保忠豊が野比の番所に現れた。この二日間、大久保忠豊と一柳一太郎は細かな対応を協議していたのである。

大久保忠豊は、中島清司と田中信吾《たなかしんご》のふたりの与力を呼んで指示した。

「ご老中から、アメリカ船への諭書が出た。そのほうたち、この諭書をアメリカ艦隊司令官に手交すべし」

中島清司は言った。

「正式回答となれば、与力ふたりだけで行っては軽く見られるやもしれませぬ。手付や与力見習などを供に連れてゆくべきかと存じますが」

「そうだな」大久保忠豊はあっさりと同意した。「川越、忍藩、それに小田原《おだわら》藩の藩士らの中から、押し出しのよさそうな藩士たちを同行させよ。これがご公儀よりの、唯一絶対の回答であることをわからせるのだ」

「はっ」

一柳一太郎が提案した。

「これが唯一絶対の回答となれば、我らがアメリカ船に乗り込むというのもいかがなものか。ここはあくまでも我が国の内海じゃ。向こうの司令官をこちらに呼びつけて、下してやるべきではないのか?」

「海岸に上陸させよと?」

「いや、それはまずい。番船まででよい」

大久保忠豊は中島清司に言った。

「大船には堀達之助ひとりをやり、諭書は番船で手渡すと告げよ。そのほうたちは、こんどは向こうの船に乗り込んではならぬ」

引き下がってから、中島清司はちょうど上陸していた三郎助を呼んだ。

「ついてこい。諭書の手交は、番船の上でとのことだ。そばで一部始終を見ておれ」

中島清司にとって、それは息子をいま一度教育するよい機会であった。滅多にない大役を仰せつかったのだ。そばで、すべてを目撃させ、記憶させておかねばならぬ。

半刻の後である。三郎助や通辞の堀達之助を含め、十名ばかりが諭書伝達使として押し送りの番船に乗り、コロンバス号に向かった。

コロンバス号に接舷して、船梯子を上っていったのは、堀達之助のみである。

堀達之助はビッドル提督に言った。

「中央政府よりの回答が参りました。つきましては、我が番船上にて手交いたしたく、わたしにご同道願います」

ビッドルは言った。

「もしその諭書を小官に手渡したいのであれば、そちらがご乗艦くださるのが筋であろう」

「どうしても？」

「小官は、ここで受け取る」

堀達之助は困惑して番船にもどった。

話を聞いて、中島清司と田中信吾は、しかたなく自分たちも船梯子を上り、あらためて申し入れた。

中島清司は言った。

「先に閣下からの文書は、我々がこの艦に赴いて受け取った。その文書に対する回答が出たのであるから、必要であるなら閣下が我々の船に赴かれるのが至当かと考えるがいかがか」

ビッドルはもともとざっくばらんな、格式ばらぬ男であった。

「よろしい」

彼は副官をともない、堀達之助について船梯子を降りた。

ビッドルが番船に足をかけて、船梯子から乗り移ろうとしたときだ。船の水手《かこ》のひとりが、どんとビッドルの身体を船梯子のほうに突き返した。ビッドルは身体の平衡を崩して、あやうく海に落ちるところだった。

船の上に激しい緊張が走った。船梯子の上では、副官が腰の短銃に手をかけた。

「何をする！」

三郎助はとっさに前に飛び出して、その水手のみぞおちに拳《こぶし》を突き入れ、船の上に転がした。船に乗っていたほかの男たちが、その水手に馬乗りとなり、あるいは手足を押さえた。

ビッドルは、憤怒の表情を見せて船梯子を上っていった。

三郎助は、コロンバス号の舷側を見上げた。

水兵や下士官たちが動揺している。何か鋭い声も飛び交っている。司令官が暴行を受けたのだ。一触即発である。いまこの瞬間の処理を間違えれば、ここで戦闘が勃発《ぼっぱつ》する。

中島清司が、さっと船梯子に乗り移って、駆け上り始めた。田中信吾と堀達之助がすぐにこれに続いた。

三郎助は、水手を押さえている各藩の藩士たちに言った。

「その男、ほかの船に移すぞ」

「はっ」とひとりが応えた。

三郎助はべつの番船を呼んだ。諭書はこの船の上で手交されるのだ。いま一度、この場に秩序を取り戻さねばならなかった。

接舷《せつげん》した番船に水手を引き渡して言った。

「異国人に無礼を働いた。遠ざけておけ」

その番船は、その水手を乗せると、すぐに三郎助たちの番船から離れていった。

いっぽうコロンバス号の甲板まで駆け上がった中島清司は、水兵たちがすでに銃を構えていたことを知った。

ビッドルを追おうとして、中島清司は水兵たちに行く手を阻まれ、押さえられた。

中島清司は、船室に向かおうとするビッドルの背に向かって叫んだ。

「閣下。閣下、戦争をお望みなのですか」

中島清司の後ろを駆け上がってきた堀達之助も、ただちにこの状況を把握した。中島清司が何を言おうとしているか察した。

堀達之助は、中島清司の言葉をほとんど同時に通訳して叫んでいた。

「閣下、戦争をお望みですか」

ビッドルが立ち止まって、振り返った。

中島清司は、必死に言った。

「我が国の無礼者の振る舞い、失礼つかまつりました。平伏して謝しますゆえ、どうぞご容赦を。我らには閣下に対して、なんの含むところもございませぬ。あの不届き者については、閣下が望むいかなる処分も受け入れます」

ビッドルが、中島清司をにらんでくる。

中島清司は、水兵たちに両腕を押さえられたまま、さらに言った。

「それがし、この場で腹を切ってもかまいませぬ。でも、どうか戦端を開くことだけはお待ちくだされ。我ら、戦争を望んでいるわけではござらぬ。まずは諭書をお受け取りくださいますよう。どうか。どうか」

ビッドルは言った。

中島清司のその懸命な懇願が通じたのか、ビッドルの顔からふいに憤怒が消えた。

「わかりました。小官は、貴官の謝罪を受け入れましょう」

副官が合図したので、水兵たちは中島清司の腕をはずした。銃を構えていた水兵たちも、その銃口を下に向けた。

中島清司は、乱れた着物を直して言った。

「日本の政府は、閣下とアメリカ海軍を侮辱する意思など、毛頭ございませぬことをご理解いただけますよう」

ビッドルは言った。

「承知しております。一私人がなぜか興奮して犯した過ちでしょう。彼の者については、日本の法律によって然るべく処分していただければそれでけっこうです」

「寛大なるお言葉、痛み入ります」

ビッドルは、副官に顔を向けて言った。

「心配いらぬ。事情もわからぬ者が勝手に騒いだだけだ」

副官が訊《き》いた。

「文書の手交はいかがいたします？」

「やりなおそう。日本の船に乗る」

「武装海兵をつけます」

「いらぬ。日本人も、戦争は望んでおらぬ」

あらためて、番船の上で、諭書の手交の儀式となった。

中島清司は、ビッドルに正面から向かい合って言った。

「政府より回答がございました」

中島清司は和文の諭書を開いて読み上げた。

大意つぎのようなものである。

「このたび我が国と交易いたしたいとの願いであるが、我が国は外国とのあらたな通信通商を国禁としている。この方針には揺るぎはなく、ただちに帰帆されたい。他国からも同様の願いはあるが、国禁に変わりはなく、このあと何度来航しようとも無益である」

堀達之助の通訳を聞いても、ビッドル提督はさして失望を見せなかった。とうに諦《あきら》めていたのかもしれない。

「貴国の国是のこと、了解いたしました」とビッドル提督は言った。「では、我々は本国に帰り、その旨を政府に伝えるしかありますまい」

中島清司はビッドルに言った。

「この文書を確かに受け取ったと、請書をいただけましょうか」

ビッドル提督はこれも了解して、ただちに英文の請書を作成すると答えた。

中島清司は訊いた。

「では、出帆はいつになりましょうか」

「明日は風模様もよろしくないようですな。もう一日だけ停泊を許していただけますか。明後日には、必ず出帆いたします」

「明後日ですな。承知いたしました」

ビッドルと副官がコロンバス号にもどっていって十分後、副官が請書を持ってもう一度船梯子《ふなばしご》を降りてきた。中島清司はこの中身を確かめた後、番船をコロンバス号から離した。

その番船が野比の海岸へ向かう途中である。船尾に乗る三郎助のまわりで、川越藩や忍藩、小田原藩の藩士たちが、小声で言い合い始めた。

「大将を突き飛ばされて、アメリカ人たちは何もせなんだ。考えられるか？」

「我が国なら、たちまち刃傷沙汰《にんじようざた》だろうな」

「あのおつきの者も、飛び出してきて盾になるでもなかったな」

「腰抜けたちなのだ、アメリカ人というのは」

「あの船の見てくれに惑わされたか。反撃などおそれず、打ち払ってやるべきだったかもしれぬ」

三郎助は、黙ったままで聞いていた。

しかし、と三郎助は内心思った。いまの一件、ひそかにこのように語られ、ここからアメリカ人への評価が定まってゆくなら、これはいずれ日の本の針路を誤る大事件であったということになりはしないだろうか。

二日後の弘化三年六月七日朝、二隻のアメリカ軍艦は野比沖を抜錨《ばつびよう》した。あいにくと、凪《なぎ》である。帆はほとんど役に立たなかった。なかなか進まぬアメリカ船を見て、大久保忠豊は、曳《ひ》き船を差し向けるように命じた。すぐに二艘《そう》の曳き船が出て、コロンバス号とビンセンス号から曳航《えいこう》索を受け取った。

曳き船に曳かれて、アメリカ船はようやく遠ざかり始めた。野比の沖合にあった数百艘の舟の上から歓声が上がった。海岸警備の諸藩藩士たちのあいだからは万歳の声さえも上がった。三郎助と中島清司は、複雑な想いで、その二隻のアメリカ船を見送った。これは果たして、歓呼や万歳に値する事態なのだろうか。

このビッドル提督の来航の際、緊迫の十日間に中島清司が見せた与力としての指導力は、浦賀奉行を大いに感嘆させた。また、川越藩、忍藩、小田原藩の藩士らも、中島清司の有能さを目の当たりに見た。浦賀に中島清司なる与力あり、との評価が、広く伝わった。

その息子、与力見習の三郎助の評価も、この十日のあいだに見せた働きでいっそう高まった。三郎助は、奉行を通じて、褒美白銀七枚、別段同五枚を受けている。

ビッドル艦隊の出帆からわずか半月ほどもたたぬうちに、今度はデンマーク船が来航した。

こうなると、浦賀に異国船がくるのはすでに椿事《ちんじ》ではなく、日常的なできごとである。幕府はいよいよ対応に苦しむことになった。

七月、中島清司は、奉行から、海防に関し幕閣に対して意見書を提出するよう指示された。

この指示を受けて、中島清司は「浅智短才をも顧みず、いささか愚意奉り申し上げ候」と書き出した。それまで、三郎助と折りにつけ語り、議論していたことの要旨である。

中島清司は、まず薪水《しんすい》給与令を撤回しようとする気運が幕府や諸藩にあることを批判して書いた。

「無二《むに》念《ねん》打払令は異国船に対して名分のない戦争を仕掛けることに等しい。打ち払えば、謂《いわ》れなく打ち払われた異国船数百隻による再度の来航、武力行使を招く」

さらに、自分が実際に確認したアメリカ軍艦について、こう書いた。

「先日来航した軍艦を見ると、船の造りはいっそう堅固になっており、陸上から貫目以上の弾を十発二十発撃っても破損することは難しい」

「台場の砲の数を増やすことは意味なく、むしろ堅牢《けんろう》な軍船を数隻用意して、侵入した船に追い撃ちをかけるかたちで、江戸湾防備にあたらせたほうが有用であろう。台場はその場に上陸する相手を防ぐだけの機能しか持ち得ない」

この上書は、評判を呼んだ。さほど長文のものではないせいもあり、転写本がいくつも作られ、これ以降、海防に関心のある者の必読の論文となった。後に吉田松陰《よしだしょういん》も中島清司のこの上書を読んだことを書き留めている。

十月、目付の松平式部が浦賀を視察にきた。海防に関して細かな質問が浦賀奉行・大久保忠豊に向けられたが、答えたのは、事実上、中島清司であった。

松平式部は、ビッドル来航時の様子を細かに訊いてから、中島に質問した。

「そのような西洋式軍艦を、我が国でも造り得るであろうか」

中島清司は、遠慮のない言葉で答えた。

「できませぬ。それができる船大工は、我が国にはおりませぬ」

中島清司は、すでに三層の砲甲板を持つコロンバス号を見てしまったのだ。彼の頭の中では、いまや洋船とはすなわち、コロンバス号クラスの船をさす。けっして捕鯨船などではない。

松平式部はさらに訊いた。

「では、オランダ人の力など借りてはどうか？」

「ひとりふたりのオランダ人大工を呼ぶだけでは無理でしょう。弟子や職人たち、大勢のオランダ人を本国から招く必要があります。それだけの費用をかける覚悟があれば、できましょう」

松平式部は言った。

「では、堅牢な軍艦など、できぬということか」

中島清司は答えた。

「とりあえずは、和船の工夫で大型の船を造るしかありますまい。まずは大船の建造を許し、我が国の船大工たちに、彼らの腕と流儀で造らせてみるべきかと存じますが」

「ふむ」と、松平式部は納得した様子で質問を変えた。「ところで、そもそもアメリカ人というのは、軟弱怯懦《きょうだ》な人民である、という評判があるが、事実であろうか。そのほう、アメリカ人とじっさいに向かい合って、いかなることを感じたか」

中島清司は、幕閣にもビッドル提督退去の事情が誤解されて伝わっているのだと知った。つまり、こちらが強気に出たら、彼らはすごすごと帰っていった、とでも語られているのだろう。じっさい、あの日、野比の海岸では万歳の声が上がり、やったやったと勝鬨《かちどき》さえ上がったのだ。その誤解は無理のないところかもしれない。しかし。

中島清司は言った。

「彼らは、我が国と交渉するために、はるか何万里もの向こうから、数百日のときをかけて大海原を越え、やってくるような連中です。怯懦な者たちに、それができるとは思えませぬ」

「しかし、せっかくの軍艦を生かすこともなく、おとなしく退去していったのだろう?」

「礼儀正しかった、というだけでございましょう。あれを怯懦の振る舞いと取るは、禍根となる恐れなしとしませぬ」

「ふむ」と、松平式部はもう一度うなずいた。

いっぽう三郎助は、ビッドル艦隊の退去のあと、足繁く船大工の柏屋勘左衛門の仕事場を訪れるようになった。浦賀にある勘左衛門の仕事場では、勘左衛門が洋式の短艇造りにかかったからである。

「どうだ?」と、三郎助は訪れるたびに、急《せ》かすように訊いた。「できそうか。造れそうか」

勘左衛門は、いつも慎重な言い回しで答えるのだった。

「たぶん。たぶんやれるかと思いますが」

弘化三年（一八四六年）が過ぎようとしている。

第五章　ペリー来航

浦賀奉行の戸田《とだ》伊豆守《いずのかみ》氏栄《うじさか》が、重々しい調子で言った。

「中島三郎助、本日より中島清司跡番代として、そのほうに浦賀奉行組与力を命ずる」

「はっ」

三郎助は、かしこまっていま一度深々と頭を下げた。

嘉永《かえい》二年（一八四九年）の六月二十日である。三郎助は、二十八歳となっていた。

このころ、浦賀奉行は組織が拡充され、与力は定員が二十人であった。三郎助はそのひとりとなったのである。父の清司は、すでに退役していた。

もとより与力の地位は世襲職ではない。中島清司の引退が、そのまま三郎助の与力昇進となるわけではなかった。中島清司が病気を理由に退役を願い出て、同時にその番代として息子の三郎助を推薦した。これを奉行が認めての、このたびの与力昇進となったのである。

正式の申し渡しを受けて奉行の執務室を出ると、これまでずっと上司であった松村啓次郎が、頬をゆるめて言った。

「ようやくこれで、お前を部下にせずともすむ。わしのためにも、よいことじゃ」

三郎助は、笑顔で応えて言った。

「どういうことでございますか？」

「聞くまでもあるまい。お主のような有能な男を与力見習のまま使うのは、こちらにも疲れることだったのだぞ。お主は、わしのようなおいぼれの二倍も三倍も働いておった。浦賀に中島あり、とは先般のコロンバス号来航のとき以来の評判だが、ちかごろは、どちらの中島だ、と訊《き》かれることも多くなった。お主はこの何年も、じつのところ与力職にあったようなものではないか」

「わたしは、見習として、存分にやらせていただきました」

「まわりの誰もが、お主を与力同様に見ておった。見習勤のまま五人扶持《ぶち》とは、それなりのご配慮であったとは思うが、もっと早くお主がじっさいに与力になっておったらのう」

前年（嘉永元年）に三郎助は、「格別出精につき」と、与力見習でありながら、特別給与として五人扶持を受けている。

まったく異例のことであった。

三郎助は、浦賀奉行所では事実上の与力として、責任ある仕事を多々任されていたのだった。いっぽう与力の定員は決まっており、どんなに有能であったとしても、枠がないかぎり正規の与力にはなれない。そしてどの与力の家でも、番代にはその家の嫡男を願い出るのが当たり前である。男児がいない家では養子を取ってでもその職を守る。世襲職ではない、というのが建前ながら、父親の跡を継ぐ以外に、与力見習が与力となることは不可能だったのだ。

前年の五月、浦賀奉行所の与力が四人増員されると通達があったときは、周囲の誰もが、三郎助が昇進すると期待した。ところが新任の与力は、江戸から配属されてきた。枠はできなかったのだ。三郎助の周囲の誰もが失望した。

ところが七月、奉行から三郎助に別段五人扶持が下された。奉行の戸田氏栄が、三郎助に事実上の与力待遇を与えたということになろうか。与力同様かそれ以上に働く三郎助を、このまま見習扱いでは不公平である、と奉行所の誰もが考えるようになっていたのだ。五人扶持は、戸田氏栄の採った苦肉の策であった。

松村啓次郎はあわてた様子で言った。

「いやいや、これは清司殿がもうご隠居どきだと言うのではないぞ。清司殿は清司殿で、まだ与力を勤めていただきたいとは、与力に同心、みな願うておることだ。だけど、お主が与力見習というのも妙じゃものなあ」

三郎助は、松村啓次郎に微笑を向けて言った。

「父は、孫と遊んでいるほうがよい、と言っておりますよ」

三郎助には、前年一月に待望の子ができていた。男の子である。恒太郎と名付けた。健康に育っている。父親の清司は、いまはすっかりこの孫の恒太郎と遊ぶことに生きがいを見いだしているようだ。たぶん引退を決めた理由のひとつが、孫の誕生であっただろう。

孫の誕生前後、中島清司は悩んでいたのだった。

息子がこれほど周囲から人望もあり、有能さを評価されているのに、三十近くなってもなおこのまま与力見習のままでよいか。

彼がその力量にふさわしいだけ働くためには、やはり与力職に就かなければならぬのではないか。それには、自分が引退するしかないが。

清司は寛政二年（一七九〇年）生まれ、嘉永二年には五十九歳であった。

「わたしは引退の時期だ」と清司はこの年の春に言った。「恒太郎と遊んでおりたいわ。三郎助、後を頼んだぞ」

彼は周囲が止めるのも聞かずに奉行に退役の願いを出し、同時に跡番代として三郎助を推薦したのだった。

三郎助は、その中島清司の番代としての与力拝命と同時に、応接掛を命じられた。浦賀にまた外国船が現れたときは、かつて父の中島清司がしたように、外国船へ出向いて直接外国人と応対する職務である。

この時期、浦賀奉行所は、機構の大幅な改革が行われており、ビッドル提督来航の前と較べても、組織、任務に大きな違いが出ていた。

まず江戸湾沿岸一帯の防衛任務が軽減されていた。その代わり、浦賀奉行所は外国船を便宜取り扱うこととなった。長崎へ回れ、と命じるだけでは埒《らち》が明かぬことを幕府は追認し、外国船の応接を浦賀奉行所の正規の任務としたのである。

江戸湾防衛の任務は、それまでの川越藩、忍藩に加え、会津、彦根《ひこね》の両藩にも命じられた。いわゆる「お固め四家」体制ができたのだった。

幕府職制に於いては、浦賀奉行の地位が引き上げられ、長崎奉行の次席となった。与力、同心も増員された。千代ヶ崎台場には西洋式大筒の配備が決まり、高島流砲術の指南、下曾根金三郎が浦賀常駐となった。

イギリス海軍の測量船マリナー号が浦賀に現れたのは、嘉永二年の閏《うるう》四月である。まだ三郎助が与力見習の時期であった。

浦賀奉行の戸田氏栄は、この船に来航目的を問いただし、退去を求めるため、ただちに与力の中島清司、与力見習の中島三郎助らを派遣した。このとき、船大工の柏屋勘左衛門も同行させている。洋式船建造が具体化しつつあるのだった。

三郎助と柏屋勘左衛門は、このときも遠慮なしに相手に質問を繰り出し、洋式船の造りについて細かく検分したのであった。

同じころ、地球の反対側では、米国海軍で「熊提督」というあだ名で呼ばれる男が、ニューヨーク市で五隻の大型蒸気汽船の建造を見守っていた。

彼、マシュー・カルブレイス・ペリーは、一八四六年から一八四八年まで戦われた対メキシコ戦争でメキシコ湾艦隊を指揮し、輝かしい戦果を挙げて、いまやアメリカの英雄であった。この戦争が終わったところで、アメリカ海軍は、莫大《ばくだい》な国家予算を注入して建造する蒸気客船の建造監督官としてペリーを任命、その過程を監督させたのだった。ペリーはすでに、蒸気船の建造に於いても、アメリカ海軍で最も造詣《ぞうけい》深い提督のひとりだった。アメリカ海軍としては、いったん戦争となった場合、これらの客船をいつでも軍艦として徴用できるよう、構造上、設計上、絶えず助言を与える必要があったのである。

ただし、ペリー自身は、メキシコ戦争での大活躍のあとのこの陸上勤務には、退屈を感じていた。できれば地中海艦隊の司令官に転属したい、というのが、ペリーの気持ちだった。

陸上で退屈しているときに、ペリーはビッドル提督が日本から退去したときの顚末《てんまつ》を知ることになった。そのときのレポートによれば、ビッドルは最初から日本の下級の役人の前に出ていって直接交渉しているばかりか、アメリカ政府の要求を断固として突きつけることもなく、開国せずの回答が出たとたんにあっさり出帆しているのである。あまつさえ、出帆時には、風がないという理由から、二隻のアメリカ軍艦を、日本の曳《ひ》き船に曳航《えいこう》してもらうというていたらくであった。

ペリーは思わずつぶやいた。

「これは、横面を張られてすごすごと帰ってきたようなものではないか」

自分ならこうはしない、という想いが湧いてきた。技術的な反省から言うなら、自分にこの任務が与えられたなら、やはり蒸気船の艦隊を率いてゆくことになろう。

一八五〇年の冬、ペリーは海軍長官宛てに意見書を提出した。

「いまこそあらためて極東に艦隊を派遣し、日本との修好を結ぶ絶好機である」

それからほぼ一年が経過した一八五二年の一月末、ペリーはグレイアム海軍長官から電報を受け取った。

「貴官は、東インド艦隊司令長官としての着任を準備されたし」

つまり、日本派遣を前提にした内示であった。

このとき、ペリーには少なくとも心の準備はできていた。

「武力を行使せず、ひとりのアメリカ人の命も失うことなく、二百年に亘《わた》って鎖国を続けてきた極東の帝国の門戸を、世界に向けて開かせる。それはわたしの海軍生活を締めくくるにふさわしい事業になることだろう」

ペリーはこのとき、五十七歳だった。

嘉永五年（一八五二年）の秋ごろ、浦賀を訪れる武士や諸藩の藩士たちの口から、ひとつの噂がささやかれた。

「明丑《うし》年の三月に、アメリカから軍艦がやってくるそうだ。石炭置き場借用の願いとか」

三郎助も、二度その話を耳にした。それぞれべつの町人が、べつべつに教えてくれたのだ。このようなことを話しているお侍がいたと。

この数年、外国船の来訪はかなりひんぱんになってきていたから、そのような噂が流れること自体はふしぎではない。ただ、噂の中身がふたつとも、よく似ていた。何かもとになる話がある、と考えるべきかもしれなかった。

三つ目の話は、同じ与力である香山栄左衛門《こうやまえいざえもん》が教えてくれた。浦賀港の番所に三郎助が出向いたときである。

「昨日、浦賀に着いた商人のひとりが、江戸で聞いたと話していたそうだ。こんな話、お主、知っておったか？」

三郎助は言った。

「先日も耳にした。これで三つ目だ。放っておける話ではないな」

三郎助は、香山栄左衛門と共に奉行所に戻り、この月の在地奉行である水野忠篤《ただあつ》に問うてみた。

「かようなるアメリカ船来航の話、何か江戸表にもたらされておるのでしょうか？」

水野忠篤は首を振った。

「いや。何も。何も聞いておらぬが」

「放っておける噂ではございませぬ。在府のお奉行にも知らせ、ほんとうに渡来するのであるか、確かめてはいかがでしょうか。真実となれば、浦賀奉行組も諸藩も、心構えできますゆえ」

「わかった。訊《き》いてみよう」

十日後に、水野忠篤が与力たちを集めて言った。

「明年三月、アメリカ軍船が来航との噂があることは、ご公儀も承知しておる。だが、問うてみたところ、渡来はいたさず、という返答であった。今後は、かような噂について僉議《せんぎ》には及ばず。人心が乱れる」

納得できたわけではなかったが、奉行の指示どおり、三郎助たちはそれ以上この噂を話題にしたり、真偽を確かめようとするのはやめた。

父親の中島清司の判断はこうだった。

「おそらくオランダ商館から、何か知らせがあったのだろう。ご公儀には伝えられておるのだ」

三郎助は驚いて父親の顔を見つめた。

「では、三月には確実にくると?」

「くるだろう。間違いはあるまい」

「ではなぜご公儀は、渡来せずと?」

中島清司はこのとき、ふたり目の孫を抱いてあやしていた。三郎助の次男の英次郎である。

去年生まれたばかりだ。

やがて中島清司は言った。

「先般のビッドル提督は、形だけの通商の求めであった。だが、次は本気でくる。力で開国を迫ってくるだろう。残念ながら、我らの備えでは、打ち払うことはできぬ。だからといって、国法をくつがえすとなれば大騒動になる。ご老中たちは、とりあえず渡来せずということにして、答を出すまでのときを稼いでいるのではなかろうか」

じっさい幕府は、オランダを通じて、ペリー艦隊の来航を事前に知らされていたのだった。

明春、米艦来る、の噂は、浦賀に根強く残って消えることがなかった。

その嘉永六年（一八五三年）三月、奉行のそしらぬふりはともかく、与力や同心たちは、いつきてもよいだけの心構えでアメリカ軍艦来航に備えた。

しかし、ついに現れないまま、四月となった。四月になれば来航の噂も消えるかと思われたが、むしろ、近々アメリカ軍艦来るの噂は強いものになった。

しかし、気がつけば、五月も終わっていた。浦賀奉行所の与力や同心たちは、すっかり気疲れしていた。いつくるかいつくるかと三カ月間落ち着かない気分で過ごして、とうとうアメリカ軍艦はこなかったのである。三郎助も、ようやく噂の真偽を疑うようになった。

その日、六月三日、蒸し暑い夏の日である。

三郎助は、久里浜の海岸にいた。若い同心たちに対して、下曾根金三郎と共に、砲術を訓練しているところだった。

この日は、浦賀奉行の戸田氏栄をはじめとして奉行所の役人たちはほぼすべてが、久里浜に集まっていた。戸田氏栄も、この日の砲術訓練をとくと見分するつもりで、久里浜にいたのだった。

八ツ半（午後三時ころ）である。久里浜の湾口、千駄ヶ崎をまわって、一艘《そう》の漁船が入ってきた。漁師が懸命に櫓《ろ》を漕《こ》いでいる。ただごとではない様子だった。

もしや異国船か、と誰もが思った。

三郎助は、砲を囲む同心たちに言った。

「待て。手を止めよ。砲から離れよ」

役人たちはみな波打ち際まで進み、その漁船が浜に着くのを待った。

その漁師は、役人たちが待つ浜まで舟を寄せると舟から飛び下り、大声で叫びながら駆けてきた。

「ご注進！　異国船にございます。異国船が沖にございます」

やはりか、という空気が、その場の全員のあいだに走った。

漁師は、与力の香山栄左衛門の前に膝《ひざ》をついて、泡を噴くような調子で言った。

「黒船です。速い。滅法速い黒船です」

香山栄左衛門が訊いた。

「どのあたりだ？　何隻だ？」

「四隻」とその漁師は答えた。「滅法速いのが、剣崎の沖をまわって、こちらへ」

「速いとはどういうことだ？　滅法速い？」

「速いのでさあ。とにかく速い」

そのとき、海岸の南の方角から、蹄《ひづめ》の音が聞こえてきた。三浦の役宅方面に通じる道の先である。早馬を飛ばしてくる者がいる。

全員がその場に立って、その馬が駆け込んでくるのを待った。

やはり三浦役宅からの使者だった。

「申し上げます」と、その与力は馬をとめ、砂の上に飛び下りて言った。「異国船らしき船影四つ、いましがた、城ヶ島の沖合を東へ通過しました」

戸田氏栄が訊いた。

「いつごろだ？　いましがた？」

「まだ半刻もたっておりますまい」

「異国船というのは、まちがいないか」

「黒船にございました。軍艦かどうかはわかりませぬ。ただ、帆は上げておらなんだようにも見えました」

「帆を上げていない？　なのに速いのか」

三郎助は思わず口にした。

「蒸気船か」

戸田氏栄が振り返った。

「蒸気船？　帆を上げずに走るのか？」

「そう聞きますが、どのような仕掛けかはわかりませぬ」

戸田氏栄の顔から、少し血の気が引いている。彼は言った。

「砲術稽古《けいこ》は取りやめじゃ。ただちに、浦賀へ戻れ。ただちにだ」

砲手たちはただちに撤収にかかった。戸田氏栄は、馬にまたがって浦賀へもどるべく歩み出した。久里浜から浦賀の奉行所まで、小半刻の距離である。

「あ」とひとりが叫んだ。

誰もが振り返った。同心のひとりが久里浜の沖合を指さしている。

同心は、呆然《ぼうぜん》としたように言った。

「黒船だ」

全員が、同心の指さす先を見つめた。

久里浜の湾口の先、一里ほど沖合を黒い影が移動している。なるほど、速い。強風を受けて海面を滑っているかのように見える。なのにその船は、白い帆を広げている様子はないのだ。

「急げ、浦賀へ」戸田氏栄は、うわずった声で叫んで、馬の尻《しり》に鞭《むち》をくれた。馬はたちまち駆け出した。奉行所の与力や同心たちもどっと駆け出した。

三郎助も袴《はかま》の裾《すそ》をからげて駆け出した。自分は浦賀奉行所の砲の責任者であるが、同時に月番の応接掛である。この場合、応接掛としてあの黒船に最初に乗り込まねばならなかった。急がねばならぬ。あの船が浦賀港に入る前に、浦賀に戻っていなければならぬ。

砲声が聞こえた。平根山の台場の方角だ。平根山の頂きに目をやると、白い煙が昇り始めた。狼煙《のろし》である。江戸湾防備の各藩への合図だ。続いて二発目の砲声が響いた。

黒船はどうやらいま、千代ヶ崎から燈明崎にかけての沖を通過しているようだ。

奉行所の役人たちが息せききって浦賀に駆けもどったとき、すでに黒船は鴨居《かもい》の鳥ヶ崎の沖合にいた。四隻、投錨《とうびょう》している。たしかに船足は驚くほど速かったことになる。

四隻のうち二隻が大きく、ひとまわり、あるいはふたまわり小さな船が二隻だった。

大きなほうの二隻は、外観が奇妙だ。船体中央に、大きな柱が突っ立っているのだ。薄く煙が出ている。煙突であろうか。船体の横には、大きな建物のような構造物が突き出している。

三郎助は、これまで洋船はいくつも見てきたが、このような船は初めてである。その形状は、奇怪とも言えた。

三郎助は思った。

まちがいない。話に聞く蒸気船だ。

三郎助は、下曾根金三郎から砲術稽古に使う望遠鏡を借りて、船を見つめた。後尾に掲げている旗は、どうやらアメリカ合衆国のもののようである。噂どおり、アメリカの軍艦がやってきたということのようだった。

その四隻は砲窓を開けているように見えた。

コロンバス号の場合は、砲窓をついぞ開くことはなかった。なのにこの艦隊は最初から砲窓を開けて浦賀に現れた。ということは。

三郎助は、望遠鏡を横にいる香山栄左衛門に渡して言った。

「こんどは、アメリカは、本気のようだ」

浦賀の港には、すでに多くの町衆が出て、この四隻を眺めている。

舟を漕ぎ出す者もいた。ただし、まだ一艘も黒船のそばには近づいていない。すでに出ている小舟も、なぜか四隻を遠巻きにしているだけなのだ。黒船が臨戦態勢でやってきたことを、問屋衆や水手《かこ》たちも敏感に察している。へたに近づけば危ないと承知している。

黒船を望む紺屋町の船番所で、戸田氏栄が矢継ぎ早に指示を出している。

「江戸に早飛脚を。早船を出せ。黒船四隻来航とな。蒸気軍艦じゃ。お固めの各藩にも使いを。浦賀奉行組の台場にも、受け持ちのひとをやれ。応援がくるぞ。宿舎、食事の手配を忘れるでない。番船も出して、あの船どものまわりを囲め。問屋衆も督励せよ。恐れるな。舟を出せ」

この命令を、支配組頭が、より具体的な命令に直して発した。支配組頭は、浦賀奉行所の組織強化にともなって三年前から設けられた職制である。

支配組頭のひとり、辻茂左衛門《つじもざえもん》が、三郎助に寄ってきて言った。

「そのほう、応接掛月番だったな」

「はっ」と三郎助は答えた。

「行け。退去せよと伝えるのだ」

「用件を聞かずに？」

「そうだ。即刻の退去。とくと言い聞かせろ」

三郎助は通辞の堀達之助の姿を探した。彼もすでに番所に駆けつけていた。いつでも番船に乗り込み得る様子だ。

三郎助は番所に入って、長持から一巻の巻物を取り出した。その巻物を懐に入れると、三郎助は、行くぞと堀達之助に声をかけて、一艘の番船に飛び乗った。

マシュー・カルブレイス・ペリーは、旗艦サスケハナ号のデッキに立って、日本の山や港や街並みを見つめた。

彼はこの日、艦隊が相模湾にかかる前に、戦闘準備を命令している。

各艦の甲板はただちに戦闘のために片づけられ、砲は所定の位置に据えられた。砲には火薬と砲弾が装填《そうてん》された。海兵たちには小銃を取るように命令が下り、弾丸も支給された。乗組員もすべて、戦闘の配置についた。

もとよりペリーは、日本と交戦する権限は与えられていない。アメリカ政府は、あくまでも彼に、説得と交渉を尽くして開国せしむるよう指示してきただけだ。ただし、日本側からの譲歩が一切えられない場合のみ、「日本は徹底的に制裁を受けるであろう」と宣言する権利は有していた。

ペリーにはこのような訓令が与えられていた。

「遠征隊の使命が平和的な性格でなければならないことを、提督はまず銘記しなければならない。指揮下の艦船と乗組員の正当防衛のため、あるいは自身または士官たちへの暴行に対処しなければならない場合を除き、けっして武力を行使してはならない」

いっぽう訓令には、こうも書かれていた。

「誇り高く復讐心《ふくしゅうしん》の強い日本国民との交渉においては、礼儀と融和をまず前提とすべきであるが、同時に確固として毅然《きぜん》たる態度も併せて持たねばならない」

「かねてからの我が国の寛容さは臆病《おくびょう》心から出たものではなく、日本国民との友好を望むが故であることを十分に説得されたし」

つまりペリーは、交渉にあたって武力行使はできないが、武力を使うぞと高圧的に出ることはむしろ求められていたのだった。

いまこのサスケハナ号の艦上で、ペリーは「合衆国東インド艦隊司令長官」であり、同時に「特命全権公使」であった。ペリーには、きわめて大きな裁量権が与えられていたし、その裁量にずれや誤りがあったとしても、これを許容する、というお墨付きさえ与えられていたのだった。

サスケハナ号の周囲に、小舟が集まってくる。先年、ビッドル提督が寄港したとき、この手で日本はコロンバス号とビンセンス号のそれ以上の進入を防いだのだった。

しかしペリーは、前任者の轍《てつ》を踏むつもりは毛頭なかった。ビッドル提督のおとなしい退去が序幕なら、これからが本番である。アメリカ合衆国海軍の艦艇にとって、たとえ数百の舟を用いてこようとも、この手の小舟など歯牙《しが》にもかけないことを見せておくつもりだった。

ペリーの横で、副官のコンティー大尉が士官に言っている。

「接近しすぎるようなら、脅せ。舷側《げんそく》に手をかけてくる者がいたら、突き落としていい。それ相応の身分の役人以外、いっさい接触するな」

正面に、浦賀という港が見えた。ここには、地方の政庁が置かれているということである。首都に通じる江戸湾一帯の警備も担っているとのことだ。役人がやってくるとしたら、まずはここの政庁の長官ということになろうか。

その浦賀の港のほうから、いくらか大きめの船が滑り出してくる。十数人乗り組んでいるようだ。水面上を滑るように進んでくる。櫓《ろ》を使う船にしては、軽快で高速だった。その舟の艫《とも》には、小旗が立てられているように見えた。

舳先《へさき》のほうに、平たいヘルメット状の被りものをつけた男がふたり乗っている。役人のようだ。

ペリーはコンティー大尉に言った。

「わたしは船室にもどっている。あれが下級の役人であれば、取り合うな」

はっ、とコンティー大尉は答えて、近づいてくる舟に目をやった。


三郎助は、八丁櫓の押し送り船の舳先に立って、艦隊の様子を観察した。大型の船は、煙突があるのだから、蒸気船にまちがいあるまい。小さいほうの二隻は、従来型の帆船である。報告では、四隻の異国船が帆を広げずに航行していたとのことだった。蒸気船が、小型の帆船を曳航《えいこう》していたのだろう。

この艦隊の司令官が乗る船は、どれか探すまでもない。

三郎助は、水手たちに命じた。

「大きな船に近づけろ。左舷の後尾側だ。あの外輪のうしろのあたりに」

三郎助と堀達之助の乗った番船のうしろからも、三艘《そう》の番船が進んでくる。

近づくにつれ、その黒い船は、三郎助の視界からはみ出ていった。しかし、驚くほどでもない、と三郎助は思った。自分はコロンバス号も見ている。あの船も、全長はこの黒船とほぼ同じほどの長さだった。高さでは優《まさ》っていたかもしれぬのだ。大きさは、驚くほどではない。

ただ、この異様な外観はどうだ。船体をすっかり、鉄板で覆っているようなのだ。鉄板の上には、鋲《びょう》の頭が規則的に並び、全体は黒く塗られている。しかも船体中央から、四間か五間の高さはあろうかという太い煙突が突っ立っている。その煙突のちょうど真横にあたる位置には箱のような覆いがある。箱の隙間ごしに、鉄製らしき巨大な水車の収まっているのが見えた。

コロンバス号も小山と見えたが、この船は言うならば鉄の山である。鉄の山が、海の上に浮いている。しかも舷側の砲窓はすべて開き、砲口がのぞいていた。鉄の山は、べつの言いかたをするなら、浮かぶ砲台である。

甲板上に、海兵たちの姿が見える。全員、小銃を担っていた。あわただしく動きまわっているのは、下士官だろうか。大きな青い帽子をかぶった男たちも、舷側から身を乗り出すようにしてこちらを窺《うかが》っている。あれは士官たちなのだろう。

三郎助は、その黒船に番船を横付けさせた。士官らしき男たちが、甲板上を移動して、三郎助らを真下に見下ろす位置にきた。

三郎助は、持参してきた巻紙を広げて頭上に掲げた。この巻紙には、フランス語でこう書かれているのだ。

「速やかに退去すべし。外国船の停泊を許さず」

士官らしき男がひとり、舷側から身を乗り出し、しきりに隣の船を指差す。もう一隻の蒸気船のほうに行けということのようだ。

三郎助は水手たちに言った。

「大将はあっちということか。動かしてくれ」

番船は、隣の船に移動して、左舷の下に横付けした。

三郎助はもう一度フランス語の記された巻紙を広げたが、こちらの士官らしき男は、大きなほうの船を指さす。あちらに行けということらしい。

「どういうことだ？」三郎助は少々腹を立てて言った。「振り回してくれるな」

もう一度、大きなほうの船にもどって、船体に横付けした。

三郎助は堀達之助に言った。

「埒《らち》が明かん。こうなったら、直接会って通告書を突きつけるぞ」

堀達之助は船の舷側を見上げ、ひとりの上級の士官と見える男と視線を合わせたうえで、彼に向けて大声で言った。

「わたしは、オランダ語が話せる」

英語である。

聞き取ってもらえた様子がないので、堀達之助はもう一度繰り返した。

「わたしは、オランダ語が話せる」

眼鏡をかけた男が言った。

「わたしもオランダ語を話す。話してください」

これはオランダ語だ。

堀達之助は言った。

「この通告書を司令官に手渡したい。ここには当地政庁の役人がいる。船梯子《ふなばしご》を下ろして欲しい」

士官たちは顔を見合わせると、すっと舷側から顔を引っ込めた。

三郎助は、船の上でちらりとうしろを振り返った。同心や水手《かこ》たちが、じっと三郎助や堀達之助を見守っていたのがわかった。どの顔にも緊張がある。

やがて甲板上から、先ほどの眼鏡をかけた男がまた顔を見せて言った。

「我らは、合衆国大統領の国書を、日本の皇帝に手渡すためにやってきた使節団である。我らは、日本政府の最高の役人以外とは面会するつもりはない」

三郎助は堀達之助から相手のその言葉を通訳してもらった。

これを聞いて三郎助は思った。

なんとまあ、尊大な言いぐさだ。ビッドル提督とはずいぶんな違いだ。ということは、この連中はビッドル提督のときのようには、あっさりと退去はせぬつもりだろう。もう二度目なのだ。今度は絶対に話をまとめるという堅い決意でいるはずである。

三郎助は、またうしろの視線を意識した。いや、二番船、三番船に乗る同僚たちの目も。奉行の戸田氏栄の目も。いま浦賀じゅうの視線は、三郎助の背中に集まっている。

三郎助は、月番応接掛の自分にずいぶん重い役割が課せられてしまったことを知った。奉行所の威信を賭《か》けて、きっぱりと退去通告を言い渡さねばならないのだ。ここで相手に呑《の》まれて引き下がっては、以降彼らはどんどんと言い分を無茶なものにしてくるはずである。

いま、この最初の通告の機会が、なによりも重大なのだ。ここで処理を誤ってはならない。侮られてはならない。

三郎助は堀達之助に言った。

「ここにいるのは、高位の役人だと言え。船の上で話を聞くと」

堀達之助がそれをオランダ語で言うと、返事が返った。

「高位の役人というのは、この地の政庁の責任者ということか。もしそうであるならば、乗艦の機会を与えてもよい」

「なんて言いぐさだ」三郎助は小声で言った。「よそのうちの玄関先に上がりこんで、主人とだったら会ってやってもいいと？」

「いかがされます？」と堀達之助が不安げに訊《き》いた。「引き返して、お奉行を呼んできますか」

「いや、だめだ。ここで一度でも引き下がったら、つぎから話は向こうの調子で進んでしまう」

「では？」

「おれが、副奉行だと言え。だから乗艦すると」

堀達之助は、ちらりと船のうしろを振り返った。不安そうだ。そんな大嘘をここで通訳してよいかどうか、困惑している。

三郎助はもう一度言った。

「かまわぬ。おれが責めを負う。向こうには、副奉行も与力も、違いはわかるまい。言ってくれ」

堀達之助は、ごくりと唾《つば》を呑み込んでから、艦上のオランダ語通訳に言った。

「ここにいる者は、当地政庁副長官である。そのほうと我が国の然るべき地位の者とを取り次ぐことができる。乗艦させよ」

これを聞くと、黒船の士官たちは舷側《げんそく》から顔を引っ込めた。誰かと相談でもしていたのだろう。やがて船梯子が下りてきた。先方の通訳が、上ってこいと手招きしている。

三郎助は船梯子につかまり、いくらか重々しい足どりで段を上った。ここは、高位の役人を装わねばならぬ。あとに堀達之助がついてきた。

甲板上に立って、三郎助はさっと周囲を見渡した。海兵たちが、十数人ずつの組となって、直立不動の姿勢だ。みな銃を担っていた。

三郎助の前に立ったのは、四人の士官だった。

三郎助の横に立って、堀達之助が言った。

「浦賀政庁副長官、中島三郎助です。司令官と面会を求めます」

年配の士官が英語で何か言って、これを眼鏡をかけた通訳がオランダ語に直した。

「司令官は、日本政府最高位の役人以外とは面会いたしませぬ。代わって司令官の副官コンティー大尉がお会いいたします。どうぞ」

三郎助らが通されたのは、艦の後尾の狭い部屋だった。

デスクの向こう側で、アメリカ合衆国コンティー海軍大尉と名乗った男は言った。

「このたび、司令官であるペリー提督は、和親修好条約を取り結ばんとする使命を受けて、合衆国大統領から日本国皇帝へ国書を奉呈するために参りました。よってその奉呈の期日を取り決めたく、相当の役人を本艦に派遣されますよう、関係方面へ伝えていただきたい」

三郎助は言った。

「我が国の法に於いては、外国人との交渉は長崎以外の港ではできませぬ。ただちにここを去り、長崎へ回航されたい」

コンティー大尉は言った。

「提督が当地浦賀に来航したのは、ここが御国の首都に近いがゆえ、あえて選んだものであります。長崎に回航する意志はございませぬ」

三郎助は繰り返した。

「すべて折衝は長崎でおこなう。これは国法であります。長崎へ回航されるよう、求めます」

「行きませぬ。政府を代表する高官にお取り次ぎ願いたい。いま申し上げたように、我らが提督はその高官とのみ面会いたします」

相手の答も、断固たる意志を感じさせるものだった。しかし、だからといって、さようかとは引き下がることはできぬ。あくまでも退去・長崎回航を求めるしかないが、同じ言葉をただ繰り返すだけでは埒も明かぬ。

三郎助は、言葉の調子をいくらかやわらげてコンティー大尉に訊いた。

「合衆国使節団がこのたび渡来された趣意は、いかなるものか、いま一度伺いたい」

コンティー大尉は、さきほどとはちがった言い回しで答えた。

「別意あるわけではございませぬ。本国からの書翰《しょかん》を御国の皇帝陛下に差し贈りたく、高官に面会してこれを相渡すだけのことです」

ここでコンティー大尉が皇帝陛下と言うのは、将軍のことである。ペリーは十分に日本の歴史と体制について研究してきたはずであったが、江戸城の奥にいる人物が、国家元首である帝《みかど》だと思い込んでいる。

三郎助もこのことに気づいた。しかし、あえてそれを訂正すれば、面倒がひとつ増える。

三郎助は、誤解は誤解のまま放っておくことにして言った。

「ここ浦賀は、外国人と応接すべき地ではないのです。長崎へ回って、かの地の奉行に申し立てられたい」

「江戸へ行きて高官に面接の上、相渡せ、というのが、本国政府の命令であります。なんとしてでも、高官に面会いたしたい」

「ここではできぬ、と申し上げておる」

「それが、御国を代表するお役人からの正式回答と受け取ってよいか。ここでは高官には会わせぬ、というのが。となれば、我らは江戸湾をさらに奥へと進み、直接江戸で高官に渡さざるを得なくなるが」

三郎助はうっと詰まった。

とっさに副奉行を名乗ってこの船に乗り込み、退去するよう通告したが、応接、面会の拒絶が幕府の正式回答であると伝えるわけにはゆかぬ。もしその通りだと認めた場合、双方のあいだに緊張が一気に高まる。この艦隊が江戸湾の奥への進入を試みた場合、浦賀奉行組もお固め諸藩も、阻止の実力行動に出ざるを得なくなるのだ。そうなると、戦闘勃発《ぼっぱつ》である。

三郎助の困惑を見透かしたか、コンティー大尉はたたみかけるように訊いた。

「面会は拒絶、というのが、政府代表の正式回答ですな。我らが江戸湾に入らざるを得なくなるのを承知で、そう回答されるのですな」

三郎助は、横に立つ堀達之助をちらりと見た。

彼も不安げだ。

しかたがない。

三郎助は、コンティー大尉に言った。

「そのことについては、わが上司に伝えた上で返答いたしたいが、よろしいか」

「貴官は、当地政庁の代表ではないのですか」

「副奉行であると名乗り申した。しかし、わたしが独断で答えるには、ことはあまりにも重大です。正奉行と相談せねばなりませぬ」

コンティー大尉はほんの少しためらいを見せてから言った。

「少しのあいだ、お待ちください」

大尉は通訳のポートマンという男や三郎助たちを残したまま、部屋を出ていった。

三郎助は、堀達之助を見た。

彼が、目で言ったように感じた。

あのアメリカ人も、上役に相談しているのでしょう。たぶん、ペリー提督なる司令官と。

ほどなくしてコンティー大尉が部屋にもどってきた。彼は、再び三郎助たちに向かい合ってから言った。

「では、副奉行閣下。できるかぎり速やかにお取りはからい願います」

「承知いたしました」

「なお、我らが艦隊のどれかの船に何か用件ができた場合も、直接その船に赴かず、必ず当船にお越し願いたい。ほかの船もすべてこの船より指揮しております。何かことがあれば、万事当船で引き受けます」

「その点についても、承知いたしました。用事ある場合は、当船へ掛け合うことにいたします。ついては、今回渡来の各船の船号、将官の姓名、乗組員名等、お聞かせ願いたい」

「この船は軍艦でありますゆえ、そのお尋ねには及びますまい」

「軍艦は承知。ただ、その船籍、船号、乗組員名を訊くのは国法にございます」

「軍艦は、いずれの国に至っても、そのような調査を受けることはなく、一切お答えできませぬ」

三郎助は、厳しく返した。

「貴官は自分たちの身元も明らかにせずに、我が国高官との面会を求めると言われるのですか」

コンティー大尉は、わずかに気圧《けお》された表情を見せた。

「アメリカ合衆国の特命使節団であることは申し上げました。司令官が、ペリー提督であることも。これで十分かと存じます」

「各船の船号と船将の名ぐらいは告げられて、差し支えありますまい」

「失礼」

コンティー大尉は、また部屋を出ていった。こんども上司と相談だろう。

再び戻ってくると、コンティー大尉は言った。

「答える必要を認めませぬ」

三郎助は、コンティー大尉の目を見つめた。彼も三郎助同様、自分の裁量で答えられることは少ないようだ。この船の別室にいるはずのペリーなる提督の指示を待たねば、原則を振りかざす以外のことはできないのだろう。

三郎助は引き下がることにした。

「相分かり申しました。暫時、猶予をいただきたい。正奉行の回答を持って、もどって参ります」

三郎助は、懐から紙と矢立を取り出し、いまコンティー大尉が話したことを箇条書きにしてから、堀達之助に見せた。

「これでまちがいはないか、確かめてくれ」

堀達之助が一項目ずつコンティー大尉に確かめた。聞き漏らしはなかった。

「それでは暫時の後」

三郎助がドアに向かおうとすると、コンティー大尉が呼びとめた。

「もうひとつ、伝えるべきことがございます。もし我らが艦隊と乗組員に対して侮辱的な振舞いがなされた場合は、それを合衆国に対する侮辱であると受け取り、断固たる行動に出ます。また、警備船がこの船に接近し、艦隊を取り巻く様子を見せておりますが、これは了解できませぬ。速やかに退散を命じていただきたい。無用の接近や包囲に対しては、提督は武力をもってしても、これを遠ざけることでありましょう」

「たしかに」三郎助は言った。「無用な衝突は、我がほうも望むところではございませぬ。船は引かせましょう」

部屋を退去して甲板に出ると、三郎助は舷門《げんもん》から海面の番船に向けて大声で言った。

「アメリカ船から我がほうの船を下げよ。問屋衆の船をアメリカ船に近づけるな」

船梯子《ふなばしご》の下で待っていた番船の同心が、周囲の番船にも同じことを指示した。

艦隊に接近していた番船や町衆の出した小舟は、すぐに櫓《ろ》を使って艦隊から離れ出した。

その様子を確かめてから、三郎助は振り返ってコンティー大尉を見た。

これで文句はありますかな？

コンティー大尉は三郎助にうなずいてくる。

けっこうです。

三郎助は堀達之助をうながし、サスケハナ号を降りて番船に乗り移った。

嘉永六年六月三日、午後六時前である。

奉行所に駆け込むと、三郎助は浦賀奉行の戸田氏栄に報告した。

高位の役人しか相手にせずと乗艦を拒まれたため、やむなく副奉行を名乗って船に乗り、即刻の退去と長崎回航を命じたと。

やりとりの中身を聞き終えてから、戸田氏栄は言った。

「そのほうが副奉行と名乗ったというのか？」

「はい」三郎助は答えた。「あの場で追い返されるわけにはゆきませんでしたので、それがしの責任で官職を詐称いたしました。まことに申し訳ございませぬ」

「それはいい。だが、相手は長崎行きには絶対に応じぬと？」

「ここで高位の役人に会えないなら、直接江戸に赴くと申しております。脅しかとは存じますが、先般のビッドル提督来航の折りと較べて、きわめて強硬でかたくなと感じます。わたしには、はったりとは受け取れませんでした」

戸田氏栄は、部屋にいる支配組頭や与力たちの顔を見渡してから、三郎助に言った。

「もう一度、退去せよと通告してこい。要求は呑《の》めぬ。長崎へ行けと」

三郎助は驚いて言った。

「同じことを繰り返すのですか」

「脅してこようが泣き落としだろうが、浦賀奉行所の答は決まっておる」

「しかし、それではあの艦隊は江戸湾に侵入いたします」

「浦賀奉行には、それ以上のことを言う権能はないわ」

「ではこの場合、お奉行が直接言い渡されて正式回答といたすべきではと存じますが」

戸田氏栄の眉《まゆ》がぴくりと動いた。あなたが出てゆくべきだ、と言われて、気に障ったようだ。

しかし、これまでの奉行の中にも、外国船の責任者と直接交渉にあたった者はいる。この場合も、ことが重大事となればこそ、奉行が出てゆくべきだった。三郎助が副奉行を名乗って乗艦したのは、とにかく相手に日本の役人を追い払ったという実績を作らせないためなのだ。

戸田氏栄は、いくらか怒気さえも感じさせる声で言った。

「そのほうは応接掛だ。もう一度行ってこい。副奉行を名乗ったことは不問とする」

三郎助はやむなく頭を下げた。

二度目の応接には、もうひとりの通辞、立石得十郎《たていしとくじゅうろう》も同行することとなった。

再びサスケハナ号の一室に通されて、三郎助はコンティー大尉に言った。

「先ほどの貴官から申し立ての委細を奉行に報告いたしましたところ、こう伝えよとのことにござる。すなわち、この地は外国人と応接すべきところではないので、携帯の書類は受け取りがたし。長崎は外国人との応接の地なりますれば、どうか彼の地の奉行と折衝されたいと」

コンティー大尉は、不思議そうな顔で確かめてきた。

「それは、先ほど貴官から通告されたことと同じということでしょうか」

「さように存じます」

「それは承服できません、と申し上げました。国書は、この地でお渡しいたします。受け取りのため、高官を船にお寄越しくださいませぬか。あるいは、我らより持参いたしましょうか」

「持参というが、どこへです？」

「高官のいるところにです。そしてもしここに高官がこないのであれば、江戸へ向けて出航いたさざるを得ません。それでよろしいか。それが最終の正式回答と受け取ってかまいませんか」

「お待ちください」

予想された反応であるが、コンティー大尉の言葉にはまだかろうじて、こちらの再考の余地が残っている。江戸に向かう、という最終通告ではなかった。

三郎助は、ちらりと堀達之助と立石得十郎の顔を見た。このやりとり、しかと覚えておけよ、という意味をこめて。自分は一方的に押されて引き下がるのではない。通告すべきことは通告した上で、このように対応したのだ。

三郎助はコンティー大尉に言った。

「明朝、あらためて返答いたしたい。それまで、時間をいただけませぬか」

コンティー大尉は不服そうだ。

「明日ですか」

三郎助は言った。

「なにぶん、重大事です」

「では、当地の責任者が来られるように求めます。ここで判断できるかたが」

三郎助は、かすかに屈辱を感じた。

お前では相手にならぬ、と言われている。たしかに自分には原則からはずれて勝手な判断をする権利がない以上、この使節団にしても、もう三郎助を相手にはできないだろう。要求は当然のものだと言っていい。

しかし、奉行の戸田氏栄は、いまも直接の交渉を逃げたばかりだ。明日、果たして自分が正奉行であると、この船に乗り込んでくるだろうか。責任者を出す、と約束するのも難しいか。

コンティー大尉が訊《き》いてきた。

「責任者が来られますな？　ならば、明朝まで待ちましょう」

やむを得まい。あとは戸田氏栄が決めることだ。ここで逃げてこの艦隊の江戸湾侵入を許すも、とにかくこの地の役人として事態に責任を持つことにするも。

三郎助は言った。

「当地の責任者が参ります」

「承知いたしました」

明日責任者を出す、という回答、誤りではないはずだ。これ以外にいま時間を稼ぐ方法はなかった。戸田氏栄はそれをわかってくれるだろうか。

部屋を出るとき、ようやく三郎助は、自分はいま蒸気船に乗っているのだと意識することができた。それだけの気持ちの余裕が生まれていたのだ。ふいに気になって、砲甲板上で立ち止まり、周囲を見渡した。

案内してくれた士官と水兵が、ふしぎそうに三郎助を見つめてくる。

三郎助は士官たちの目はかまわずに、船体の肋骨と肋骨とのあいだの長さを、自分の指で測った。さらに砲窓や天井の構造材に目を向け、その寸法を目測した。甲板の先に、蓋《ふた》付きの階段穴がある。三郎助はその穴にも近寄って中をのぞきこんだ。

さすがにそこで、士官が止めた。

鋭い声で、何か言ってくるのだ。

三郎助は、それ以上蒸気船の細部について調べるのを止めた。ついつい好奇心にまかせて造りを調べてしまったが、自分は副奉行であると名乗ったのだ。たぶんアメリカでも、地方政庁の副長官ともなれば、こんな場合はこうは振る舞うまい。

「失礼つかまつった」

士官に一礼してから、三郎助は堀達之助ら通辞たちと共にサスケハナ号を降りて番船に乗り移った。

六月三日の午後六時半すぎとなっていた。

陽暦七月八日であるから、この時刻であっても、日は落ちてはいない。ペリー提督率いるアメリカ艦隊が浦賀港に投錨《とうびょう》してから、まだわずかに一時間半であった。

三郎助の報告に、戸田氏栄は苦しげに唸《うな》って頭を抱え込んだ。

「責任者を出すと答えてきたと言うのか。誰が出て行っても同じことなのに、責任者を出すと言ったというのか」

三郎助は平伏して言った。

「江戸への出航を示唆されました以上、ほかに答えようがございませんでした」

「わしが責任者として出て行けば、交渉の幅はある、と勘繰られる。要求はいよいよ無体なものになるぞ。わしは出てゆくわけにはゆかぬ」

三郎助は黙っていた。

事態は重大であるし、いまこの場で戸田氏栄が何を決断するにしても、その結果は重いものになる。しかし、奉行は必要なときにそれを為すために、高位の幕臣から抜擢《ばってき》され、役職にふさわしい報酬を受け取っているのである。逃げるわけにはゆくまい。

「どうしたものか」と、戸田氏栄は溜《た》め息をつき、ぼりぼりと頭をかきながら、横にいる支配組頭たちを見た。

組頭の辻茂左衛門も尾藤高蔵《びとうこうぞう》も難しい顔だ。口をへの字に結んで、腕を組んでいる。しばらく誰も無言のままだった。

ぐずぐず考え込んではおられぬ。

三郎助は、戸田氏栄に顔を向けて言った。

「アメリカ人の覚悟のほども固く、また奉行所にも回答に余地はないということでありますれば、ご老中に判断を仰ぐしかありますまい。まずご老中への報告と伺いを出してはいかがかと存じます」

戸田氏栄は言った。

「一刻前に早飛脚も早船も出したわ」

「次の飛脚をいますぐにも。このままではあの艦隊が江戸湾に侵入し、江戸表に行くのは必至。浦賀奉行所が対応できる事態ではないと伝えるべきでありましょう」

「出すことは出すが、ご老中だって、明日の朝までに何か決めて、ここに伝えることはかなわぬであろう」

「明日の朝は、お奉行がその旨を相手に伝えるだけにしてはいかがかと存じます。いま最高幕閣からの返答を待っている。それが届くまで、江戸には向かわず、この地に留まるようにと」

「わしが言うのか？」

「わたしがすでに副奉行を名乗ってしまった以上、お奉行のほかには、それができる地位の者はおりませぬ」

戸田氏栄は、支配組頭たちにもう一度目をやった。辻茂左衛門も尾藤高蔵も、居心地が悪そうにもじもじと身体を動かした。

戸田氏栄は、また考え込んでいる。奉行の執務室に、重い沈黙が満ちた。

そのとき、どおんと激しい爆発音が響いた。

三郎助はぎくりと背を伸ばした。戸田氏栄や支配組頭たちは、腰を浮かしかけた。

どこの台場の砲か？　いや、アメリカ艦の砲か？　だとしても、砲を放つ理由は？　戦闘勃《ぼっ》発《ぱっ》なのか？

支配組頭のひとりが、うしろの襖《ふすま》の向こうに声をかけた。

「いまの砲声、何ごとか調べよ」

少しのあいだ、三郎助も全身を耳にしてつぎの砲声を待った。しかし、それ以上は続かない。外が騒がしくなったようでもなかった。

しばらくして、与力のひとりが報告した。

「アメリカ艦の最も大きな船で、砲を撃ったとのことにございます。空砲でございました。おそらくは、時刻を告げる砲でありましょう」

戸田氏栄は、ふっと吐息をもらして言った。

「わしが出ていって、うっかり言質を取られては、国益を損なう事態が起こるやもしれぬ。ここはそのほうが副奉行を名乗ったように、誰か与力を奉行に仕立てて、アメリカ船に乗り込ませよう」

三郎助は確かめた。

「幕閣からの返答を待て、と伝えるのですな」

「いや、正奉行としてあらためて退去を求めるということだ。長崎へ回れと、もう一度伝えよ」

「それでは、たぶん相手は承服いたしますまい」

「承服するも何も」戸田氏栄は、また怒気のこもった声で言った。「それが正奉行からの回答だ。しかも交渉の余地はなしと知れば、彼らも考え直すであろう」

そうだろうか。ひと晩待って、回答がきょうと同じものであれば、彼らは次の段階に駒を進めてくるのではないか。すなわち、江戸に向かうというのは本気だと、何か行動で示してくる。

戸田氏栄は言った。

「わしの代わりに奉行として赴く者は誰がよいか。中島、誰か思いつく者はいないか」

支配組頭の辻茂左衛門が言った。

「与力の香山栄左衛門はいかがでございましょうか。やつならば恰幅《かっぷく》もよく、押し出しもあります。それらしき身なりさえ整えてやれば、十分アメリカ人をごまかすことができるのでは」

「おお、香山か」戸田氏栄の顔が明るくなった。「香山をこれへ呼べ。やつには、わしの羽織を貸してやる」

三郎助は、同僚の香山栄左衛門を呼ぶべく、奉行の前から引き下がった。三郎助と香山とは義理の兄弟の仲である。すずの妹きん子が香山に嫁いでいるのだ。


その夜は、浦賀周辺にはほうぼうでかがり火が焚《た》かれた。

三浦半島側ばかりではなく、房総側でも、お固めの各藩の藩兵たちは厳戒態勢に入っている。すべての台場でも砲手たちが配置に着いていた。

ペリー艦隊の周辺からは小舟は遠ざけられたが、番船は油断なく艦隊を見守っている。月番の者ばかりではなく、浦賀にある与力、同心はすべて、それぞれの持ち場に着いた。

中島三郎助は、いったん役宅に帰って風呂《ふろ》に入った。

交渉のあいだ、腋《わき》の下にじっとりと汗をかいた。自分はおそろしく緊張していたのだ。

風呂でその汗を流しながら、三郎助は思った。

きょうはもしかしたら、後の世から見て、世の流れの区切りとなった日として回想されることになるのではないか。たぶんご公儀は、アメリカからの開国の求めを拒み切れぬ。多少の時間のずれはあるにせよ、もうこの開国圧力を回避し続けることは不可能だ。祖法としての鎖国は、ほどなく終焉《しゅうえん》を迎える。たぶん自分はきょう、そんな歴史の転換点にいたのだ。

新しい下帯に変えて着物を着ているとき、すずが支度を手伝いながら言った。

「町は騒がしゅうございますが、いかがなりますか。港の周辺では、逃げたひともいるとか」

「逃げた？」

「ええ。成り行き次第では、浦賀湊《みなと》で戦ということになるかもしれぬと。わたしも、その心づもりでいたほうが、よろしゅうございますか？」

「大丈夫だ。心配するな。いつもと変わらぬ暮らしを続けろ。用人たちの前でも、ふつうに振る舞え。役人の家族が落ち着きをなくせば、町衆もうろたえる。心配なのは、むしろそのことだ」

「はい」とすずはうなずいた。

浦賀奉行戸田氏栄からの第一報は、その日の夜、四ツ（午後十時ころ）には、在府奉行である井戸石見守弘道《いどいわみのかみひろみち》のもとに届いた。

井戸石見守は浦賀奉行のひとりとして前年のオランダ風説書の中身を知らされていたから、この異国船団がアメリカ大統領からの国書を携えたペリー艦隊であるとすぐに気づいた。

井戸石見守はただちに、老中の阿部正弘の屋敷に急行して、戸田氏栄からの報告を伝えた。

「とうとう来たのか」と、阿部正弘は厳しい顔でうなずくと、夜半にもかかわらずただちにほかの老中たちに使いを出し、緊急登城を命じた。

さらに阿部正弘は、寺社奉行、町奉行、勘定奉行を呼び、大小目付にも緊急呼集をかけた。

江戸城本丸の御用部屋で、協議が開始された。ペリーがくる、とはオランダを通じて知らされていたことではあったが、幕府内部ではこれまで、これにどう対応するかは正式に議論されていなかった。開国せずの国法がある以上、対応は決まりきっている、ということであったかもしれない。


翌四日の朝、日の出から一刻の後に、浦賀奉行を装った香山栄左衛門が船番所の船着場に立った。

香山栄左衛門が、三郎助に言った。

「おれは、これでほんとうに奉行に見えるか？」

香山栄左衛門は、家紋の入った笠《かさ》に、戸田氏栄から貸し与えられた錦糸銀糸織り込みの羽織、それに小袴《こばかま》姿である。

太り肉《じし》であるし、声が低くて落ち着いている。風格を感じさせる風体なのだ。高位の役人を名乗って疑われることはないだろう。

三郎助は言った。

「大丈夫だ。どんと構えて応接してこい」

「国法は曲げるなと言い含められておる。お主と同じことを繰り返してくるしかないのだが」

「それがお主の務めだ」

「それじゃあ戦争だと言い出されたら、どうしたらいい？　お奉行は答えてくれなんだ。毅然《きぜん》として退去を求めれば必ず向こうもわかるはずだ、としか言わぬ」

「向こうが激昂《げっこう》して席を立つ直前まで辛抱しろ。席を立ちかけたら、こちらも引くしかない」

「引くとは？」

「あとは、ご老中に委ねる。戦争をするかしないかは、おれたちが決めることではないからな」

「そうだな」

香山栄左衛門は、この役目をけっして喜んではいないという表情で、番船に乗り込んだ。さらに、通辞の堀達之助と立石得十郎も、香山栄左衛門に続いた。

三人が乗ったところで、番船は船着場を離れた。

三郎助は、もう一艘《そう》の番船に乗り込んだ。香山栄左衛門らの乗る船に随伴するつもりである。

三郎助たちが港から出たとき、アメリカ艦隊からも各艦から一艘ずつ小舟が降ろされて、浦賀湾と浦賀港の入り口付近を航行し始めた。

どの小舟にも十数人の漕《こ》ぎ手が乗っており、ほかに指図役らしき男と、測量道具を使う男がいる。舳先《へさき》にはアメリカ合衆国の国旗らしい旗が掲げられており、艫《とも》のほうには白い旗だ。見たところ、連中は水深を測り始めたようである。

同心のひとりが、不安げにその小舟を見ながら三郎助に言った。

「深さを調べているようですが、どういたします？　追い払いますか」

三郎助は止めた。

「いや、挑発に出たのかもしれぬ。直接おれたちがやつらとやりあうのはまずい」

「放っておくのですか」

「海岸に接近しすぎるようであれば、立ちはだかって止めよう。問屋衆の船の航路にも立ち入らせぬ。ただし彼らの艦隊の周囲だけを測量しているあいだは、黙認する。その海域には、番船も町衆の舟も入れるな」

三郎助は、右手前方を行くもう一艘の番船を見た。香山栄左衛門も、測量を始めたアメリカ艦隊の小舟のほうに目を向けている。

三郎助は言った。

「香山も、抗議するはずだ。それでいい」

同心が訊《き》いた。

「あの白い旗はどういう意味なのでしょうか」

三郎助は、いちばん間近の一艘の小舟に目を向けたまま言った。

「阿片《アヘン》戦争のとき、イギリスは戦意なきを示すときに、白旗を掲げたと言う。長崎奉行所からも、白旗は軍使が用いると伝えてきていた。戦には及ばずの意ということだ」


サスケハナ号に接舷《せつげん》すると、香山栄左衛門は、その身分を疑われることなく、浦賀の政庁の長官として迎えられた。

彼に応対したのは、三郎助のときとはちがって、コンティー大尉のほかに、参謀長のアダムス中佐、サスケハナ号の艦長ブキャナンの三人である。直接の交渉相手は、ブキャナンであった。ペリー自身はまだ姿を見せない。

香山栄左衛門は、まずアメリカ艦隊側が小舟を降ろして勝手に動きまわっていることに抗議した。

「わが国の内海上で、あれらの舟は何をやっているのですか」

ブキャナンが答えた。

「港の周辺を測量しているのです」

「かかる測量は許可できませぬ。我が国の法に違反する」

「我らは、アメリカの法が命ずるままにおこなっております。貴下が日本の法律に従うように、我らもまたアメリカの法律に従うことは義務であります」

「ここは日本の領海内なのです。日本の法律に従っていただきたい」

「我らは国書を携えて参った使節団です。国書を受け取ると回答があった場合のため、準備しておく義務を負っております」

「どういうことです？」

「当地に上陸して国書奉呈となれば、この錨泊《びょうはく》地周辺の海の深浅を知っておかねばなりませぬ」

「これは主権の侵犯であります。ただちに引き揚げてもらいたい」

「あくまでも平和的意図のもとでの測量です」

「抗議いたします。いまここで不測の事態が起これば、双方にとってことは厄介になるはずです」

「では、できるだけ早めに切り上げるよう、指示いたします」

その話題を切り上げると、ブキャナンはテーブルの上にふたつの箱を取り出して、香山栄左衛門に見せた。

「ここにあるのは、大統領から日本国皇帝に宛てた親書の原文と、提督の信任状です。我らは、これをお渡しいたしたく、ここに参上した次第です」

ブキャナンが信任状を開いて見せた。堀達之助がこの信任状に顔を近づけ、中身をすばやく訳して香山栄左衛門に教えた。

「では、奉行閣下」とブキャナンが言った。「始めましょうか」

ブキャナンとの交渉も、前日の三郎助とコンティー大尉との交渉の再現であった。

同じ言葉のやりとりが二度繰り返されたあと、ブキャナンは言った。

「長崎には行かぬとは何度も申し上げております。ここで国書を受け取るか、それとも受け取らぬと回答をいたすか、どちらかでありますぞ。受け取らぬというご回答であれば、我らは本国政府の命令に従い、江戸に直に赴いて、高官に面会の上、手渡すつもりであります。我らの義務も、貴国の法が貴官に課した任務と同様に、重大なものであります」

これまでだな、と香山栄左衛門は冷静に判断した。これ以上突っぱねれば、交渉は完全に決裂。この艦隊はじっさいに江戸へと向かうだろう。

いま幕閣が方針も対応も決めぬうちにその事態となれば、江戸湾お固めの諸藩警備部隊は、自動的にペリー艦隊に対して阻止行動に出る。異国船に対して穏便に退去を求めることは基本方針であるが、江戸湾侵入に対してまで穏便であることは求められていないのだ。

砲撃が開始される。ペリー艦隊も当然反撃する。戦争となる。

香山栄左衛門は言った。

「親書を受け取るかどうかについては、政府の指図なしには返答できませぬ。いずれにせよ、江戸表に伺いを立てましょう。受け取るとも受け取らずとも、できるかぎり早く返答をもらいますので、それまでお待ち願えるだろうか」

ブキャナンは訊いた。

「何日ほどかかりましょうか」

「往復に四日。ただし、江戸で政府の評議が何日かかるかについては、なんとも申し上げることができませぬ」

「実を申しますれば、江戸で高官に直接渡すと申し上げたことは、我らに本来与えられた使命からはずれることであり、我らとしてもそれをせねばならぬのははなはだ不快であります。この地で御国の高官が国書を受け取ってくれるならば、我らも遠路はるばる罷《まか》り越した甲斐《かい》があったというもの。きょうより四日目の昼過ぎまでは、待とうかと存じます」

香山栄左衛門は慎重に期日を確認した。

「四日目というと」

「きょう、明日、明後日、さらにその翌日が四日目ですな。我らの暦では、きょうが七月九日。ですから十二日ということになります」

「きょうが一日目、という数え方ですな」

となると、我が国の暦では六月七日が期日だ。江戸往復に四日かかると告げたのは、時間を余分に見積もったからだが、それにしても幕閣がこの件で協議する時間は二日しかない。

香山栄左衛門は言った。

「遠海波濤《はとう》をいとわずに渡来の儀、政府としても十分に使節の趣意を考え、空しくならぬよう結論を出すはずにございます。できるかぎり速やかに回答いたしますので、もうしばしの時間をいただきたく存ずる」

「四日の昼過ぎまでは待ちましょう。それまでに返答がない場合は、我らも任務をまっとうすべく、いたしかたなく江戸へ参り、自由に振る舞うことになります。もっとも、そのときに至って、事平《たいら》の用向きで参る場合は、白い旗を掲げて来られますよう」

「白い旗を必ず？」

「いま我らの測量艇にも、白い旗を掲げて戦意なきことを示してあります。あれと同様に」

香山栄左衛門は、この点についても厳密に問いただした。

「白い旗の意味は、言い分を聞くということではありませぬな」

「ちがいます。軍使が持てば、その通行を妨げてはならぬ、の意味となる」

「なるほど。では承りました。国書の受け取りについて諾否の指示が出るまでは、江戸には決して向かわぬことにしていただきたい」

香山栄左衛門は堀達之助、立石得十郎と共にサスケハナ号を降りた。

三郎助の乗った番船は、香山栄左衛門の番船と同時に船番所の船着場に着いた。

番船を飛び下りると、三郎助は香山栄左衛門に駆け寄って訊いた。

「どうだった？」

香山栄左衛門は、奉行所へ向かう道を足早に歩き出しながら答えた。

「きょうから四日目の昼すぎまでに、ご老中からの回答をいただく。それまで待ってもらった」

三郎助も、香山栄左衛門に歩調を合わせて歩きながら訊《き》いた。

「四日目というと、七日か」

「そのとおりだ」

「返答がなかった場合は？」

「直接江戸に行くと」

「砲戦になる」

「そのときになってあらためて交渉したいということであれば、白旗を掲げてこいと言われた」

「本気のようか」

「はったりではないと見えたな」

「あの測量の舟については何か」

「短時間で引き揚げる、と約束させた。ほどなく母船に戻ると」

三郎助は香山栄左衛門から離れ、船番所にもどった。いま一度番船に乗って、アメリカ艦隊の小舟が看過できぬような違法行為を働かぬよう、監視しなければならない。

香山栄左衛門は、奉行所に戻るとすぐに戸田氏栄に会見の中身を報告、善後策の協議に入った。

小半刻の協議のあと、戸田氏栄は香山栄左衛門に言った。

「そのほう、このあと江戸に発《た》て。わしが伺書を書くので、石見守殿に届けるのだ。きょうの会見の一部始終、そのほうの口からも伝えよ。また、アメリカ艦隊を穏便に退去せしむることは、いまの備えでは絶対に無理であるとご理解いただけ。浦賀奉行所の面目がつぶれることになるが、かまわぬ。きゃつらの江戸湾侵入は阻止できませぬと伝えるのだぞ」

すでに昨日の艦隊投錨《とうびょう》の時点で、第一報が江戸に飛んでいる。中島三郎助が二度の交渉を終えたあと、第二便が出発していた。事情のあらましは、幕閣ももう承知しているはずである。こんどの伺書では、事態の重大性と緊急性を伝えねばならなかった。

戸田氏栄は、書記を呼んで素早く伺書を筆記させた。「異国船応接の儀につき取り計らい伺い奉り候書付け」と表書きした書面である。

戸田氏栄は、危機感を隠すことなく口述した。

「受け取らずということで、もしこのまま差し戻しのご指示の場合は、即刻異変にまかりなり候と心配し候」

「できるかぎり早くご指示をくださいますよう」

「交渉打ち切りとなる場合は、江戸の警備も浦賀表同様にお手薄と聞いておりますゆえ、この段早々とお伺いする次第であります」

香山栄左衛門は、この書状を持って、すぐに江戸へと出発した。奉行所の同心組頭、福西源《ふくにしげん》兵衛《べえ》が香山栄左衛門に従った。

幕閣は、はたしてどのように対応せよと指示してくるか。

浦賀奉行所の役人たちがまんじりともせぬまま一夜を明かして、翌六月五日（陽暦七月十日）である。

この日も、艦隊の各艦は小舟を降ろし、浦賀周辺の測量にかかっている。これに対する戸田氏栄の指示は、とにかく穏便に、衝突など起こすことなく、老中からの指示を待てということであった。浦賀奉行所は、番船をペリー艦隊の周辺に出してはいるが、これは日本人の船が艦隊や測量する小舟に近づかないようにするためである。

しかし、川越藩の藩兵たちは、アメリカ海軍のこの傍若無人な振る舞いに我慢がならない。とうとう藩兵一同衆議して、アメリカ船打ち払いを浦賀奉行にまで訴え出た。

戸田氏栄は、川越藩の藩士に面会して、自重を求めた。

「尊藩の諸士のお気持ち、それがしも十分にわかるのだが、打ち払いは江戸表からきつく禁じられておるのだ。ここで戦端でも開かれたなら、取り返しのつかぬことになる。どうかここは隠忍自重して、ご公儀のお達しに従ってはくれぬか。もし変事でも起こりそうになったら、必ずや奉行所が然るべき処置を取るから」

川越藩のその藩士代表は、憤懣《ふんまん》をかろうじて抑えつけているという赤い顔で、奉行所を退出していった。

そのあと、三郎助は戸田氏栄から命じられた。

「川越藩を警戒せよ。測量船と川越藩とのあいだに入って、不穏な動きがあらばこれを止めよ。絶対に発砲やら刃傷沙汰《にんじょうざた》に及ばせてはならぬ」

「はっ」と答えたものの、三郎助には川越藩が気の毒でならなかった。

奉行所応接掛の自分でさえも、この国の内海で我が物顔に測量を続けている連中には怒り心頭なのだ。それが、警備を任務としている川越藩の藩士ならば、いっそうのことであろう。

だからといって、川越藩に暴発させるわけにはゆかぬ。

三郎助は、気の重い役目と感じつつも、自分の番船ともう一隻を川越藩の御備場とアメリカの測量船とのあいだに入れて、双方の必要以上の接近を防いだ。

いっぽうこの日、江戸では引き続き老中首座の阿部正弘が、ほかの老中や主要幕閣たちと対応を協議していた。

阿部正弘が意見を求めると、みな言うことは同じである。

つまり、長崎へ回れという通告を聞かぬなら、打ち払うべきだ、ということであった。

このような国家の一大事と言える事態の場合、政治指導者は、弱気、穏健と見られることを嫌う。本音とはちがう過激な意見を主張しがちである。

しかし、阿部正弘は十年間幕政に関わり、国力についても諸外国の事情についても、認識を深めてきた。

「戦争など、できるものではない」

阿部正弘は、この日、水戸藩邸に使いをやり、浦賀奉行からの報告を伝えたうえで、実力者・徳川斉昭の意見を求めた。

それまで、強硬に打ち払いを主張してきた徳川斉昭は、いざじっさいにペリー艦隊が来航したと聞いたとたんに、日和見となった。

「これ、じつに重大な事件なり。衆議の後、これを決するのほかなかるべし」

徳川斉昭は、答えることを逃げたのだ。

阿部正弘は徳川斉昭のこの返答をすぐに老中たちにも回覧した。

しかし、この日はまだ、幕閣たちのあいだでは主戦論が大勢を占めている。阿部正弘は、この日のうちに結論を出すのを避けた。明日昼のあいだに意見をまとめることができれば、七日の回答期限には間に合う。無理にこの日、拒絶を決めることはない。

阿部正弘は、協議の途中、福井、徳島はじめ七藩に対して、即刻江戸湾警備に就くよう命じ、さらに江戸の海岸側に屋敷を持つ諸藩に対しても、異国船接近に対する厳重警戒を指示した。


翌六月六日、この日も朝から気温がぐんぐんと上がる暑い日であった。

浦賀沖に投錨していたアメリカ艦隊は、この日も各艦から一艘《そう》の小舟を降ろした。また測量を開始するようであった。

その四艘の小舟は、昨日までとはちがって、観音崎を回るように進み始めた。ついで、四隻の軍艦のうちの一隻、小型のほうの蒸気軍艦が、その外輪を回して動き出した。排水量一千六百トン強のミシシッピ号である。ほかの三隻の軍艦には動きはない。

三郎助はこの様子を見て、すぐに船番所に詰めている同心たちに命じた。

「番船に乗れ。あの船を追う。もし不穏の動きあらば、行く手をふさぐぞ」

通辞の立石得十郎が、すぐ船に飛び乗った。さらに同心たちも乗ったところで、漕《こ》ぎ手が勢いよく櫓《ろ》を使い始めた。番船は浦賀港の外の海面に滑るように進み出した。

ついで二番手、三番手の番船が漕ぎ出し、三郎助たちを追いかけてきた。

ミシシッピ号は、観音崎を回り、江戸湾奥へと入ってゆく。外輪が大きな音を立てて回り、水を掻《か》いていた。対岸の警備の部隊もあわてだし、多くの小舟を繰り出した。

四艘の小舟は、測量を続けながら江戸湾を北上してゆく。蒸気船は、この四艘をうしろからかばうかたちで航行しているのだった。

旗山崎まで追った三郎助は、一艘が測量に手間取っているときに、その小舟の前に番船を寄せて、怒鳴った。

「浦賀より内には入れぬ。引き返せ。そもそもなぜ乗り入れるのだ」

立石得十郎が同じことを蘭語で言うと、小舟に乗っていた士官から返事があった。英語である。

立石得十郎が、少し首をひねってから通訳した。

「ただ湾の中を運転するためとか」

三郎助はまたその測量班に向けて大声で言った。

「運転のためだろうとなんだろうと、内海への乗り入れはならぬ。即刻引き返せ」

「わかった。すぐにも」

しかし、その測量班は引き返す気配を見せない。

なおも測量を続けながら、江戸湾を奥へと向かってゆく。とうとう蒸気船と測量班の四艘の小舟は、黒岩崎と富津《ふっつ》を結ぶ線にまで達してしまった。ここから先は、お固めの藩にまかせたほうがいい。

「戻れ」と三郎助は同心や漕ぎ手たちに言った。「浦賀に引き返す」

同じころ、江戸から戻っていた香山栄左衛門が、再び浦賀奉行を名乗って、サスケハナ号に乗り込んでいた。江戸湾奥への進入と測量に対して厳重に抗議するためである。

香山栄左衛門は、応対した通訳のポートマンに言った。

「江戸表からは、明日昼までに回答が届きます。十中八九、書状は受納されて、江戸の高官まで送られることになりましょう。そのことをお伝え申し上げる」

ポートマンは言った。

「提督も喜ぶことでしょう。貴官のご尽力には感謝申し上げます」

「ついては、あの蒸気船と測量船の江戸湾遡行《そこう》の目的は何か。我が国の内海でこのような振舞いは無礼にすぎると存ずるが」

「もし当地で国書を受け取っていただけないときのことを考え、江戸に至る航路を調べておるのであります」

香山栄左衛門は強い調子で言った。

「国法の侵犯であります。書翰《しょかん》の受け取りの諾否もわからぬうちから内海へ乗り入れては、人気も動き、不穏となる。早々に戻すようご指揮いただきたい」

ポートマンは言った。

「艦長にはその旨確かにお伝えいたします」

三郎助が番船で戻ってきたとき観音崎周辺の御備場から、川越藩の藩兵の姿が消えていた。いや、全部ではないのだが、その数は見張りなどごく少数だ。あらかた見当たらない。

川越藩は、警備地域を移したのか？

船番所の船着場に着いてからそれを確かめると、同心のひとりが教えてくれた。

「川越藩は、すっかりやる気をなくしてしまいました」

「どうしてだ？」

「勝手な測量に対して、お奉行が何もするなと止めたからにございます。勝手をやらせてよいなら、警備などいらぬではないかと」

「どこに行ったのだ？」

「陣屋です。酒を飲んでいるそうです。彦根藩にも同様の動きがあるとか」

「ふうむ」

三郎助は、自分も観音崎の方角に目をやって思った。酒をかっくらいたい気分は、わからないでもないが。

六日の午後には、蒸気船の一隻が江戸湾奥に進入、測量したという事実が江戸にも報告された。

徳川斉昭も、弱気になっている、という話が入ってきている。それまでの周囲を困惑させるばかりの威勢のよさはどこへやら、側近たちにこう言ったというのだ。

「我が国には軍艦もなく、大砲も不足。勝つことなど到底できぬ。元寇《げんこう》以来のお大変であるわ」

幕府の政策に影響を与えてきた最有力者が、勝てぬと言っているのだ。であれば、幕閣たちにとっても、自分たちの弱腰をなじられる心配は無用となる。冷静な判断を下すことができる。

阿部正弘は、幕閣たちに言った。

「さいわい、アメリカ艦隊の今回の来航の目的は、国書を渡すことだけである。国書の内容はおそらく開国と通商を求めるということであろうが、それであっても、いますぐ決めよということではない。いま軽率に受け取りを拒絶して戦端を開き国家を危機に落とすのは、我が国の未来への戦略としていかがか。しばらくはこの屈辱を受け入れ、とりあえず国書は受け取ることにしてはどうか」

閣議は、国書を浦賀に於いて受け取ると決定した。六月六日夜である。

同じころ、浦賀では、奉行所に与力たちの全員が集められた。

三郎助は、戸田氏栄と同僚たちに対して、蒸気船と測量班が江戸湾の航路を探っていた様子をつぶさに報告し、これを止める術《すべ》はなかったとつけ加えた。

ついで香山栄左衛門が、ポートマンとのやりとりの詳細を伝えた。きょうの内海進入について、もし国書受け取りが拒否された場合、江戸に向かうための調査である、と説明されたと。

部屋に重苦しい空気が広がった。

国書受け取りを拒絶された場合は江戸へ向かう、という言いぐさは、やはり本気なのだ。本気で彼らは、江戸表に向かうことを計画している。いや、そう思わせるための大芝居という可能性もないではないが。

戸田氏栄は言った。

「伺書で、当地の事情は十分に伝えた。万が一にも、受け取り拒絶ということにはなるまい」

組頭の辻茂左衛門が言った。

「川越藩、彦根藩とも、警備からひとを引いております。不法も見過ごせということお達しに不服と耳にしておりますが」

戸田氏栄は声を荒らげて言った。

「かまわぬ。あの連中が海岸に出ておれば、いつかアメリカ人を斬りつけるぞ。そうなったら、戦だ。戦になるくらいなら、やつらの怠慢など放っておけ」

辻茂左衛門が言った。

「しかし、海岸の警備が手薄となっては」

「大垣藩《おおがき》に応援を求めた」

戸田氏栄は、大垣藩の支族の出である。つまり大垣藩は、本家に当たる。

戸田氏栄は続けた。

「大垣藩が、百人の藩兵を送ってくるはずだ。明日には、川越藩の穴を埋める」

会議が解散して、三郎助が奉行所の庭へと出たときである。香山栄左衛門が横に立って言った。

「おれの気持ちを、当ててみろ」

三郎助は、提灯《ちょうちん》の明かりでちらりと香山栄左衛門の顔を見てから言った。

「だから言わないこっちゃない、か」

「そのとおりだ。それ見たことか、と誰かに言ってやりたい気分だ。おれたちはこの十年、こんな日がいつかくる、と言い続けてこなかったか」

「言った。新型の砲を。大きな船を。西洋の技術を。脅しには負けぬ備えを。世の動きを見据えた対応を。おれたちはそう言い続けてきたな」

「なのに、ご公儀は何もしてこなかった。あのコロンバス号がやってきてから七年、この日がくるのをわかっていながら、おれたちは無為無策で過ごした。その結果が、この屈辱だ。我らが内海で好き勝手されているのに、黙って見ていることしかできぬ。情けない」

「怒りはどちらを向いている？」と三郎助は香山栄左衛門に訊《き》いた。「おれたちか。それともアメリカ人か？」

香山栄左衛門は、小さく鼻で笑って言った。

「決まっている。お主と同じだ。二日前から、じつはおれは本気で馬鹿げたことを考えた」

「なんだ？」

「そうだ。おれの奉行の格好、似合っていたと言ったな」

「奉行で通用したろう」

「おれがほんとに奉行であったら、どんなによかったろうかと思った。それも、七年前から」

三郎助は、周囲を気にして言った。

「おれも思った。だが、口外しないようにしておこう。お主が奉行の代わりを務めたこと、同僚には快く思わぬ者もいるかもしれぬ」

香山栄左衛門が言った。

「そうだな。だが、もともとはお主が副奉行を名乗ったから、こういうことになったのだぞ」

「最初から奉行を名乗ってもよかったな」

うしろにひとの気配がしたので、香山栄左衛門はすっと三郎助から離れていった。

明日も、と三郎助は思った。やつは忙しくなる。おれはどうだろうか。また蒸気船を押し送り船で追いかけることになるのだろうか。


約束の六月七日となった。陽暦では七月十二日である。

この朝、香山栄左衛門に従って江戸に行っていた福西源兵衛が、浦賀に戻ってきた。

福西源兵衛は、老中の決定を伝える井戸石見守からの書状を戸田氏栄に渡した。

戸田氏栄はただちに与力全員を集めて、この決定を伝えた。

「決まった。国書を浦賀にて受け取る」

与力たちがどよめいた。

三郎助も、ふっと安堵《あんど》の吐息をもらした。これでひとまず、戦は避けられたのだ。

戸田氏栄は続けた。

「香山は、ただちにアメリカ艦に赴き、この決定を伝えよ」

「は」香山は言った。「して、受け取りの期日は？　江戸表が派遣する高官は、どなたになりましょうか」

「期日は明後日。わしと石見守と、ふたりが受け取る。石見守殿は、きょうじゅうにも、浦賀に着くことだろう」

「お奉行が、正式に浦賀奉行としてその場に臨まれるのですね」

「浦賀の奉行はそのほうだ、ということにしておる。肩書などはどうでもよい。先方には、ただ幕府の高位の者であるとだけ伝えよ」

「受け取りの場所は、この奉行所となりましょうか？」

「いや。浦賀湊《みなと》では町衆の目もある。ひとも多い。ここではできぬ」

支配組頭のひとり、尾藤高蔵が言った。

「久里浜はいかがでございましょうか。久里浜ならば、ひとも少なく、小さな湾にございますので警備も容易かと存じますが」

戸田氏栄はうなずいた。

「よし。では久里浜に、国書受け取りのための仮小屋か幕舎などを用意せよ」

「心得ました」

「中島」と、三郎助が呼ばれた。

「は」

「そのほう、当地の船大工に洋式船を造らせていたな」

「はい。帆柱一本の形式の船を、三隻試作してございます」

「何人乗りか？」

「漕ぐ場合は、最も大きいものは、漕ぎ手三十人を要します。ほかに十数人は乗れましょう。ほかのふたつは、漕ぎ手二十人。乗れる者十人」

「国書受領と決まれば、きょうからはこちらもそれなりの格式と礼法をもって相手に接しなければならぬ。ひとも出す。きょう、香山をその船で相手かたに送るぞ」

「は」

「与力たちは身を整え、同心たちには槍《やり》を持たせて、あとの二隻の船に乗せる。水手《かこ》たちも、裸ではいかん。全員に半纏《はんてん》を着せろ。威厳を見せてアメリカ船に乗りつける」

三郎助は、戸田氏栄が洋式船のことを思い出してくれたことを喜んだ。

これらの船は、柏屋勘左衛門と三郎助とが、長崎から洋式船の構造図面を取り寄せたりして試行錯誤しながら建造したものだ。一本マストの船だが、帆柱と帆桁《ほげた》、帆については、和船の形式を流用した。また、帆走の場合は、櫓《ろ》ではなく櫂《かい》を使う。櫓の場合とちがい、漕ぎ手は、両方の舷側《げんそく》に腰掛けるのである。

奉行所が番船として使っている八丁櫓の押し送り船よりははるかに大きく、堂々とした外観がある。

三郎助は、館浦に走り、船大工の勘左衛門に言った。

「お前の船の出番だ。出してくれ」

「え」と、勘左衛門は頬を輝かせた。「何をやるんで？」

三郎助は言った。

「アメリカさんの前に、使いを運ぶのだ。日本にもこんな船があるのだと、見せてやる」

「三隻全部ですか？　漕ぎ手が大勢必要になりますが」

「問屋衆に声をかけた。いま集まる」

ほどなく、船番所の船着場に三隻の洋式船が用意された。柏屋の前の船着場から回されてきたのだ。漕ぎ手は問屋衆が集めた。櫓を使うことには慣れていても、櫂は初めてという男たちがほとんどだった。

与力のほぼ全員と同心たちが、この三隻の番船に分乗した。

三隻は順に浦賀港を離れた。漕ぎ手たちは最初、櫂の使いかたにとまどっていたが、少し進むうちに滑らかに使えるようになった。アメリカ艦隊の手前まできたところで、二隻は停止、一番船だけがサスケハナ号に接近した。

一番船に乗った香山栄左衛門は、堀達之助、立石得十郎と共に、ふたたび船室に通された。

この日の第一回目の折衝である。

香山栄左衛門はブキャナンに言った。

「日本政府は、アメリカ合衆国大統領からの国書を、明後日、この浦賀に近い久里浜なる海岸にて受け取ります。提督の地位に相対応する高官が、受け取りのために当地に派遣されます。国書は、その高官より直接我が国の皇帝のもとに届けられます」

アメリカ側はこれを了解した。そのうえで、事務的な協議となった。場所については、アメリカ側はもっと浦賀に近いところをと求めてきたが、香山栄左衛門は警備上の都合であるとして、久里浜に同意させた。

またアメリカ側は国書のほかに、ペリー提督が皇帝宛てに書いた添書を事前に渡したいと言い出し、香山栄左衛門はその件はいままで聞いていないと断った。また、アメリカ側は、国書を受け取る高官について、皇帝が書いた信任状も求めてきた。

いちばん大きな問題は、国書に対する回答をどこで日本がアメリカ側に渡すかということであった。香山栄左衛門は当然、それは長崎に於いてであると通告した。

ブキャナンたちは、いったん部屋を出て、ペリーの指示を聞いてから、こう言った。

「提督は、浦賀に近接する地以外では回答を受け取りませぬ」

栄左衛門は訊いた。

「それまで、ここで待たれるのですか」

「回答を受け取るために、再度来航いたします」

「それはいつです?」

「二、三ヵ月後。あるいは五、六ヵ月後になるやもしれませぬ」

香山栄左衛門は、いったん船を降りて、戸田氏栄と再度協議することにした。

とにかく国書受け取りまでは決まり、それも伝えたのだ。あとの問題は、いわば些末《さまつ》なことである。このあと何度も交渉をもって、詰めてゆけばよいのだ。

この日の二回目の交渉は、午後からもたれた。場所の件、添書の件、信任状の件などが詰められた。回答の受け渡し場所については、戸田氏栄はそれ以上問題にしなかった。いったんここで受け取ると決めた以上、回答は絶対に長崎で、という主張にも説得力はなくなったのだ。

交渉の後半は、雑談まじりのなごやかなものとなった。

この日の二度目の交渉が終わり、双方がメモを確認したあと、香山栄左衛門の前には葡萄酒《ぶどうしゅ》とブランディが出された。小宴となったのである。香山栄左衛門がサスケハナ号を退去したのは、午後の七時すぎであった。

戸田氏栄に報告したあと、香山栄左衛門は三郎助に声をかけてきた。

「じつは、蒸気機関を見たぞ。船の中を案内されて、見せてもろうた」

三郎助は、思わず声を上げていた。

「蒸気機関を！　アメリカ人は、見せてくれたと言うのか」

香山栄左衛門は言った。

「ああ。鉄の釜《かま》だ。大きな釜だった。アメリカ人たち、おれが驚くと思っていたようだがな。おれはお主から蒸気機関のからくりは聞いておる。さほど珍しいものではない、という顔で講釈を聞いておったら、残念そうであった」

三郎助は、身をよじりたくなるほどのうらやましさを感じつつ言った。

「見たかったなあ。おれもその場におりたかったなあ」

「そのうち機会もあることだろう」

「そのうち？」

「艦隊は、数カ月のうちにまたくると言っておるのだ。そのとき、ご老中が浦賀にも異国船の来航を認めると決めておれば、これからは蒸気船もどんどんくるようになる」

「開国を認めるかな」

「開国なんて言葉を使わなくてもいい。長崎のほかにもうひとつ出島を作る、とでも言えば、じっさいには開国したと同じではないか」

「なしくずしか」

「国書をここで受け取るところまできてしまったのだ。もう流れは変わらぬ。薪水令《しんすい》の復活のつぎは、まちがいなく開国だ」

翌日も、香山栄左衛門はサスケハナ号に乗り込み、国書受け渡しの細かな部分を詰めた。儀式の規模とかたちについて取り決め、あるいは通告し、アメリカ側の意向も聞いたのである。

そうして、ついに国書受け渡しの当日となった。嘉永六年六月九日（一八五三年七月十四日）である。朝から海上にはもやがたちこめる、湿気の多い暑い日であった。

久里浜には仮設の応接所が設けられている。幅十間、奥行き五間の広さの建物である。壁の代わりに紫色の幕を張り、奥に金屏風《きんびょうぶ》を置いていた。床には畳、さらにその上に緋毛氈《ひもうせん》である。

奉行所の同心と、川越藩、彦根藩の武装兵が、鉄砲や長柄の槍を持って、会見所の背後と左右を固めている。隊将たちはみな騎乗していた。

幕府砲術指南の下曾根金三郎は、幕張の外で騎馬ゲベール組銃隊五十騎を率いて、西側の歩兵部隊のうしろに整列している。下曾根金三郎が訓練したこの騎馬銃隊が正式に人前に出たのは、この日が最初である。

また、沖合には、忍藩と津《つ》藩の軍船百五十隻あまりが出ている。

戸田氏栄と井戸石見守は、陣羽織に小袴《こばかま》、与力、同心たちは役羽織に小袴、通辞たちは平常の羽織と踏込袴という姿である。香山栄左衛門の事前の交渉で、ペリー提督の地位は日本であれば左大臣に相当するとわかっていたので、同心以上の地位の者には、それにふさわしい礼服の着用が通達されたのだ。

三郎助や栄左衛門たち、応接掛の四人の与力は、応接所の外で、ペリーらの上陸を待った。

やがて、千代ヶ崎の沖合を回って、二隻の蒸気船が姿を現した。

三郎助たち、応接掛の四人の与力は、堀達之助、立石得十郎らと仮設の埠頭《ふとう》へと歩き、二艘《そう》の押し送り船に分乗した。

三郎助らは、沖合十五町の位置に停泊したサスケハナ号に乗り込み、受け取り式の支度が整っていることを告げた。サスケハナ号は大きな汽笛を鳴らした。

「なんです」と三郎助が通辞を通じて士官に訊《き》くと、浦賀沖にあるほかの二隻への合図との答だった。あの二隻からも小舟が降りて、水兵たちがこちらに向かうのだという。

小半刻の後、十五艘の小舟が二隻の蒸気船に横付けとなった。ブキャナン艦長がまず小舟に乗り込んだ。三郎助たちの乗る二艘の押し送り船が、ブキャナン艦長の小舟を護《まも》るかたちで、その両側についた。ブキャナン艦長に続いたのは、海兵隊のゼイリン少佐である。

サスケハナ号が、砲を撃ち始めた。祝砲である。祝砲は真夏の久里浜の熱気を切り裂くように、全部で十三発撃たれた。

日本側の案内で、アメリカ側は仮設の埠頭に上陸した。海兵隊が百人、ついで水兵が百人である。最後に、二隊の軍楽隊が上陸した。合計でおよそ三百人だった。

アメリカ側の水兵、士官、それに海兵隊、軍楽隊合わせて三百は、陸側から桟橋を守るかたちで、横二列に並んだ。

水兵たちの軍服は、白い上着と青のラッパズボンである。青い帽子には、赤、白、青の三色のリボンがつけられていた。

海兵隊は、青い上着に白いズボン、羽毛の飾りをつけた筒型帽という軍服である。白い弾帯を肩から斜めにかけていた。

太鼓と喇叭《らっぱ》の音が、とつぜん久里浜の海岸に響きわたった。

三郎助は、その音量に驚いた。ずいぶんと威勢のいい鳴り物だった。

その音楽は、もしかすると上陸は安全であるという合図であったのかもしれない。ペリー提督の乗る短艇が近づいてきて、湾の西寄りに仮設された桟橋に接岸した。

海兵隊員たちは、指揮官ゼイリン少佐の命令で、捧《ささ》げ銃《つつ》の姿勢をとった。

桟橋から東側の海岸に並んだ十二隻の短艇では、水兵たちが櫂《かい》を一斉に立て、いわゆる櫂立ての栄誉礼を取った。

ペリーの短艇からは、まずふたりの長身の水兵が降りて、それぞれ旗を掲げ持った。ひとつは星条旗、もうひとつは提督旗である。

ついでやはり背の高い重武装の黒人兵ふたりが降りた。その次に降りてきたのは、ふたりの少年だった。赤い羅紗《ラシャ》の包みを両手でうやうやしく持っている。国書と委任状を収めた箱だった。

中島三郎助は、砂浜の上で少しだけ背伸びをして、短艇の中を見た。

短艇の中で次に立ち上がったのは、コンティー大尉と、もうひとりの士官だった。

続いてオランダ語通訳のポートマン、中国語通訳のウィリアムズである。

最後に立ち上がったのは、堂々たる風采《ふうさい》の偉丈夫だ。黒っぽい詰め襟服には、金糸の肩章と二列の金ボタン、金の袖章《そでしょう》をつけている。

三郎助は、小声で香山栄左衛門に訊いた。

「あれがペリー提督だな?」

香山栄左衛門も、視線を短艇のほうに向けたまま小声で言った。

「たぶんな。おれもまだ会ったことはないんだ」

六月三日に投錨《とうびょう》して以来、まだ提督は日本人の前に姿を見せたことがないのである。ずっとサスケハナ号の奥に引っ込んだままだった。

桟橋に上がったペリー提督は、歳のころは、六十前後だろうか。彫りの深い顔だちのせいか、ずいぶんといかめしく、また自信たっぷりと見える。アメリカ艦隊の総大将にふさわしい威厳と押し出しがあった。

ペリー提督たちは、桟橋から砂浜に降り、二列に整列していた水兵や海兵隊員たちの前を歩いた。

ペリーが水兵たちの列の先頭までできて足を止めたところで、香山栄左衛門と三郎助、堀達之助が水兵たちの列の前へと進んだ。三郎助たちの後ろには、槍持《やりも》ちの従者がふたり従ってきた。

三郎助は、ペリーと真正面に向かい合った。

巨漢《きょかん》である。恰幅《かっぷく》もいい。大きな目には爛々《らんらん》と強い光がたたえられ、唇はきつく結ばれていた。この来航に賭けた意気込みのほどがわかる、強い決意の感じられる表情だった。

三郎助と香山栄左衛門たちは、ペリーらに背を向け、応接所へ先導する態勢を取った。

ブキャナン艦長が、水兵たちに何ごとか指示を出した。

横二列となっていた水兵たちが、きびきびとした動作で向きを変えた。新たな縦列が生まれた。

そこで、縦列の先頭にいたゼイリン少佐が抜刀した。

香山栄左衛門が、海兵隊の前に立ち、応接所への先導を始めた。

海兵隊が、ゼイリン少佐に続いて、まるで時計仕掛けの人形たちのように正確に歩調を揃えて行進を始めた。

これに続いたのは、軍楽隊である。演奏しながらの行進だった。

ペリーたちは、その軍楽隊のうしろだ。まずふたりの旗手、ついで国書を捧《ささ》げ持った少年ふたり、副官と参謀長、通訳ふたり、そしてペリーだった。

ペリーの左右では、黒人兵がふたり、歩調を揃えて歩いている。

ペリーたちのうしろに海兵隊のもう一隊が続き、続いてまた軍楽隊、最後が水兵隊だった。

ペリーたちは、前後百五十ずつの武装兵らによって、厳重に護衛されているのだった。

隊列は、桟橋から波打ち際に沿って一町ばかり歩き、そこで海岸線から直角に折れて、湾中央の奥に設けられた応接所へと向かう。

馬蹄《ばてい》形の陣を組んで固める日本側の警備の将兵たちは全員、この音楽つきの行進を、じっくりと目にすることになった。

先導する三郎助たちが応接所に達したところで、海兵隊や軍楽隊は行進を止めた。

三郎助が振り返ると、隊列は向きを変え、二列向かい合う形を作った。ペリーたちは、その間を進んで応接所の前まで達した。

応接所の左右には、それぞれ一門ずつの砲が据えられている。高島秋帆がオランダを通じて輸入したモルチール砲とホイッスル砲である。ヨーロッパ製だが、旧式だ。戸田氏栄と井戸石見守の命令で、ここに置かれたのだ。

三郎助はその砲が目に映って、自分が赤面したのを感じた。戸田氏栄も井戸石見守も、それが日本の軍事力の誇示になるものと信じているのだろうが、逆である。

それは我が国の軍事力の非力さ、軍事技術の遅れを示す、格好の材料である。あの蒸気軍艦の砲を間近に見た目では、兵器と呼ぶことさえためらわれる代物だ。

こんなものは、むしろ隠しておくほうがよかったのだ。

三郎助は、ペリー提督やコンティー大尉の顔をうかがった。ふたりとも、その砲が目に入ったのかどうか、微苦笑も見せていない。見たうえでその表情であるなら、彼らはきわめて礼儀正しい軍人たちであると言える。

三郎助はもう一度正面に向き直り、応接所へと上がって奥へと進んだ。

応接所の左側にふたりの浦賀奉行、それに従者たちがいる。真正面には、赤漆塗りの櫃《ひつ》が置かれていた。国書を収めるための箱であった。

三郎助は、奥の間に入ると、そのまま香山栄左衛門と共に、ふたりの浦賀奉行たちの脇の床に正座した。

このあとの儀式は、浦賀正奉行ということになっている香山栄左衛門が取り仕切るのである。

ペリーも緋毛氈《ひもうせん》を踏んで、幕僚や少年たちと一緒に奥の間へと入ってきた。

驚いたことに、ブキャナン艦長をはじめ、水兵隊の指揮官や海兵隊の指揮官たちまで一緒である。応接所には、ペリーと副官のコンティー大尉、それに通訳のポートマンの三人の床几《しょうぎ》しか用意していなかった。彼らは、儀式のあいだ、立ったままということになる。

ペリーたちが奥の間に入ったところで、ふたりの浦賀奉行、戸田氏栄と井戸石見守が床几から立ち上がって、丁寧にペリーにお辞儀した。

堀達之助が、ふたりを幕府の高官と紹介した。

ポートマンが、ペリー提督を合衆国海軍の東インド艦隊司令長官であり、全権使節であると紹介した。

ふたりの奉行は小さく会釈して床几に再び腰をおろした。

ペリーたちも床几に腰掛けた。

いま右側にはペリーと副官、通訳が床几に腰掛け、その後ろに少年たち、それにアメリカ側の士官たちが十人ばかりだ。

手前の間の右側には十五人ほどのアメリカ側士官たちが立ったままでいて、これに向かい合う位置には、奉行所のほかの与力たちが正座していた。

ペリーに従ってきた士官たちの表情は、きわめて硬かった。ただ儀式に立ち会っているのではない。ペリーを守ろうとしているのだ。日本側に不穏の動きが見えた場合、すぐにも対応しようという顔と見える。いささか無礼な素振りと感じられる。

しかし、老中からのお達しは、あくまでも穏便に応対せよとのことである。士官たちに対して、それは無礼だから引けとは言えなかった。黙認するしかない。

アメリカ人たちがそれぞれ自分の居場所を決めて動かなくなった。

そこで堀達之助が、国書の用意はできているかと訊《たず》ねた。

ペリーのうしろから少年たちが進み出て、用意された櫃の上に、国書ほかの書翰《しょかん》を収めた箱を置いて蓋《ふた》を開けた。

書翰は、箱から取り出されることなく、そこで開かれた。

浦賀奉行たちは、書翰にちらりと目をやると、すでに用意してあった受領証を、堀達之助に渡した。堀達之助がこれをアメリカ側通訳のポートマンに手渡した。

ペリーが口を開いて、短く何か言った。

三郎助は、ぎくりとして身を固くした。

ここは単に受け渡しの儀式の場。交渉の場ではない。言葉を交わす予定はなかった。

ペリーは何を言い出すつもりなのか？

三郎助だけではなく、日本側の誰もが驚いてペリーを注視した。

ペリーの言葉を、ポートマンがオランダ語に通訳した。

堀達之助がこれをさらに日本語に通訳して、ふたりの浦賀奉行に伝えた。

「海将が申されるには、二、三日のうちに沖縄と中国に向けて出航することになるが、かの地へ届ける書翰でもあればお届けするとのことにございます」

戸田氏栄と井戸石見守は顔を見合わせたが、何も発しなかった。

ペリーはまた言った。

「中国では、南京と厦門《アモイ》を手中に収めた暴徒によって、革命が起こっております。ご存じでしょうか。また、我らは、新しい宗教を伝道したいのですが、いかがであろうか」

それまで沈黙を守っていた戸田氏栄が、ようやく謹厳な表情のままで言った。

「この場では、触れるべきことではござらぬと存ずる」

応接所の中に再び沈黙が満ちた。

アメリカ人たちは、居心地が悪そうである。この儀式が、もう少し友好的な雰囲気のものとなることを期待していたのかもしれない。何人かの士官たちは、きょろきょろと周囲に目をやっている。

三郎助は思った。

このあと酒でも出るかと期待しているのだろうか？　たしかに香山栄左衛門の話でも、先日は難しい交渉が終わったあとには、酒が振る舞われたという。それがアメリカ人たちの流儀なのかもしれぬが。

香山栄左衛門が、戸田氏栄、井戸石見守の顔を窺《うかが》った。これで終えてよいか、と問うたのだろう。ふたりが小さくうなずいた。

香山栄左衛門が、アメリカ人たちに言った。

「国書の受け渡しは、つつがなく終了いたしました。書翰は確実に公方《くぼう》様に届けられます。長旅、ご苦労つかまつった」

堀達之助の通訳を聞いて、アメリカ人たちもこれ以上のことはここではないと承知したようだ。全員が姿勢を崩した。いささか拍子抜けという表情を見せている者もいる。

戸田氏栄と井戸石見守が立って、ペリーらにまた無言のままお辞儀した。

三郎助も立ち上がって、香山栄左衛門と共に応接所の外へと向かった。

ペリーが士官たちを促して向きを変え、大股《おおまた》に緋毛氈の上をついてきた。少年や黒人水兵たちがあとに続いた。さらに、通訳やそのほかの士官たちも。

三郎助たちが砂浜に降りると、アメリカ側の水兵隊や軍楽隊が、先ほどと同じように縦列を作り、三郎助たちに従ってきた。三郎助たちの背後で、また音楽が演奏されだした。

三郎助たちは、案内の押し送り船に乗り込んだ。三郎助が船を出すと、ペリーたちの乗った短艇があとをついてきた。

サスケハナ号の舷側《げんそく》に着くまで、三郎助はずっと横目で短艇の上のペリーの顔を窺っていた。彼は終始無言だった。大役を果たしてほっとした、という顔ではなかった。たしかにこの儀式では、開国と通商を求める親書が日本側に手渡されただけ。ペリーの任務はまだ終わっていないのである。いまから喜んではいられないのだった。

ペリーたちがサスケハナ号に乗るのを見守ってから、三郎助たちは栈橋にもどった。

軍楽隊の演奏は続いていたが、水兵隊や海兵隊の列は崩れている。

砂浜で、貝殻や小石などを拾っている兵士もいた。日本上陸の記念ということなのだろうか。十二隻の短艇に、水兵たちから順にアメリカ人たちが乗ってゆく。ただ、みな急いでいる様子ではない。通訳のウィリアムズやポートマンなどは、ペリーとは別れて海岸に残っており、しきりに日本人に話しかけていた。

三郎助と香山栄左衛門が栈橋を降りると、ブキャナン艦長が近づいてきた。

彼はいくらか頬をゆるめている。不測の事態が起こらなかったことを、素直に喜んでいるようだ。

ブキャナン艦長は言った。

「おふたかたには、お世話になりました。お礼と言っては失礼ですが、おふたりを艦にご招待いたしたいのですが、いかがです?」

この言葉を通訳されて、三郎助は思わず訊《き》き返した。

「あの蒸気船に、もう一度乗せていただけるのですか」

ブキャナンが言った。

「ご興味があれば、艦内をご案内しましょう」

三郎助は、思わず咳《せ》き込むような調子で言っていた。

「ぜひ、ぜひにとお願い申し上げます」

三郎助は香山栄左衛門、堀達之助、立石得十郎と共にもう一度押し送り船に乗り込み、ブキャナン艦長の乗る短艇のうしろについて、サスケハナ号に向かった。

ブキャナンは、三郎助たちを甲板に迎えると、あらためて陽気な調子で言った。

「我らが黒い船にようこそ」

ブキャナン艦長と通訳のポートマンが、三郎助たちの前に立って、砲甲板を案内してくれた。先日とはちがい、こんどは相手側のご招待であり、しかも案内してくれているのである。

三郎助は、もう自分の好奇心に歯止めをかけるつもりはなかった。

目の前にある砲を指さして訊いた。

「この砲は、ペクサンス砲でしょうか?」

ペクサンス砲は、フランスの将軍ペクサンスが開発した砲で、椎《しい》の実型砲弾を発射する。射程距離は短いが、命中精度がきわめて高い砲である。

通訳の言葉を聞いて、ブキャナンが驚いた表情を見せた。

「砲には、お詳しいのですか？」

三郎助は答えた。

「西洋砲術を多少学びました」

「日本にもペクサンス砲があるのですか？」

「それは、その」

三郎助は答に詰まった。自分は相手からの誠実な答を期待して問うたのだ。なのに相手の問いに自分が不誠実に答えることはできないだろう。

三郎助は、苦しい答えかたで逃げた。

「わたしは見たことはありませぬ」

ブキャナンはうなずいて言った。

「六十四ポンド・ペクサンス砲です。従来型の八十四ポンド加農《カノン》砲と併用しております」

「寸法をはかってもよろしいか？」

「どうぞ」

三郎助は、指でその二種類の砲の全長をはかり、さらに先端部分の外径と内径、それに尾部の外径をはかった。

砲甲板の奥には、銃立てがあって、小銃がずらりと並んでいる。

ブキャナンが、手に取ってみよと示してくる。

三郎助は遠慮なく銃のひとつを手に取ってみた。

「マスケット銃です」とブキャナンが言った。

ひとりの士官が、そばの船簞笥《ふなだんす》の中から、一冊の冊子を取り出してきた。使用法が書いてあるらしい。堀達之助がこれを開いたのでのぞきこむと、構造や使いかたが図でていねいに示されていた。

三郎助は思った。

銃とこの心得、何かと交換できぬだろうか。交換してはもらえぬかと訊くことは、役人にあるまじき行為だろうか。長崎以外では異国人とは応接せぬというのが国法であるのに、奉行所の与力がここで品々の交換を言い出しては、国法が泣くか。

少しのあいだ、三郎助は激しく葛藤《かっとう》したが、けっきょく与力としての義務感が勝った。駄目だ。そんなことを言い出してはならぬ。

三郎助は銃と心得を、士官に返した。

そのときの表情が、気の毒に見えたのかもしれない。ブキャナンは言った。

「ハンドガンを使ったことはありますかな?」

ブキャナンは、ひとりの士官から短銃を借りて、砲窓に近寄った。三郎助たちも後についた。

ブキャナンは、短銃を持ち上げると、銃口を砲窓から空に向け、引き金を引いた。パンと軽い破裂音がして、白い煙が散った。

火縄銃ではない。火と火縄を必要としない銃だ。たぶんマスケット銃と構造は同じものだろう。火薬を針で叩《たた》いて発火させ、発射するのである。

三郎助は、その銃の技術には驚かなかったが、そのような短銃がじっさいに軍人に支給されているという点が羨《うらや》ましかった。

士官が、短銃に新しい弾をこめて、三郎助に渡してくれた。撃て、と言っているようだ。三郎助はブキャナンと同様に銃口を砲窓の外に向けて、慎重に引き金を引いた。銃声と同時に、軽い反動があった。

その反動の強さから、三郎助は銃の威力が想像できた。八匁玉を二町ほどは飛ばせるのではないか。ひとを撃つ場合は、有効射程距離はたぶんその半分程度だ。

堀達之助に顔を向けた。

せめてこれぐらいは何かと交換してはもらえまいか。お主からそれを頼んでくれまいか。

堀達之助は、すぐに三郎助の想いを察したようだ。難しい顔で首を振った。

そのうち、上陸していた水兵や海兵隊もすべて二隻の蒸気船に撤収した。

ブキャナン艦長が言った。

「われわれは、浦賀沖まで戻ります。蒸気機関を動かし、機走いたしますが、蒸気機関をご覧になりますか」

三郎助は言った。

「もちろんです」

声が興奮で少しうわずった。

蒸気機関が動くさまを、この目で見ることができる！　この七日ばかりの日々の苦労も、自分のような地方の役人の身には、それひとつで報われるというものではないか。

三郎助たちは、最上層の砲甲板のほぼ中央にある機関甲板に案内された。

蒸気機関は、表面を黒光りさせて鎮座している。巨大な真鍮《しんちゅう》と鉄のからくりである。真鍮製の大きな釜《かま》の横に、鉄の筒が設置されている。釜と筒には、何本か鉄の管が巻きついていた。

火夫たちが、釜の扉を開けて、さかんに石炭を投げ入れている。釜の中では、石炭が赤というよりはむしろ白っぽく見えるほどに、ごうごうと燃え盛っていた。

筒の上部から鉄の棒が突き出し、その機関室の天井近くで、鉄の腕につながっていた。鉄の腕はさらに、天井を突き破ったあたりで、両舷から延びてきた太い鉄の棒につながっている。

三郎助たちの目の前で、釜はシューッと大きな音を上げた。

三郎助が思わず身がまえたところで、蒸気機関は動き始めた。

鉄の筒から出た鉄の棒がゆっくりと上へ押し上げられたのだ。鉄の棒は、さらにその上にある鉄の腕を押し上げた。

鉄の腕は、横に延びる鉄の棒のはずみ車のようなものを押し回した。

三郎助が目を凝らしていると、鉄の腕ははずみ車をゆっくりと半回転させてから、反対側に落ちるように下がってきた。筒から延びた鉄の棒に引っ張られたようにも見えた。ガタンと、大きな音が響いた。

つぎの瞬間、また鉄の棒は伸び上がり、鉄の腕ははずみ車を押し回した。船がかすかに揺れたような気がした。

三郎助は、その蒸気機関の動きを凝視した。鉄の棒の上下動が、はずみ車の円運動に変えられている。この運動を作り出しているのは、釜の中で作られた蒸気である。

原理は知っていたが、三郎助にとって、その原理が実際に動くところを見るのは初めてだった。

見ているうちに、運動は少し速くなった。船がまた揺れた。舷側《げんそく》で、あの水車が回りだしたようだ。

重々しかった鉄の棒と腕の動きが、少し滑らかになった。

船が動いている。水を押し退けて、巨船が進み始めた。

三郎助は、蒸気機関室を出ると、砲甲板の窓から外輪を見た。鉄の外輪が、蓋《ふた》の下でゆっくりと水をかいている。

すぐにまた、蒸気機関室にもどって、鉄の棒と腕の動きを見つめた。

香山栄左衛門が横で言った。

「先日は、おれもお主のように、ぽかりと口を開けたくなったのだ。だがそこをじっとこらえて、退屈であるかのように装ったのだぞ」

三郎助は言った。

「おれは、口を開けていたか?」

「ああ。山の中から江戸に出てきて初めて江戸城を見た子供のようであった」

こほんと咳払《せきばら》いしてから、三郎助は言った。

「外に出よう。甲板の上から、水車と船の動きを見てみたい」

三郎助たちは、コンティー大尉に案内されて、上部甲板へと出た。

さきほど国書受け渡し式が行われた久里浜が、ゆっくりと遠ざかるところだった。諸藩の警備部隊はまだ残っているが、列はかなり乱れている。

三郎助たちは舷側から身を乗り出して外輪の動きを見つめ、それから舳先《へさき》へと歩き、さらに艫《とも》へと移動して、船の動きを身体で確かめた。船はもう、始動から巡航の速度に移っていた。

香山栄左衛門が言った。

「なんとも速いものだな。これなら、浦賀から築地《つきじ》まで、二刻もかからぬぞ」

「いや、一刻で行けるだろう。上方までなら、二日か、あるいは多くとも三日」

「途方もない速さだ」

「きょうは、船大工や鋳物職人も、乗せてやればよかったな」

コンティー大尉がまた近寄ってきて言った。

「浦賀までのあいだ、船のサロンへおいでください。儀式が無事に終わったことを祝って、乾杯いたしましょう」

三郎助たちがサロンに行くと、ブキャナン艦長や通訳のポートマン、ウィリアムズらが待っていた。ペリーはいない。

日本側は四人の男がテーブルを囲んだ。

三郎助、香山栄左衛門、堀達之助、そして立石得十郎である。この七日間、日本でもっとも多忙であった男たちだった。

グラスには、赤ワインが注がれた。

ブキャナンが、グラスを持ち上げると、その場の全員の顔を見渡しながら言った。

「きょう、太平洋によって結びつけられたアメリカ日本両国は、友好の新しい歴史を踏み出しました。この日のために、みなさまがたが骨身を惜しまずご尽力くださったことに感謝いたします。合衆国と日本と、両国の末永き平和と繁栄とを祈って、乾杯」

全員がグラスを高く掲げ、それからワインをひと口すすった。

そこから歓談となった。

三郎助は、ワインの味をじっくり試した後、ブキャナンに訊《き》いた。

「きょうは、興味深いものをいろいろ見せていただきました。とりわけ御国の兵法は、我ら日本の軍人にとっても、参考にすべきところ大であると存じました。どうすれば我らは、御国の兵法を学ぶことができるでしょうか」

ブキャナンは、微笑して言った。

「みなさまがたがアメリカに来られるか、我々の入国を認めるか、いずれかでしょうな」

やはり、そのふたつしか方法はないか。

三郎助は落胆した。

日本の現状では、海外に出て学ぶことも、アメリカ人の入国を認めることも、現実的とは言いがたかった。しかし、どう考えてみても、そのふたつ以外に手はあるまい。

ポートマンが、香山栄左衛門に、部屋の隅の地球儀を示して何か言った。

三郎助ら日本人たちはその地球儀の前に移動して、堀達之助の通訳を待った。

堀達之助は言った。

「これが我らの地球の姿だそうです。日本とアメリカがどこか、わかるかと訊いていますが」

「馬鹿にするな」と香山栄左衛門が地球儀を回し、指差しながら言った。「ここが日の本。ここがアメリカで、首都のワシントンというのはここだろう。ここがエゲレスで、ここがオランダじゃ」

アメリカ人たちは呆気《あっけ》に取られたような顔を見せた。日本の侍たちが、そこまで世界地理に通じているとは思っていなかったのかもしれない。

香山栄左衛門はさらに言った。

「ここでは、巨大な運河の建設が始まっておると聞くが、開通したのかどうか」

ポートマンやブキャナン艦長たちは顔を見合わせた。

コンティー大尉が言った。

「おっしゃるとおり、パナマの地峡に、カリブ海と太平洋とを結ぶ運河を開削中です。よくご存じですね」

「そりゃあ、この程度は」

三郎助も、地球儀を見つめながら訊いた。

「メキシコとの戦争では、アメリカ海軍はそうとうに活躍されたのだろうか」

コンティー大尉は、もう驚きは見せずに答えた。

「大活躍でした。ペリー提督率いる艦隊が、アメリカに勝利をもたらしたのです。この戦争に勝った結果、わが国はメキシコ領であったテキサスとカリフォルニアを、我が領土につけ加えました」

こんどは日本人たちが顔を見合わせる番だった。そのことについて耳にしてはいたが、これほど得意げに語られると、背筋に冷たいものが走る。

コンティー大尉も、その場の空気を察したようだ。あわてて話題を変えた。

「御国では、なぜこのような儀式のときに、音楽がないのですか？」

香山栄左衛門が三郎助を見てくる。お前が答えろと言っている顔だ。しかし、三郎助も、その答を知らない。

「それはたぶん」三郎助は言葉を選びながら言った。「このような儀式には、鳴り物が不謹慎であるということであるやもしれませぬ」

コンティー大尉は合点がゆかぬようだった。

ワインを飲みながらしばらく雑談が続いたが、やがて船足が落ちた。

「もう浦賀ですな」とコンティー大尉が言った。

「もうですか？」

三郎助たちが窓から外を見やると、たしかにもうサスケハナ号は、燈明崎を廻《まわ》って見慣れた浦賀湾の沖合に達していた。

サスケハナ号が完全に停止すると、蒸気機関の音も小さくなった。奉行所からは、押し送り船が迎えにやってきた。

香山栄左衛門が、三郎助に目で合図してくる。そろそろおいとまだ、ということだった。

三郎助は、コンティー大尉たちに丁寧に礼を言ってから、サスケハナ号を降りた。

しかしその日、午後になってから艦隊はまた動いた。江戸湾内へ針路を取り、小柴沖にまで達すると、ふたたび小舟を降ろして水深の調査を始めたのである。

三郎助は、香山栄左衛門や近藤良治《こんどうよしはる》、佐々倉桐太郎ら応接掛の与力に声をかけ、もう一度押し送り船に乗り込んだ。湾内からの退去を求めるためであった。

三郎助たちがサスケハナ号に乗り込んでコンティー大尉に抗議すると、彼は言った。

「来年、我々が再来する際の停泊地として、浦賀沖よりももっと適した場所がないか調べておるのです」

三郎助は厳しい調子で言った。

「停泊地なら、そのときはこちらでご案内いたします。測量は即刻止めていただきたい。せっかくきょうまで事態が進んだのに、この測量は一切を振り出しにもどしかねませぬ」

「上陸する意志はございませぬし、日本側さえ手出しをせぬなら、紛争は起こりませぬ」

「これは日本の国内法を無視した主権侵犯です。中止していただけぬなら、警備の諸藩は小舟をもって艦隊を取り囲みますぞ。先日来の度重なる主権侵害に、警備の諸藩は浦賀奉行所が抑えきれぬところまで憤激しておるのです」

コンティー大尉は、必要最低限の測量だけであるとして、中止の要求には応じようとしなかった。

香山栄左衛門が言った。

「国書の受け渡しがすめば、数日以内に浦賀を出るとのお話だったはずだが、測量をされるとは合点がゆきませぬ。出帆はいつなのです？」

コンティー大尉は答えた。

「四日以内に」

「測量は中止して、あたうかぎり速やかに立ち去られるよう」

「できるだけ早く、とお約束いたします」

ブキャナンが、もう一度日本人たちと一献傾けたいと言い出した。先ほどは乗艦しなかった近藤良治、佐々倉桐太郎も船に上げろという。

三郎助には、これを断る理由はなかった。

今度は六人の日本人が、サスケハナ号のサロンで酒を振る舞われた。アメリカ人たちは、写真や彫刻、工芸品などをサロンに持ち出して見せてくれた。写真についても、日本人たちがそうとうに驚くと思ったようである。

しかし日本人たちは、写っているものには関心を示したが、写真術そのものについては、驚きもしなかったし、感心もしなかった。

半刻ほどたってから、三郎助は訊いた。

「それはさておき、いつまでたっても船は動かぬが、貴艦隊はいつこの海面から浦賀へ戻られるのか？　小舟には、ほんとうに引き返せという命令は発せられたのでしょうな」

ブキャナン艦長もコンティー大尉も、返事をしなかった。

三郎助は香山栄左衛門を促した。

「降りよう。ここにいては、内海での測量を認めているようなものだ」

押し送り船に乗り移ったところで、香山栄左衛門は言った。

「なごやかにと、こわもてと、使い分けてくるのう。面食らう」

三郎助は言った。

「江戸湾まで入られて、どうしたものか。あくまでも穏便か。それとも、江戸湾にだけは絶対に入れてはならぬのか」

香山栄左衛門は言った。

「穏便の取り扱いというお達しだ。奉行所にも、お固めの諸藩にも、どうにもできん」

三郎助は言った。

「この傍若無人、とても防ぎ得ぬことを見透かされたせいだな」

「とにかく戻って、お奉行に報告だ」

三郎助は、今朝の応接所の脇にあった旧式砲のことを思い出した。あれを見てブキャナンは、日本側の警備などまるで恐るるに足らずと確信を深めたのではないだろうか。


日本人たちが降りていってから、サスケハナ号の上では、ゼイリン少佐が言った。

「あの中島という男、やたらに何でも質問してくる。好きになれませぬな」

中国語通訳のウィリアムズが言った。

「頑固で、気難しくて、融通のきかぬお役人でしたな」

「サムライの一典型なのでしょうか」

「でも、あの好奇心の強さは、ほかの日本人とはちがっていた。頑固なのは、役目柄ということかもしれませぬ」

ブキャナンが言った。

「兵法を学ぶなら、留学するか開国かだと言ったら、すっかりしおれておった」

コンティー大尉が言った。

「交渉の相手としてはともかく、同じ軍人としては、多少共感もいたします。ふたつの政府のあいだで振り回されて、気の毒であった」

一同は軽く笑い合った。

ペリーの艦隊は、その日はけっきょく小柴沖から動かなかった。浦賀奉行所と警備の諸藩は、あらためて警戒態勢を取った。

翌日の午後、ミシシッピ号が外輪を回して、江戸湾を北上し始めた。

小舟で阻止線を敷いていた諸藩はあわてた。

これにはいったいどう対処すべきか。

断固として立ちふさがって針路を妨害することは可能であるが、その場合、戦闘勃発である。

国書受理までは平和裡《り》に進んだ事態であるが、はたしてここで一切を無にしてよいか。

幕府の方針としては、あとはペリー艦隊に一刻も早く退去してもらうことである。

挑発があったからといって、穏便に、というお達しは撤回しえない。

諸藩の警備の将兵たちが歯ぎしりして、ゆっくりと機走を始めたミシシッピ号の前から小舟を退去させた。

ミシシッピ号はそのまま北上し、本牧《ほんもく》沖、川崎沖を通過して、羽田の沖合にまで達した。すでに江戸城は指呼の距離である。

蒸気船の出現を見て、海岸沿いの町は騒然となった。大名屋敷ではあらためて厳戒態勢を取った。町々では半鐘がひっきりなしに鳴った。避難を始める江戸市民さえ出てきた。

幕閣はあわてて集まり、もしペリー艦隊がこのまま居すわる場合の対応を協議したが、結論は出なかった。打ち払いは不可能ということだけは、幕閣全員の共通の認識であったが。

陽がいくらか西に傾いてから、ミシシッピ号は羽田沖から引き返してきた。もどってきて、朝がたよりはいくらか浦賀よりの海面に投錨《とうびょう》した。

三郎助は、香山栄左衛門たちと語り合った。

香山栄左衛門が言った。

「連中、ここに一ヵ月も居すわれば、つぎの訪問を待たずとも、開国と通商の回答が出ると思っているのではないかな」

三郎助は言った。

「どうかな。回答をここで待つつもりはないだろう。ただ、浦賀のおれたちにばかりではなく、幕閣や江戸の町衆にも、十分に蒸気船の力を誇示しておきたいのだろう。お奉行おふたりをご老中ということにしたが、ほんとのお偉いかたがたがあの場にはいなかったことを、アメリカ側は気づいていたのかもしれぬ」

翌日、三郎助たち奉行所の応接掛は、あらためてサスケハナ号に出向き、出航を促すよう命じられた。

「土産《みやげ》を用意した」と戸田氏栄は言った。「アメリカ人たちも、土産まで手渡されては腰を上げぬというわけにはゆくまい。渡してこい」

日本側が用意したのは、絹織物、扇、漆器類など、長崎でオランダ人たちが喜んで買ってゆく品々であった。

朝、三郎助は香山栄左衛門ほかの与力たちと共に、またサスケハナ号を訪れた。

香山栄左衛門が言った。

「昨日のミシシッピ号の振る舞いに対して、警備の武士たちのあいだでは、憤激する者が出ております。これ以上艦隊がここに留まることは、必ずや災厄を招く。それは我が国の政府にとっても不本意なことであります。早急に退去をとお願い奉ります」

コンティー大尉が言った。

「あと四日ほど、ということで、ご了解をもらえたものと思っておりましたが」

「出航の支度にそれだけかかるのであれば、やむをえないということでした。内海まで航行できるのであれば、いつでも発《た》ちうるはずですが」

「提督にも、この申し入れの件は伝えます」

コンティー大尉は、いったん司令官室へと消えたが、すぐにもどってきた。

「提督は、明日出航すると決められました」

「明日とおっしゃいましたか」

「はい」

三郎助は、周囲に聞こえぬようにふっと安堵《あんど》の吐息をついた。

香山栄左衛門が言った。

「すぐにも出航されるのであれば、艦隊のみなさまがたに少々の贈り物がございます」

ブキャナンが言った。

「これはうれしい。じつは我々もみなさまがたに贈り物がございますが、もうじき朝食です。

ご一緒にいかがでしょうか」

三郎助は香山栄左衛門と顔を見合わせ、けっきょくテーブルに着くことにした。

アメリカ側が贈り物として用意していたのは、『アメリカ史』全三巻、蒸気船と建築の彫刻模型、綿布、亜麻布、砂糖、シャンパンとウィスキーといった品々だった。

アメリカ側が用意していた土産ものの中に、三振の剣があった。鞘《さや》や柄《つか》に精妙な細工を施した美術品である。布や酒とちがって、もっと重い意味がこめられた贈答品と見えた。

香山栄左衛門は、その剣と贈答品の山を見て、三郎助に言った。

「これはまずい。これだけの品を受け取ってしまっては、浦賀が外国人応接の土地という事実が出来上がってしまう」

三郎助も困惑して言った。

「しかし、突っ返すわけにもいかんぞ。お奉行にお伺いをたてるか」

しかしブキャナンは、ここで受け取らないのであれば、日本側からの贈答品も受け取らぬという。

しばらくの押し問答の末、香山栄左衛門は三郎助に言った。

「いちおう受け取って船に移そう。だが、海岸ですぐに燃やしてしまうのではどうだ」

三郎助は頭を振りながら言った。

「次から次へと、難題が出てくるな」

「明日までの辛抱」

三郎助たちが押し送り船にアメリカ側からの贈答品を積み込んでいるとき、手伝ってくれた水兵たちの中には、何か記念になるものを交換してくれと言い出す者がいた。残念ながら誰も、たいしたものは持っていなかった。

浦賀港の船番所の桟橋に着くと、香山は贈答品をひとまとめにして、同心たちに見張らせた。

「いずれすべて焼くことになる。一品たりとも、なくすではないぞ」

奉行所にもどると、三郎助と香山栄左衛門は戸田氏栄に、ペリー艦隊は明日出航すると報《しら》せた。

「やっと出てゆくか」戸田氏栄は、心底安堵したかのように頰をゆるめた。「薪も水もいらんとのことだったが、異人の喜ぶ食糧ぐらいは贈ってやろう。鶏と卵などを、集められるだけ集めて、明日届けよ」

六月十二日の朝となった。

無風の、朝から蒸し暑い日であった。

浦賀周辺の山の斜面には、大勢の町衆や、江戸からきた見物人が出ている。

もう戦の心配はすっかりなくなったのだ。いったんは避難していた女子供たちも、浦賀にもどってきていたのだった。

三郎助らは、この日は柏屋勘左衛門の建造した洋式船に乗って、ペリー艦隊の出航を見守った。

二隻の蒸気船から、甲高い汽笛が響いた。見物人たちが少しどよめくほどの大きな音だった。

やがて蒸気船の外輪が重々しく動き出した。蒸気船は、二隻の帆船を索で後尾につないでいる。

やがて外輪は滑らかに水をかきだし、船は前進を始めた。索に引っ張られて、二隻の帆船も動き出した。

三郎助は、いま出航しようとしてゆく四隻のアメリカ船を見ながら思った。

この十日間は、まったくとんでもない十日間であったが、日の本にとってほんとうに大変なのはこれからのはずだ。アメリカ大統領からの正式の開国と通商の求めに対して、ご老中はどのように応えるだろう。どうすることが我が国全体のためであると結論を出すだろう。

艦隊は、まだ大きな船影のまま、燈明崎の山陰に隠れようとしていた。

香山栄左衛門が、三郎助の横に立って言った。

「やれやれだったな。きょうは、飲まぬか?」

三郎助は応えた。

「今夜は、ぐっすり寝たい。酒は、明日にでも」

また蒸気船は、汽笛を鳴らした。こんどの音は、先ほどよりもずっと長く尾を引いた。三郎助の耳には、それは単なる儀礼の退去のあいさつ以上のものに聞こえた。すぐにまた戻ってくるぞという高らかな宣言であり、どうだ見たかと日本人に驚きを再確認させているようでもあった。

そこまで考えてから、三郎助は首を振った。

いや、そうじゃない。

いまの汽笛は、鎖国の大城戸《おおきど》がこじ開けられてきしんだ音だ。鎖国の鉄の壁に風穴が空いて、勢いよく空気が抜けた音だ。

嘉永六年六月十二日、朝である。西暦では、一八五三年の七月十七日、日曜日であった。

この十日間、三郎助は、同僚与力香山栄左衛門や通辞の堀達之助、立石得十郎らと共に、事件の一部始終をすべて現場で見聞きし、対処した日本人であった。

アメリカ側から見るならば、三郎助らこそ事実上の日本側の代表であり、日本人そのものだった。この十日のあいだ、アメリカ人たちは、三郎助ら以外の日本人とは声も交わしていないのである。

三郎助ら日本の代表と、ペリー艦隊との第一回の接触は、このようにして終わろうとしていた。

第六章　鳳凰丸建造

浦賀では、ペリー艦隊来航の興奮は、なかなか冷めなかった。

しかも、数ヵ月後、遅くとも来春までには、ペリー艦隊は再来航するのである。むしろ再来航のときへ向けて、ひとびとはいっそう高ぶっていったかもしれない。

浦賀奉行所では、ペリーが退去していったとき以来、誰もが連日、口角泡を飛ばして論じ合うようになった。

開国と通商の求めにはどう応じるべきか。あの圧倒的な軍事力に対抗し、対等に交渉するためには何が必要か。

すでに鎖国か開国かをおおっぴらに論じることとは、危険とも出過ぎたことも見なされなくなった。幕府自体が、諸大名から庶民にまで、意見を出せと諮問したのである。

となれば、浦賀奉行所のように、直接この件に責任を持たねばならぬ機関が、内部で論じ合うのは当然だった。

八月上旬、ペリーが退去してからまだふた月というときに、浦賀奉行所は幕閣に対して上申書を提出している。

蒸気軍艦が実用化され、極東まで派遣されている時代なのである。これに合わせて、江戸湾警備の体制も一新しなければならぬと進言するものであった。

「欧米諸国の軍艦に対しては、陸上の台場に砲を据えることでは不十分である。西洋式軍艦を建造して、江戸湾を守らねばならない」

「ただし、その建造費用も莫大《ばくだい》なものとなるであろうから、平時は商船として用い、有事には軍艦として徴用できるようにしてはどうか」

「その大きさは、つぎのようなものが適当である。

長さ百八尺（約三十三メートル）、幅二十七尺（約八メートル）、深さ十八尺（約五・五メートル）で、二本マスト。砲十門を積む。この大きさの軍艦が二隻。

さらに、応接と注進用の小型洋式船二隻を建造する」

この嘉永六年の浦賀奉行の上申書は、当然のことながら、奉行所でもっとも船舶建造について技術的な理解のある三郎助の意見が強く反映されていた。

そもそも、大型船を造るべし、というのは、三郎助の父、中島清司が与力であったころから何度も奉行に具申していたことだった。三郎助は、いわば親子二代で大船建造を周囲に説き続けていたのである。

洋式軍艦建造を浦賀奉行所が上申した後、三郎助は幕閣に対して、江戸湾の防備体制について、私案の意見書を出そうと決意する。

三郎助には、海防について提案したいことは山ほどあったのだ。述べてみよと言われるなら、いくらでも語ることができる。

三郎助は、こう書き出した。

「この容易ならざる事態であるので、累代ご奉公務めた者として、思慮の浅いことも顧みず、いささかの愚意を申し上げます」

次いで、現状の分析と、対策である。

「いまやアメリカの軍事力については、欧米諸国もかなうものではなく、打払令を撤廃したのは妥当である。人道的見地からも、薪水《しんすい》令の復活は仁政とも言うべきものである」

「軍事力に圧倒的な差のある現状では、まず四、五年は交易を行い、緊急に必要な銃器類を取り揃えることが肝要である。防備が整ったところで、交易を続けるか鎖国にもどるかを再検討するのがよいだろう」

「蒸気船が実用化されているいま、我が国においても数隻の蒸気軍艦を建造、諸国へ派遣して外国事情を調査することが必要ではあるまいか」

「江戸を守るためには、羽田沖の浅瀬に台場を築くほか、国替えを行って海岸線に面した土地は有力大名の責任警備範囲としてはどうか。その代わりに、それらの大名の参勤交代は免除すべきであろう」

「海岸に近い土地の農民・漁民には軍事訓練を施し、有事の際は警備部隊として動員できるよう、農兵制度の確立を追求すべき時期ではないか」

もちろん、期間限定の交易についての提案は、三郎助の本意ではない。

しかし、一気に通商を提案したところで、幕府がそれでまとまるかどうかはわからなかった。幕閣の大部分も、ほとんどの大名も、実際には蒸気軍艦を見たことがなく、最新の洋式の砲を知らないのだ。はたして、アメリカと戦っては勝てぬ、という認識を持っているかどうかすらわからない。

交易は四、五年と期間を区切る。四、五年後に再検討。

幕閣に鎖国政策の変更を望むならば、それが現実的な提案だった。

これが、三郎助の書いた意見書のひとつであったが、もう一通、ひと月時期をずらして提出した意見書の中身はこうだ。

「江戸湾入り口の防備は、射程距離を考えれば、台場の大砲だけでは不可能である。進退自在の軍艦大小三十隻が必要である」

「三十隻のうち六隻は蒸気軍艦とし、浦賀から富津に至る線で、外国艦隊の侵入を食い止めねばならない」

「現在江戸湾の警備はお固めの四藩にまかせきりであるが、浦賀奉行所にも警備部隊の一隊が必要である。また三十隻の軍艦のうち三分の一は、浦賀奉行所所属とすべきであろう。残りの三分の二を諸藩の所属とする」

「現在ふたりいる浦賀奉行のうちひとりは江戸勤務であるが、ふたりとも浦賀詰めでなければならない。ひとりは常に軍艦に乗り組み、艦隊を指揮する。もうひとりは陸上の公務を担当するという体制を取るべきだろう」

これは徳川幕府が海軍を持つべきだという提案であった。

このとき、三郎助の二通のほか、幕府に提出された意見書は、総計七百通あまりとなった。大名のほぼすべてが提出して二百五十、幕臣から四百二十三、藩士から十五、学者が二十二である。この中には、蘭学者の勝麟太郎《かつりんたろう》からのものも含まれている。それに庶民からも九通の意見書が届いたのだった。

諸大名の大半は、現状維持、という答申だった。鎖国という国法を守るべし、というものである。

しかし、幕臣たちの多くは、三郎助が案じるまでもなく、すでにそこそこ海外事情には通じていた。鎖国政策を守るために戦争、という政策は採りようがないことを承知していた。

主要幕閣や幕臣たちの多くは、年限を決めての開国・通商と答申した。

三郎助の問題意識と意見は、主要幕閣や幕臣たちにも共有されていたのである。

老中首座の阿部正弘は、浦賀奉行所と三郎助から提出された意見書に対して、素早く反応した。

嘉永六年九月、三郎助たちの意見書提出からひと月もたたぬうちに、浦賀奉行所に軍艦の建造が命じられた。

「四隻の軍艦、造るべし」

この年は、六月二十二日に将軍家慶《いえよし》が没している。その混乱の中にあったにしては、ずいぶんと迅速な対応と言えた。

浦賀奉行所では、三郎助、香山栄左衛門をはじめとし、奉行所の与力、同心合わせて十人が、御船製造掛に任命された。

事実上の責任者は、三郎助である。

掛任命を奉行から言い渡されて、香山栄左衛門が三郎助に言った。

「じつを言うとな。サスケハナ号に乗ったとき、お主の振る舞いが見ておれなかった。あちこち首を突っ込んだり、寸法を取ったり、アメリカ人にどう思われるか、ハラハラしておったのだ」

　三郎助は言った。

「あまり見栄えがよくなかったことは承知だ。だが、一生に一度の機会かとも思ってな」

「あのときのことが、役に立つのだろう」

「もちろんだ」

「こうなることを、予想していたのか？」

「予想はしていない。だが、いつかそういう日がくることを期待していた。そのときはおれが働きたいものだと思っていた」

「ずばり、そうなったな」

「立派に働いてみせる」

　三郎助は、船大工の柏屋勘左衛門を訪ねて、この決定を伝えた。

「ということだ。頼むぞ」

　柏屋勘左衛門は訊《き》いた。

「ほんとうにですか？」

「こんなことで嘘をついてどうなる」

「大きさをもう一回言ってください」

「大きいものは、長さ百八尺だ」

「小さいものは？」

「このあいだ造った日吉《ひよし》丸、千里《せんり》丸程度。応接と注進用だ。手慣れたものだろう?」

「それにしても、一度に四隻は無茶だ」

「近在からも、船大工たちを集める。棟梁とうりょうひとりが一隻ずつ受け持つ」

「近在の棟梁と言ったって、洋式船を造ったことがあるのは、あたしだけですよ」

「お前が一隻受け持て。ほかの三人の棟梁は、お前が指図する。それなら、できるだろう?」

「期限はいつまでです?」

「できれば、つぎのペリー来航の前まで」

「いつくるんで?」

「来春だ」

「急いでみようと思いますが」

そう言いつつも、柏屋勘左衛門は渋い顔になった。困ったことでも思い出したのかもしれない。

「どうした?」

三郎助が訊くと、柏屋勘左衛門は言った。

「先日造った洋式船でも、あれで果たしてよかったのかどうか、自信がございませぬ。とくに、肋骨と棚板の収まりなど、何かべつの手があったのではないかと」

「おれが、とっくりと見てきた。絵にすることもできるぞ。それに、正式に洋式の大船建造が命じられたのだ。長崎奉行を通じて、洋船建造の手引き書なども手に入れることができよう。だから、安心してやってくれ」

「どうでしょう、中島さま」柏屋勘左衛門は、三郎助のほうへ身を乗り出すようにして言った。

「一度も洋式船を造ったことのない棟梁と船大工たちに、いきなり一隻まかせて造らせるのは無理だ。たとえ、あたしが指図するにしてもです」

「無理か？」

「まず船大工たち総出で、小さいほうの船を一隻造ってみるというのはいかがでしょう。そうすりゃ、ほかの者も洋式船の造りがどういうものか、どんな手順を踏むのかってことが、頭に入ります。それを一隻造ったところで、残り三隻、組を分けてかかるというのでは？」

「それはひとつの手だが」三郎助は腕を組んで考えた。「アメリカさんがまたやってくるまでに間に合うか？」

「少なくとも、一隻だけは間に合います。四つに分かれてやるとすると、不慣れな組は小さいのひとつさえ造れなかったということになりかねません」

道理だった。

三郎助は言った。

「お前の言うとおりにしよう。まず近場の船大工たちを集め、お前が総棟梁となって、一隻小さいのを造ってみろ」

「やらせていただきます」

九月十九日、東浦賀大《おお》ヶ谷《や》の字牡蠣浦《かきがうら》で、洋式軍艦の建造が始まった。ペリー艦隊が出航してからまだやっと三ヵ月がたったところである。

三郎助は、毎日役宅から牡蠣浦まで通って、船大工たちの仕事ぶりを監督するようになった。

いっぽう、ペリー艦隊が去ったあと、これと入れ代わるかのように、長崎にはロシア艦隊が来航していた。

嘉永六年の七月十八日のことである。

プチャーチン提督率いる軍艦四隻の艦隊だった。

日本の開国ではアメリカに遅れを取ってはならない。

そのロシア政府の方針を受けて、なんとか開国交渉では一番乗りとなろうと、はるばるペテルブルグからやってきた艦隊だった。

しかしロシアにとって残念なことに、アメリカが一歩早く日本に達して、江戸湾に入っていたのである。

ロシアの要求はペリーと同じように開国と通商であるが、中身はより具体的であった。

ひとつは、通商のために港をふたつ開いて欲しい、ということ。一ヵ所は蝦夷《えぞ》地に、もう一ヵ所は江戸近くに、というものである。

もうひとつは、国境が未画定の千島列島について、これを画定しようという提案である。

ロシア艦隊が応接地である長崎にきている以上、ペリー艦隊のときとはちがって、退去を命じるわけにもゆかない。ここで交渉を持たないわけにはゆかなかった。

幕府は、筒井《つつい》政憲《まさのり》と川路聖謨のふたりを、十月三十日、長崎へと送り出す。

交渉は、お互いに落としどころを探りつつ、慎重に進められた。交渉者の筒井政憲と川路聖謨は、ロシア側の要求と希望を十分に聞いたうえで、最終的には江戸に持ち帰り、ロシアの希望を十全に伝えたうえで結論を出す、と約束した。

その川路聖謨たちが、江戸への帰路についている嘉永七年一月十四日（陽暦一八五四年二月十一日）、ペリー艦隊は再び江戸湾に姿を現したのだった。

三郎助はこの日も、東浦賀の牡蠣浦の造船所で、洋式軍艦の建造を見守っていた。

そこに、半鐘である。

「なんだ？」と、三郎助は顔を上げた。

船大工たちもみな手をとめて、燈明崎のほうに目をやった。

ついで砲声である。

平根山台場のものだろうか。

三郎助は、柏屋勘左衛門と顔を見合わせた。

柏屋勘左衛門が言った。

「黒船でしょうか」

「まさか」少し動揺を感じながら、三郎助は言った。「まだ一月だ。約束は、今年の春だぞ」

「でも」

三郎助は思った。

再来航は今春、ということだったはずだ。それにまだこちらは、艦隊の再来航を迎える支度もできていない。軍艦四隻は未完成だ。建造の途中なのである。

遠くで、町衆が叫びだした。

「黒船だ！　異国船だ！」

三郎助は柏屋勘左衛門に言った。

「様子を見てくる。お前は、続けていてくれ」

「はあ」

浦賀湊《みなと》入り口に近い船番所まで行ってみると、同心たちが駆け寄ってきた。

「黒船です。いま一隻、燈明崎の前を通り過ぎてゆきました」

通り過ぎた、ということは、江戸湾の中に侵入したと言うのか。

三郎助は確かめた。

「一隻？　蒸気船か？」

「いえ。帆船でした」

「船籍は？」

「アメリカの旗のようでした」

そこに、浦賀奉行所支配組頭の黒川嘉兵衛《くろかわかへえ》、それに徒目付《かち》の平山謙二郎《ひらやまけんじろう》が駆けつけてきた。

そのすぐうしろから、与力の佐々倉桐太郎、通辞の堀達之助と立石得十郎も。

黒川嘉兵衛が、三郎助に言った。

「鎌倉の長井村沖では、べつの船が座礁したそうだ。どうなっておるのかな」

三郎助は、黒川嘉兵衛に言った。

「とりあえず、こちらの一隻を追います」

「わしも行く」

すぐに八丁櫓《ろ》の押し送り船に乗り込み、港外へと向かった。

観音崎を廻《まわ》ってみると、小柴沖に一隻の帆船が投錨《とうびょう》していた。

アメリカ国旗を掲げている。しかし、昨年きた船ではなかった。新手である。

三郎助はその船に近づいて、押し送り船の上から、浦賀沖へと回航するよう求めた。

甲板に、すでに顔見知りになった軍人が顔を見せた。アダムス参謀長である。

しかし、オランダ語の通訳が乗っていない。堀達之助がオランダ語に英語を混じえていろいろ話しかけてみたが、あまり通じなかった。

結局、大意こういうことがわかった。ペリー提督の艦隊はすでにごく近海まできている。明日には江戸湾に到着するだろう。すべては艦隊が揃ってから、旗艦上で交渉したいと。

三郎助と黒川嘉兵衛は、交渉が終わるまで乗組員は上陸させぬよう言い含めて、浦賀にもどった。

早飛脚と早船が、ただちに江戸へ向かった。

翌日、相模湾に後続のペリー艦隊が姿を見せ、座礁していたマセドニアン号を救出した。

全部の船が江戸湾に揃ったのは、一月十六日である。総計七隻の艦隊だった。

蒸気船サスケハナ号、ポーホタン号、ミシシッピ号に、帆船レキシントン号、バンダリア号、マセドニアン号、それに先着していたサウスアンプトン号である。

応接地をどこにするかで、連日交渉がもたれた。今回、浦賀奉行を名乗ったのは、支配組頭の黒川嘉兵衛である。黒川は浦賀または鎌倉を主張し、アメリカ側は神奈川を主張した。

双方が互いに主張を曲げぬまま、数日が過ぎた。あらためて香山栄左衛門まで出て交渉したが、埒《らち》が明かない。

しかし、すでに幕閣は、開国はやむなしで一応了解に達している。となると、応接地の件はすでに二義的な問題である。

神奈川でもよいのではないか。

急派されてきた林大学頭《だいがくのかみ》たちもそう考え始めたころ、ペリーは示威行動に出た。艦隊に抜錨《ばつびょう》を命じ、生麦《なまむぎ》、大師河原《だいしがわら》沖まで船を進めたのだ。

一月二十七日である。

翌二十八日には、艦隊は羽田沖まで進んで測量を行った。

二十八日、ついに香山栄左衛門が艦隊に赴き、神奈川の横浜村を会見の地とする、と伝えた。三郎助は、浦賀の牡蠣浦でこの事実を聞くと、いささか恨めしい想いで、建造中の四隻の船を見やった。

「せめてあと半年あったならなあ。横浜で会見するのはいたしかたなかったとしても、押し切られるように決まることはなかったのだが」

柏屋勘左衛門が訊《き》いた。

「会見が決まったとなると、開国なのですな」

「たぶんな。その流れはもう止められぬだろう」

「中島さまは、交易もすべきだと意見書を出したと伺いましたが」

「書いた。とりあえず四、五年やって、そのあいだに船や砲など、ヨーロッパの最新の技術を取り入れるべきだと思うのだ」

「船造りの道具なども、いろいろ入ってくるとありがたいところです」

「入ってくるだろう。船そのものも入れることになるかもしれぬ。それに蒸気機関も」

いま自分たちが造っているのは洋式帆船であるが、いずれさほど遠くない将来には、蒸気式の洋式船も必要性が認められることだろう。

そのときも、自分はその建造の責任者でありたい。御船製造掛となりたかった。

しかし、船体についてはともかく、自分には蒸気機関の知識はない。造りかたも、動かしかたも知らなかった。からくりの原理を知っているだけだ。

三郎助は、ペリー艦隊が再来航した江戸湾のほうに目を向けながら、焦がれるように思った。

おれは学びたい。洋式船造りを学びたい。蒸気機関の造りかたと動かしかたを学びたい。船を造り、蒸気機関を造ることで、危機にある御国に尽くしたい。役立ちたい。

いつか、おれのそんな望みはかなうようになるのだろうか。なるとしたら、それはいつのことだろうか。

柏屋勘左衛門が、三郎助の想いがわかったのか、うなずきながら言った。

「この半年は目まぐるしゅうございました。十年分が詰まっていたような半年でございましたな。あたし、いいときに船大工に生まれたと思っておりますよ。きっとあたしらの望みはかないますよ。中島さまも、いいときに浦賀奉行所の与力であられましたな」

三郎助も、柏屋の顔を見てうなずいた。

ペリーとの会見地は、神奈川・横浜とする。

そう決まったのは、嘉永七年（一八五四年）一月二十八日のことであった。

それまで日本側は、浦賀もしくは鎌倉を主張し、予備交渉も浦賀の館浦《やかたうら》にわざわざ会見所を設けて行ったのだった。

実際の交渉にあたったのは、支配組頭の黒川嘉兵衛、与力の香山栄左衛門らであるが、この予備交渉にかたちだけ出席した面々もいた。

談判全権委員に任じられた林大学頭、町奉行の井戸対馬守《つしまのかみ》、目付の鵜殿民部《うどのみんぶ》、それに前年夏より再び浦賀奉行のひとりとなった伊沢美作守である。

儒家の林家出身の林大学頭は、アメリカ人たちと会うまでは、異人どもなど何ほどのこともない、と公言していたという。本人が談判委員として艦隊を目の当たりにし、実際に交渉をおこなった後は、突然意見を変えた。

彼は周囲の与力たちに対して言った。会見地をめぐって、ペリー側の言い分を呑《の》んだことの弁解である。

「いや、話してみるとな、連中の言うことはいちいちもっともだ。道理がある。もしも彼らの言い分を突っぱねたら、大事になるのは必定。かりに家康公が生まれ変わってこの世にあったとしても、やはり言い分を呑むのではないか。わしらが臆病風《おくびようかぜ》に吹かれたわけではない」

中島三郎助たち、すでに外国人と何度も接触してきた浦賀奉行所の与力たちは、下を向いて笑いをかみ殺した。

二十九日、談判委員たち四人は、会見地の神奈川に移るため、浦賀を離れた。

浦賀奉行所でも、ほかの与力や同心たちはほぼ全員が、談判委員たちに同行した。奉行の戸田伊豆守だけは浦賀に残った。

三郎助も、いまだ応接掛を兼任している。いったん牡蠣浦の洋式船建造現場を離れて、会見所に赴くことになった。

船大工の柏屋勘左衛門が言った。

「もし、もう一回黒船に乗ることがあったら、棚の収まりをいま一度子細に見てきていただきたいんですが」

三郎助は、柏屋勘左衛門に承知したと答えて、神奈川へと向かった。

二月四日、この日ポーホタン号に乗った香山栄左衛門は、驚くような事実を知らされた。このペリー艦隊には、日本人がひとり乗っているというのだ。三八《さんぱち》、という名の男だという。漂流して助けられた漁民らしい。

ポーホタン号を降りた香山栄左衛門は、すぐに三郎助にこれを伝えた。

三郎助は、驚くよりもむしろ喜んだ。

「その三八、洋式船の造りには詳しいぞ。ぜひとも浦賀に連れて帰りたい」

九日、会見もいよいよ明日に迫ったという日、最後の予備交渉がおこなわれた。三郎助は香山栄左衛門と共にポーホタン号に赴き、交渉の前にまず三八と面会した。

三八は、まだ若い男だった。せいぜい二十歳前後だ。アメリカ海軍の水兵服を着ている。

三郎助たちが役人だと聞かされたせいか、三八は妙に落ち着かなかった。

三郎助が、笑いかけながら言った。

「とって食おうと言うのではない。事情を聞きたいというだけだ。名は、三八でよいのか？」

「いや、それは」相手は言った。「アメリカ人たちがつけた名前です。サム・パッチ。おれの名前は、仙太郎《せんたろう》です」

「仙太郎？　国は？」

「安芸」

「どうしてこの船に乗っているんだ？」

「へえ。あたしは、栄力丸って樽廻船《たるかいせん》の水手《かこ》だったんですが、江戸から大坂に向けて船出したとき、時化《しけ》に遭いまして流され、アメリカの船に助けられたんです」

「いつのことだ？」

「およそ四年前」

仙太郎に訊くと、船の乗組員十六名が助けられ、みなそれぞれアメリカで暮らしているという。

自分はアメリカ海軍に入ったが、ペリーが江戸湾の事情を知っている者を必要としたので、ポーホタン号に乗り組むことになったというのだ。

いまの日本では、海外に出ることはご法度である。日本に帰国して見つかったら、厳罰を受ける心配があった。

とはいえ仙太郎は、いま一度日本の風景を見たいという想いには逆らえなかったのだと言う。

三郎助は、仙太郎を安心させるように言った。

「いまは世の中も様変わりするところだ。遭難して海外に出た者に対して、厳しいご詮議《せんぎ》はあるまい。それよりお前、洋式の船の造りのことは詳しいか？」

「ま、多少のことは知りましたが」

「浦賀で、船造りを手伝わないか。おれが、お奉行に頼んで、お前をなんとか無罪放免としてやる。その代わり、船を造れ」

「そいつは」

仙太郎は困ったように、そばにいるアメリカ人士官の顔のほうを見た。

士官が何か言い、堀達之助が通訳した。

「仙太郎は、国に帰ってきたわけではないのだそうです。いまやつの身分は、アメリカ海軍の三等水兵。つまり、アメリカ市民です」

「まさか」三郎助は仙太郎を見つめて言った。「アメリカ人に助けられたからといって、日本人は日本人だ。日本のために働け」

仙太郎は、困惑した顔で言った。

「いまは、こちらにご奉公してますもので」

「悪いようにはせぬから」

「いえ、いまさら」

「ほんとうは、帰国したいのではないのか？」

仙太郎は三郎助の問いには答えず、士官に目で合図した。士官は三郎助たちに、会見の終わりを告げた。

三郎助は言った。

「では、誰かにお前のことを伝えてやろう。無事でいるとな。一族は、みな芸州なのか？」

仙太郎は、江戸にいる知人の名を告げたので、三郎助はこれを書き留めた。会わせることを考えてやろう。

三郎助が矢立を収めると、仙太郎は士官のあとについて、そそくさと船室を出ていった。

三郎助は、香山栄左衛門と顔を見合わせた。

香山栄左衛門が言った。

「海外渡航のご禁制のおかげで、日本に帰りたくても帰れぬあのような日本人が多く生まれているのだな。あいつだって、お咎《とが》めなしとわかっていたら、何もアメリカ海軍の水兵にならずともよかったろうに」

三郎助は言った。

「惜しい。せっかく洋式船の造りもアメリカ海軍の用兵術も知っている男を、安心して帰ってこいと迎えてやれぬとは」

ドアがノックされ、こんどはその部屋にコンティー大尉、アダムス参謀長らが入ってきた。

ここから、この日の正式交渉となるのである。

ペリーから、先日来、談判委員の信任状の提出が求められていた。

香山栄左衛門は、伊沢美作守ら四人の信任状のほかに、もうひとりの談判委員として追加された松崎満太郎《まつざきまんたろう》の信任状も合わせて提出した。

コンティー大尉が訊《き》いた。

「この松崎なる人物は、どのような官職にあられるのです?」

香山栄左衛門は、答に詰まってから言った。

「幕臣でありますが、無官無職であります」

「無官無職?」

「は、しかしながら学識深く、談判委員の顧問という立場での参加ということでございましょう」

実際には、松崎満太郎は文章家として幕閣には重用されていた人物である。つまり、幕府はこのときすでに、開国と通商に関してなんらかの取り決めを文書とし、これをアメリカ側と交換する意志を固めていたのだった。条約の締結を展望していた、と言ってもよいだろう。

そのために、急遽《きゅうきょ》、松崎満太郎を談判委員に加えることが決まったのである。

香山栄左衛門はコンティー大尉らに言った。

「いよいよ会見は明日、わがほうの暦で二月十日となりましたが、お支度はよろしいか」

コンティー大尉が言った。

「もちろん。わが全権使節の一行は、明日正午、横浜に上陸、会見所に向かいます」

香山栄左衛門はコンティー大尉に言った。

「ついては、頼みたいことがございまする。先般の国書受け渡しの儀でもおわかりのとおり、我らにはご一行に無礼を働く意志など毛頭ございませぬ。となれば、先般のあの武装水兵や海兵隊の上陸はあまりにもものものしすぎるというもの。兵士たちの上陸は必要最小限に留めてほしいと要請いたします」

コンティー大尉はうなずいた。

「なるほど。提督にもその旨伝えましょう」

「ここでお返事を伺いたい。要請を聞いていただけますな」

コンティー大尉は、かすかにためらいを見せてから言った。

「承りました」

三郎助が確認した。

「して、上陸する兵はいかほどを考えられておりますか」

「できるだけ減らしましょう」

「十人」

「いや、それではいくらなんでも」

「二十人」

「前回の三百を、いきなり二十ですか」

「では三十。いかがです。そちらが多く繰り出すとなれば、当方もそれに見合っただけの武装兵を出さねばなりませぬ。双方の将兵大勢が武器を持って向かい合うというのは、和親の会見には似つかわしくないと存じますが」

「そのとおりです」

「上陸する武装兵は、三十ですな」

「イエス」

香山栄左衛門が言った。

「では明日、案内のためにまた役人を差し向けますゆえ、使節ご一行はどうぞ彼について上陸されますよう」

「かしこまりました」

ポーホタン号を降りてから、三郎助は香山栄左衛門に言った。

「武装兵の数に関して、あのコンティー大尉の答えかたが気にくわぬ。三十人で承知とは言ったが、ペリーの指示を仰ぐのが面倒なので、適当に答えた、という気はしなかったか？」

香山栄左衛門は言った。

「いや、あの副官は、そういう不実な男ではない。三十、たしかに約束したのだ」

「そうだろうか」

これまでコンティー大尉と接触した時間は、副奉行を名乗った三郎助よりも、正奉行ということにした香山栄左衛門のほうがはるかに長い。香山栄左衛門がそのコンティー大尉の人柄についてそう言うのだ。まちがいはないのだろうが。

明けて、二月十日である。

西暦では一八五四年三月八日。

アメリカ合衆国からの、正式の開国と通商の求めに対して、幕府が回答する日であった。交渉の第一日目、ということでもある。

西洋人の時刻のはかりかたで言えば午前十一時ごろ、艦隊から降ろされた短艇の数を見て、三郎助は仰天した。

多い。三十艘《そう》近い数である。

前回、久里浜での国書受領のときは、ペリー艦隊が降ろした短艇の数は十三であった。今回はその倍以上ある。しかもどの短艇にも、武装兵が満載だった。前回の三百を大幅に上回っている。

いいや、そもそも艦隊の軍艦の数が、前回は四隻。今回は、つい先日到着したサラトガ号、サプライ号も加えて、いまや九隻なのである。

神奈川沖の海面は、アメリカ海軍艦艇で埋まっていると言っても言い過ぎではない状態であった。

三郎助が香山栄左衛門を見ると、彼は青ざめた顔で言った。

「あいつめ、適当にごまかしやがった」

前日のうちに、浦賀奉行の伊沢美作守らには、アメリカ側の武装兵の上陸は三十と伝えてある。なのにこのありさまだ。

叱責《しっせき》は免れないな、と三郎助は覚悟した。

振り返ると、仮設の応接所の中の談判委員たちも、不愉快そうである。

無理もない。またこれだけの武装兵を上陸させるということは、ペリーは日本側が平和裡《り》に交渉を進めるかどうかについて疑念を持っているということだ。

また同時に、アメリカ側は、威圧してでも開国と通商の要求を貫くという意志を明らかにしているということである。

三郎助にとってみれば、せっかく前年の第一回の来航時に、時間をかけて築き得たと思えた友誼《ゆうぎ》と信頼の関係が、一方的な思い込みにすぎなかった、と言われているようなものであった。

香山栄左衛門が、五百を下るまいと見えるアメリカ側武装兵たちを眺めながら言った。

「ちいとばかり、これは面白くないな」

香山栄左衛門は、支配組頭の黒川嘉兵衛では話にならぬからと引っ張り出されたのだ。なのに、アメリカは香山栄左衛門とも誠実には交渉してはこなかったということになる。

面白くない。

三郎助は、声には出さずに、香山栄左衛門に同意した。コンティー大尉は、おれに二枚舌を使ってくれたのだ。

短艇の最初の一艘が、仮設の桟橋に接岸した。三郎助は香山栄左衛門と共に、前回同様、使節団を応接所へ案内すべく、桟橋の先へと歩いた。

嘉永七年（一八五四年）二月十日であった。この日をもって、三郎助は浦賀奉行所の応接掛の職から離れる。アメリカ人との折衝に出ることはなくなったのだ。

以降しばらくは、三郎助は浦賀で御船製造掛として洋式船の建造に全力を傾注することになる。

二月十日から始まった交渉の結果、幕府は、下田、箱館の開港を決めた。

祖法であるとしてかたくなに守り続けてきた鎖国政策を改めたのである。改める根拠は、あくまで人道上の理由というものであった。

しかし、ペリーが要求する通商については拒んだ。ペリーは武力行使までほのめかして、なお強硬に通商を求めた。

そのペリーに対して、林大学頭はこう反駁《はんばく》した。

「提督のお言葉によれば、今回来航の目的は、人間の生命に重点を置き、艦船への援助を主眼とするということであるが、いっぽうで通商が大きな利益を生むとも主張される。ひとの命と通商と、いったい何のかかわりがあるのか」

ペリーは林大学頭の言葉にいったん絶句してから言った。

「たしかに、通商は利益をもたらすが、ひとの命とは直接には結びつかない。わたしは、これ以上強く通商を求めることはしない」

論理の破綻《はたん》を認めたというよりは、開国を受け容れさせた以上、いずれ通商まで認めさせるのは造作ないという判断だったろう。

交渉途中で、アメリカ側は、日本への献上品の数々を披露した。

横浜の海岸に、直径百メートルの大きさに鉄路が敷かれ、小型の蒸気機関車がこの鉄路の上を走った。

横浜と神奈川とのあいだには電信柱が立てられ、電信の実演がなされた。

金属製救命ボートや農機具、武器弾薬、柱時計も披露された。さらに天皇への進物用として、各種の酒も贈呈された。

日本側のお返しは、漆箱や文箱、青銅の香炉、絹紬《つむぎ》、貝殻見本、三匹の子犬といったものである。

次第に友好的な気分も醸成されてゆき、品物だけではなく、無形の文化財と呼ぶべきものの披露合戦もあった。

まず日本側は、相撲取りたちの巨体と怪力ぶりを披露した。力士それぞれに米俵二俵ずつを担がせ、そのあと模範試合を見せたのである。

ペリーは部下に力士たちの身体を触らせ、彼らの巨体が脂肪太りによるものではなく、鍛えられた筋肉によるものであることを確認した。

アメリカ側は、海兵隊員による用兵術の模範演技を見せた。前回もその統制のとれた動きで三郎助たちを驚嘆させた、精密な軍事戦技であった。

交渉が細かな部分に入って進まなくなったとき、アメリカ側はパーティを開いて、膠着《こうちゃく》した事態の打開をはかった。

ペリーはコンティー大尉らに言った。

「この条約交渉の成否は、このパーティの成果にかかっている。粗相なきよう」

パーティの会場は、マセドニアン号である。日本側談判委員たちと通辞、従者ら全員がマセドニアン号に招待された。

この宴会には、牛、羊、野鳥、鶏、魚、野菜の料理に果物、そしてシャンパン、ワイン、リキュール、パンチ、ウィスキーが出された。料理と美酒とを、双方がたっぷり堪能した。

食事が終わって軍楽隊の演奏が始まると、それまで謹厳を装い続けてきた日本側談判委員たちは、なんと音楽に合わせて踊りだした。

松崎満太郎などは、ペリーの首に自分の腕を巻きつけて言った。

「日本とアメリカ、心はひとつだ」

ペリーの期待どおり、雰囲気は一変した。

翌日からは、ペリーたちも丸腰で応接所に出向くようになった。

交渉はついにまとまり、三月三日、日米和親条約が調印された。

内容は次のようなものである。

下田、箱館二港の開港。

両港に於ける外国人遊歩区域の設定。

アメリカ船に対する薪・水・食糧の提供。

アメリカ船の必要品の購入の許可。

漂流民の救助。

外交官の下田駐在の許可。

アメリカに対する最恵国待遇の承認。


条約書には、アメリカ合衆国を代表してペリーが、日本の天皇の代理として、林以下の談判委員たちが署名した。

三郎助は、条約調印の一件を、浦賀奉行所で戸田氏栄から知らされた。

このように伝えられたものである。

「談判委員は、夷狄《いてき》との交渉に於いて、軍艦の威圧に屈することなく外交的な勝利を収めた」

「日本にとって真に重要な港の開港は拒否し、下田、箱館の二港に限っての開港で承服させた」

「日本に対する敵対行動は取らせず、江戸への侵入も防いだ。懸念されていた江戸湾の測量もさせなかった」

「すなわち談判委員は、皇国の国威を守り抜き、平和のうちにすべてを収めたのである」

戸田氏栄からこの話を伝えられたあと、三郎助は香山栄左衛門に言った。

「測量はやられてしまったじゃないか。おれたちは、あれを止められなかったのだが」

香山栄左衛門は言った。

「攘夷《じょうい》を言い募るお大名たちをなだめるには、なかったということにするしかあるまい。おれたちは、江戸湾の測量はさせなかったのだ」

「全体に、おれたちが見聞きした交渉の様子とは、ずいぶん隔たりがあるように感じるがのう」

「自画自賛。まさか、押しまくられたとは報告できまい」

「アメリカさんは、この一件を大統領殿にはどう報告するのだろう」

「決まっておるさ。我が国と同じだ。我らはアメリカの国威を堂々と示し、平和のうちに要求をほぼすべて呑《の》ませた、と言うのよ」

「開港はよいとして、通商のほうはどうなるかな。開国した以上、通商まで行くしかないと思うが、水戸公をはじめとして、そちらばかりはならぬ、と首を振るお大名も多いはずだ」

「ご老中も肚《はら》は決まっておるさ。去年の来航時、ぶらかしでゆく、と諸大名には達したそうだが、それだってほんとうは、アメリカ相手ではなく、あくまでも攘夷を言う大名たちへのぶらかしだ」

「そうか？」

「まちがいない。いまはただ、のらりくらりと明言を避けて、そのうち空気ができてくるのを待つのよ。なぜ早く通商せぬか、という空気になるのを」

香山栄左衛門のその見方は、たぶん正しい。

それがこの国の、万事ものごとの決めようだ。今回だけ例外ということにはなるまい。「よし」と、三郎助は奉行所の門へと向かって歩き出した。「そっちはともかく、おれにはやることがある。船を造らねばならぬ」


ペリー艦隊の一行も、みな上機嫌で江戸湾から退出したのだった。

下田へ向かうポーホタン号の船上では、コンティー大尉が、パーティの一件を話題にした。

松崎満太郎が、ペリーの首を抱えて、「日本とアメリカ、心はひとつだ」と言ったことである。

同性から首に手を回されるのは、アメリカの文化ではかなりセクシャルな意味が伴う。あのときペリーの周囲にいた者たちは、ペリーがどう反応するか、息を殺したのだった。

「よく我慢できましたね」とコンティー大尉が言った。

ペリーは言った。

「もし彼らが条約に調印するなら、キッスも許したろう」

そう答えるペリーも、ご機嫌だった。

終始威厳ある態度を崩さずに交渉してきて、日本側からは、こわもての威圧的な交渉者と見られていたかもしれない。

しかしじつは、使命感にこそ燃えていたけれども、ペリー自身は副官や参謀たちよりもむしろ、穏健であった。平和的に日本に開国と通商を求めることを望んでいた。自分の艦隊にはそれができると信じていたのである。

コンティー大尉やアダムス参謀長、中国語通訳のウィリアムズといった面々のほうが、強硬派であり、好戦的であった。ペリーに対して繰り返し、武力行使するぞという脅しをかけろと進言してきた。江戸湾を江戸沖まで進むべきである、とか、内海を徹底測量して武装兵の上陸を示唆せよ、といったことである。

ペリーはその都度、自分の交渉の進めかたにまちがいはない、日本に対してはこれで十分と、彼らを抑える側にまわった。

その結果が出たのだ。

開国。下田、箱館の二港開港。下田には領事の駐在。最恵国待遇の獲得。

一発の実弾を撃つこともなく、鎖国日本からここまでの約束を取り付けたのだ。日本を開国させたという名誉は、アメリカのものとなった。

自分の名も、アメリカ海軍の歴史に大文字で記されることになろう。これでよい。

ペリーは、条約のコピーをアダムス参謀長に託し、合衆国政府に報告させるべく、彼をサラトガ号で送り出した。

自分自身は、いま少し、余裕を持った目で日本を見てまわるつもりである。

ペリーは、神奈川周辺を観察した後、開港場と決まった下田に回航して、ここを調査した。

ペリー艦隊主力がまだ下田にいる四月初めのことである。

浦賀奉行所に、ふたりの日本人が、数日前に下田で密航を企てた、という報せが入った。

そのひとりの名は、吉田寅次郎《とらじろう》といい、長州藩士、もうひとりは金子重輔《かねこじゅうすけ》という男で、長州藩邸の使用人とのことだった。

「吉田寅次郎？」

三郎助は、彼のことを知っていた。ペリーの再来航直前のこの年一月、三郎助を訪ねてきたことがあるのだ。このときは、熊本藩士の宮部鼎蔵《みやべていぞう》という男と一緒だった。造船術を学びたい、海防問題について話を聞かせてもらいたい、とのことだった。三郎助は役宅に上げて、父の清司と共に海防問題についての私見を語ったことがある。

向学心に燃えた青年であったが、正直なところ、その性急さや熱意には、三郎助はいささか辟易《へきえき》するものも感じたのだった。

あの吉田寅次郎、密航を企てたのか。

聞けば、ペリー艦隊はふたりの乗船を認めず、きっぱりと追い返したという。日本の国内法は、いまだ日本人の海外渡航を禁じているのである。ペリーとしても、せっかくの和親条約を結んだこのとき、日本政府の神経を逆撫《さかな》でするような国禁破りに手を貸すわけにはゆかなかったのだろう。

アメリカ船が下田奉行所に通報したわけではないが、ふたりは浜に荷物を残していた。この荷は、すでに下田奉行所に届けられていた。ふたりは観念して、下田奉行所に自首して出たのだった。

下田奉行所はふたりを檻《おり》で江戸に送った。厳しいお咎《とが》めがあることだろう。

三郎助は、溜《た》め息をついて思った。

「あと数年、我慢できないのか。世の流れはここまできた。いずれ洋式造船術を学びうる日もくる。海外に渡航できるようになる日もくるのだ。いま、それほどまでに焦って国を出ることはない」

吉田寅次郎らの一件が三郎助の耳にも入ったころ、浦賀の牡蠣浦では、建造中であった洋式船のうちの最大の船が完成、無事に進水を果たした。

長さ百八尺という計画であったが、じっさいにはひとまわり大きなものとなった。二本マストの、優美な外観を持つ外洋船である。

三郎助は、柏屋勘左衛門に言った。

「黒く塗れぬか。この手の軍艦は、やはり黒いほうがよい。強そうに見える」

形こそ洋式船だが、いまはまだ和船と同じく無塗装で白木ふうなのだ。

柏屋勘左衛門は首を振って言った。

「何を塗ったらよいのか、わかりませぬ。まさか漆を塗るわけにはゆきませぬし」

「石炭から作る油のようなものらしい。腐りを防ぐ塗料なのだと聞いているが」

「ここにあれば、あたしだって塗ってみたいところですが。腐り止めなら、砥《と》の粉を塗りましょうか。赤くなります」

「赤か。仕方がないな。黒船がよいのだが」

「明かり採りの並んだところだけ、墨を塗るというのはどうです？」

三郎助は、色についてはそれで妥協した。

戸田氏栄が、この船に命名した。

「日の本で最初に造られた大型の洋式船だからな。縁起がよく、力と夢を感じさせる名がよい。

鳳凰丸《ほうおう》というのは、どうだ？」

三郎助にも、船大工の柏屋勘左衛門にも、異論はなかった。

いっぽう、吉田寅次郎らを追い返したペリー艦隊は、下田を調査した後、もうひとつの開港場、箱館へと向かった。

五月になって、鳳凰丸の試乗が行われた。

船将は名目上、浦賀奉行の戸田氏栄であるが、副将は三郎助である。つまり、事実上、三郎助がこの鳳凰丸の艦長であった。

鳳凰丸には、百三十人の男たちが乗り込んだ。

船将、戸田氏栄、副将、三郎助はもちろん、同じく御船製造掛の佐々倉桐太郎ほか与力同心全部と、船大工の柏屋勘左衛門、熊蔵《くまぞう》、長吉《ちょうきち》といった面々、それに問屋衆から出してもらった水手《かこ》たちである。

水手たちは、鳳凰丸よりも先に完成していた小型の洋式帆船で、すでに帆走の訓練は受けていた。訓練を指揮したのは、もちろん三郎助である。

もちろん彼も、洋式帆船の扱いについて経験があるわけではない。

ただ、これまで小型の船から始めて、少しずつ大きな洋式船を造ってきた。その過程で身についた技術はある。じっさいに洋式船の甲板に上がった回数も、香山栄左衛門に次いで多いのである。なんとか見よう見真似で操船を指揮することはできた。

その朝、浦賀港には、大勢の町衆が、鳳凰丸の処女航海を見ようと集まってきていた。

見物人の中には、三郎助の妻、すずと、ふたりの息子の姿もある。長男の恒太郎と、次男の英次郎だ。その横には、もう好々爺然《こうこうや》としてきた父の中島清司が立っている。

三郎助は、誇らしい気分でいっぱいになって、鳳凰丸の甲板から家族に手を振った。すずが息子たちをうながした。息子たちも、船の上の三郎助に手を振ってくる。いま一度大きく手を振ってから、三郎助は正面に顔を向けた。

甲板上には、与力や同心、それに水手たちが並んで、号令を待っている。

戸田氏栄が三郎助に言った。

「出航じゃ。船を出せ」

三郎助は、すでに持ち場についている水手たちに言った。

「錨《いかり》を上げよ！」

巻き上げ機に取りついていた水手たちが、きりきりと錨を巻き上げ始めた。続いて、浦賀港に吹く夏の風を捉《とら》えるために、必要な帆が手早く広げられていった。帆はすぐに風をはらみ、船に推進力を与えた。

船は動き出した。

海岸の見物人たちのあいだから、どっと歓声が上がった。

三郎助は、いま一度誇らしい想いで、海岸を見やった。家族の姿はすぐに判別できた。子供たちが大きく手を振っていた。

建造開始から八カ月、ペリーの二度目の来航には間に合わなかったが、この船の役割がなくなったわけではない。

いや、アメリカに対して港を開き、このあとロシアやほかの欧米の国々に対しても開港が予定されているいま、西洋式軍艦の役割はむしろ増えたと言うべきなのだ。開国した日本にとって、西洋式軍艦はいっそうその力を期待されるようになったのである。

三郎助は、横に立つ船大工棟梁《とうりょう》の柏屋勘左衛門を見た。

彼も、いかがです、とでも問うような目で、三郎助を見つめてくる。

まあ待て、と三郎助は目で伝えた。この処女航海が無事に終わり、いま一度この浦賀港に錨を入れてから、おれたちの仕事ぶりを評価しよう。

鳳凰丸はこの日、江戸湾を横切り、房州の洲ノ崎まで航海した後、半日後に浦賀港に帰ってきたのだった。

港にもどったところで、戸田氏栄が満足げに言った。

「よい船じゃ。船足も早い。軽やかで、動きも俊敏だ。お前たちは、いい船を造ったぞ」

「船大工の柏屋たちの腕のおかげに存じます」

三郎助は言った。

「水手たちが扱いにもっと慣れたところで、江戸に回航するぞ。ご重役にじっさいに乗っていただき、検分を受ける。きっとお褒めがあるにちがいない」

「この鳳凰丸を中心に、浦賀奉行所が、江戸湾警備の海軍を持てるようになるとよいのですが」

「それはどうかな。ともあれ、大役、ご苦労であった」

ペリーの乗るポーホタン号が、箱館から下田にもどってきたのは、その翌日である。

それからおよそ二十日の後の六月四日（陽暦一八五四年六月二十八日）、ペリーは下田を出航した。

　ペリー艦隊が帰国の途について、さらにひと月の後である。

　三郎助の父親、中島清司が、奉行所に呼ばれた。戸田氏栄に代わって新しく赴任した土岐豊前守《ぶぜんのかみ》朝昌《ともまさ》からのお召しだった。

　清司はすでに家督を三郎助に譲って隠居の身である。奉行から呼ばれること自体、奇妙なことであった。

「何かな？」

　中島清司は、怪訝《けげん》そうに身支度を整えてから、奉行所に出向いていった。

　三郎助は、きょうも牡蠣浦に行く用事がある。鳳凰丸に大砲を載せて砲艦とするための作業があるのだ。

　三郎助は、役宅の前で父親を奉行所のほうに見送ってから、牡蠣浦へと歩いた。

　その日の昼である。三郎助が昼食をとるために役宅にもどると、父親が座敷で端座して茶を飲んでいる。照れているかのような、同時にかすかに困惑も感じているかのような表情だった。

　三郎助は訊《き》いた。

「何かございましたか？」

　父親は、三郎助を見つめて言った。

「また引っ張り出された。与力職拝命じゃ」

　一瞬、その意味がわからなかった。引退したはずの父親が、再び与力になる？　しかし、与力の定員は決まっているはず。自分が罷免されたということだろうか。

三郎助は、先般、武装兵の上陸をめぐって、コンティー大尉にその数について嘘をつかれたことを思い出した。三十ばかりしか上陸させぬと言っておきながら、じっさいには五百もの武装兵を上陸させたこと。予備交渉のあの失策が理由で、自分は罷免されたのだろうか。

三郎助は、覚悟して確かめた。

「わたしの代わりに、お父上が与力を勤めるということですね?」

清司は言った。

「ちがう。お前はそのままだ。このたび与力の定員が増えて、わしも与力拝命となったのだ」

三郎助は驚いた。

父も与力に?

父子二代が同時に与力となるというのは、これまで果たして浦賀奉行所で例があったかどうか。

どうであれ、それは中島家にとってたいへんな名誉である。

三郎助は頭を下げて言った。

「おめでとうございます、父上。父上の隠居は早すぎる、という声はよく聞いておりました」

「こんな年寄を、と辞退するのも厭味《いやみ》であろう。謹んで拝命いたしてきた」

「わたしの職は、どうなるのでしょうか」

「お奉行は、お前には御船製造掛に専念させたい意向のようであった。それ以外のお前の務めを、わしが受け持つということだ」

その夜、中島家では、尾頭つきの魚を料理して、清司の復職をささやかに祝った。使用人たちにも、酒肴《しゅこう》が振る舞われた。

　同じころ、三郎助は、新任の支配組頭、本多喜八郎《ほんだきはちろう》から興味深い話を聞いた。長崎のオランダ商館長クルチウスが、オランダ政府は造船術や航海術の伝達のために日本に軍艦を派遣した、と通告したというのだ。軍艦の名は、スームビング号だという。

「造船術や航海術の伝達？　それはオランダ人が、日本人に教えてくれる、ということですか？」

　本多喜八郎は言った。

「詳しくは知らぬが、そういうことであろう」

「教えを受ける日本人とは、誰になるのでしょう？」

「長崎奉行組だろうな」

　三郎助は言った。

「江戸湾を守るのは、浦賀奉行組ですが」

　本多喜八郎は言った。

「おれに言っても始まらぬ。ま、ご公儀も、そのあたりのところは考えることだろう」

　翌閏《うるう》七月になって、三郎助はオランダ軍艦スームビング号が長崎に入ったという話を聞いた。

　続いて入ってきた話はイギリスの東インド艦隊の軍艦四隻が長崎に入った、という話である。

　どうやら、小さく開けたつもりだった「開国」という穴は、ちょうど爆発でもしたように、いきなり世界に向けて広がってしまったらしい。これからも、外国船の来航は相次ぐだろう。どの国も、和親の条約の締結と通商を要求してくるだろう。

そうなると、いっそう軍艦と海軍の必要性は高まるのだ。

三郎助は、自分が書いた建議書が幕府中枢でどのように検討されているか知りたかった。おれは、かなり事態を的確に見通し、現実的な提案をしたつもりなのだが。

三郎助は、その日以来いっそう真剣に、部下や水手《かこ》たちと共に、操船術と洋上砲撃訓練に力を入れた。

この年十一月末、元号が嘉永から安政へと改められた。

年が明けて、安政二年（一八五五年）となった。

昨年五月以来、三郎助らは、洋式帆船の操船技術の向上に努めてきたが、どうにかご老中に披露しても粗相はない、という水準にまで達した。

三郎助は、いよいよ鳳凰丸を品川沖まで回航できると、戸田氏栄の後任、土岐豊前守に伝えた。

土岐豊前守は言った。

「では、にぎにぎしく参るか。途中、艦載砲の撃ち試しなどもせねばならぬだろう」

「さように存じます。江戸に着いたところで、同心たちのゲベール銃の扱いなども、展示してはいかがかと存じますが」

奉行所の同心たちは、下曾根金三郎の指導のもと、銃隊としての訓練も積んできたのだ。

ペリーの第一回の来航後、武装水兵や海兵隊の戦技に大いに刺激されて、下曾根金三郎がオランダ式調練をいっそう洗練させたのだ。

もし浦賀奉行所が将来艦隊を持つようになった場合、この同心たちが、西洋海軍でいう海兵隊となるのである。

三郎助は思った。

いまなら、ペリー艦隊の水兵、海兵隊と較べても、けっして見劣りせぬものを、幕閣たちに見せることができる。

土岐豊前守が言った。

「二月末ではどうだ？」

「支度いたします」

二月末日、三郎助を事実上の艦長に、鳳凰丸は江戸を目指して浦賀港から出港した。奉行所の与力七人、同心二十八人、水手と船大工百四人が鳳凰丸に乗り組んだ。

浦賀を出た鳳凰丸は、観音崎を回ると、猿島のあたりで砲撃を試した。猿島に向けて、航行する船の上から実弾を発射したのだ。

鳳凰丸には、右舷《うげん》、左舷それぞれ五門の砲を搭載した。このすべての砲を試し、最後には半舷ずつの一斉射撃も実施した。

波の上での砲撃にも、同心たちはそこそこの練度があった。ただ、砲の射程距離が短いのはいかんともしがたかった。この船と砲とで江戸湾を守るためには、肉薄攻撃で相手の船のふところに飛び込み、至近距離から砲弾を撃ち込むしかないようだ。

三郎助は、試し撃ちを眺めながら思った。

やはり洋式の砲艦が最低六隻は欲しい。できればそのうちの何隻かは、蒸気船であってほしい。

海岸では、付近の住民や漁民たちが、この砲撃の様子を遠望していた。

彼らは、また異国船がやってきたのだと思い込んだ。すぐに役人のもとに報告が飛んだ。

江戸ではいっとき、異国船が江戸湾侵入！　とあわてふためいた。

ある者が気づいた。きょうは、浦賀奉行が洋式船を江戸に回航してくる日ではなかったか？

騒ぎはそこで収まった。

沿岸の住民たちを驚かせながら江戸湾を奥へと進んだ鳳凰丸は、品川沖に達してここで投錨《とうびょう》した。

数日後、鳳凰丸には幕府の主要閣僚が続々と乗り込んできた。

老中阿部伊勢守、久世大和守《くぜやまとのかみ》、内藤紀伊守ほか、若年寄、大目付、目付たちである。

三郎助と佐々倉桐太郎が船を案内し、出帆後は海上で砲術の撃ち試しを見せた。

品川にもどる途上である。老中の阿部伊勢守が、舵輪《だりん》の脇に立っていた三郎助に訊いた。

「この船で、江戸湾は守り得るか？」

三郎助は、阿部伊勢守に顔を向けて首を振った。

「いいえ、できませぬ。もっと多くの鳳凰丸が必要にございます。もっと多くの新式砲も」

「船と砲が揃えばよいのか。外国から買うことも考えられるが」

「いいえ」と三郎助は答え直した。「ほんとうは、ひとにございます。造船術を知った船大工と、操船術を叩《たた》きこまれた水手と、洋式砲術にたけた砲手が、我が国には必要にございます」

「どうすればよい？　浦賀奉行所で、ひとを育てられぬか。船大工たちはおるのだろう？」

「見よう見真似でこの鳳凰丸を造ってみました。しかしほんとうならば、きちんと技を伝授する塾があればと考えまする。きちんとした師範から、船造りや操船術、航海術を学ぶことができますれば、数年のうちに必要なだけ船も砲も、みずから造って揃えることができるかと存じます」

阿部伊勢守は、ふと何か思い出したような顔となった。

「そのほうの名、なんと申した？」

「中島三郎助にございます。父ともども、浦賀奉行所に於いて与力を任じられております」

「そうか。浦賀奉行所に中島清司あり、と聞いたことがある。そのほうも、たしか一昨年、海防に関して建議書を出した与力だな？」

「はい。浅学を顧みず、提出いたしました」

「そのほうら、船と海防については、いつもよきことを書き送ってくる」

「お目に留めていただいて、光栄に存じます」

阿部伊勢守は言った。

「きょうはよいものを見せてもらった。そのほうらの日頃の骨折り、いずれ誉めてとらす」

三郎助は頭を下げた。

「恐悦至極に存じます」

この日の航海は、幕閣たちにきわめて強い印象を与えて無事終了した。

品川の海岸では、同心たちによるゲベール銃隊の戦技も披露されたが、これも徳丸ヶ原での高島秋帆の演練同様、幕閣たちを感嘆させた。この四ヵ月後、幕府は諸大名、旗本に対して、洋式銃陣の修練を義務づけるのである。

検分が済んで鳳凰丸が浦賀に戻ると、翌日、三郎助は土岐豊前守から呼ばれた。奉行の執務室に行ってみると、佐々倉桐太郎もこの場に呼ばれている。

三郎助は頭をひねった。こんどは佐々倉桐太郎とふたり、何の掛を申しつけられるのだろう？

土岐豊前守が部屋に入ってきて、三郎助らの前に腰を下ろすなり言った。

「そのほうたち、明日、伊豆の戸田村《へだ》に行け」

戸田村と聞いて、用件の見当がついた。

戸田村ではいま、洋式船の建造がおこなわれているのだ。これに関する任務であろう。

前年、嘉永七年の十一月、ロシアのプチャーチン提督の乗るディアナ号が、日米和親条約に続いて日露和親条約を取り結ぶべく、下田に回航してきた。ところがその直後、大津波が伊豆を襲い、ディアナ号は大破してしまった。

幕府はディアナ号を戸田村に回航してここで修理しようとしたのだが、その途中でディアナ号はとうとう沈没してしまった。

幕府中枢の川路聖謨は、故国を十一年も離れて任務に邁進《まいしん》しているプチャーチン提督に深く同情した。それに五百人のロシア人将兵たちの境遇にも。川路聖謨は、幕府側の全面的な負担で、プチャーチンらの帰国のための船を建造することを決めたのである。

建造の総指揮は、伊豆韮山の代官、江川英竜に執らせることになった。ロシア側は、設計と技術指導を担当する。じっさいに建造するのは、戸田村の船大工、虎吉《とらきち》たちである。

土岐豊前守は言った。

「新しく造られた船は、村の名を取って、ヘダ号と名付けられたそうだ。そのほうたちは、浦賀の船大工を引き連れて戸田村に赴き、このヘダ号の寸法を採ってくるように。ご公儀は、この型の船をいずれ続けて建造するおつもりのようだ」

寸法を採る、とは、つまり設計図面を起こしてこいということである。三郎助にとっては、じつにうれしい任務だった。

「明日、早速出立いたします」と、三郎助は佐々倉桐太郎と共に頭を下げた。

戸田村への出発は、翌三月十五日の朝である。

戸田村へは、陸路を取った。

藤沢宿、小田原宿、三島宿と歩き、修善寺《しゅぜんじ》に泊まって、翌日に戸田村着であった。

戸田湾に停泊するヘダ号は、二本マストのスクーナー型という形式の外洋船である。

全長は七十尺前後と見えた。鳳凰丸よりもふたまわりほど小さい。

三郎助は、佐々倉桐太郎や柏屋勘左衛門らと顔を見合わせた。

佐々倉桐太郎が言った。

「沈んだディアナ号の乗組員は五百人だと聞いた。しかし、これに五百人乗るのは無理だぞ」

三郎助も首をかしげた。

「同じものを、何隻も造る気かな」

そこに、ひとりの男が現れた。建造中、通辞を務めた本木昌造《もときしょうぞう》という男だった。あいさつしてから、いま感じた疑問を口にすると、本木昌造は言った。

「これは五十人乗りです。これで本国に報告にもどり、あらためて残りの乗組員を乗せる船を派遣してもらうのです」

やっと合点がいった。

三郎助は言った。

「では、明日からでも寸法を採らせてもらう。艦長たちにもあいさつしたい」

「伝えましょう。ほかに何かございますか」

「戸田村の船大工と会ってみたいのだが」

本木昌造という通辞は言った。

「ご案内しますよ。棟梁《とうりよう》のひとりは、虎吉という男です。七人いる棟梁の中では、いちばん熱心だった。村を出て江戸の石川島で船を造っていたんですが、洋式船を造ると聞いて、戸田に帰ってきたんです」

虎吉は、歳のころ三十二、三か。がっしりとした体格で、愛想のよい男だった。

三郎助は、浦賀の船大工、柏屋勘左衛門を虎吉に紹介して言った。

「細かに寸法を採ってゆきたいんだ。その図面を見れば、日本の船大工もこれと同じ船を造れるように」

虎吉は言った。

「要所要所は、あたしも寸法を採っておきました。もう隠れてしまった部分も、きちっと伝えられますよ」

「あんたは、洋式船を造るのは初めてだったのか？」

「ええ。でも、ロシア人がていねいに教えてくれましたのでね。苦労はなかった」

「ロシア人なしでもう一隻造れと言われたら、造れるか？」

「もちろんです。この船の三分の二の日にちで造れまさあ」

翌日から、ヘダ号の細部にわたって寸法を採る作業が始まった。三郎助らがこの仕事を終えて浦賀にもどってくるのは、それからおよそ半月後である。


その年の夏、三郎助の役宅を、ひとりの青年が訪ねてきた。

彼は、玄関口で名乗った。

「長州藩の桂《かつら》小五郎《こごろう》と申します。中島先生に造船を学びたく参った者ですが、弟子にしてはいただけませぬか」

三郎助は仰天した。

おれが先生？　おれから造船術を学ぶと？

桂小五郎と名乗った青年は、長州の船大工ふたりと、洋学者の東条英庵《とうじょうえいあん》を伴っていた。

桂小五郎自身は、目元の涼やかな、清潔そうな青年である。

三郎助は言った。

「わたしは浦賀奉行所の一介の与力です。わたしに造船術を教わるなんて、いったいどこで思いついたことです？」

桂小五郎は言った。

「同郷の吉田寅次郎という男です。先年、中島さまをお訪ねしているはずですが」

去年、密航を企てて、伝馬町の獄に繋《つな》がれた青年だ。知っている。

三郎助は言った。

「たしかに吉田寅次郎さんとは、ここでひと晩、海防について語ったことがございます」

「あの吉田から伺いました。いま日の本で、洋式造船術について、もっとも経験があって、造《ぞう》詣《けい》の深い人物は中島さまであると」

たしかに自分は、鳳凰丸だけではなく、これまでに大小七隻の洋式船造りに関わってきた。数だけで言うなら、それはあながち大げさな評価というわけでもない。

桂小五郎は続けた。

「また、中島さまの父君も、海防に関して深い洞察とご意見をお持ちとうかがっております。それがし、吉田から借りて、お父君のかかれた建議書の写しも読んだことがございます。中島さまも、浦賀奉行所の応接掛として、異国船との交渉にたずさわり、西洋事情にもお詳しいと吉田から聞きました。どうぞ弟子として、ご見識ご見聞をお伝えくださいますよう」

三郎助は困惑した。

「わたしは、弟子を持って何かを伝えられるほど知識があるわけではございませぬ。弟子というのは困ります」

「中島さまに師事すべく、国もとからこの通りふたりの船大工もやってまいりました。また東条先生も。どうか、弟子として取り立ててくださいますよう」

三郎助は困り果て、桂小五郎らを家に上げてから、父親の清司と相談した。

父の清司も、頭をかいて言った。

「お前は、すでに外から見れば、それだけの男となったということだろう。追い返すわけにはゆくまい」

三郎助は父を見つめて確認した。

「弟子にするのですか？」

「客人として、できるだけのことを伝えるのはどうだ？　船大工たちは、棟梁の柏屋や熊蔵のところに預けたらよい。東条という洋学者には、わしが浦賀奉行所での見聞を伝えよう」

少し考えてから、三郎助は言った。

「そういたします」

しかし、滞在が長期となれば、船宿に泊めるわけにもゆかない。

三郎助は、桂小五郎を客として役宅に滞在させることにした。桂小五郎のために、離れの物置を改装せねばならないだろう。

東条英庵のほうは、短期滞在の予定とのことである。彼は浦賀の船宿泊まりだ。

ふたりの船大工は、柏屋勘左衛門たち棟梁衆に預かってもらうことになった。

ちょうど牡蠣浦では、ヘダ号の設計図面をもとに、同形の洋式船の建造が始まっている。この形式の船は、戸田村のあった君沢郡の名から、君沢《クンタク》型と呼ばれるようになっていた。二本マストのスクーナー船である。

この建造に加われば、ふたりの船大工たちは洋式船の構造と建造について、身体で覚えてゆくことができるのだ。

桂小五郎にも、昼間は牡蠣浦で建造を手伝い、その実際を見てもらうことにした。夜は、三郎助が役宅で、造船術の理論と海防問題を語るのである。

桂小五郎は、あくまでも三郎助の弟子という立場をとろうとした。家の雑用はすべて受け持つと申し出たのだ。三郎助はそれを許さなかった。

「中島の家で、そのようなことはなさいますな。お武家さまらしくしてくださいませ」

「でも、わたしは中島さまに弟子入りしたのでございます。客人として扱われるのは、心苦しゅうございます」

三郎助は言った。

「腰に刀を差した者には、大事のときになすべき務めがございます。その務めを引き受ける覚悟さえあるなら、どうぞここでは学ぶことに専心されますよう」

それでも桂小五郎は、何かやらせて欲しいと言って譲らなかった。

三郎助も折れた。

持病の喘息《ぜんそく》の薬を数日おきに薬屋に受け取りにゆくことになっている。この薬を受け取るため、薬屋に行ってもらうことにしたのだ。

物置を改装した桂小五郎の部屋は、わずか二畳半の広さだった。眠るためだけの空間である。食事のとき、三郎助は桂小五郎を母屋に呼び、共に食事をとった。自分がやむなく食事に間に合わぬときも、桂小五郎には必ず母屋で給仕をつけて食事をさせた。

三郎助の役宅には、諸事雑用を受け持つ万蔵《まんぞう》という名の使用人がいたが、彼は桂小五郎に対する三郎助の扱いが不満だった。弟子なら弟子らしく処遇してもよい、と三郎助に進言した。

三郎助は笑って言った。

「あの若い衆、なかなかの人物だぞ。学問も深く修めておるし、見識も広い。これがアメリカのような世ならば、いずれかなりの地位に就《つ》こう」

万蔵が訊《き》いた。

「どういうことです？」

「いま、ひとが、家柄や血筋とは関わりなく、その人物の力だけで何者かになれる世だとしてみい。そうであるならば、あの若い衆は長州藩の下っ端侍で終わってはおらぬということだ。無礼などないようにな」

「それは、旦那《だんな》さまも一緒でございましょう」

「桂氏は、おれとは器がちがう」

万蔵は、どうも承服しかねるという顔で引き下がっていった。


桂小五郎が三郎助の役宅に寄宿するようになって、ほんのひと月ばかり後である。奉行所に与力、同心たちがすべて集められた。

何か重大なお達しが伝えられるのだろう。

行ってみると、奉行の土岐豊前守は言った。

「ご公儀は、オランダ政府の協力を得て、長崎に造船術や航海術、軍学を講じる学問所を設けることとなった。長崎海軍伝習所という名で、本年十月に開講する。伝習生の資格は、真面目な年若き者か、造船術の心得のある者、ということだ」

ほうという声が洩《も》れた。

土岐豊前守は続けた。

「伝習は、オランダ人の教官が蘭語でおこなう。ただし通辞がつくから、蘭語を学んでいなくても心配はない。しかし、蘭語を知っている者なら、申し分ないとのことだ」

三郎助も期待に胸をふくらませた。

では、その伝習所では誰が学ぶのだ？　おれは、伝習所に行くことはできるのか？

土岐豊前守は言った。

「ご公儀より、浦賀奉行所にはこう通達があった。浦賀奉行所は、与力二名、同心十名を伝習生として派遣せよ」

与力二名！

それは誰だ？

土岐豊前守は三郎助に目を向けて言った。

「伝習生となりたいと、誰か名乗り出る者はあるか？」

三郎助は、思わず膝《ひざ》で前に進み出た。

「それがし、志願いたします」

土岐豊前守は、にやりと笑った。三郎助の反応を予期していたようだ。

「ほかには？」

三郎助の隣で、佐々倉桐太郎が言った。

「わたくしめも、伝習を受けとうございます」

十人の御船製造掛の中で、実質的に洋式船建造の中心人物となったのは、三郎助と佐々倉桐太郎ふたりである。逆に言うなら、このふたりをはずす人選はありえない。

土岐豊前守は三郎助たちに訊いた。

「伝習の期間は、およそ一年四カ月。妻子を残して、長崎で伝習一筋ということになる。覚悟はよいのか?」

三郎助は言った。

「できてございます」

佐々倉桐太郎も言った。

「その点はご心配くださりませぬよう」

土岐豊前守は言った。

「決まりじゃ。与力は中島三郎助、佐々倉桐太郎。ふたりを派遣する」

ついで、土岐豊前守は、同心たちの名を十人読み上げた。同心たちについては、意志を問うことなく、奉行命令による派遣である。

名を呼ばれたひとり、柴田伸助が言った。

「おそれながら申し上げます。長崎行き、光栄に存じますが、それがし、いまや齢《よわい》四十を過ぎており、若き伝習生と共に学ぶことに自信が持てませぬ。この名誉、もっと若くて向学心旺盛《おうせい》なる同心に譲るわけにはまいりませぬか」

土岐豊前守が意外そうな顔を柴田伸助に向けると、そのうしろで斉藤太郎助《さいとうたろうすけ》もおずおずという調子で言った。

「わたくしめももう四十なかば。いまからの勉学、耐えきれるかどうか不安にございます。どうかわたくしめは、この浦賀で存分にご奉公させていただきとう存じますが」

土岐豊前守は、ふたりの顔を交互にじっくりと眺めてから言った。

「たしかに、その歳では、いまから十八、九の若い者に混じっての伝習は辛《つら》かろうな」

おれはどうなる、と三郎助は思った。おれはいま、三十五歳なのだ。だが、外国人について造船術や航海術を学べるというなら、おれはいま自分が還暦を迎えていたって行くぞ。

もっとも、と三郎助は思い直した。柴田も斉藤も、おれほどには新しい事物や学問が好きな男たちではない。家族のことを考えれば、そうそう長いあいだ浦賀を留守にするのも、苦しいものがあるだろう。世の中、必ずしも学んだり、新しい技を習得することが喜び、という男ばかりではないのだ。

土岐豊前守が言った。

「わかった。柴田と斉藤、そのほうらは長崎には行かずともよい。しかし、ふたり、数が足らぬというわけにもゆかぬが」

三郎助は言った。

「もし同心から志願する者がなければ、わたしめの若党をひとり、やらせていただけませぬか」

土岐豊前守は、少し考えた様子を見せてからうなずいた。

「いいだろう。連れてゆくがいい」

三郎助は、若党の渡辺長蔵《わたなべちょうぞう》を連れてゆくと決めた。彼も向学心旺盛な男だ。この機会を無駄にはせぬだろう。

土岐豊前守は、浦賀の船大工、熊蔵と長吉を派遣させることも決めていた。残念なことに、柏屋勘左衛門は目下君沢型スクーナー船の建造にかかりきりである。彼は浦賀を離れることができなかった。

出発は、八月末とのことであった。もうひと月もない。

役宅に帰って、三郎助は桂小五郎に、長崎に行くことになった、と告げた。だから、桂小五郎をもう長くは客人として滞在させることはできなくなったと。

桂小五郎は言った。

「そのような事情であれば、わたしはおいとま致さねばなりますまい。それにしても中島さま、おめでとうございます」

三郎助は言った。

「めでたいかどうか。おれにとっては、うれしいことであるのはたしかだが」

「中島さまにはつくづく敬服いたします。失礼ながらそのお歳で、すでに造船と砲術については一家をなしているかただというのに、あらためて若い衆に混じって、洋式造船術や航海術を学ばれるとは」

「べつに敬服されるほどのことはありませぬ。好きなことであり、奉行所の勤めには必要な知識でございますから」

「わたしも、短い期間ではございましたが、中島さまには、多くのことを学ばせていただきました。このご恩は忘れませぬ」

「何も伝えずに終わったような気がいたします」

「十分に学ばせていただきました」

三日後、桂小五郎は東条英庵やふたりの船大工と共に、長州へ帰っていった。

桂小五郎を見送った日、三郎助は妻のすずに言った。

「長いこと留守にするが、子供たちのこと、父上母上のこと、頼んだぞ」

すずは明るくうなずいて言った。

「何もご心配なく。思い煩うことなく、勉学に励んできてくださいませ。それよりは、喘息《ぜんそく》のほうを大事にしてくださいますよう。どうか無理をなさらずに」

「ずいぶんと朗らかな顔だな」

「それはもううれしゅうございますから」すずは無邪気に言った。「三郎助さまだって、このような機会をずっと望んでおられたでしょう?」

「そりゃあ、夢見た。だが、実現しようとは、思っておらなんだ」

「もし三郎助さまがこの人選に洩れておいででしたら、ということを考えるとぞっといたします。さぞかしご落胆も激しかったでしょうから」

「しかし、一年半、いや、往復の旅を入れて、二年近くも離れて暮らすのだぞ」

「我慢いたします。それとも、もっと寂しがったほうがよろしゅうございますか」

「まあ、少しな」

「我慢いたしますので、どうぞきょうは、お褥《しとね》に入れてくださいませ」

三郎助は笑みを見せてすずの肩を抱き寄せた。


八月下旬、伝習生と決まった者たちは江戸に集められた。

士官、下士官候補生、職方、兵要員ら合計で八十名以上である。その中には、戸田村の船大工、虎吉も含まれていた。また浦賀奉行組として十九名の水手《かこ》も操船術の伝習を受けることになった。

八月二十七日、士官要員たちは江戸城に登るように命じられた。

城内では、老中の阿部正弘が、三郎助たちに正式に伝習生の辞令を渡した。

その場で、伝習所総督となる永井尚志《ながいなおのぶ》の紹介があった。永井尚志は旗本で目付である。

永井尚志は言った。

「そのほうらは、後に編制されるべき徳川海軍の士官、下士官となるべき者たちである。一刻も無駄にすることなく、刻苦勉励せよ」

三郎助らが頭を下げると、永井尚志は、辞令伝達のあいだ部屋の脇にいた男たちを紹介した。

「ここに、将来の艦長たるべき者たちがおる。伝習所では、伝習生の学生長として、伝習所や教官と、伝習生たちとのあいだに入る」

三郎助は、艦長候補生だというその三人の男たちを見た。

永井尚志がひとりずつ紹介した。

ひとりは矢田堀景蔵《やたぼりけいぞう》。彼は旗本で、小十人組である。昌平坂学問所を出た俊才だった。

もうひとりは永持亨次郎《ながもちきょうじろう》。勘定格の徒目付《かち》だ。

三人目の男は、端整な顔だちで、月代《さかやき》をそっていなかった。蘭学者か医者という雰囲気がある。歳は三郎助と同じくらいか。

永井尚志が紹介した。

「勝麟太郎」

その名は聞いていた。

蘭学者で、小身の旗本だとか。先般幕府が建議書を募ったときに、海軍創設を主張し、また幕府の人材登用制度を改めろと書いた人物のはずだ。

その建議書を読んで幕閣が注目、小普請組に編入した、という人物のはずである。

その勝麟太郎も、伝習生なのか。それも、艦長候補として。

勝麟太郎は、得意気な表情で三郎助らを見渡して言った。

「オランダ人は、当然蘭語で教授いたします。ここにいる面々で蘭語を知ってる者はおられぬようだし、心配もございましょう。蘭語を学んだわたしが、できるだけ手助けをいたす所存です。ご安心くださいますよう」

勝麟太郎が、どうだ、わかったかとでも訊《き》いているような顔で三郎助を見つめてきた。

その表情は同時に、おれには頭が上がるまい、と確認しているかのようであった。

永井が言った。

「長崎までは、幕府の軍艦で行く。昇平《しょうへい》丸だ。出発は九月三日である」

昇平丸は、薩摩藩主島津斉彬《しまづなりあきら》が家臣に命じて建造させた大型洋式帆船である。薩摩藩の船大工たちが、オランダの造船手引き書だけを頼りに造った三本マストの船だ。

　三郎助らが鳳凰丸の建造に着手するよりも早く、ペリーの浦賀来航の前に起工した。しかし完成は鳳凰丸よりも七ヵ月遅く、安政元年（一八五四年）の末である。薩摩藩は、この船を安政二年に幕府に献納した。水夫たちも、薩摩藩が訓練した男たちであった。

　その昇平丸が、三郎助たちを乗せて長崎に到着したのは、安政二年の十月二十日である。

第七章　長崎海軍伝習所の日々

長崎海軍伝習所は、長崎奉行所西役所のある岬の突端の台地上に創設された。正確に言うなら、長崎奉行所西役所の施設の中に同居したのである。

この長崎奉行所西役所は、長崎港全体を見下ろす位置にあって、その台地の東南側には、オランダ人居留地である出島があった。

奉行所の南側、大石段を下ると、そこは埋め立てて造成された波止場で、石垣の岸壁がある。ここを大波止と呼ぶ。

長崎港に錨《いかり》を下ろした商船は、この大波止へ艀《はしけ》で荷揚げする。オランダ商船の場合は、出島の南端にある専用岸壁に艀をつける。

昇平丸からの艀は、もちろん大波止に接岸した。三郎助は上陸すると、思わず背を伸ばして深呼吸した。

江戸から長崎まで、生まれて初めての長旅だったのだ。感激もひとしおである。

三郎助は思った。

しかもこれから一年四カ月、これまた生まれて初めての寮暮らしをしつつの学問の日々が始まるのである。あれほど願い続けた西洋造船術と航海術を、西洋人から直接に学ぶことになるのだ。

三郎助は、自分がいささか興奮しているのを意識して、思わずひとり顔を赤らめた。

長崎奉行所の役人の案内で、三郎助たち伝習生は正面の石段を上り、長崎奉行所西役所の門内に入った。正面の広壮な屋敷が、長崎奉行の役宅とのことであった。

敷地の右半分に、簡素な造りの建物が三棟建っていた。これが伝習所である。教場と士官・下士官要員の生徒たちの寄宿舎とのことだった。

オランダ人の教官団は、出島の中で暮らすという。この伝習所の中ではない。

教場をのぞいてみると、オランダ人教官たちの働きやすさに配慮したのか、そこは板敷きの部屋だった。立ち机と黒板がすでに設置されていた。生徒も立ち机と腰掛けを使うようである。

敷地の南側に、ちょうど大波止に向かい合って一段低くなった土地があった。そこにもひと棟建っている。訊《き》くと、これは、兵要員の寄宿舎とのことであった。

三郎助は、割り当てられた部屋に荷物をおろした。六畳の部屋だ。ここに生徒四人が起居するのだという。

正規伝習生はおよそ六十、これに水夫要員、火夫要員が五十ばかり、員外の聴講生が二十ほど、さらに佐賀藩が願い出て特別に許可された佐賀藩聴講生が四十ほど。総計で百七十人ほどの生徒がここで学ぶことになる。ただし、佐賀藩の聴講生らは、長崎の町なかにある藩屋敷から通う。寄宿舎には住まない。

施設を案内されたあと、同じ浦賀奉行組のひとり、佐々倉桐太郎が、三郎助に言った。

「いまになって、おれはオランダ人師範の言うことがどれだけわかるか、心配になってきた。

異国の言葉で何かを学ぶというのは、きっと浦賀で考えていたほど、容易なことではないな」

三郎助は言った。

「おれも自慢じゃないが、砲術の下知の言葉以外に、蘭語は知らぬ。しかし、あの勝さんに小《こ》童《わっぱ》扱いされるのも癪《しゃく》だな」

「この悩みはたぶん、おれたちばかりのものじゃないはずだ。稽古生《けいこせい》はみな似たようなものだろう。蘭語を知っている者が、どれだけいるんだ？　勝さんのほかには」

しかし、勝のほかにもうひとりいることを、三郎助は少したってから知ることになる。

伝習所での教育は、その年の十月二十二日から始まった。
ちょうど日本とオランダとのあいだに和親条約も締結されるところである。伝習所は、和親のシンボルとして、日蘭最初の合同プロジェクトとなったのだった。
長崎海軍伝習所の教育科目は、次のようなものであった。
航海術・運用術
造船学理論・実技
蒸気機関学理論・操作訓練
天測実技
地理・地文学
築城理論
砲術・銃砲調練

鼓手訓練
操帆・短艇訓練
船具運用
オランダ語
数学
士官心得
下士官心得
初歩医学
西洋乗馬術

もちろん、生徒の全員がこの科目をすべて履修するわけではなかった。

水夫要員たちは操帆・短艇の訓練と船具運用の講義だけを受けたし、火夫要員たちは、短艇訓練と蒸気機関の操作訓練のみである。海兵要員たちは砲術・銃砲調練や短艇訓練が中心だった。

また士官要員と下士官要員とのあいだにも、履修する科目に差があった。三郎助は、士官要員であり、また造船の専門家たることも求められている。となると、履修科目はほとんどこのすべてである。下士官心得についてだけは、受講を求められなかった程度だ。

講義は毎日、午前中三時間、午後二時間である。

科目を選択して受講する者は、この五時間全部、生徒として学ぶわけではない。生徒によっては、その日一日、講義がないということもありうる。

佐賀藩の聴講生たちも、正規伝習生とはちがい、受講するのは一部だけである。

「きつい」と、三郎助は開講三日目にして、小さく弱音を吐いた。「これはきつい」

学校はオランダ人の習慣に従って西洋暦を使った。だから七日に一回の休講があった。その休みの日は、日曜日、と呼ばれていた。

三郎助は、日曜日になると、朝食のあとは寝転がって疲労の回復に努めた。ごろ寝でもしないかぎりは、疲れは消えそうもなかった。

佐々倉桐太郎が、心配して言った。

「身体、大丈夫か。喘息《ぜんそく》の持病はどうだ？」

三郎助は答えた。

「なあに。すぐに慣れる。頭も、身体と同じよ。やってることに慣れてくれれば、滑らかに軽く動くようになるさ」

とはいえ、三十五歳という身では、この勉学はなかなかにこたえるものだった。

やっと勉学にも慣れたかと思えたのは、年が明けて安政三年（一八五六年）の正月になったころだ。

ある朝、オランダ人教官団長、ライケン大尉が教場に入ってきて言った。

「寒い。なぜこの国では、こんな冬でも暖房器具を使わないのです？」

もちろん、これは通辞が日本語に直したのだ。

その朝はたしかに寒かったが、教官の机の脇には火鉢が置かれているのだ。三郎助はそれが不平を言うほどのこととは思えなかった。

日本では、もっと北にある江戸でも、暖房は似たようなものだ。オランダはずいぶん北にある国のはずだが、オランダ人は寒さには弱いのか？

ひとりの生徒が、ライケン大尉にオランダの真冬の暖房事情を訊いた。

ライケンは答えた。

「個人のうちでは、居間には暖炉というものを設け、薪を燃やすのがふつうです。鋳鉄で作ったストーブというものを用いるところもあります。薪や石炭を燃やし、暖を採りつつ、料理などに使うのです」

「それは、へっついのようなものでしょうか」

「日本の台所にあるあの設備ですか。そうですね。あれに近いものを使います。だから、北緯五十二度の町でも、家の中は暖かなのです。家の中が暖かいことと、熱いお湯がふんだんに使えることは、文明の印ですね」

三郎助たちは、この教官は日本を野蛮国だと笑ったのだろうかといぶかった。

教官はふと気づいたように言った。

「日本人が蒸気機関を発明できなかったわけがわかりました」

「なぜです」とひとりが訊いた。

教官は答えた。

「日本人は、鉄瓶に入ったお湯が沸騰するところを、毎日見てはいなかったからでしょう。毎日、鉄瓶の重い蓋《ふた》がカタカタ鳴っているのを見ていたら、日本人も自分の力で蒸気機関を発明していたはずです」

生徒たちがどっと笑った。

三郎助も思った。そう、我らは科学が苦手だったわけではない。ただ、蒸気機関を発想するだけの生活習慣がなかっただけだ。

伝習所の暮らしに慣れるにつれて、三郎助はほかの聴講生との交誼《こうぎ》も深めていった。

生徒の中には、以前から知っている者が何人もいた。

同じ浦賀奉行組からは佐々倉桐太郎がいたし、土屋《つちや》忠次郎《ちゆうじろう》ほかの同心たち、浦賀の船大工、熊蔵に長吉、戸田村の船大工、虎吉、自分の若党、渡辺長蔵がいる。

彼らとは、一緒にいるあいだ、よく語るようになった。

みな、西洋の科学技術について並々ならぬ関心がある者ばかりである。身分の差はあれ、話が合わぬということはなかった。ただ技術のことだけを長いこと語って、飽きることがなかった。お互いに不得意について誰かに教えを乞《こ》い、また誰かが教えるということもしばしばだった。

虎吉などは、しばしば三郎助にほとんど対等の調子で話して、あわてて謝るのだった。

「これは無礼を申してしまいました。お侍さまに向かって」

「よい」と、三郎助はそのたびに笑って言った。「伝習所の中は、オランダのようなものだ。職階のちがいはあっても、ひとは等しい。堅苦しくなるのはよそう」

技術士官要員として、小野《おの》友五郎《ともごろう》という幕府天文方から派遣されてきた男がいた。もともとは笠間《かさま》藩士で、ただひとりの陪臣正規伝習生である。数学の得意な男だった。

三郎助は、この数学の秀才の小野友五郎ともわりあい親しくなった。

もともと士官要員の生徒ともなれば、たいがいの者は和算の素養がある。

オランダ人教官が教えようとしたのは、航海術に必要な算術、代数、対数、幾何、三角法の原理である。当初、教官は日本人はほとんど数学を知らないものだと思い込んでいたらしい。ところが、生徒たちは算盤《そろばん》と算木を使って、けっこうな計算もこなしてしまう。洋算では算盤や算木を使わずに、アラビア数字を使って筆算するが、その置き換えにもさほど戸惑わないのだ。

数回の講義で生徒たちの実力を知ってから、教官は言った。

「わたしはまったく誤解しておりました。みなさんは、数学ができるのですな」

ただし、生徒たちは幾何が苦手だった。

洋算の場合、幾何は図形的に解を求める。しかし和算では、代数的に解くのだ。幾何の概念が日本人と西洋人とでは大きく異なっていた。

オランダ人教官は、日本人がなぜ幾何を図形的に理解しないのかわからず、日本人生徒たちは逆に、洋算ではなぜ幾何を代数的に解かないのかわからなかった。

小野友五郎だけは、洋算的な幾何の概念もすぐに呑《の》み込んだ。また、高等数学もたちまち習得した。三角関数、平面三角法、球面三角法、対数、微分、積分などである。

やがて彼は、伝習所の講義だけでは物足りず、出島の教官宿舎に出向いて個人教授を受けるようになった。また幾何の苦手な生徒のために、補講の教官を買って出た。

三郎助は、幾何を学ぶ上で小野友五郎には大いに助けられたひとりだった。

ただ、造船の実技や機関操作の実習では、三郎助は張り切った。

伝習所の実習船は、教官団がオランダから回航してきたコルベット型機帆船で、観光丸と呼ばれていた。オランダ名は、スームビング号であるが、スンビン号、とも聞こえる名だ。

この観光丸は、いつもは大波止の沖合に停泊していた。毎日ふたりがこの船に乗り組み、当直勤務にあたった。操船や機関操作の実習では、受講生全員がこの船に乗って、実物に触れながら伝習を受けるのである。

安政二年から三年に変わるとき、観光丸の蒸気機関が修理と清掃のために完全に分解されることになった。

この分解の際、率先して身体を動かす青年がいた。歳の頃は十八、九だろうか。小柄だが、涼やかで快活そうな目をした若者だった。火夫要員として伝習を受けているが、士分の者らしかった。

ある日、煤《すす》を払いながらの分解のとき、彼の名前を知った。

誰かがこの青年をからかったのだ。

「榎本。お前はほんとに蒸気機関が好きだのう。顔まで真っ黒にして、よう毎日、釜《かま》とつきおうておるわ」

青年は朗らかに答えた。

「わたしの名は釜次郎《かまじろう》です。この釜とは相性がいい」

江戸の、いくらか下町の訛《なま》りと聞こえた。

釜次郎と名乗った青年は言った。

「わたし、でしゃばりすぎていますか。みなさまの伝習の邪魔をしているでしょうか」

「よいよい」と、その士官要員は言った。「お前が汚れ仕事を引き受けてくれるので、おれは助かっておる」

その場の全員が笑った。

三郎助とその青年の目とが合った。

ひとを魅了する、さわやかなまなざしだった。誠実そうで、まっすぐで、甘えのない顔だちだ。

三郎助は思った。おれのふたりの息子たちも、いずれはこのような若者に育つだろうか。そうなって欲しいものだ。

その日、小野友五郎から、榎本釜次郎という青年のことを教えられた。

「御家人の家の出だそうです。湯島の昌平坂学問所を出た男だと聞きました」

「ということは、儒学の俊才か？」

「いえ。学問吟味では、丙の成績だったらしい」

学問吟味とは、幕臣の子弟が受けることのできる、いわば上級職国家公務員試験である。甲の成績を取れば、いまでいうキャリアとして採用される。乙の成績であれば、ノンキャリア採用。丙は不採用。榎本釜次郎は、儒学が苦手だったようだ。

小野友五郎は続けた。

「昌平坂学問所の縁で、艦長候補の矢田堀景蔵の従者として、この伝習所にやってきたと聞きました。父親は、わたしと同じ幕府天文方に勤めたことのある人物だそうです。測地術と天文学、暦学を修め、伊能忠敬《いのうただたか》さまの内弟子として、日本の大半を歩いたそうです」

「ほう。測地術を」

三郎助は、かつて江川英竜の浦賀巡見のとき、測地術について教えてもらったことを思い出した。あれは、造船とはまたべつの、精緻《せいち》な技術の体系と見えた。

つまり榎本釜次郎の父親は、技術者であるということだ。その血を、釜次郎という青年も引いているのか。蒸気機関にたいへんな関心を持っているようだったが。

小野友五郎は言った。

「本人は蘭語も修めていると聞きました。だから、二期が始まると、火夫要員ではなく、正規の伝習生になるらしい」

「蘭語ができる!」三郎助は驚いた。「昌平坂では蘭語は教えていまいが」

「韮山代官の江川さまの江戸屋敷で習ったようです。江川太郎左衛門さまの私塾です」

「江川英竜さまとは、おれもお目にかかったことがある。進取の心を持ったお役人であったな」

「韮山の砲術の塾が有名ですが、江戸屋敷でも有志が集まって蘭学や砲術を学んでいるとか」

「あの釜次郎、蘭語もできるのなら、最初から正規の生徒になればよかったではないかと思うが」

「一期の枠は一杯だったのでしょう。ですが、この釜次郎という若者、火夫としてでもよいから、一期から生徒にして欲しいと拝み込んだと聞きましたよ」

「それは見上げた熱意だ」

その日以来、三郎助は榎本釜次郎という青年のことを気にするようになった。一年待てば正規の伝習生になれたというのに、釜焚《た》きでもよいから伝習を受けたいと願ったという若者。その向学心は、生半可なものではない。学問吟味で丙の成績だったというのは、何かのまちがいか、吟味の中身があまりにも愚劣だったせいだろう。

造船学の座学が一段落すると、こんどは造船実習となった。

最初に造ったものは、短艇である。すでに造ってきた経験もあったが、やはり書物で覚えたことと、専門家に教えられることではちがった。

最初の短艇もようやく仕上がろうかというころ、戸田村の船大工の虎吉が言った。

「ロシア人も教えるのは親切でしたが、オランダ人も、秘訣《ひけつ》を隠したりしないで開けっ広げに教えてくれますな。わたしなんぞは親方に、教えてる暇はない、盗んで覚えろ、って言われたものですがね」

三郎助は、虎吉と一緒になって木材を組みながら言った。

「弟子には早く腕を上げてもらったほうが、重宝する。教えると得になるからだろう」

「日本でも同じはずですが」

浦賀の船大工の熊蔵が言った。

「我が国の職人衆は、もったいつけてるんでしょうな。あんまりきちんと教えると、親方のありがたみがなくなってしまう」

虎吉が言った。

「おれは、そういう親方にはなりたかねえな。オランダ人を見習いまさあ」

熊蔵も長吉も同意した。

安政三年（一八五六年）の夏になると、長崎奉行所西役所の敷地内に、実習用の陸上マストが建てられた。

これは、観光丸に乗らずに、展帆、縮帆などの訓練をおこなうための設備である。実寸の十分の一の大きさであった。

水夫要員としては、浦賀奉行組から十九人、それに瀬戸内海の塩飽《しあく》島の漁民たち十二人、長崎奉行組およそ十人が入学していたが、彼らの訓練にはオランダ人教官は手を焼いた。日本の船乗りたちは、帆柱に上る習慣がないのだ。帆の操作は、すべて甲板上でおこなう。だから彼らは、まず帆柱に上ることを怖がった。観光丸の帆柱に上らせてみても、足をすくませてしまい、とても作業ができるものではない。

西洋式帆船では、帆の扱いはマストの上、帆桁《ほげた》の上でおこなう。訓練は必要であるが、それだけに帆柱上で展帆、縮帆ができる水夫は一等水夫として優遇される。帆柱上で作業のできぬ水夫は、二等水夫の扱いを受けるのである。

ところが、日本人水夫はそもそも帆柱に上ることができない。帆柱上で作業ができなければ、西洋式帆船は動かせない。

教官団は困り果て、まず十分の一のサイズのマストを伝習所の庭に立てて、帆柱に上る訓練とはべつに、帆の扱い、索具の扱いを覚えさせることにしたのである。

艦長候補伝習生のひとり、矢田堀景蔵は、水夫の訓練が遅れているのを見て言った。

「船乗りなら覚えも早かろうと思うのが、まちがいであったな。高いところに慣れている男たちを選抜すべきかもしれぬ。鳶《とび》職とか、火消しのような男たちを」

教官団も、伝習所総督の永井尚志にこの件の注意喚起を促したが、永井尚志にはそのことは深刻には受けとめられなかったようである。対策は何も取られなかった。

しかし、この水夫の能力に関しては、問題は後々まで尾を引くことになった。ことは、頭で覚えることではない。身体で覚えるしかない技術である。それも、一年や二年の訓練では習得できるものではなかったのだ。

このころには、生徒の中には講義についてゆけぬものも出てきた。

一番目立ったのは、勝麟太郎である。

彼は、地理や地文学、数学が苦手だった。造船や蒸気機関の実習でも、あまり熱心に学んでいる様子はなかった。身を入れていると見えるのは、士官心得とか、蘭語だけだ。そのうち、実習にはほとんど顔を出さなくなってしまった。

あるとき、佐々倉桐太郎が、寄宿舎の食事どきに言った。

「このごろ、勝さんを見ないな。教場でも、観光丸でも、寄宿舎でも」

長崎奉行組からきている兼松亀次郎《かねまつかめじろう》という男が言った。

「勝さんは、寄宿舎を出た。近所に本連寺という寺があるが、そこで暮らしているそうだ」

江川英竜組からきている鈴藤勇次郎《すずふじゆうじろう》という男が訊《き》いた。

「いったい何をやっているんだ？　ろくに講義も受けずに」

兼松はにやりと笑うと、小指を立てて見せた。

その意味に思い至って、三郎助は首を振った。

勝麟太郎は、艦長候補としてこの伝習所に派遣されてきたはず。それなのに、伝習は怠業して、女遊びを始めているというのか。

せっかく学ぶ機会を与えられながら、学ぶことを嫌がっているというのか。

否応なく、三郎助はもうひとりの男のことを思い出した。二期が始まるまで待てぬと、わざわざ火夫要員の身分で伝習所にやってきた青年。身体を惜しまず動き、働き、貪欲《どんよく》に蒸気機関のことを覚えようとしている青年のこと。

それと較べて。

三郎助は、勝麟太郎がいずれは幕府の洋式軍艦の艦長となる予定であることを思って、いくらか暗い気分になった。

おれたちはそのうち、あのひとを艦長として仰がねばならぬのか。

観光丸を使っての実習航海は、ひと月に一度か二度、安政三年中では十四回行われた。しかし、どのときもごく短い距離の航行である。一番長い航海で、三昼夜だった。幕府は、練習船の航海も、野母《のも》崎と五島列島を結ぶ線以内と定めていたのだ。

十一月、台風のおそれもなくなったとき、勝麟太郎が艦長として航海の指揮を執ることになった。

訓練海面は、長崎湾の南東、高島、中之島、端島の周辺である。

三郎助は、機関長として、船が機走に入ったとき、火夫たちを監督する。

長崎湾を出るまでは、オランダ人たちが船を操り、出たところで勝麟太郎が指揮を代わった。課題はまず、中之島と端島を、アラビア数字の八を描くように帆走で回ることである。

南西からの微風が吹く穏やかな航海日和だったが、勝の指揮は次第に危ういものに変わってきた。航海士に出す指示が、少しずつ遅れぎみとなってゆくのだ。

船は指示された航路を取って回ることができず、勝があわてて挽回《ばんかい》しようとすると、船は大きく傾いて、いくつもの帆がからんでしまう。また勝がこれを修正しようとすると、船はいっそう混迷する。命令を出す勝の声は次第にうわずってきて、これに応える航海士たちの声も殺気だった。

三郎助は機関甲板から顔を出して、この様子を注視していた。船は余計な風を受けて揺れが激しくなり、傾きかたも尋常ではなくなってきたのだ。

船が端島に船首を向けてまっしぐらに進み出したとき、とうとう勝は恐慌を起こしてしまった。舵輪《だりん》のそばで顔を蒼白《そうはく》にしたまま、凍りついてしまったのだ。

見かねたオランダ人教官が代わって指示を出した。ようやく航海士や水夫たちが動き出し、船は端島に近づきすぎて座礁することを免れた。

オランダ人教官は縮帆を命じた。帆が畳まれ、なんとか縮帆も終わったところで、機走が命じられた。

オランダ人教官からその指示を受けたとき、勝と視線が合った。そのとき三郎助は無防備だった。能力のない上官への侮蔑《ぶべつ》の感情を、わずかに顔に残したままだった。

勝は、三郎助の表情の意味をすぐに読んだようだった。一瞬、勝の目に激しい屈辱の色が浮かんだ。あわてて視線をそらしたが、たぶん遅すぎた。

三郎助は、火夫たちに指示を出しながら思った。

あのひとは、今後おれを許すことはあるまいな。

その予感が的中していたことを、後に三郎助は思い出すことになる。

安政三年の末、昇平丸が新しい伝習生を江戸から乗せてきた。第二期生たちである。

二期生の伝習は、一月年明けすぐから始まるという。一期生の卒業式は、三月一日に予定されている。つまり、一期生と二期生とは、二ヵ月ばかり修業時期が重なることになる。

第二期生として、幕臣部屋住・厄介からは四人、派遣されてきた。

その中でも、伊沢美作守政義の三男の伊沢謹吾《きんご》の名が目を引いた。伊沢美作守は大目付で、かつて浦賀奉行を務めたこともある高級幕吏だ。蘭学嫌いの鳥居耀蔵らと共に、蘭学者たちの弾圧に回ったことのある男である。

三郎助は思った。そんな保守的な人物が、伝習所に息子を送ってくるとは、時代もつくづく変わったものだ……。

ほかには、松平金之助《きんのすけ》、尾本久作《おもときゅうさく》、それに、こんどは正規伝習生として学ぶことになる榎本釜次郎がいた。

浦賀奉行組からは、与力の岡田増太郎《おかだますたろう》の弟、岡田井蔵《いぞう》がきた。当然三郎助とは顔見知りである。それに、江川英竜組からは四人だ。

これらの面々はみな、士官要員である。

江戸からの派遣組以外に、長崎や瀬崎からも二期の伝習生が集合して、二期の伝習が始まった。榎本釜次郎は、それまで火夫として兵要員寄宿舎住まいだったが、二期の伝習開始と同時に、三郎助たち士官・下士官要員の寄宿舎に移ってきた。

安政四年（一八五七年）の二月になると、一期伝習生の卒業が話題になるようになった。

一期伝習生だけでは、近い将来創設が予定されている幕府艦隊の乗組員をすべてまかなえるわけではなかった。まだまだひとを訓練することが必要だった。一期伝習生たちは、卒業後、幕府がいま所有する洋式船に乗り組むが、一部の者は同時に、築地の講武所の中にできるという軍艦操練所の教官として、もっと多くの乗組員の養成にあたるのである。

船に乗り組むにせよ、教官となるにせよ、卒業するには、一期で受けた教育プログラムを消化していることが必須《ひっす》だった。

「何人かは留年を命じられるらしい」との噂が、伝習生たちのあいだに流れるようになった。

そんなある日、三郎助はその日の伝習が終わったあと伝習所総督の永井尚志に呼ばれた。

おれは、落第、留年なのか？

三郎助は、自分のふがいなさを呪いながら永井の部屋に向かった。

たしかに造船術や航海術では、蘭語がもっとできていたら、と思ったこともあったが。

ところが部屋に行ってみると、永井は言った。

「じつは今年の秋に、新しい形式の蒸気船がオランダからやってくる」

三郎助は訊いた。

「新しい形式？　と申されますと？」

「いまの観光丸のような外輪を持った船ではないらしい」

わかった。それはオランダ人教官からも教えられている。いま欧米で主流になりつつある、スクリュー式の蒸気船だろう。

三郎助は言った。

「螺子《ねじ》推進の蒸気船ですな」

「そのとおりだ。新しい教官たちを乗せてやってくるが、一期の機関士要員は、できればこの形式の船についても、造りと扱いを完全に覚えて欲しいのだ。そのほう、留年することはできまいか」

思い浮かんだのは、妻のすずの顔であり、ふたりの息子たちの面影だった。そして父と継母の姿。離れてもう一年半になろうとしている。

秋にやってくる新型蒸気船を待つとしたら、このあとさらに一年半は長崎で暮らさねばならないということだった。

自分は向こう一年半の、その勉学の日々に耐えることができるだろうか。自分の人生にとっていまの最優先の課題は、妻子や両親と暮らすことよりも船であると言いうるか。与えられた勉学の機会を最大限生かすことであると、言い切って後悔はないか。

ためらったのは、ほんの一瞬だった。

三郎助は永井に答えた。

「その新型船についても、存分に学んで行こうと存じます。ここで中途に終わらせるわけにはまいりませぬ。総督が残れと申されるのでありますれば、喜んで二期履修拝命いたします」

「頼もしい。そのほうも、卒業が延びるとは、夢にも考えてはいなかったろうが」

「いいえ。じつは、造船術についても航海術についても、もう少し蘭語ができたなら、もっと知識は血肉となっていたにちがいないという気がいたします。もし二期生にまじって座学も受けられるのでしたら、あらためて学び直してみたいと思っておりました」

「オランダ人教官たちから聞いておる。座学に関しては、そのほうはよう学んだ。あとはただ新しい蒸気機関を学ぶのみで十分であると。ほかの留年生とはちがう」

「ほかの留年生と申されますと、それはどなたのことにございますか」

永井は、困惑した顔になっていった。

「勝さんだ。教官団のライケン大尉は、勝を卒業させるわけにはゆかぬと言ってきた。あれでは、艦長にはなれぬ。築地にできる操練所でも、何も教えることはできぬという。そのほう、勝は艦長候補としてはどうであると思う？」

三郎助は、他人の陰口になってはまずいと思いつつも言った。

「船は外洋に出たら、艦長次第で運命が決まります。勝さんの采配《さいはい》には、不安を感じる乗組員も多少出るのではないかと案じておりました」

「多少、か」永井は苦笑した。「矢田堀景蔵ははっきりと言ったぞ。あのひとが艦長となったら、船では反乱が起こると。そう思うか？」

「その懸念はございます」

「ライケン大尉の評価は、あのひとの役割はあいだの取り持ちだと。オランダ人と日本人とのあいだに入って、いろいろ生じる厄介を収めるには、手頃な人材であったと言っておる」

それは、当を得た見方である。三郎助も、同意できる評価だった。

永井は言った。

「鼻っ柱の強い男だ。留年を命じても、素直に聞くかどうか。かといって、伝習所を終えぬまま江戸に帰るわけにもゆかぬだろうに」

永井の言葉は、もう三郎助に意見や同意を求めているわけではなかった。なかば愚痴であると聞こえた。

三郎助は一礼して、永井の部屋を出た。

第一期生は、卒業と同時に実習船の観光丸に乗り組み、長崎から江戸まで、自分たちの手で航海することになった。

オランダ人教官団は同乗しない。すべて伝習生だけで実施するのである。

江戸に回航された観光丸は、築地に創設される軍艦操練所の実習船となる。

第一期生の士官要員たちの多くは、その操練所では教授として後進の指導にあたることになるのである。

伝習所総督の永井尚志は、その軍艦操練所の所長となることが決まっている。彼も観光丸で江戸に帰るのである。

観光丸の艦長には、矢田堀景蔵が指名された。

本来なら、この観光丸の機関長は三郎助だが、同じ浦賀奉行組の同心、山本金次郎《やまもときんじろう》が三郎助の代わりを務めることになった。

その年三月一日、長崎海軍伝習所の第一期生の卒業式が行われた。伝習所の教場で、総督の永井から士官要員卒業生ひとりひとりに、卒業が言い渡されたのである。

勝は留年のため、この式には出席していない。

三郎助は、一期卒業を言い渡されると同時に、永井から二期生として新型蒸気機関を学ぶよう命じられた。

つまり三郎助は、留年を命じられたが、落第ではない。いまふうに言うならば、専修課程進級、というところだろうか。

三郎助のほかの機関士要員も、三郎助同様に残留を命じられている。望月大象《もちづきだいぞう》、竹内卯吉郎《たけうちうきちろう》たちである。

三月四日、観光丸は第一期生たちの手で長崎港の大波止沖合を抜錨《ばつびょう》した。オランダ人の手を借りず、日本人卒業生だけで江戸へと向かうのである。

三郎助は第二期生らと共に大波止で観光丸の出港を見送った。浦賀の家族のことを思えば、先に江戸に帰る面々が、多少うらやましくもあった。

卒業式のあと、勝はしばらくのあいだ、伝習所に姿を見せなかった。不貞腐《ふてくさ》れているようだと、二期生たちは噂し合った。二期生たちのあいだでも、勝は不人気であり、その知識や技術、経験がまるで信用されてはいなかった。

観光丸を見送りつつ、三郎助は思った。

これからは、むしろ一期のときよりは余裕を持って勉学に専念できるのではないか。士官心得とか銃砲調練、鼓手訓練など、あらためて二度学ぶ必要のない科目も多いのだ。新しい蒸気機関についての理論と実技。そして造船学、航海術。これらを集中的に学び直そう。

それにしても、蘭語ができたならば、この一年間感じてきたこの隔靴《かっか》掻痒《そうよう》の想いも、ずいぶん減じるはずなのだが。

ふと思いついた。

榎本釜次郎。

あいつは江川太郎左衛門塾で蘭語を学んできたという。たぶん蘭語の実力は、勝麟太郎に次ぐはずである。やつに、師範となって教えてもらうというのはどうだろう。

榎本は三郎助よりも十五も歳下だったが、三郎助には、力のある者を師範と仰ぐことに何の抵抗もない。

問題は、釜次郎が了解してくれるかどうかだ。彼だって、自分の勉学に忙しいのだ。もちろん教授料は支払うつもりであるが。

その日の午後、昼食のあと、三郎助は、榎本釜次郎を探した。

榎本は、寄宿舎の自分たちの部屋にいた。ほかの伝習生は、観光丸を見送ったあと、外出したようだ。榎本だけが自分の前に卓を置き、端然と座って帳面を見つめている。

「榎本さん、ちょっとよろしいか」三郎助は部屋に入ると、榎本の前で正座して言った。「ひとつ、お願いがござって参りました」

三郎助は、新しい蒸気機関を学ぶべく、留年と決まったことを告げ、ついては、これを機会にあらためて蘭語を学びつつ、造船学や航海術をもっと深く学びたいと語った。だから榎本に、蘭語のてほどきをお願いできぬかと。

　榎本は、居心地が悪そうに言った。

「どうぞ、お顔をお上げくださいますよう。わたしは中島さまよりずっと若輩者。そのようにされては、困ります」

「頼み、聞いてはいただけませぬか」

「わたしが手ほどきなど、できるものではございませぬ」

「お忙しいのは重々承知。ひと七日に半刻だけでも。教授料はお支払いいたします」

「何を申されますか」

　しばらく押し問答が続いた。

　けっきょく榎本は、一週間に一度、三郎助に対して蘭語の補講を手伝うと約束してくれた。ただし、教授料を受け取ることだけは頑として拒んだ。

　しかたがない。

　三郎助は引き下がった。しかし自分は、榎本よりもかなりの年長なのだ。教授料を支払う代わりに、何か自分が榎本のためにしてやれることもあるだろう。

　三郎助が待ち望んだ新型のスクリュー式蒸気船ヤーパン号が長崎に到着したのは、この年の八月五日である。

　ヤーパン号は、幕府がオランダに注文していたコルベット艦である。

　カッテンディケ大尉以下の新教官団が、ライケン大尉たち最初の教官団と交代すべく、この船を回航してきた。

長崎についたところで、ヤーパン号は咸臨《かんりん》丸と名を改められた。勝がまた伝習所に毎日顔を見せるようになった。

彼は、新しい教官団には、自分は落第生であるとは自己紹介しなかったようだ。

自分は特別待遇の艦長候補生であり、オランダ人教官団の面倒を見る世話役である、と思わせたようである。

蘭語のできる男であるし、オランダ人教官団も勝を重宝して使うようになった。いつのまにか、勝は新任の伝習所総督、木村摂津守喜毅《きむらせっつのかみよしたけ》の次席、という位置を手に入れてしまった。

三郎助はあるとき、伝習所の中庭で、勝が教官たちとふざけ合っているのを見た。

勝は親しげにオランダ人の背中を叩《たた》き、何ごとか言って笑った。オランダ人たちも哄笑《こうしょう》した。

その様子は、彼らがまるで十年来の知己であるかのようであった。

三郎助のそばで、何人かの二期生もこの様子を見ていた。

その二期生らの言葉が耳に入った。

「まったくあのひとは、誰も彼も口で丸めこんでしまうようだな」

「口だけのひとだ。それ以上のものじゃない」

三郎助は、勝たちから視線をそらし、寄宿舎へと向かった。きょうも自分はまだ、蒸気機関学のおさらいをしなければならぬのだ。

新しい教官団の教授内容は、以前の教官団と較べて高い水準のものであった。

とくに蒸気機関学と医学は中身が充実した。また数学も、オランダで使われているという『航海術第一巻』に準拠したもので、一期生が学んだ数学よりも一段高度なものであった。

この三科目、蒸気機関学も医学も数学も、三郎助の必須《ひっす》履修科目である。一期のときよりも楽ができる、と思ったのは勘違いだとわかった。履修科目こそ少なくなったけれど、勉学に割くべき力はむしろ増した。

蘭語を榎本に学ぶようになってよかった、と、三郎助はつくづく思った。これで蘭語がちんぷんかんぷんであれば、自分は二期の伝習についてゆくことはできなかったろう。勝と同じ、学業放棄組に入ってしまったかもしれない。

明けて安政五年（一八五八年）になると、咸臨丸による実習航海が繰り返されるようになった。

一期生のときとはちがい、航行を許可された範囲も広がっている。長距離の航海が多くなった。ただ、伝習生の数が多かったため、毎回乗組員は交代する。

三郎助は、二月の第一回航海に乗り組んだ。五日間、五島列島から対馬《つしま》方面への航海だった。

咸臨丸による四回目の実習航海は、鹿児島往復である。九日間の航海だった。

このときは艦長を勝が務めた。

ただし、艦長の技能については、勝は評価を覆すには至らなかった。カッテンディケ大尉は、落第点をつけている。

この航海では、勝は鹿児島で島津斉彬に面会、長崎奉行所の目付を差し置いて、ふたりきりで密談している。後に勝が幕臣でありながら薩摩寄りに動いてゆく布石は、このとき打たれたものであろう。

このころ、アメリカ合衆国のニューヨーク市、三十二番街の屋敷で、マシュー・カルブレイス・ペリーが息を引き取ろうとしていた。

彼は日本遠征からの帰国後、この大航海に関する膨大な量の報告書を議会に提出し、さらにその公刊本の編集作業を終えた後、病の床に臥《ふ》せったのだった。

日本では、尊大で権力主義的な軍人、という印象が定着してしまっていたが、彼はその報告書の中で、世界の行く末と国際関係をこのように記すだけの人物であった。

「近年の国際法や戦争に関する概念の変遷によって、世界の状況は進歩をとげ、前近代的な強制や残酷な手段の行使が、もはや正当化されることはないであろう。

世界は二度と強奪や殺戮《さつりく》を黙認したり、宗教・学問の殿堂や芸術品・個人資産等の無差別な破壊を看過することはないと思われる。

これからの戦争は、名誉と誇りを重んじた形式で行われ、現在までの一般的慣行であった残虐行為を容認する国家は、良心のある世界の民衆から厳しい非難を受けることになるはずである」

そうしてまた、彼が接した日本人のうちの幾人かの顔を想い起こしながら、彼はこうも書いたのだ。

「他国民の物質的進歩の成果を学び取ろうとする旺盛《おうせい》な好奇心と、それらをすぐに自分たちの用途に同化させようとする進取性からしても、彼らを他国との交流から隔離している政府の方針が緩められるならば、日本人の技術はすぐに世界の最も恵まれた国々と並ぶレベルに到達するであろう。

そしてひとたび文明世界の過去から現在に至る技術を吸収した暁には、将来の機械技術進歩の競争をめぐり、日本は強力な競争相手として出現することになるであろう」

ペリーが不帰のひととなったのは、一八五八年三月四日であった。

葬儀は三月六日である。この日、ブルックリンの海軍工廠《こうしょう》と、付近に停泊中のすべての軍艦から弔砲が鳴り響いた。セントマークス教会の地下納骨所に柩《ひつぎ》が収められる際には、海兵隊の一隊が捧《ささ》げ銃《つつ》の礼を取った。牧師が送る言葉を読み終えると、海兵隊員たちは指揮官の合図で小銃を持ち直し、空に向けて構えた。マンハッタンの空に、一斉射撃の音が三度響いた。

五月、二期生も卒業の時期となった。

ちょうどこのとき、長崎には三本マストの小型帆船が入港していた。カタリナ・テレサ号という三百四十トンの英国船である。

幕府はこの船も、軍艦操練所の練習船として買い上げ、鵬翔丸《ほうしょう》と名付けた。

この鵬翔丸を、伝習を終えた一期の残留組と二期卒業生が江戸まで回航することになった。

伝習生たちが、乗組員の名と受け持ちの発表を待っているころである。伝習所総督の木村喜毅が、三郎助を呼んだ。

三郎助が木村の執務室に行ってみると、木村は言った。

「中島さま、航海士として鵬翔丸に乗り組んでもらいたいのですが」

三郎助は驚いて言った。

「は。しかし、わたくしは、造船と機関が専門。航海士が務まりますかどうか」

「中島さまが航海術もよく学んでおることは、カッテンディケ大尉から聞いております。立派に務まるはずです」

三郎助は言った。

「しかし、航海士としては、実習航海も経験しておりませぬ」

「無理でしょうか。できませぬか」

「いえ、しかし」

三郎助が困惑していると、木村は言った。

「鵬翔丸は帆船。中島さまに蒸気機関を預けようにも、釜《かま》がありませぬ。かといって、航海士なしで江戸まで回航はできぬ。いや、カッテンディケ大尉は、日本人だけでは江戸までの帆走は不可能と言っておるのです」

「日本人にはできぬと?」

「オランダ人が付き添うと」

闘争心が頭をもたげてきた。

「さようなことであれば、航海士として乗り組みたく存じます」

「やっていただけますか」

「はい。ひとつだけ、お願いがございますが」

「何でしょう？」

「月距法について、ひと七日、オランダ人教官からみっちり再伝習を受けたく存じます」

月距法とは、計算で船の緯度・経度を割り出す技法である。航海士に求められる能力だった。三郎助はこれまで座学を受けてきたけれども、実際に試したことはなかった。

木村は言った。

「いいでしょう。出港は十日後です」

航海術の教官は、オランダ海軍二等航海士のウィッヘルズという男だった。

三郎助は、一週間の特訓のあとに三郎助に言った。

「中島さんは、いっそ航海士になられてはいかがです。これだけの技能、惜しい」

三郎助は、ウィッヘルズのお世辞とは思えぬ言葉に感激しつつも言った。

「いまわたしが航海士になったら、これまで造船学と蒸気機関学を学んだ日々は無駄になってしまいます。航海士を務めるのは、この一時だけのこと。鵬翔丸を江戸に回航したところで、わたしは船造りとなります」

三郎助が航海士を務められる、と木村が確認したところで、鵬翔丸の乗組員が発表になった。

艦長は伊沢謹吾、士官乗組員として、中島三郎助、望月大象、柴弘吉《しばこうきち》、榎本釜次郎、春山弁蔵《はるやまべんぞう》、飯田敬之助《いいだけいのすけ》らである。

このほかに、水夫頭三人、水夫四十三人、大工二人、鍛冶《かじ》一人であった。

勝麟太郎は、こんども留年と決まり、乗組員としては選抜されなかった。彼はまた伝習所には姿を見せなくなった。

安政五年の初夏のある日、鵬翔丸は長崎の大波止を抜錨《ばつびょう》、江戸に向けて出帆した。

三郎助は、遠ざかってゆく長崎海軍伝習所の建物や長崎の街並みを見ながら思った。

この町にやってきたのが、安政二年の十月である。三郎助、満三十四歳のときであった。

それから榎本釜次郎たち若い伝習生にまじって学んだ二年半の日々。両親、妻子と別れての、勉学の日々だった。けっして短いものではなかった。もう三郎助は、満三十七歳なのだ。鬢《びん》にも、わずかに白いものがまじってきている。

三郎助は、鵬翔丸の甲板上でひとりごちた。

「この歳で、おれはようやったと言えるかな」

あとは、ここで身につけた知識と技能と経験を、日の本の海防と国づくりに生かすだけである。たぶん、時代は今後のおれに、いささかの怠惰も許してはくれまい。おれも休息は望まぬ。ただ世が求めるままに、存分に働くだけだ。

安政五年五月十一日、西暦では一八五八年の六月二十一日、月曜日であった。

第八章　徳川海軍にあり

鵬翔丸は、江戸の築地・講武所内に造られた軍艦操練所の岸壁に接岸した。乗組員たちはすぐに操練所の講堂に入った。操練所総督の永井尚志に帰府の報告をおこなうためである。

講堂には、すでに操練所一期生たちに対して講義を始めている教授たちが居並んでいた。小野友五郎や、アメリカ帰りのジョン万次郎《まんじろう》こと中浜《なかはま》万次郎が教授のひとりだった。教授方頭取は、矢田堀景蔵である。

簡単な儀式のあと、永井尚志から士官要員たちに、操練所教授方の内示があった。

永井尚志が言った。

「いよいよわが国とアメリカとのあいだには、日米修好通商条約が結ばれる運びとなった。海防に携わるそのほうたちの使命は、いよいよ重いものとなる。そのつもりで、新人操練生たちの訓練と教育にあたってもらいたい。新学期はきたる六月十八日からである」

三郎助の場合、浦賀奉行所の与力の職はそのままで、操練所へ出仕というかたちを取るのだった。

式のあと、三郎助は矢田堀景蔵に訊《き》いた。

「新学期が始まるまでのあいだ、浦賀奉行組はいったん浦賀に帰ってもよろしゅうございますか」

矢田堀景蔵は答えた。

「もちろんです。三年ものあいだお身内とも離れていたのですから、明日にもすぐ出立されますよう。築地と浦賀とのあいだは、中島さまの造られた鳳凰丸が行き来しております。あれに乗ってゆかれるとよいでしょう」

翌日の夕刻、三郎助は浦賀の自分の役宅の前に立った。

思えば、浦賀を出発したのは、安政二年の八月であった。二年十ヵ月ばかり、留守にしていたことになる。

役宅では、用人たちがまず声を上げた。

「旦那《だんな》さま。お帰りなさいまし！」

その声を聞いたか、中からすずが飛び出してきた。

「三郎助さま！」

続いて、恒太郎、英次郎のふたりの息子たちだ。

「父上」

「お帰りなさいまし」

そして父親の清司だった。

「三郎助。よう帰った」

玄関先で、三郎助はすずや息子たちの肩を抱き、ぽんぽんと何度もその背中を叩《たた》きながら言った。

「達者だったか。変わりはないか」

父親の顔が、かなり痩《や》せているのが気になった。父親はもう七十歳なのだ。四年前に再度与力職にお抱えとなったこと自体が、身体には厳しいものであったのかもしれぬ。

ひとしきり興奮ぎみの対面があったあと、三郎助は座敷に上がり、旅装を解いた。

風呂《ふろ》に入って出てみると、祝いの席のような膳《ぜん》が用意されている。

すずが、頭を下げて言った。

「お勤め、ご苦労にございました。どうぞ、できますれば、しばらくは浦賀でゆっくり骨休めされますよう。湯治などに参られるのもよいかもしれませぬ」

「なんの」三郎助は、風呂敷包みを家族の前で広げて言った。「長崎の土産《みやげ》だ」

昨年、一期を終了したとき、三郎助は伝習所での好成績を評価され、総督の永井尚志から褒美金十両、別段二両を授与されていた。その金で、家族のために長崎土産をさまざまに買い込んできたのだ。息子たちが歓声を上げて、土産に手を伸ばした。

その翌朝のことである。庭に出ていると、父親が声をかけてきた。

「三郎助、わしはもう歳だ。そろそろ隠居を願い出ようと思っておるのだが」

三郎助は、父親の横顔を見つめて言った。

「やはり、お身体が?」

「なんの、元気なものよ。だが、足は弱っている。若い者の足手まといとなっているのがわかる」

三郎助は、どう応えるのがふさわしいのか、吟味してから言った。

「父上は、十分に働かれた。二度も与力をお勤めになられた。いま引退しても、誰も父上のことを、悪くは言わぬでしょう」

「問題は跡番のことだ。恒太郎はまだ十一歳。跡番代わりとして願い出るには、若すぎる」

しかし与力職は、一代限りという建前でありながら、事実上の世襲である。幼少の跡継ぎが跡番に就くのは、けっして珍しいことではない。

三郎助自身は、ずいぶん長いこと与力見習を勤め、父の跡を継いだのは満で二十八歳になってからのことであったが。

三郎助は言った。

「お奉行は、父上の功に報いて下さるでしょう。恒太郎の跡番代わりの願い出、歳が若いという理由で拒むことはなかろうかと存じますが」

父親は言った。

「そうだろうか。わしの与力職拝命自体が、異例なものであったからな」

「そのことは心配ご無用と存じます。それより父上は、恒太郎を跡番代わりに指名されますか？」

清司は、ふしぎそうに三郎助の顔に目を向けてきた。

「ほかに誰かいると言うのか？」

三郎助は微笑して言った。

「長男の恒太郎には、わたしが隠居するとき、跡番代わりとさせたく存じます。父上は、英次郎を跡番に願い出ていただけませぬか」

「もっと若い。八歳だぞ」

「お父上には、もう少しだけ、英次郎の後見などお願いできれば」

「やれやれ」清司は苦笑した。「楽隠居とはゆかぬのか」

それでも清司は、今年の末を目処《めど》に退役を願い出る、と言った。奉行にそれとなく打診し、跡番として英次郎のお抱えがはっきりしたところで、願い書を出すと。

「それにしても」清司は夏の空を見上げながら、しみじみと言った。「息子と孫が、同時に与力となってくれたら、わしはもうこの世に思い残すこともないわ」


六月十八日、築地軍艦操練所の新学期が始まった。三郎助は教授方のひとりとして、造船学、蒸気機関学を教えることになった。

その翌日、神奈川沖に停泊したポーホタン号の上で、日米修好通商条約が調印された。三郎助の読み通り、開国は諸外国と通商の自由を認め合う段階まで進んでしまったのである。

しかし、この条約の調印には、朝廷が反対していた。ときの大老の井伊直弼《いいなおすけ》は、朝廷の勅許を得ないままに調印を断行、ついでその責任者として老中の堀田正睦《ほったまさよし》を罷免している。

これは、将軍継嗣問題もからんだ政争であり、井伊直弼としては、違勅調印の責任をすべて堀田正睦に押しつけたうえで、後継将軍を一橋慶喜《ひとつばしよしのぶ》にしようとする勢力の排除にかかったということであった。

後継将軍として一橋慶喜を推す勢力は、この違勅調印問題で井伊を責めた。江戸城に勝手に登城し、井伊を面罵《めんば》する大名、有力者たちさえ現れる始末であった。

　これに対して井伊は、水戸の徳川斉昭に謹慎を、尾張《おわり》の徳川慶勝《よしかつ》と越前の松平慶永《よしなが》に隠居・謹慎を命じた。さらに水戸の徳川慶篤《よしあつ》と一橋慶喜には、登城停止を命じた。

　さらに井伊は、七月、外国奉行を置いて、外交問題を管轄させることにした。外国奉行の最初の大仕事は、オランダ、ロシア、イギリス、フランスとも、アメリカと同様の通商条約を締結することであった。

　幕府は、朝廷の勅許を得ないままに欧米各国と通商条約まで結ぶに至った……。

　この事実は、国内の排外主義的思想のひとびとを憤慨させた。

　このままでは、神国日本が夷狄《いてき》の言うなりになる国に成り下がる……。

　攘夷派《じょういは》は危機感を募らせる。とくに、梅田雲浜《うめだうんぴん》、梁川星巌《やながわせいがん》、西郷隆盛《さいごうたかもり》といった人物は公卿《くぎょう》たちに働きかけ、孝明《こうめい》天皇から幕政に対する批判書を出させることに成功する。

　この文書は「戊午《ぼご》の密勅」と呼ばれ、同じものが幕府と水戸藩の双方に下った。

　攘夷派は勢いづき、逆に幕府中央は攘夷派をいっそう危険視するようになる。

　すでに攘夷を唱えることの時代錯誤と非現実性については、幕府のうちでこれに異論を唱えるものはいない。

　通商を拒絶し、攘夷を国是として掲げれば、戦争になりかねないのだ。アジアの超大国・清と、イギリスとのあいだで戦われた阿片《アヘン》戦争の結果も承知している。日本が外国と戦端を開いた場合、清国にはるかに国力で劣る日本に勝ち目はない。清よりも過酷な不平等条約を押しつけられるのが関の山なのだ。

攘夷派を放置すれば、国は滅ぶ。

井伊は、京都所司代を通じて、攘夷派の論客や指導層の一斉検挙に踏み切った。

これがいわゆる「安政の大獄」である。

攘夷派の一部は幕府の追及を逃れて、いっそう激しく攘夷運動を組織してゆくことになる。

操練所の生徒の中には、攘夷派による外国人排撃思想の広まりを危ぶむ者もいた。その先には、開国と通商という政策自体の見直しがあるのではないかと。

それはつまり、海軍創設の方針や海防の根本の目標が変更されるのではないか、という心配とひとつであった。

それを雑談中に生徒に言われたとき、三郎助はきっぱりと首を振って言った。

「この流れは、押し止めることはできぬ。向きを変えることもできぬ。お前たちは、愚劣な争いごとなどに気を取られることなく、勉学に励め。明日の日の本を支え、より豊かにするのは、きょう地道に知識と技を身につけようとしている者なのだから。見たこともない異人を毛嫌いし、根拠もない思い上がりから外国を蔑視《べっし》して、酒をかっくらっているだけの連中ではない」

その年の十二月、三郎助は下田に入港しているアメリカ船を視察してくるよう永井尚志から命じられた。三郎助は、その出張の帰りに浦賀に寄った。

役宅に帰ると、父親の清司が言った。

「退役と跡番代わりの件、認められた」

三郎助は頬を輝かせた。

「では、英次郎が与力に！」

「そうだ。中島家は、お前と英次郎と、ふたりの与力を出すことになった」

「それは、喜ばしゅうございます」

「しかし、お奉行からは、釘《くぎ》を刺されたぞ。英次郎には荷が重すぎるようだとわかったら、このわしを有無を言わさずに、また与力に召し抱えるそうだ」

三郎助は笑った。奉行の真意は、清司になお与力を続けよということだ。八歳の子供を本気で与力にするつもりはない。

「どっちにしても、楽隠居はできませぬね」

父親の清司の目にうっすらと涙が浮かんだ。

中島家が、名目上とはいえ同時にふたりの与力を出した……。それも、一度ならず二度までも。

家制度の強固な時代に、それは中島清司のような下級武士にとって、まちがいなく涙するにふさわしいだけの喜びであった。

三郎助は父親に言った。

「あとは、早く英次郎が元服できるだけの大人になることを祈りますね」

父親は言った。

「恒太郎が少し気の毒だ。お前がそれだけ立派にお勤めしているのだ。あいつの与力お抱えは、ずいぶん先のことになるぞ。お前はいくつで与力となった?」

「二十九のときでした」

「恒太郎も、そのころだな」

そのころには、日の本の身分制度もいまとはかなり変わったものになっているのではないか。三郎助は漠然とそう思ったけれども、口には出さなかった。

下田出張を終えて江戸にもどると、新しい仕事が待っていた。

咸臨丸の修理を命じられたのだ。

咸臨丸は先日、長崎から帰ってきたばかりだが、船底に修理の必要が出ていた。

永井尚志が三郎助に訊《き》いた。

「咸臨丸の修理は、江戸でできるか。石川島あたりで？」

三郎助は石川島まで造船所を観にゆき、永井のもとに帰って報告した。

「船底の修理の設備はありません。石川島では修理できませんな」

「どこでならできる？」

「浦賀なら、鳳凰丸を造った船大工たちもおります。乾式のドックを造ることも容易です。浦賀ではいかがでしょうか」

「まかせる。やってくれ」

年明け早々、三郎助は、春山弁蔵、山本金次郎、浜口英幹《はまぐちえいかん》といった浦賀奉行から長崎に派遣されていた男たちと共に浦賀に移った。

同じころ、長崎から朝陽丸という船で、勝麟太郎が江戸にもどってきた。

彼は落第して三期生と共に学ぶことを命じられていたのだが、総督の木村喜毅をどう言いくるめたか、とうとう伝習所を卒業しないままに、長崎を離れてきたのだった。つまり、その後、多くの日本人が誤解することになるが、勝は長崎海軍伝習所の卒業生ではないのである。

中島三郎助はまず、浦賀の長川の河口で、咸臨丸修理のための船渠《せんきよ》の建設にかかった。この咸臨丸修理の最大の難関は、船底のコーキング作業である。船底の水漏れ防止対策としては、西洋では数年ごとにコーキングを施す。これまで本格的な船渠のなかった国内では、むずかしかった作業である。

しかし、幕府が何隻も大型の洋式船を所有するようになったいま、船渠の新設は急務だった。三郎助たちは、長崎海軍伝習所で造船の専門家たるべく教育を受けた成果を、この船渠の建設に注ぎ込んだ。

船渠が完成すると、三郎助たちはただちにここで、咸臨丸船底のコーキング作業にかかったのだった。

作業も真っ最中のある日、築地の軍艦操練所から、教授方のひとり柴弘吉が視察にきた。柴は伝習所二期生で、江川英竜組からの派遣だった男だ。

その柴が、視察の途中、三郎助たちに言った。

「勝さんは、朝陽丸か咸臨丸で、アメリカに行くつもりになっておるぞ。幕閣のほうぼうに、自分を行かせろと売り込んでいるそうだ。益子焼きの皿でも売り込むように」

三郎助は柴に訊いた。

「勝さんが、どうしてアメリカに行くのだ？」

「承知のとおり、昨年、アメリカとは通商条約が結ばれた。そのときの取り決めでは、一年以内に批准書なる文書も交換して、正式の約定となすことになっているそうだ。この交換のために、ご公儀はアメリカの首府ワシントンに使いを派遣するというのだ。たぶん外国奉行とその配下の者が使いに任命されることになろうが」

「では、そのとき咸臨丸を使うということか？」

「いいや。正使副使は、アメリカの軍艦に乗って太平洋を横断する。ただし、ここから先が勝さんの売り込みだ。なにせ太平洋を横断するのだから、正副の使いにもしものことがあった場合を考え、もう一隻船を出すべきだ。それは日本人が操る船で、この船にもしものときの使いの代わりとなる者を乗せよと」

三郎助は訊いた。

「自分が使いの代わりを務めると？」

柴は首を振った。

「さすがそこまで図々しいことは言っていない。勝さんは、その船の艦長は自分がやると申し出ているのだ」

三郎助は、熊蔵や長吉たちと顔を見合わせた。勝はたしかに長崎の伝習所に艦長候補生として入学したが、けっきょく成績不良で卒業していない。勝はたしかに長崎の伝習所に艦長候補生として入学したが、けっきょく成績不良で卒業していない。実習航海でも、とても艦長など務められる力はないことを、オランダ人教官団や伝習生たちの前で証明している。

勝が艦長となり、朝陽丸もしくは同型艦の咸臨丸で太平洋横断？

それは悪い冗談というものだ。江戸を出港して三日後に、船は太平洋上で消息不明となるだろう。

熊蔵が訊いた。

「そいつは、もう決まった話ですかい？」

柴は答えた。

「まだだ。だが、いい案だと賛同されるお偉方も少なくないそうだ」

「どこまで口が巧いのだか」

長吉が言った。

「勝さんが艦長になると言ったら、乗組員は集まりませんよ。もし声がかかっても、あたしゃ願い下げだ」

熊蔵と長吉が三郎助を見つめてきた。

三郎助は言った。

「名前だけなら、艦長は勝さんでもいいさ。それより、徳川の軍艦組の面々、みずからの手で太平洋を横断できたら、これは自信になるぞ」

柴は言った。

「おれは、アメリカに行けるんだったら、たとえ艦長が勝さんでも、その船に乗ってみたいという気持ちはあるな」

自分はどうだろうか。

三郎助は、太平洋横断航海の魅力と、勝艦長のもとで働くことの苦痛を天秤《てんびん》にかけてみた。しかし、決めがたかった。

もちろん太平洋横断だ、アメリカを見ることだ、とは言い切れなかったのだ。

三郎助は苦笑した。

それほどまでに、おれは勝さんが苦手ということなのだろう。太平洋を航海し、アメリカをこの目で見るという抗《あらが》いがたい誘惑の前にも、勝さんが艦長という条件であるなら、二の足を踏んでしまう。それほどに、勝さんが苦手だ。

柴がドックを出ていってから、三郎助は船大工たちに言った。

「艦長が誰かはともかく、咸臨丸には太平洋を横断できるだけの補修を施すぞ。新品同様に直し、磨き上げてやろう。朝陽丸か咸臨丸、どちらを使ってもよいというだけのものにしてやろう」

船大工たちがうなずいた。


安政六年（一八五九年）五月、欧米諸国との通商条約締結を受けて、自由貿易が始まった。

自由貿易のための開港場は、神奈川（横浜）、長崎、箱館の三港である。それまで鎖国経済を維持してきた日本は、たちまちグローバル経済の大波に洗われ、翻弄《ほんろう》されることになる。

外国商人たちが目をつけたのは、日本の市場としての価値や特産品よりもまず、日本の金貨、小判であった。

金と銀との交換比率が、国際水準とは乖離《かいり》していることを利用し、彼らは小判を買いあさった。

彼らが日本に銀を持ち込めば、国際価格の三分の一の交換レートで、金が手に入るのである。差額はそのまま商人たちの利益であった。小判が一気に流出するようになった。それは、国内では物価の騰貴が始まったということであった。

物価の上昇はたちまち庶民の台所に響いた。困窮は全国に広まり、自由貿易を呪う声がほうぼうから上がるようになった。

それは、幕府が予想もしていない事態だった。いったんは江戸や京都から放逐された攘夷《じょうい》主義者たちが、それ見たことかと、再び声高に攘夷を主張するようになった。

同じころ、長崎海軍伝習所は、三期生の卒業をもって廃止された。幕府の海軍教育は築地の軍艦操練所に一本化され、以降はここで日本人教官の手によって継続されてゆくのである。オランダ人教官がいなくなったいま、操練所の教授方である三郎助らの任務は、いっそう重いものになったのだった。

いっぽう、アメリカへの特使派遣の時期は迫ってきたが、幕府内部では井伊大老による反対派追放の嵐が吹き荒れ、とても使節団を派遣できる空気ではなかった。特使の派遣は、無期限に延期されつつあった。

八月、軍艦奉行の職にあった永井尚志が罷免され、永蟄居《ながちつきょ》を命じられた。同時に、岩瀬忠震《いわせただなり》、川路聖謨も蟄居である。将軍継嗣問題への関わりをめぐって、井伊直弼から処分を受けたのだ。海防と海軍に理解のある高級官吏たちが揃って追放されたということである。操練所の空気は暗いものになった。

「大老は、海軍など要らぬということなのだろうか」と、操練所の教授たちはひそかに語り合った。

しかし、数日して、伝習所二代目総督の木村喜毅が軍艦奉行並となった。永井の更迭を埋め合わせる人事であった。

ついで十一月、軍艦奉行の職には、井上清直《いのうえきよなお》が就く。井上清直は、通商条約をめぐってハリスと直接交渉した外交経験者である。

勝は、その井上清直のもとに、独自の艦船派遣の案を持ち込み、見事に認めさせる。案を井上に示したとき、勝はすでに、乗組員名簿を用意していた。

その名簿は、操練所の教場で、勝自身の口から発表された。

「船は朝陽丸。艦長は、おれが務める」勝は教授方の面々を見渡して言った。「この航海は、日本人だけの手で太平洋を横断してみせるってものだ。情実なんぞ入れずに、なにより力本位で選んだ。はずれた者も悪く思うな」

読み上げられた名簿には、三郎助の名は入っていなかった。

浦賀奉行組からは、佐々倉桐太郎、浜口興右衛門《はまぐちおきえもん》、山本金次郎、岡田井蔵らが選抜されている。

なのに、航海士としてもその技能を高く評価されている三郎助ははずされたのである。

三郎助は冷静にこれを受けとめた。

自分が勝に選ばれるはずはないとわかっていたのだ。このような一大事に、彼は絶対に、おれを右腕の士官として選ぶことはない。

勝からはずされた者の中には、榎本釜次郎がいた。伊沢謹吾がいた。沢太郎左衛門《さわたろうざえもん》がいた。柴弘吉がいた。

いずれも、長崎の海軍伝習所では優秀な成績を修めて卒業した士官たちである。露骨な好き嫌い人事だった。

力本位とは言うが、勝さんは今度の乗組員を、自分の好みだけで選んだ。少なくとも、自分を侮蔑《ぶべつ》したり忌み嫌ったりしていないと信じうる男たちで固めた。小野友五郎や赤松大三郎《あかまつだいざぶろう》、松岡磐吉《まつおかばんきち》たち、人柄が温厚で、ひとと対立したりいさかいを起こしたりすることを嫌がる男たちだけを部下にしたのだ。

三郎助は思った。

榎本たちなしでは船は動かぬ、とは言わない。だが、もし船にはその専門分野の一番の男たちを揃えようとするなら、この面々ははずせまい。

勝はつけ加えた。

朝陽丸に乗る特使代理は、木村摂津守喜毅。

通訳として、ジョン万次郎が乗る。木村喜毅の随員としては、福沢諭吉《ふくざわゆきち》という若い洋学者も随行すると。

木村喜毅が特使代理ということは、彼が司令官ということである。

朝陽丸の出発は、年明け早々、安政七年(一八六〇年)の正月ということであった。

勝が艦長で、冬の北太平洋を航海できるか?

この日の発表のあと、誰もが同じことを思った。

はずされた伊沢謹吾が、木村喜毅に直談判に行こうと言う。これでは、冗談ではなしに、遭難事故が起こる。朝陽丸は北太平洋に沈み、木村喜毅以下、乗組員全員が海の藻屑《もくず》と消える。

三郎助は言った。

「それがしも、参りましょう」

自分がはずされたという個人的な感情はさておいても、この航海の計画は無謀だった。出港の前に、なんとか計画を現実性のあるものに変えねばならなかった。

木村喜毅の屋敷で、伊沢謹吾が木村に言った。

「この計画は無謀だ。朝陽丸は遭難します。勝さんが艦長では、船は動きませぬぞ」

伊沢謹吾は、かつて浦賀奉行も務めた伊沢美作守の息子である。上級旗本の出なので、若いのにもかかわらず物言いはいつも尊大である。

三郎助も、伊沢、榎本らと共に、計画の無謀さを訴えた。

「わが軍艦組の最大の弱点は、水夫たちの帆前技術にあります。いまだヨーロッパ海軍のそれに較べれば児戯にも等しい水準。荒天や夜間は帆柱に登ることもできぬ水夫たちが動かすのです。ましてや、それを指揮するのが勝さんとなると、帆走は不可能です。艦長は矢田堀さまに、そして蒸気機関は榎本にまかせ、そのうえでさらに、欧米人の水夫を使わなければ」

木村喜毅は、三人の訴えを聞いてから言った。

「わたしが乗ってゆく船です。勝さんにまかせると思いますか？」

伊沢謹吾が訊《き》いた。

「どういうことです？」

木村は言った。

「いま横浜には、近海で遭難して救助されたアメリカ海軍の一行がおります。ブルック大尉以下、水夫たちが十数名。このアメリカ人たちも、朝陽丸には乗せようと思う。アメリカまで、朝陽丸で送り届けるのです」

「ですから、太平洋を横断するのは無理だと申し上げておるのですが――」

「日本人だけでは手に負えなくなったとき、ブルック大尉たちも拱手傍観《きょうしゅぼうかん》というわけにはゆきますまい。いろいろ手伝うてくれるのでは？」

三郎助たちは顔を見合わせた。

ということは、木村は朝陽丸の航海を事実上、そのブルック大尉以下のアメリカ人に任せるという心づもりか。

木村は言った。

「ブルック大尉らには、こちらの腹も伝えております。ご公儀には、水先案内として便乗させるということで許可を得ました。もちろん勝さんも、水先案内が乗ってくるだけだと思い込んでおるでしょう」

三郎助は思った。

それであればなんとかなるだろう。木村がそのような計画を進めているというのに、これ以上ここで計画の無謀を訴えるのは、自分たちがはずされたからだと受け取られかねない。

三郎助らは引き下がった。

十一月のなかばになって、朝陽丸を使うという計画は突然変更となった。荷物が多くなったので、旧式外輪船であるが朝陽丸よりもひとまわり大型の、観光丸を使うことにしたというのだ。

朝陽丸はこの決定を受けて、長崎への実習航海に出てしまう。

ところが、出発もかなり近づいてから、アメリカ海軍のブルック大尉が観光丸の使用に反対した。

「この季節の北太平洋は、旧式外輪船では無理です。スクリュー式の新型船を使うべきだ」

となると、朝陽丸は航海に出ているから、残っているのは朝陽丸と同型の咸臨丸である。

咸臨丸は、浦賀で船体の修理を終えた後、神奈川港に移っていた。艤装《ぎそう》を改修するためである。安政六年の末は、その作業も終わって、いつでも出港可能な状態だった。

勝は、選抜した乗組員たちを前に言った。

「いろいろごたごたしたが、船は咸臨丸と決まった。日本人だけで太平洋を横断して、日の本の底力を毛唐《けとう》に見せてやろうじゃないか」

乗組員たちは、自信なげに小さくうなずいただけだった。

同じころ、三郎助は、軍艦操練所教授方骨折りに付きとして、褒美金二十両を、同時に、同じ名目で白銀十枚を受け取っている。

アメリカ航海組からはずれたからといってくさるな、という意味の褒賞であったかもしれない。軍艦組の幹部たちも、勝の乗組員選抜が公平ではないことは勘づいていたのだ。

明けて安政七年（一八六〇年）の一月十三日、咸臨丸は築地の軍艦操練所前の岸壁を離れることになった。

三郎助もその日はほかの操練所の教授方と共に、岸壁に見送りに出た。

岸壁に立つ乗組員たちの顔は、どれも冴《さ》えない。

日本人だけで太平洋を横断し、アメリカを見てくる、という航海である。本来なら、みなもっと晴れがましく、喜んだ表情を見せてよい。

しかし、誰もが沈鬱《ちんうつ》だ。

浦賀奉行組の浜口興右衛門は、三郎助のもとに近づいてくると、懐からそっと一通の書状を取り出した。

「中島さま、家族に渡してくださいませぬか」

三郎助は受け取って訊いた。

「どうしたんだ？　心配ごとでも？」

「そりゃあもう。そいつは家族に宛てた遺書のつもりなんですがね。浦賀に行ったときに、母親に渡してやってください」

「遺書とは、おだやかじゃないな」

「乗組員はみんな、生きては帰れないとあきらめてますよ」

「ほんとに？」

「少なくとも、あたしの知る限り、遺書を書かなかった者はおりませんや」

三郎助は、左右を見渡してから、小声で浜口に言った。

「神奈川で、アメリカ海軍のブルック大尉とその一行が乗ってくる。木村さまは、途中からは船はそのアメリカ人たちに任せるおつもりだ。いざとなったら、お前たちも勝さんの指示は無視して、大尉の指示に従え。じっさいの艦長は、ブルック大尉となる」

浜口は驚いた顔で訊いた。

「勝さんは、承知しているのですか？」

「いいや。だが、一回嵐に遭えば、自分の立場を悟るだろう」

浜口はかすかに頬をゆるめた。

「それなら、生きて帰ってこられそうだ、という気になってきますな」

三郎助ら残留組が見送る中、咸臨丸は出航していった。

咸臨丸や特使たちがアメリカに向かっているころ、江戸では大事件が起こった。登城途中の井伊直弼の行列を、水戸藩脱藩浪士らが襲って殺害したのだ。桜田門外の変である。

「いやな事件だ」と感じつつも、三郎助は軍艦操練所の稽古生《けいこせい》たちに、それまでと変わりなく造船学を講じ続けた。

咸臨丸が帰ってきたのは、その年の五月六日である。

元号は安政からあらたまって、万延《まんえん》元年となっていた。

築地沖に姿を見せた咸臨丸に対して、三郎助ら軍艦操練所の面々は歓呼して迎えた。勝が艦長だったというのに、咸臨丸は無事にサンフランシスコに着き、また帰りの航路を無事に航海してきたのだ。喜ばずにはいられなかった。

岸壁に着くと、勝麟太郎と木村喜毅は、幕閣への報告のためただちに登城した。

三郎助は、浜口興右衛門を捕まえて、料理屋へと誘った。

「うまいものを食わせてやる」というのが理由だったが、要は自分がアメリカの産業技術の話を聞きたいということだった。

操練所にいるほかの浦賀奉行組の男たちも、みな浜口の話を聞きたがった。けっきょく総勢十人ほどで繰り出すことになった。

料理屋では、三郎助は浜口を質問攻めにして、ろくにものを食べさせなかった。

咸臨丸の帰国からひと月後、勝に異動が命じられた。軍艦操練所をお役御免となり、蕃書調《ばんしょしらべ》所《しょ》頭取助を命じられたのだ。

勝はどうしたのだ、という疑問が、勝と親しい幕閣のあいだで上がったという。

操練所の面々には、咸臨丸に乗り組んだ者の口から、勝が太平洋上で何をしていたのかが伝えられていた。

それによれば、勝は航海中は船酔いを理由にほとんど艦長室にこもりきり、艦の指揮は事実上ブルック大尉が執った。

しかも勝は絶えず不平たらたら、自分の地位が低いとこぼし、幕閣にはひとを見る目がないと罵《ののし》った。

ときには「バッテラを持ってこい!」と怒鳴り散らすありさまである。

バッテラとは押し鮨《ずし》のことであるが、連絡用の短艇をこう呼ぶこともある。つまり、おれは日本に帰りたいと、勝はしばしば駄々をこねたのだ。

幕閣は、ようやく勝が海軍軍人としては欠格であることを認め、海軍の職を免じ、操練所から放逐したのである。

操練所では、この人事に異議を唱える者も、勝に同情する者も、ひとりもなかった。ひとりも。

三郎助は、勝が操練所から消えた後、教授方頭取手伝に昇進し、十人扶持となった。操練所の教頭、というポストになるだろうか。

このとき三郎助は三十九歳となっていた。操練所の教官団の中では、最年長組のひとりであった。

喘息《ぜんそく》が、重くなった。

そう意識するようになったのは、文久元年(一八六一年)になってからである。夜中にしばしば発作を起こし、若党の渡辺長蔵に背をさすってもらうことが多くなった。

「ちょうど前厄か」三郎助は少し弱気になって言った。「いまのおれには、海は厳しすぎる場所なのかもしれぬ」

いやおうなく、浦賀が思い出された。浦賀のすずのこと、息子たちの姿、父と母の面影。

八月、三晩発作が続いた後、三郎助は決めた。

「浦賀に帰ろう。もう軍艦組では務まらぬ」

浦賀は江戸よりも多少は気候が温暖であり、なによりいざという場合にはすずがそばにいてくれる。喘息を抱えて生きるしかないのであれば、浦賀に住むほうがよかった。

三郎助は、健康を理由に、教授方頭取手伝の免職を願い出た。

九月十二日、願いは認められ、軍艦組出役は免じられた。三郎助は、浦賀奉行組へ帰番することとなった。

考えてみると、浦賀奉行所を離れて、これでもう六年になるのだった。

少し無念だ、という想いはあった。

操練所で、もっと多くの後輩を育てたかった。自分が長崎でオランダ人から学んできたことを、すべて何もかも伝えたかった。さらに言えば、いずれはできるにちがいない徳川海軍に於いても、何かしらの職を得たいという想いがある。

自分はものごころついたときから、海防を自分の役人としての生き方の主題としてきた。海防に携わることが、自分の役人としての生き方のすべてだった。

いまここで、と三郎助は思った。操練所から離れることは、海防という生涯の主題から離れることを意味しかねない。それだけが残念であった。

九月なかば、三郎助は生家である浦賀の役宅に帰った。

浦賀に帰ってまだ数日しかたたぬある日、役宅を客が訪ねてきた。

出てみると、長州藩の桂小五郎である。六年前、三郎助が長崎に行く直前、この家に寄留して、三郎助から海防の問題と造船学について学んでいった青年だ。

「お久しゅうございます」と桂小五郎は言った。「中島さまは築地から浦賀に帰られたとうかがいまして、ぜひお目にかかりたく、ぶしつけとは存じますが、訪ねてまいりました」

「これはこれは」

三郎助は座敷へと桂小五郎を上げ、すずに酒肴《しゅこう》を用意させた。

桂小五郎と、しばらくのあいだ、長崎の話をした。桂小五郎も興味深げに聞いていたが、やがて話題が途切れたときに、桂小五郎は言った。

「じつは先日、江戸で勝麟太郎さまにお目にかかりました」

桂小五郎の口から意外な名が出たので、三郎助は驚いた。ふたりは知り合いだったのか？

「そうですか」三郎助は慎重に言った。「勝さんは、操練所から蕃書調所へ移られた。わたしはしばらく会っておりませぬが」

「いまは、講武所におられます。しかし、じっさいには講武所には出てはいらっしゃらぬ。蟄《ちっ》居《きょ》されておられます」

「蟄居？」

「はい。咸臨丸の一件、ご公儀からの信用を失ったと、消沈されておりました」

三郎助が黙ったままでいると、桂小五郎はわずかに膝《ひざ》でにじり寄って訊《き》いた。

「中島さまは、勝さまのことを、どう思われております？」

「どうと申されますと？」

桂小五郎は言った。

「わたしは、勝さまは日の本には稀《まれ》な深い識見をもった人物と思うております。得難い人物です。あのかたを、講武所に逼塞《ひっそく》させておくのは、国家の損失と思うものですが」

三郎助はうなずくことなく、膳《ぜん》の上の猪口《ちょこ》に手を伸ばした。

桂小五郎は、三郎助の反応を見つめて言った。

「では、噂は事実なのですね？」

三郎助は、桂小五郎に再び目を向けて訊いた。

「どんな噂です？」

「中島さまと勝さまは、反《そ》りが合わぬのだと。勝さんのもとでは働くことはできぬと、咸臨丸航海士を務めることを拒まれたと」

「わたしが拒んだ?」三郎助は、猪口を持つ手を止めて言った。「勝さんがそう申されたか」

「いえ、噂です。勝さんは、航海士として中島さまにはぜひ咸臨丸に乗り組んでいただきたかった。ですが反りの合わぬ中島さまはこれを拒み、その結果、咸臨丸の航海はえらい難儀なものになった。あの航海に、中島さまが乗り組んでおられたら、と、操練所では誰もが話しているとか」

三郎助は、もう酒を飲み続ける気分にもならずに言った。

「操練所の誰かから、桂さまがそのとおりのことを聞かれたのか?」

「いいえ。ですから、噂を小耳にはさんだだけですが」

「乗組員は勝さんが選んだ。わたしは拒んだ覚えはないし、勝さんから乗り組むように指示を受けたこともありませぬ」

桂小五郎は、不安げな顔で訊いてきた。

「勝さまがお嫌いですか?」

単刀直入だな、と感じつつ、三郎助は言った。

「ひとの好き嫌いなど、武士が口に出してよいことではありませぬ」

「では、あのような人材を、将軍家がうまく使うことができぬというのは、いかにも惜しいとは思われませぬか。咸臨丸の艦長となったのも、実力ゆえのことだと思うのですが」

三郎助は言った。

「咸臨丸の艦長として適格であったかどうか、を問われるなら、勝さんにはその資格はなかったと申し上げるしかありませぬ。ご承知かと思うが、勝さんは、長崎ではついに伝習所を修了できなかった。艦長候補として学んだが、必要な知識や技能を身につけることができませんでした」

桂小五郎は驚いている。

「勝さんは、長崎海軍伝習所を修了しておらぬのですか？」

「二度、再履修を求められて、けっきょく三期の途中で帰府されました」

「わたしは、勝さんは、伝習所では日本人とオランダ人とのあいだに入って、事実上の所長を任せられていたものだと思っておりました。つまりその、最優秀の日本人稽古《けいこ》生《せい》であったのだと」

「ろくに伝習所にも出てこられなかった。たしかに蘭語は伝習所いちばんでしたが」

桂小五郎は、顔にとまどいを見せながら言った。

「それはそれとして、中島さまは、勝さまの力が生かせるよう、ご公儀にお取りなしをするご意志はございませぬか」

もうわかった、と三郎助は思った。桂小五郎はおそらく勝麟太郎に頼まれて、この自分に会いにきたのだ。なんとか復権に力を貸してやってくれぬかと、それを頼んでこいと。

三郎助はひとつ小さく溜《た》め息をついて言った。

「わたしには出過ぎた真似。また、それができる力もございませぬ」

「勝さまは、誤解されやすいひとのようですね」

「そうですか」

「憂国の至情の深きこと、なかなかあれほどの人物はおるものではない、と思えます。しかも博識で、弁も立ちまする。それゆえ、妬《ねた》まれるひとなのかとも思うのですが」

三郎助は言った。

「わたしには、勝さんを妬む気持ちは毛頭ございませぬ」

「いや、これは失礼。中島さまのことを申したわけではございませぬ」

三郎助は言った。

「この話題、ここまでにいたしませぬか。桂さまには、ほかにも話したいことは数多くございます」

ようやく桂小五郎は微笑を見せた。

「わたしも同じにございます。じつはわが藩士で、ひそかに清国は上海に渡り、先般、帰ってきた者がおるのですが」

「ほう。上海に？」

「どうぞご内密に」

そのあとは、阿片《アヘン》戦争やアロー号事件とその後のアジアのことをもっぱらの話題に、三郎助たちは語り合った。歓談は深更にまで及んだが、翌朝、三郎助は二日酔いだった。さして飲める口ではないのに、なぜ酒が過ぎたか、三郎助にはこれといって思い当たる節がなかった。


翌文久二年（一八六二年）の八月である。

横浜・生麦《なまむぎ》村で、薩摩藩・島津久光《ひさみつ》の行列の前を外国人が横切った。これに激怒した薩摩藩の足軽が、この外国人らに斬りつけ、四人を殺傷するという事件が起こった。生麦事件である。

イギリスは下手人の引き渡しと高額の賠償を求めたが、薩摩藩は下手人引き渡しには応じず、賠償金の支払いも拒んだ。

幕府は、直接の責任はないにせよ、みずからが正面に立って事態の円満解決をはからねばならなかった。しかし、イギリスとの交渉は難航した。イギリスは、態度をどんどん硬化させてくるのだ。

やがてロシアやアメリカが、イギリスが艦隊を派遣したという情報を伝えてきた。江戸湾に入るという。

報復の軍事行動があるやもしれぬ。

浦賀奉行所は、非常態勢に入った。

浦賀がそんな緊張のさなかにあるとき、三郎助の昇進が発表された。

新しい役職はこうである。

富士見御宝蔵番格軍艦頭取手伝出役。

御宝蔵番格とは、百俵高の格式である。

また、軍艦頭取手伝という職は、徳川海軍の艦隊幹部ということになる。

自分は健康を理由に辞職したが、昇格と対での辞令である。断るわけにはゆかなかった。

少したってから、三郎助は勝の軍艦組復帰を知らされた。

謹慎させられていた勝が、井上清直のはからいでまた軍艦組に呼び戻され、操練所頭取となったというのだ。さらにそれもつかのま、勝はたちまち軍艦奉行並という要職に就いた。海軍創設の責任者となったということらしい。

三郎助は思った。これからの軍艦組の勤めは、苦労の多いものになりそうだな。

いっぽう、この時期、幕府はオランダに留学生団を派遣していた。

造船学をはじめとし、法律や医学など、最新の欧米の科学を学ばせるためであった。造船学の留学生としては、榎本釜次郎や沢太郎左衛門、戸田の船大工、虎吉など、長崎海軍伝習所の卒業生たちが多く選抜されていたのだった。

文久三年（一八六三年）二月四日、生麦事件対策で派遣されてきたイギリス艦隊の最初の船が江戸湾に入り、横浜沖に停泊した。

幕府とイギリスとは、一歩間違えば戦争という緊迫した情勢の中で交渉を重ねる。薩摩藩はこの事態に非協力的であり、幕府は対応に苦慮した。

三月、幕府はついに、関八州の旗本や諸大名に、軍備を整え、イギリスによる軍事行動を阻止するよう命じた。

浦賀奉行・大久保土佐守忠董《ただすみ》も、浦賀周辺の住人に対して、戦闘もありうるとの警告を発した。

こんな中、将軍の海路上洛《じょうらく》が発表され、浦賀奉行所にもその際の江戸湾警備の強化が通達された。上洛の理由は、朝廷が望む攘夷《じょうい》について、これを実行すると約束するためだという。

「いかん。いまさら攘夷など。世の流れを逆に巻き戻すことなど、やってはならぬ」

三郎助はまた新たに一通の建議書を書き上げた。
「ご警衛筋の儀につき、愚意の趣申し上げ候書付け」と題された文書である。

これは軍艦奉行を通じて、幕閣に提出された。

三郎助は、この文書の中で、攘夷運動の高まりを憂慮し、幕府が朝廷の意を受けて攘夷実行に出ることには反対した。攘夷の決断はご仁徳のある政策ではないと、はっきり攘夷運動の不毛さを指摘している。

同時に三郎助は、開国と通商によって国内の物価が騰貴し、庶民生活が困窮して不穏な社会情勢になっていることを指摘した。

三郎助は、この国内の政治的、経済的混乱を収める方策として、横浜港に於ける交易を停止、港の一時閉鎖を提案している。

さらに三郎助は、海防の緊急対策として、有力諸大名に海岸線の警備を委ね、さらに新編制の近代的な陸海軍をもって、国の守りに当たらせることを提案した。

この三郎助の横浜港一時閉鎖の提案は、後に幕閣によって採用された。

これが、文久四年（一八六四年）の「横浜鎖港遣欧使節団」の派遣につながってゆくのである。

三郎助が、後に文久上書と呼ばれることになるこの建議書を出した直後、幕府とイギリスとの交渉がいったんまとまった。幕府は、賠償金の支払いに同意したのだ。

しかし幕閣内の反対勢力が、この交渉結果を反故《ほご》にしてしまう。

イギリスは激怒し、三日間の猶予をもって自由行動に出ると通告してきた。自由行動とは、すなわち軍事行動を意味する。

五月四日、幕府は戦争は避け難いと判断し、諸藩、諸機関にその旨を布告する。

軍艦組は、臨戦態勢に入った。

同じ日、欧米各国は、自国民の安全確保を理由に、水兵や海兵隊を横浜に上陸させた。

もはや一触即発である。いつ戦闘が勃発《ぼっぱつ》してもおかしくはないという事態に至った。

五月九日になって、ようやく幕府は反対勢力の説得に成功、賠償金を支払うと決めた。イギリスとのあいだの戦闘は回避されたのである。

もちろん、諸藩や攘夷主義者のあいだには、これを屈辱的な解決、土下座外交であったと受けとめる者もいた。薩摩藩がその筆頭である。

七月、薩摩藩は、鹿児島湾に入ってきたイギリス艦隊と砲火を交える。薩英戦争である。

薩摩藩は、砲台を破壊され、城下が燃えて、半日でイギリスに膝《ひざ》を屈した。

いっぽう、軍艦奉行並となって海軍創設の準備を進めていた勝は、この年の四月に、将軍家《いえ》茂《もち》からじきじきに、神戸海軍操練所設立の許可を得た。

三郎助には、この構想が理解できなかった。

三郎助の疑問はこういうことだ。

築地にすでに操練所があるのだ。なのに、いまさらなぜ、神戸に操練所をもうひとつ新設せねばならないか。

そこでは誰が教官となって教えるのか。

残念なことに、幕府はいまだ人材不足。築地のほかにもうひとつ海軍軍人養成のための学校を創ったところで、ここに教官として割くべき人材はいない。

三郎助は勝にそのことを質《ただ》した。

勝は言った。

「おれは、徳川の海軍なんて小さなことを考えていねえんだ。日の本の海軍を作るんだ。諸藩がそれぞれに自前の海軍を持ち、その海軍を糾合したものが、国の海軍となるのよ。だが築地では、将軍家の色がつきすぎる。神戸なら、諸藩もひとを送ってこようというものだ」

三郎助は訊《き》いた。

「徳川家が将軍家として国家の舵取《かじと》りを任せられている以上、日の本海軍はすなわち幕府海軍ではございませぬか」

「幕府海軍だけでは日の本は守れぬ」

「しかし、諸藩、とりわけ西の雄藩と幕府とは、必ずしも利害が一致しているわけではございませぬ。また昨年の生麦事件のようなことが起こって、薩摩海軍がイギリスと戦争に入ったとき、その諸藩連合の海軍は、薩摩に付くのですか。道理も何もない異人斬りをかばうために」

「だから中島さんの言うことは小さいと言うのだ。おれは日の本という国のことしか頭にない。将軍家よりも、日の本だ。いまは、幕府の海軍だ薩摩の海軍だと、分けて考えているときじゃないと言うておるのよ」

「こたびイギリスと我が国とが大戦にならずにすんだのは、イギリスが幕府と諸藩とを厳密に区別して対処してくれたからです。諸藩の海軍がそのまま日の本海軍となれば、薩摩の愚行のために、たちまち外国と全面戦争となる。それでもよいとお考えか」

「幕府だ藩だと言うような国のありかたそのものが間違いだ。おれは、日の本もいずれはヨーロッパのような……」

三郎助は、勝の言葉を遮って言った。

「国のありようはまたべつの議論。いまは、日の本の海防の手だてをめぐって頭をひねるべきときとは、お考えになりませぬか」

けっきょく、この神戸海軍操練所の新設に関して、勝とはまったく話は嚙《か》み合わなかった。

しかし勝は、軍艦組の面々が呆《あき》れているあいだに、神戸操練所設立の計画を一方的に進めていった。諸藩からも向学心ある者を受け入れるという学校である。

長崎の伝習所を二度落第してとうとう卒業しなかった勝が向学心を語ることは、どこか滑稽《こっけい》なものに聞こえた。

いっぽう勝は、この操練所に併せて、みずからの私塾を設けるという。これは勝の眼鏡にかなった者だけを入学させる蘭学塾とのことだった。

「何を考えておるのか」という声が、操練所の同僚たちから聞こえてきた。「勝さんは、要するに自分が自由に振る舞える学校を、公費で建てたいだけじゃないのか?」

勝は、将軍家茂の覚えよろしく、この後元治《げんじ》元年（一八六四年）にはとうとう軍艦奉行となる。一度蟄居《ちっきょ》させられた身としては異例の復権であり、めざましい昇進である。

三郎助には、勝から何度も、この神戸海軍操練所の設立に協力してほしいと話がきた。そのたびに三郎助は、自分は構想自体に反対である旨を告げて断った。

あるとき、対面して語っていたときに、とうとう勝は声を荒らげた。

「中島さんがどう考えておろうと、おれは軍艦奉行並。あんたの地位なら、おれの言うことを聞くべきじゃないのかい」

三郎助は黙って頭を下げると、勝の前から引き下がった。

このころ、三郎助のもとに、一通の書状が届けられた。

差出人を見ると、榎本釜次郎である。

留学した榎本が、このおれに外国から手紙をくれた！

読むと、榎本は大西洋上のセントヘレナ島で、この手紙を書いたのだとわかった。航海の様子と感慨を、素直に認《したた》めた書状だった。末尾に、悪詩を書いてみたので、笑って欲しいと、漢詩が三篇添えられている。

すべて読み終えてから、三郎助はあの爽《さわ》やかな青年のことを想った。

勝と衝突を繰り返しているさなかのことであるから、榎本の人となりの魅力と器の大きさが、いやおうなく意識された。

榎本が留学を終えて帰国したら、と三郎助は思った。彼は、もうただの蒸気機関の専門家ではおらぬのではないか。もっと大きなことをなすべき男になっているのではないか。

浦賀に帰ったとき、三郎助は恒太郎と英次郎にも、セントヘレナからのその書状を見せて言った。

「榎本さんが帰ってきたら、ぜひともお前たちを引き合わせてやりたい。お前たちが手本とすべき人物だぞ」

恒太郎と英次郎は微笑してうなずいた。

翌元治元年の七月、父の清司が息を引き取った。享年七十四。一度引退した後も請われて与力職を再勤、合計で五十年間、浦賀奉行所の与力を勤めた侍であった。

清司の葬儀を執り行ってほぼ半年後、三郎助はまた昇進する。こんどは軍艦頭取出役である。

いっぽうで勝のほうも、軍艦奉行に昇進した。

「だめだ」三郎助は、軍艦組の同僚たちに言った。「おれは、もうこれ以上勝さんのもとでは働けぬ。軍艦組のお勤めを免じていただこうと思う」

長崎海軍伝習所の一期生で、数学の秀才の小野友五郎も同意した。

「わたしも、勝さんが軍艦奉行ならば、軍艦組にはもう留まりたくはない。辞める」

同僚たちも、みな賛同した。

勝が軍艦奉行であれば、自分たちは揃って軍艦組を離れると。

つまり、同盟罷業が決まったのである。

これを聞いて、勝が操練所に乗り込んできた。

勝は言った。

「嫌なら辞めろ。痛くも痒《かゆ》くもない。だがお前さんたち、この勝を忌避して、二度と船に乗れるとは思うなよ。その覚悟でやるのだろうな」

こんな脅しも、三郎助たちにはきかなかった。小野友五郎、軍艦奉行並の伊沢謹吾、それに将軍御座船の艦長である荒井《あらい》郁之助《いくのすけ》が、三郎助と一緒に辞表を出した。

三郎助が正式に軍艦頭取出役を依願免職となったのは、慶応二年（一八六六年）三月末のことである。

幕府の職制の中で、公然と人事に反抗したのだ。本来なら、懲罰があってもふしぎはなかったが、軍艦組と操練所の空気がそっくり軍艦奉行の勝にそっぽを向いているのだ。それなりの理由はあると、幕閣も考えざるを得なかったのだろう。三郎助にも特段のお咎《とが》めはなかった。

しかし、三郎助は、結果として同盟罷業まで煽《あお》ることになった自分の責任は取るつもりだった。

浦賀にもどると、三郎助は長男の恒太郎に言った。

「恒太郎、そろそろお前が与力職に就くべきだ。心がまえはできておるな」

恒太郎は満十八歳である。跡番代となるには十分な年齢だ。

恒太郎は驚いて言った。

「何を申されます。父上はまだ、隠居の歳ではございませぬ」

「四十六だ。喘息《ぜんそく》もきつくなってきた。お勤めはこたえる」

「わたしは、いま与力職を継ぐのはいやにございます」

「父親が苦しいと言うておるのに、逃げるか」

恒太郎は黙り込んだ。

三郎助は翌日、奉行に会い、引退を願い出た。

「持病の喘息がいよいよひどく、奉行所の大事なお勤めには耐えられませぬ。どうか、与力職を免じてくださいますよう」

浦賀奉行の土方出雲守勝敬《ひじかたいずものかみかつとし》が言った。

「どうしてもか？」

「は。ついては、わが嫡男の恒太郎を跡番代にご任じくださいますよう」

浦賀奉行の土方出雲守は、少しのあいだ三郎助をまっすぐに見つめてきた。

翻意が可能かどうか、はかろうとしたのだろう。

浦賀奉行所にとって三郎助はかけがえのない人材であった。

砲術から造船、外国人との交渉まで、この三十年あまり、三郎助ほど献身的に、つねに第一線で働いてきた男はいないのである。その三郎助をいま引退させてしまってよいか。

しかし土方は、三郎助の目に動かし難い決意を見てとった。

このところ、三郎助の顔だちは、いかにも一徹な、融通のきかぬ古武士のようである。このような男がいったん口にしたことを翻《ひるがえ》させるのは、容易なことではない。

「聞いた」と土方は言った。「そのほうの与力職引退と、跡番代にそのほうの嫡男を据える件、認める」

三郎助は深々と頭を下げた。

奉行の部屋を出ようとするとき、土方が呼びとめた。

「その歳で引退して、これから何をするつもりだ？　まだまだ世には波乱がありそうだぞ。そのほう、黙って見ておれるのか？」

三郎助は微笑して答えた。

「好きな俳句を詠《よ》もうかと存じます。木鶏という俳号、このところとんと使うておりませんでしたから」

しかし時代は、三郎助にただ俳句を詠むだけの日々を与えてはくれなかった。攘夷《じょうい》をめぐる国内の政争は、いまや徳川幕府そのもののありようを問う段階にまで至っている。西の雄藩はひそかに幕府打倒を狙い、朝廷の一部は王政復古を期待していた。幕府との協調路線を取っていた孝明天皇は突然死した。毒殺された、との話が伝わってきている。京都は騒然としているようである。

幕府もなんとか新しい世にふさわしく変貌《へんぼう》しようと躍起だが、いまや内戦さえ噂されている。日本は動乱前夜の激動のときなのだ。

ときは、慶応二年から三年に移ろうとしていた。

慶応三年（一八六七年）の三月二十五日である。

朝がた、三郎助が亀甲岸の台場の近くで釣り糸を垂らしているとき、白い蒸気船が江戸湾に入ってきた。三本マストの、かなり大きな船である。船体だけ見るなら、あのペリーが乗っていたサスケハナ号に近い大きさだ。砲窓が並んでいるところを見ると、軍艦である。

どこの船だ？

立ち上がって目をこらすと、船尾に掲げられている旗はどうやらオランダ国旗のようである。見たことのない船だが？

そのとき、この蒸気船が汽笛を鳴らした。浦賀の住人たちにあいさつしたように聞こえた。

ふと気がついた。

「これはもしや、榎本たちが造った船か？」

榎本たちオランダ留学生は、オランダの造船所で新式の軍艦を建造し、これを回航して帰国することになっている。そろそろ、その帰国の時期だ。

「そうだ！」ようやく気づいた。「こいつは、開陽丸《かいよう》だ」

軍艦奉行並の伊沢謹吾から、榎本たちがオランダで造る船には、開陽丸と名付ける、と聞いたことがあった。

開陽。

それは星の名である。北斗七星の杓《ひしゃく》の柄の、二番目の星。かつてはこの星が北極星の位置にあった。この星を中心にして天が回るように見えたから、古代の中国人たちは、これを朝を開く星、朝日を引っ張る星の意味をこめて、開陽と呼んだ。

また中国人は、杓の柄の一番目の星を、将軍の星とみた。この星の方向に軍を進めれば必ず敗れる。だから、この星の名を破軍の星とも言う。

開陽は、その将軍の星の脇に控える星でもある。つまり、将軍を守って戦う星だ。

幕府が外国で建造した最初の蒸気船の名は開陽。これほどよい名もあるまい。

その開陽丸が、とうとう日本に回航されてきたのだ。当然、あの船には榎本や沢や虎吉たちが乗っていることだろう。

三郎助は江戸湾にゆっくりと入ってゆくその船に向けて手を振った。

美しい船だった。いまは機走だが、帆を広げて帆走する姿も、さぞかし美しいことだろう。

船の甲板上でも、多くの乗組員が手を振っている。榎本の顔まで判別できなかったが、しかし、まちがいなく榎本はあの甲板上にいることだろう。

浦賀沖を通過してゆくその開陽丸を見送りながら、三郎助は一瞬、後悔した。軍艦組を辞めるのは、早すぎたかもしれぬ。勝がどんなにひどい上司であろうと、開陽丸で榎本たちが帰ってくるまでは、待つべきであったかもしれぬ。

ところが五月十三日になって、長崎海軍伝習所の同期生である矢田堀鴻《こう》(景蔵)から手紙がきた。

また軍艦組にもどってはくれぬか、という頼みである。開陽丸の機関長となって欲しいと書かれていた。

矢田堀の肩書は、艦隊司令官とある。幕府の軍艦組は、どうやら開陽丸の配備をもって、艦隊と呼べるだけの編制となったようである。

ちょうど幕府は、軍艦奉行の上に海軍奉行、さらにその上に海軍総裁という職を置いたという時期である。つまり正式に徳川海軍が発足したのだ。

その手紙で、矢田堀は、開陽丸の艦長には榎本が任命されるだろうとも書いていた。

この手紙を読んで、三郎助は頭を抱え込んだ。

先日目撃した開陽丸の姿が思い出されたのだ。あの三本マストの優美な白い船。榎本たちがほぼ四年の歳月をかけて建造し、回航してきた軍艦。あの船の機関長として働けるというのなら、それは魅力的な申し出である。それも、勝ではなく、矢田堀や榎本のもとで。

しかし、自分は健康を理由にして軍艦頭取を辞め、浦賀奉行の与力の職からも離れた身である。その自分が、いまさらまたのこのこと軍艦組にもどってよいだろうか。

しかし、ひと晩考えて結論が出た。

翌日、三郎助は矢田堀に返事を書いた。

「謹んで、機関長拝命いたしたく存じます」

三郎助が築地に赴くと、構内を榎本が駆け寄ってきた。

「中島さま、もどってくださるのですね」

三郎助は、堂々たる貫禄《かんろく》の三十男となった榎本を見つめてから言った。

「開陽丸に乗れるというなら、この老骨に鞭《むち》打って、ひと働きいたします」

「中島さまに釜《かま》を見ていただけるなら、開陽丸の機関についてはもう何も心配することはございませぬ」

築地にある軍艦組の役宅に、妻のすずも移ってきた。

開陽丸の引き渡しの儀式は、五月二十日に横浜で行われた。

この式典には、選抜された開陽丸の乗組員百十名も全員参列した。

艦隊司令官は矢田堀讃岐守《さぬきのかみ》鴻、船将（艦長）は榎本釜次郎武揚、副長に沢太郎左衛門、そして機関長が中島三郎助である。

戸田村の船大工、虎吉は上田という苗字《みようじ》をもらい、開陽丸の大工頭肝煎《きもいり》（船匠長）となっていた。

士官と下士官は、全員洋式軍服を着ての参列である。

三郎助も、髷《まげ》を結った頭に紺羅紗《こんラシャ》の洋式軍服を着込んだ。腰にはふた振りの大小を差している。和洋折衷の海軍士官姿であった。

幕閣からの出席者は、海軍奉行並の織田《おだ》対馬守信愛《のぶよし》、軍艦奉行勝安房守義邦《あわのかみよしくに》（麟太郎）、同じく軍艦奉行木村摂津守喜毅たちである。

開陽丸は、横浜に入港した後、タールを塗られて、いまは黒船である。

その黒い開陽丸から二十一発の礼砲が撃たれた。後部マストからオランダ国旗がおろされ、代わりに日の丸の旗が上がっていった。

三郎助は、司令官の矢田堀ほか、乗組員全員の顔を見渡しながら思った。

大事なときだ。軍艦奉行が勝であっても、自分はこの同僚と共にであれば、どんな辛《つら》い任務にも耐えうる。誇りをもって、全身全霊で尽くすことができる。おれは、この同僚たち、そしてこの開陽丸と共に、残りの人生を生きよう。

式典が終わり、日本人乗組員たちの手で横浜から築地に回航したところで、開陽丸の司令官室に、士官全員が集められた。

大きな丸テーブルを前にして、矢田堀が言った。

「開陽丸はよいときに戦列に加わった。承知のとおり、日の本はいま、内戦の前夜にある。幕府を武力でもって倒そうという動きが公然となり、挑発は日々に激しくなっておる。戦争は、不可避とは言わぬが、十中八九始まると考えて、備えておかねばならぬ」

矢田堀は、長州処分と兵庫開港をめぐって、攘夷派、倒幕派と幕府とのあいだで、激しいせめぎあいが行われていることを簡単に説明した。

倒幕を目指す勢力は、長州、薩摩を中心に、土佐や芸州である。朝廷の一部も、これに加わっている。

いま、ご政道が行き詰まりを見せているのは確かであり、幕政は大胆に改革されねばならぬ。将軍徳川慶喜も、そのために力を振り絞っているのである。

薩長による倒幕には大義名分がなく、ましてや攘夷など時代錯誤以外の何ものでもない。しかし、この反幕勢力が日々力をつけてきているのも事実だった。

矢田堀は言った。

「今年十二月七日、西暦では明年一月一日、諸外国との約定に基づき、兵庫が開港する。しかし、攘夷を言う者たちは、この開港に難癖をつけ、挑発してくるにちがいない。内戦が起こるとしたら、この兵庫開港の日の前後だろう。つまり、あと半年後だ」

黙って聞いている三郎助たち士官の顔を見渡してから、矢田堀は続けた。

「海軍と併せて、陸軍も創設された。フランス人教官団が、洋式調練を始めている。陸軍もまた、実戦への支度を整える日を、今年十二月七日に合わせている。我らも、陸軍に遅れを取らぬよう、本日より猛訓練に入る。よろしいか」

部屋に集まった士官全員が、靴の踵《かかと》を打ちつけて気をつけをした。

それからおよそ五カ月後の慶応三年十月六日朝である。

矢田堀が開陽丸の司令官室に艦隊の士官全員を集めた。

非常呼集を受けて、三郎助もすぐに機関甲板を飛び出し、司令官室に入った。

士官たちが集まったところで、矢田堀は言った。

「艦隊に出動命令が出た。兵庫開港に備え、幕府艦隊は摂津の海の警備にあたる。艦隊は明日出港する」

三郎助は、自分がすっと緊張してゆくのがわかった。これは戦争含みの出動である。まちがいはない。上方では、何か重大事が起ころうとしているのだ。

矢田堀も、いくらか青ざめた顔で続けた。

「摂津へ赴く船は、本艦開陽丸、富士山丸、蟠竜丸《ばんりゆう》、神速丸《しんそく》、それに輸送船の翔鶴丸《しようかく》である。ただちに出動準備にかかれ」

艦隊は、あわただしく出動の支度をすませた。三郎助は、翌日、開陽丸が築地を離れるときまで、ろくに眠る間もなかった。

徳川艦隊が摂津の海で海上警備に入ったころである。艦隊に衝撃的な事実がもたらされた。将軍慶喜公が、天皇に対して大政を奉還したというのだ。

この件が伝えられて、開陽丸の艦内は騒然となった。

「どういうことだ？　政権を朝廷に返還した？　幕府を閉じるということか？」

「いや、将軍職については何も言ってはおらぬようだ。そうではあるまい」

「では、どういう意味なのだ？」

「倒幕の動きに対して、機先を制した、ということではないのか。倒幕の名目が消えるよう」

「それは、薩長の前に頭を下げるということではないか」

薩摩と長州が、倒幕の密約を結んでいる、と噂されるようになって久しい。最近は、朝廷が雄藩に対して倒幕の密勅を出したようだとも語られていた。

そこまで事態が深刻なのであれば、たしかに大政奉還という手は、相手の出端《でばな》を挫《くじ》く。倒幕勢力にしても朝廷も、政権を返上されたからといって、受け取ってすぐにも幕府に代わる政権を打ち立てることはできないのだ。その準備もないはずであるし、ひとも組織もない。手に余るだけである。

矢田堀が、動揺する士官たちに言った。

「徳川家に代わるものがない以上、大政はいずれまた慶喜公に委任される。ここはうろたえることなく、出動の支度を整えておけばよい。兵庫の開港は、慶喜公の名によって決まったのだ。兵庫開港の式典がつつがなくとりおこなわれれば、それは諸外国が慶喜公を日の本の統治者と認めることになる。我らの目標は、いまはただ、兵庫を無事に開港させるだけである」

旬日後、この大政奉還に反対して、新設された陸軍部隊、歩兵第一連隊と第四連隊が大坂に到着した。また在府の何人もの重臣も、京都に駆けつけてきた。

上方は、いまや一触即発、熱を極限まで加えられたボイラーであった。このままでは、蒸気の力が、ボイラーを内側から破壊する。

三郎助たちの緊張も、日ごとに高まっていったのである。

第九章　夜明けへの航海

慶応三年（一八六七年）十二月七日、兵庫港に於いて、開港の式典が行われた。

式典の会場は、兵庫港の運上屋の建物であった。式典にはオランダ、イギリス、フランス、アメリカ、イタリア、プロシアの各国代表が出席した。日本側の代表は、大坂奉行兼兵庫奉行の柴田日向守《ひゅうがのかみ》である。

兵庫港の沖合には、各国の商船が投錨《とうびょう》、これを取り巻くように各国の軍艦が停泊していた。幕府艦隊は、もっとも陸に近い海面で、兵庫港を守るように船を並べている。

式典が始まると、柴田日向守が、征夷《せいい》大将軍である徳川慶喜の開港宣言を代読した。

各国代表と柴田日向守が乾杯したところで、各国の軍艦は祝砲を撃ち始めた。

各国とも、二十一発ずつ、すなわち最高の栄誉礼としての祝砲を放ったのである。慶喜の統治者としての権威は、とりあえず諸外国からは承認されたのだった。

しかし、ほどなく、この日兵庫にいた者はすべて、その日の砲声が、じつは日本の内戦の開始を告げる号砲にほかならなかったことに気づくのである。

兵庫開港の翌日、つまり慶応三年十二月八日の夜である。

開陽丸に、京都の二条城から使いがきた。早馬で駆け通してきたようであった。

使いは言った。

「都に不穏の動きがございます。矢田堀司令官と榎本船将は、ただちに京へ向かい、二条城へお入りください。海軍総裁らがお待ちしております」

矢田堀が訊《き》いた。

「不穏の動きとは?」

「は、詳しくは存じませぬが、薩長を中心に、雄藩と朝廷とが、幕府とことを構える様子とか」

「始まったのか?」

「いいえ。でも、いまにも起こりそうだ、ということにございます」

士官たちがすぐ司令官室に集められた。

矢田堀が、三郎助らの顔を見渡して言った。

「このような次第で、我らは都に参上する。わたしと榎本のいないあいだ、司令官代理は沢太郎左衛門、開陽丸の指揮も沢が執る。沢にもしものことがあった場合は、中島三郎助だ」

士官たちがうなずいた。

矢田堀は言った。

「もし京都で衝突の報が入ったならば、わたしの命を待たずともよい。ただちに薩長らの船を臨検、武装があればこれを解除せよ。外国人のいる兵庫で、戦はやらせぬ」

「はっ」と、全員が、溜《た》めていた息を勢いよく吐くように言った。

開陽丸の艦上で、矢田堀が士官たちに指示を出していた同じ時刻、京都では、岩倉具視《いわくらともみ》が薩摩、長州、土佐、尾張、越前の五藩の重臣たちを自宅に呼びつけ、宣言していた。

「親政を、断じて取りもどしまする」

後に王政復古のクーデターと呼ばれることになる政変が、ここに動き出したのである。薩摩をはじめとする五藩はただちに総計五千の兵を動かし、御所のすべての門を占拠した。

御所の警備にあたっていた会津藩兵は、何が何やらわからぬままにその場から駆逐された。

翌日、五千の兵が取り囲む中で公卿《くぎょう》たちによる朝議が開かれ、王政復古が決まった。幕府は廃絶である。

朝議ではさらに、徳川慶喜からの官位の剝奪《はくだつ》と領地没収が議論された。越前の松平慶永と土佐の山内豊信《やまのうちとよしげ》が反対したが、賛成しなければ殺すという脅迫のもと、ついに最後には賛同にまわる。

九日深夜、慶喜からの官位剝奪、領地没収が決まった。

二条城では、兵庫から呼ばれた矢田堀と榎本が、海軍の責任者として、軍事的な面での意見を求められた。

矢田堀たちは主張した。

この王政復古にはなんら正当性はない。道義性は幕府の側にあり、しかも軍事的にも力は優っているのだ。いまなら、御所を固める薩長を武力でもって排除することは可能であると。

しかし、徳川慶喜は腰砕けになった。辞官と領地没収を受け入れると、朝廷側に答えている。また、不測の事態を避けるため、二条城を引き払い、大坂城へ移ることも約束した。

会津、桑名《くわな》の両藩兵も加えていまや一万になろうとしている幕府方の将兵たちは憤激した。

慶喜は、いきりたつ将兵たちに言ったという。

「余には深謀がある。いまその中身を言うわけにはゆかぬが、大坂に下る機会を逃すべきではない。まあ、みておれ」

十二月十二日夜、慶喜の一行は幕府歩兵隊と、会津、桑名の藩兵に守られて二条城を脱出した。

薩摩藩の挑発に対して、幕府も動いた。

江戸の薩摩藩屋敷への攻撃を決定したのだ。

いま薩摩藩江戸屋敷には、暴徒を含む三百の武装兵がこもっているという。野戦砲までひそかに運びこんでいるらしかった。

この薩摩藩屋敷攻撃には、庄内藩が主力となって当たることとなった。作戦を策定したのは、ブリュネ大尉らフランス軍事顧問団である。

十二月二十五日早暁、薩摩藩屋敷への砲撃が開始された。薩摩藩も屋敷の内側から野戦砲で対抗した。しかし、勝敗はすぐに決した。

薩摩藩兵は屋敷に火を放って脱出、さらに田町付近にも放火しつつ遁走《とんそう》した。その一部は、芝の海岸に待機していた薩摩藩の蒸気船、翔鳳《しょうほう》丸に逃れた。翔鳳丸はすぐに出航、江戸湾を南下した。

江戸湾警備についていた幕府海軍の咸臨丸と回天丸とが翔鳳丸を追って砲撃したが、翔鳳丸はこの砲撃を振り切った。

翔鳳丸を追った回天丸は、いったん築地に引き返し、江戸城からの使いを乗せて大坂へと向かった。

回天丸は、大坂で使いを降ろすと、すぐに兵庫に回航、艦長の甲賀源吾《こうがげんご》が、薩摩による挑発と薩摩藩屋敷への攻撃の一件を、矢田堀鴻らに報告した。

開陽丸の司令官室にただちに艦隊の士官全員が召集された。

薩摩と、江戸で軍事衝突。

状況の説明を受けて、艦隊の士官たちはみな顔を見合わせた。それは、幕府と倒幕を目指す諸藩との対立が、とうとう戦争不可避の事態に至ったことを意味した。

若い士官たちが、三郎助の顔を見つめてくる。

この艦隊の士官の中では、打払令の実行という意味であれ、現実の目標に対して砲を撃った経験のある者は、三郎助ひとりなのだ。また三郎助だけが、戦争の瀬戸際も体験している。若い士官たちの誰もが、こんなときに自分たちはどう反応すべきなのか、その指針を必要としていた。

三郎助は言った。

「落ち着け。気負い立つことなく、端然とおのれの務めを果たせばよい」

それは、自分も父親から、非常時にあたって何度も言われてきた言葉である。

矢田堀が言った。

「軍艦奉行からはまだ指示はないが、江戸で薩摩と衝突となれば、薩摩の船は敵船として対処しなければならぬ。摂津の海に薩摩船が現れたら、停船させてこれを接収する。従わぬ薩摩船には、実力を行使。抵抗すれば砲撃、撃沈する」

榎本武揚が、三郎助のほうに顔を向けてきた。

「中島さま、ことこのような事態に至りました。中島さまには、この非常時のあいだだけでも、砲手たちを見ていただけませぬでしょうか」

三郎助は、驚いて榎本を見つめた。

「機関のほうは、どうなります？」

「副長にまかせることはできませぬか。いま、開陽丸には、何より場数を踏んだ砲術長が必要にございます」

その判断は、三郎助にも妥当と思えた。

戦闘が予測されるいま、たしかに経験の浅い士官が砲手を指揮するよりも、三郎助を指揮官としたほうが砲手たちの士気は上がるだろう。

三郎助は、長崎海軍伝習所では造船学を学んだ。いわば船そのものについての専門家であるが、それ以前、浦賀奉行所与力であった当時は和式と洋式、両方の砲術を修めた砲術の専門家である。たとえ最新鋭のクルップ砲については知識が少なくても、打払令が生きていた当時から砲を扱ってきた男として、若い砲手たちに尊敬され、敬意を払われている。平時とちがい、機関長でいるよりも、たしかに開陽丸の任務には役にたてるかもしれぬ。

三郎助は言った。

「副長も十分の力がございます。多少混乱があるやもしれませぬが、この非常時のあいだだけ、砲手たちの指図、やらせていただきます」

摂津の幕府艦隊が戦闘配置について三日後、慶応三年の大晦日《おおみそか》である。

三隻の不審船が、兵庫港に接近してきた。船籍を証明する旗印は掲げていない。しかし、三隻の中では最も小型の鉄製汽船には、船腹に被弾のあとがあった。

これが薩摩の翔鳳丸だ。

開陽丸は、この翔鳳丸を捕捉すべく兵庫港沖合で進路をふさいだ。

しかし、なにぶん二千八百トンの巨体では、小回りがきかなかった。翔鳳丸も、その僚船と見られる二隻の船も警戒線をすり抜けて、兵庫港に入ってしまった。

兵庫港に入った船は、翌日になって、やはり薩摩の春日《かすが》丸、平運丸、翔鳳丸とわかった。

幕府艦隊は、兵庫港沖で封鎖の陣形を作って、薩摩船が動くのを待った。

一夜明けて、慶応四年の元旦となった。

薩摩船が動いた。平運丸が、兵庫港を出港して、封鎖を突破しようとしたのである。

開陽丸は、空砲を放って平運丸に停船を命じた。しかし平運丸は従わない。

矢田堀が実弾の発射を命じた。

これを受けて、三郎助が砲手たちに命じた。

「右舷《うげん》三番、五番、七番、九番、仰角八度。順に撃て」

開陽丸の砲手たちが、摂津の海に出て行こうとする平運丸に対して、四発の実弾を放った。

平運丸の周囲で、次々と四本の水柱が上がった。平運丸はあわてて進路を変え、兵庫港に戻った。

鳥羽・伏見の戦いに先立つこと二日前である。

その日の昼、大坂から「討薩の表」が開陽丸に届いた。徳川慶喜は、薩摩を正式に幕府の敵とみなし、これを討伐することを宣言したのだ。朝廷に対しても、この「討薩の表」は言っている。薩摩の奸臣《かんしん》どもを引き渡せ。さもなければ誅戮《ちゅうりく》を加えると。

つまりこの文書は、朝廷に対しての宣戦布告文でもあった。

慶喜は、一月二日朝をもって、京へ向けて軍を進めることを決定した。伝習隊を含む幕府陸軍隊と、新撰組《しんせん》、見廻組《みまわり》、会津、桑名ほか諸藩の藩兵隊を束ねた総計一万五千の軍勢である。

一月二日夕刻、幕府側の軍勢は、京都・御所まで十二キロの淀《よど》に達して、淀城に入った。

一月三日未明、再び薩摩船が動いた。未明、闇に紛れて兵庫港からの脱出をはかったのだ。

開陽丸の艦内に、警鐘が響きわたった。

三郎助は、士官室の寝台ではね起きた。

副将・沢太郎左衛門の叫ぶ声が聞こえる。

「薩艦三隻、兵庫港を急速脱出中。総員起きろ！」

三郎助が砲甲板に飛び出すと、伝声管を通じて榎本武揚の声が響いてきた。

「薩艦を追う。機関始動。抜錨《ばつびょう》！」

砲甲板に吊るされたハンモックから、砲手たちが飛び下りて、身支度を整えている。

先日は、ここが兵庫港という手前、軍事力の行使には手加減した。しかし、沖合に出た船に対しては遠慮はいらない。相手も、当然反撃してこよう。きょうは確実に戦闘となる。

「あわてずともよい」三郎助は、整列した砲手たちの前を歩きながら言った。「何があっても気を散らすな。自分の務めに専心せよ」

砲手たちが、オランダ海軍式にさっと敬礼した。

開陽丸は、巨体をぶるりと震わせてから、動き出した。

薩摩船三隻のうち一隻は、瀬戸内海を西に向かった。あとの二隻は、南へ進路を取っている。榎本が、蟠竜丸と翔鶴丸には西へ向かった一隻を追跡するよう指示した。開陽丸と富士山丸は、南へ逃れる二隻を追うのだ。

開陽丸が兵庫港を出ようとするとき、二隻のイギリス艦が妨害してきた。薩摩船を追跡できぬよう、進路をふさいできたのだ。この様子を砲窓から見ていた三郎助は、このたびの政変の背後にあるものの正体を知った。

倒幕勢力は、攘夷《じょうい》を唱えつつ、じつはイギリスの後援を得て、幕府を転覆しようとしているのだ。

三郎助は、倒幕側諸藩や朝廷を激しく蔑《さげす》んだ。要するに彼らは、権力を手に入れるためになら、どんな理不尽なことでも旗印に掲げるし、どんな勢力にも応援を求め、力を借りるのだ。イギリスの軍事力を借りて倒幕とは、彼らは自分たちの旗印のために誠実を尽くそうという意志さえないということだった。

亡者《もうじゃ》、という言葉が、ふっと頭に浮かんだ。

そう言えば、先帝の死をめぐる噂。

三郎助は思った。

連中は、倒幕のためなら攘夷を掲げつつ外国と結ぶように、王政復古を唱えつつ、その王さえも気ままに操っている。操れなくなれば取り替える。それがやつらの正体ではないのか。

開陽丸は妨害するイギリス艦に体当たりする勢いで直進した。イギリス艦はあわてて向きを変え、開陽丸の進路を開けた。

兵庫港を出たが、薩摩の二隻にはなかなか追いつけぬまま、紀淡《きたん》海峡に達した。

ここまできてようやく開陽丸は、薩摩船を射程に捉《とら》えた。

どうやら、被弾していた翔鳳丸が、機関不調のようである。船足が次第に遅くなってくる。

三郎助は、すでに両舷《りょうげん》の二十六門の砲に砲弾を装塡《そうてん》させ、いつでも砲撃の態勢である。目標は、この翔鳳丸だった。

薩摩の春日丸は、十四門の砲を備えた通報艦だと聞いていた。通報艦であるから、高速である。一時間十六ノットの速度を出せるという。開陽丸は、時速十二ノットである。まともに競争すれば、開陽丸はとても追跡できない。しかしその高速の春日丸も、僚艦である翔鳳丸に合わせて航行してきたのだろう。開陽丸を振り切れなかったのはそのためである。

榎本から、砲撃の命令が出た。

三郎助は砲手たちに命じた。

「右舷三番、五番、発射」

翔鳳丸の鼻先に、二発のクルップ砲弾を撃ち込んだ。翔鳳丸の行く手で、二本の水柱が上がった。ついでもう二発。

翔鳳丸は完全に停まった。やはり機関故障のようだ。逃げ切れないと見たか、翔鳳丸の甲板上では火の手が上がった。自沈させるようである。短艇が降ろされ、乗組員たちが避難を始めた。

翔鳳丸の先を航行していた春日丸は反転、翔鳳丸と開陽丸とのあいだに入ってきた。

春日丸の砲窓に、白い煙が上がった。

開陽丸の右舷に、いくつもの水柱が上がった。春日丸が撃ってきたのだ。開陽丸は大きく舵《かじ》を切って、春日丸に左舷を向けた。

三郎助は砲甲板の反対側に走り、砲手たちに命じた。

「目標、左舷春日丸。各砲、仰角五度」

「撃ちかた用意！」

「撃て」

開陽丸からの猛反撃を受けて、春日丸は高速で開陽丸から離れた。

すでに翔鳳丸は、自沈寸前である。

開陽丸は、翔鳳丸はそのままに、春日丸をそのあと小一時間追った。追跡を止めたのは、午後の五時半、冬の日も没して春日丸の目視が不可能となったときである。

この紀淡海峡での幕府艦と薩摩船との砲戦は、近代艦艇同士が戦ったものとしては、日本で最初の海戦ということになる。その砲戦の指揮を執った一方の士官が、三郎助であった。

榎本が命じた。

「これ以上は深追いせぬ。反転し、北上せよ。我らは大坂・天保山沖《てんぽうざん》へと向かう」

大坂から討薩の軍勢が京都へ向かったいま、日本の軍事的、政治的な焦点は、兵庫から大坂と京都を結ぶ線へと移った。徳川慶喜も、大坂城内にある。となると、幕府艦隊は、大坂の海にあるべきだった。

慶応四年（一八六八年）一月三日であった。

このころ、京都南方の鳥羽と伏見では、幕府側の軍勢と薩摩・長州主力の軍勢とが、ついに戦端を開いた。いわゆる鳥羽・伏見の戦いが始まったのである。

岩倉具視、大久保利通《としみち》らクーデターの首謀者たちは、この開戦に備え、錦旗と節刀を用意していた。錦旗は帝《みかど》の軍の旗印、節刀とは帝の権限のシンボルである。新しい征夷大将軍として、皇族から仁和寺宮嘉彰《にんなじのみやよしあき》親王が任命され、錦旗と節刀を受けた。ここに、倒幕側の軍勢は「官軍」という名を得たのである。

官軍に敵対する者は、すなわち朝敵となる。

様子見を決め込んでいた多くの藩は、朝敵と分類されることに恐怖して、続々と官軍側についた。

鳥羽・伏見の戦場では、淀藩と津藩が寝返った。淀藩は淀城の追手門を閉ざして幕府側軍勢を締め出し、津藩は幕府側軍勢に対して横から攻撃を加えてきた。

この二藩の寝返りに動揺して、幕府側は総崩れとなった。

同じ戦線の側にいるはずの部隊さえ、もはや信用できないのである。とても戦いを続けられるものではなかった。鳥羽・伏見から大坂に向けて、幕府側軍勢は、全面的な退却にかかった。

三日後の一月六日、大坂の天保山沖には、開陽丸をはじめ、富士山丸、蟠竜丸、回天丸の四隻の幕府海軍艦艇が集結していた。

すでに三郎助たちにも、鳥羽・伏見からの幕府側軍勢の敗走は伝えられている。

いま一万五千の将兵たちは、大坂城に入ったとのことだった。徳川慶喜が、たぶんあらたな命令を下すことだろう。

六日の宵の口である。開陽丸に大坂城から使いがあった。司令官・矢田堀と艦長の榎本に対して、大坂城にくるようにとの総裁命令である。評議があるらしい。

艦長の榎本が、船を降りる直前に、三郎助に言った。

「中島さま、もし我らが不在のあいだに何かことが起こった場合は、先般同様、沢太郎左衛門が司令官代理であり、開陽丸艦長。どうか沢の補佐をよろしくお願いいたします」

三郎助はうなずいて言った。

「ひとつだけ、榎本さんには申しておきたいことがございます」

「何か？」

「我らは、朝敵などという勝手な汚名など気にも留めませぬ。公方さまのもとで、存分に戦います。海軍には、薩長には絶対に負けぬだけの力がございます。海路を封鎖し、薩摩・長州の補給を断てば、この戦、決着がつきます。そのことを、評定の場ではどうか語ってくださいますよう」

榎本が、微笑して言った。

「承知しております」

一月六日夜、大坂城内の大広間では、徳川慶喜を前に、誰もが勢いこんで意見を開陳した。大勢は、主戦論である。

鳥羽・伏見では油断した。しかし最初から戦闘態勢を整えて出撃すれば、勝利は我が物だ、と主張する者が大半だった。

幕府側には、一万五千の兵力があるのだ。倒幕側は、多く見積もってもせいぜいその三分の二である。真正面から戦えば、勝てる。

矢田堀、榎本のふたりの海軍代表も、再出撃を主張した。

海軍力では倒幕側を圧倒しているのである。諸外国も、兵庫開港を宣言した徳川慶喜が国家元首と承認している。徳川慶喜の側が正統政権なのだ。倒幕側勢力を京都に押さえ込めば、彼らは孤立して旬日のうち勝利できる。御所の奥にこもって諸外国代表の前に姿を現さぬ者たちを、諸外国が日本の統治者と認めることはないと。

議論が次第に激して、評定の場では、徳川慶喜自身の出陣を望む声が高まっていった。

「どうぞ上さまのご出馬を」

「ご出陣を」

「ご親発くださいますよう」

徳川慶喜自身が出陣となれば、それは徳川幕府の存亡を賭《か》けた戦いを意味する。幕府側の意気は否応なく上がる。朝敵、という一方的な決めつけさえ、力を失うことだろう。日和見《ひよりみ》を決め込んでいる諸藩も、薩長と袂《たもと》を分かつはずである。

それまで黙って評定を聞いていた徳川慶喜は、いったん大広間から下がった。重臣たちと相談があるのだろう。

ほどなくして戻ってきた徳川慶喜は、大広間に居並ぶ旗本や、諸隊、諸藩の指揮官たちに向かって、芝居がかった声で宣言した。

「みなの者の声、しかと聞いた。さらば明朝、余みずから出馬せん。みなみな我に従え！」

大広間に集まっていた者は総立ちとなった。大きなどよめきが、大坂城の本丸を揺るがした。土壇場で腰砕けになる男、という評価のある人物であったが、この瞬間はこの場にいる者すべてが、彼に心酔した。彼の言葉が本心からのものであったなら、歴史はたぶん変わっていたことだろう。


慶応四年一月七日、日が昇った直後である。

大坂城での評定の様子はまだ、開陽丸にはもたらされていなかった。

三郎助は甲板に出て、夜明けの大坂湾を眺め渡した。いまこの海には、輸送船三隻を含め、幕府海軍の八隻の艦艇が集結している。

またほかに、兵庫港から移動してきた諸外国の軍艦が二十隻あまり。

いまこの海面上にあるどこの国の海軍も、日本の内紛についての情報を激しく欲しているはずである。クーデター側が勝利したのか？　それとも徳川幕府はやはりそのまま正統政権の座にあるのか？

そのとき、近くに投錨《とうびょう》していたアメリカ海軍の軍艦から、一隻の短艇が近寄ってくる。アメリカ国旗を掲げているが、和装の日本人たちが乗っているようである。

手すりから乗り出して見ていると、ほどなくして短艇は開陽丸に接舷《せつげん》した。身なりから想像するに、乗っているのはかなり高位の幕臣か役人たちである。

短艇の上で、ひとりの中年の武士が立ち上がって、三郎助たちに大声で言った。

「老中主席、板倉伊賀守《いたくらいがのかみ》勝静《かつきよ》である。上さまがおなりじゃ。梯子《はしご》を下ろせ」

三郎助は驚いた。

上さまが？　将軍がこの短艇に乗っているというのか？　でもなぜ？　なぜ大坂城にいない？

沢太郎左衛門が駆け寄ってきて、小声で三郎助に言った。

「上さまだと？　ほんとうかな」

三郎助は、短艇の上の男たちを見つめながら言った。

「まさか、公方さまを騙《かた》る者は、日の本にはおりますまい」

板倉伊賀守と名乗った男は、また大声で言った。

「早う、上さまがご乗船いたす。早う梯子を」

沢が、下士官たちに指示した。

「まちがいあるまい。大坂城で何か起こったのだ。梯子を下ろせ」

板倉伊賀守が最初に船に乗り込んできた。

三郎助らはその場に土下座した。

沢が名乗った。

「開陽丸副将、沢太郎左衛門にございます。司令官・矢田堀讃岐守と船将・榎本は、大坂城の評定に呼ばれておりまする」

板倉は沢を見下ろして言った。

「上さまがご乗船あそばされる」

「上さまが？」

「そうじゃ。上さまは帰府される。会津侯、桑名侯も従っておる」

「討薩の役、いかがなりましたか」

「余計なことじゃ。上さまは帰られるのじゃ」

「大坂城には、大番衆をはじめ、陸軍隊や新撰組、遊撃隊などもあるはずですが、再進撃でございましょうか？」

「知らぬ。勝手に決めるであろう」

梯子を使って、つぎに上ってきたのは、歳のころ三十前後、額が広く聡明《そうめい》そうな、錦の羽織をまとった男だった。

板倉勝静がその場に平伏した。ということは、これが将軍・慶喜か。

慶喜は、匂いでもかぐように鼻をうごめかせて甲板上を見渡してから、袴《はかま》を手で払った。埃《ほこり》でもついたのだろう。

三郎助はあらためて甲板で土下座した。

板倉が沢に言った。

「上さまじゃ。中へご案内申せ」

沢は立ち上がった。

「は、こちらにございます」

つぎつぎと日本人が甲板に上ってくる。会津侯、桑名侯らしき人物。それに小姓ふうの身なりの者たち。

ひとりの着物の着方が奇妙だった。通常の着物の上に一枚、袷《あわせ》をひっかけている。頭は頭巾《ずきん》で覆っているが、女と見えた。

三郎助は立ち上がって、その女を制した。

「軍艦には、女子を乗せることはできませぬ」

板倉が、横から怒鳴った。

「無礼者！　上さまのご側室なるぞ」

三郎助は一瞬呆気《あっけ》に取られたが、気を取り直して板倉に言った。

「軍艦には女子を乗せぬ決まり、女子を乗せては、船は動きませぬ」

板倉が言った。

「動かせ。そこいらの端女《はしため》とはちがう。上さまのご側室だ」

三郎助はちらりと女を見た。二十代なかばだろうか。目鼻だちのはっきりした女だった。上方の女ではないようだ。

三郎助の背後には、士官のほか、水夫長の古川庄八《ふるかわしようはち》も立っている。この問題がどう決着するか、彼らは息を呑《の》んでいるようだ。

軍艦に女を乗せない、というのは、オランダ海軍にならった習慣ではない。塩飽島出身の水夫たちの習慣だ。士官たちは、この習慣の不合理さを知っているが、水夫たちは迷信深かった。ただでさえ扱いにくい塩飽の水夫たちを使うために、幕府海軍がやむなく採用している規則である。もしここでこの側室を乗せてしまえば、水夫たちが怠業に入りかねなかった。

三郎助は、もう一度板倉を見つめて言った。

「軍艦には女子を乗せることはできませぬ。男で通していただけませぬか。このお方は、男ですな?」

板倉は、鼻孔を広げてから、腹立たしげに言った。

「男だ。上さまお付きのお小姓じゃ」

三郎助は道を空けて、その女たちが船の中に入ってゆくのを許した。

側室だというその女は、お芳《よし》、という名だった。江戸は浅草の町人の出だ。家茂の摂政として慶喜が二条城に赴くとき、連れていった女である。慶喜がいたく気に入っている妾《しょう》とのことだった。

慶喜一行を船内に案内した沢が、甲板にもどってきて三郎助に言った。

「司令官や榎本は待たずに、このまま出港せよとのことです」

三郎助は驚いて訊《き》いた。

「司令官も艦長もいらぬというのか?」

「ええ。急いで江戸に帰れというばかりです。上さまの命ですから、やむを得ないでしょう」

「いったい大坂城では何があったのです?」

「評定です。みな気負い立ってとても冷静な評定ができない状態だと聞かされました。上さまは、みなを鎮めるために、いったん大坂を離れると」

三郎助は確認した。

「大勢の家来や諸藩の藩兵たちがおるのに、残してゆくのですか」

沢が言った。

「残りの艦隊で運んでもよいと」

「開陽丸が、一番多く乗せられるのに」

「しかたがありません。出港を命じますが」

ふと振り返ると、この上部甲板にかなりの数の水夫たちも集まってきている。

沢が、水夫たちに顔を向けて言った。

「本艦は、いまから準備整い次第出港、江戸に向かう。矢田堀司令官と榎本船将は、残りの艦隊を率いて我らのあとを追う。

なお本艦は、たったいまより上さま御座乗船となった。粗相の段などなきようにな」

水夫たちが、その場で気をつけの姿勢をとって敬礼した。

三郎助はつけ加えた。

「薩摩船による追跡、砲撃がありうる。砲手たちも戦闘配置につけ。江戸まで、気を抜くな」

日の出から小半刻の後、開陽丸は僚艦を天保山沖に残したまま、大坂湾を出た。

三郎助が上部甲板で後方に目を向けているとき、沢が近寄ってきた。艦長室や士官室は、慶喜一行に明け渡した。いまは沢も三郎助も、砲甲板か、この上部甲板にしか居場所がなかった。

沢がぽつりと言った。

「負けたのですね」

三郎助はうなずいた。

「鳥羽・伏見では大敗だったのだろう。ただし、士気は落ちていなかったはずだ。大坂城の評定では将兵たち、上さまが鎮めねばと思ったほどに意気軒昂《けんこう》だったらしいから」

「なのに、上さまは見切りをつけて逃げてこられた。総大将が、旗指物も掲げずに遁走《とんそう》するのです。陸では、たいへんなことになっているのでは？」

「大坂城死守かな。それとも京へ再進撃か」

「榎本なら、それを主張してふしぎはない」

「ところが肝心の上さまときたら、一万五千の家臣や麾下《きか》の将兵たちのことよりも、ご愛妾が大事であったようだ」

「口惜しそうな顔ですね」

三郎助は自嘲《じちよう》するように言った。

「与力見習となって以来三十五年、存分に公方さまのために働こうと思っていたのだが、なのに」

「なのに？」と沢が訊く。

三郎助は、上部甲板に上がってきた徳川慶喜の姿を思い起こしたが、かろうじて言葉を止めた。

「いや。なんでもない。ふと先ほどは」

沢は、三郎助の言いたかったことはわかっている、とでも言うように微笑して、ハッチのほうへと戻っていった。

開陽丸が江戸に戻りついたのは、一月十一日の夕刻である。

築地の沖に投錨《とうびよう》したところで短艇を降ろし、板倉勝静の屋敷や勝のもとへ使いをやった。慶喜が護衛もないまま江戸城へ向かうのは危険である。翌朝、警護の兵が築地に到着するのを待つことになったのだ。

翌朝、駆けつけてきた勝と警護の兵たちが揃ったところで、慶喜たちは短艇に乗り換えた。先に短艇に乗った慶喜は、梯子《はしご》から降りてくるお芳という女性に手を貸し、乗り移るのを支えた。

そのとき短艇がぐらりと揺れ、お芳は慶喜の腕の中に飛び込むことになった。お芳は嬌声《きようせい》を上げた。

開陽丸の甲板上では、三郎助、沢をはじめ、開陽丸乗り組みの士官たちが無言でこの様子を見守っていた。慶喜は、短艇の上でお芳に何か声をかけてから、腰を下ろした。

三郎助は、あえて同僚たちの顔を確かめたりはしなかったが、同僚たちがそのときどんな表情を浮かべていたかについては、十分に想像がついた。たぶんいま、自分の顔に浮かんでいるものと同じものがあるはずである。

つまり、幻滅と、かすかな蔑《さげす》みである。

三郎助たちは、慶喜たちが短艇で築地軍艦操練所の岸壁に上陸し、建物の中に入ってゆくまで、その姿をずっと見つめ続けた。

その日の夕刻になって、回天丸、蟠竜丸ほか、七隻の幕府艦隊が伝習隊や負傷兵らを満載して江戸に帰り着いた。

三郎助は、帰ってきた榎本たちから、ようやく鳥羽・伏見の敗北と評定の様子、そして大坂城からの慶喜の脱出について、詳しいところを知らされた。

三郎助は、信じられない想いだった。

軍事的には敗北した、という判断で撤退を決め、慶喜が大坂城をいち早く脱出したというなら わかる。しかし、この場合はどうだ。

みずから出陣する、と宣言し、部下たちをさんざん高揚させておきながら、その舌の根も乾かぬうちに、彼はひそかに陣を抜けてきたのである。直属の家臣も、麾下の将兵も欺き、裏切ったのだ。しかも、残った者はどうすべきか問うた重臣に対して、勝手にしろ、と答えていたという。

たとえ敗軍の将であっても、陣を去るときにはそれなりの礼と作法をもってすべきであろう。家臣や部下たちの忠節をもてあそんだ上での、闇夜に紛れての脱出はあるまい。

翌十三日から、江戸城二の丸の大広間で、大評定が始まった。このころ江戸城の本丸は火事で焼失、二の丸が主殿として使われていたのである。

評定の主題は、現今の新しい事態にどう対処すべきかということであった。

この評定では、榎本、矢田堀ら海軍の軍人は、抗戦を主張した。薩長を圧倒する海軍力をもって天保山沖と兵庫港で薩長側軍船を撃破、その勢いを駆って薩摩・長州に向かい、砲台を破壊し、城下に砲弾を撃ち込む。これで軍事的な決着はつくという見通しである。

陸軍と、フランス軍事顧問団は、三河あるいは沼津で東下する倒幕軍を迎撃する作戦を提案した。倒幕側についている諸藩はいわば面従腹背、敵は事実上薩長のみであり、東国諸藩の軍事力は当然薩長のそれを遥《はる》かに上回っている。軍事的には敗北するはずはない、ということであった。

しかし、朝敵の汚名が着せられた以上は朝廷に恭順し、徳川宗家の安泰をはかったほうがよい、との主張も少なからずあった。

勝麟太郎は、恭順を強く主張した。

「内戦を回避して日の本が列強の植民地となることを防ぐことこそ、いまや徳川宗家に課せられた使命。恭順が唯一の道と存じます」

榎本は、列強が日の本を植民地にしようとしている、という勝の分析に反対した。

列強が望んでいるのは嘘偽りなく国際港と市場だけである。日本が誰もが狙うほどの豊かな国と思い込むのは、世界を知らぬ者だけであると。

評定の過程で、勘定奉行の小栗上野介《おぐりこうずけのすけ》は罷免され、外国総奉行の堀直虎《ほりなおとら》は切腹した。出席者は文字通り命がけで発言せねばならなかった。

評定は五日間続いたが、けっきょく慶喜は、恭順を受け入れる。

老中主席の板倉勝静が宣した。

「上さまにおかれては、朝廷に対して謝罪恭順、寛大なるご処置を待つ。抗戦はあいならぬ」

一月十七日である。

その二日後、新しい人事の発表があった。

この異動で、恭順派の最右翼であった勝麟太郎は陸軍総裁に昇進している。

海軍では、矢田堀が海軍総裁、榎本は海軍副総裁となった。開陽丸艦長は、沢太郎左衛門である。アメリカから輸入する新鋭艦・甲鉄《こうてつ》が海軍に配備されたときは、こちらが艦隊の旗艦となり、榎本が甲鉄の艦長となる、という含みの人事であった。

この人事を受けて、矢田堀が開陽丸に三郎助ら士官を集めて言った。

「上さまはすでに大政を奉還、いままた朝廷に恭順を受け入れた以上、我らはすでに幕府海軍ではない。徳川海軍というだけである。しかし、我らが最高司令官が上さまであることはこれまで通り。また上さまが日の本の最も力のある大名として、日の本の平和と安寧に大きな責任を持つ身であることもこれまで通りである。我ら海軍組一同は、この事態に動揺することなく、これまで通りに務めに励むだけである」

とは言え、三郎助をはじめ海軍のすべての将兵は心配している。

すでに倒幕側は、領地没収を決めているはず。この決定は取り消されるのか？　徳川家は生き残りうるのか？　処分のあと、自分たち徳川家家臣とその家族は、どうなるのだ？

その答を家臣たちに示すこともなく、慶喜は二月十一日、旗本を総登城させた上で、朝廷への謝罪の意志を明らかにし、屏居《へいきょ》を宣言した。

慶喜は、巻紙を淡々と読み上げた。

「繰り返すが、自分には朝廷に対してなんらの疎意はない。鳥羽と伏見の戦闘は、自分が戦ってはならぬとの命令を失したために起こったものであり、はからずもこれにより朝敵の汚名をこうむるに至ったことは……」

大坂城で「討薩の表」を発したときの勢いはどこへやら、この事態はすべて家臣や幕閣の責任だと言ってのけたのである。

広間に集まった旗本たちはみな無表情に、慶喜が読み上げる恭順と屏居の宣言を聞いていた。いや、三郎助の印象では、その場は白けきっていた。三郎助自身が、そうであった。

翌十二日、慶喜は江戸城を出て、上野寛永寺《かんえいじ》大慈院に屏居した。公式活動からの引退であり、謹慎に入るということである。

後事は、御三卿《さんきょう》のひとつから田安《たやす》中納言慶頼《よしより》と、もと津山《つやま》藩主で将軍家斉《なり》の十六男、松平斉民《たみ》に委ねられた。

倒幕側は、慶喜の屏居だけでは納得せず、陸海軍の武装解除も求めてきた。徳川家の側で武装解除を指揮するのは、勝麟太郎である。勝は、陸軍総裁からさらに昇進し、武装解除担当の軍事取扱職という役に任じられた。

これに対して、矢田堀、榎本ら海軍幹部は、松平太郎、大鳥圭介《おおとりけいすけ》ら陸軍幹部とはからい、徳川家処分の内容が決まらぬうちは武装解除せず、を申し合わせる。

ちょうど奥羽《おうう》の諸藩も、会津藩、庄内藩に対する処分を警戒し、結束している時期である。陸海軍が武装解除には応じない、ということの意味は、処分次第では、奥羽諸藩と連携して抵抗する、という含みがあった。

いっぽう倒幕側軍勢は、東海道と中山道を東進してくる。

陸海軍は、処分が決まらぬうちに彼らが江戸入城をはかるなら徹底抗戦と決めた。陸軍部隊は、江戸城周辺と江戸の南部に展開、迎撃するという。

その打ち合わせを終えて帰ってきた榎本が、三郎助に訊《き》いてきた。

「海軍も陸軍に連携して、薩長の江戸侵入を阻みます。中島さまなら、いかが守りますか」

三郎助は、開陽丸艦長室のテーブルに広げられた江戸と江戸湾周辺の地図を示して言った。

「まず浦賀水道に回天丸以下四隻を配置、ここで薩長の軍船の侵入を阻止、開陽丸は六郷川河口で薩長側本隊が六郷川を渡るのを見守ります。半数が渡河したところで渡し場を砲撃して、敵兵力を分断、東海道に連なる軍勢に砲撃を浴びせつつ北上、三田の薩摩屋敷にも榴弾《りゅうだん》を撃ち込みます」

榎本が言った。

「たしか薩摩屋敷まで、海岸線から三十町」

「この船のクルップ砲は、四十町届きます。お任せあれ」

「なるほど。開陽丸がそこまで働けば、残兵の掃討は陸軍にまかせても十分ですね」

「薩摩屋敷を破壊した後は六郷川にとって返し、ここで残りの部隊に砲弾を撃ち込んでやればよいかと。敵はすぐに敗走を始めることでしょう」

「やはり、どう考えてみても、負けるはずのない戦いとなりますな」

「さよう。ですからわたしには、上さまの胸のうちがわかりませぬ。薩長の言うご一新に同意なされているわけでもありますまいに、なぜ早々と尻尾《しっぽ》を巻くのか」

榎本は、少しのあいだ言葉を選ぶ様子を見せてから言った。

「上さまのご生家、水戸の徳川家は、尊皇の気風がひときわ強いところ。朝敵、と決めつけられただけで、縮み上がってしまったのでしょうか」

慶喜の恭順屏居の発表から旬日もたたぬころ、三郎助の妻すずが、男の子を出産した。

このころには、すずは浦賀を離れて、築地の三郎助の役宅に移ってきていたのだ。

四十七歳でまた子供ができたということで、三郎助はいささか照れる想いだった。

「とんでもないときに子供を作ってしまったかな」三郎助は、赤ん坊の顔を見ながら言った。「お前を与曾八《よそはち》と呼ぼう。元服するまで見届けることはできぬかもしれぬが、兄上たちを見習い、たくましく生きてゆくのだぞ」

いっぽう勝麟太郎は、薩摩の西郷隆盛と談合、徳川家の寛大な処置を願い出るが、具体的な約束はされなかった。

このままでは、江戸で戦端が開かれる。

その場合、鳥羽・伏見のときとはちがって、軍事的には徳川方に有利、これに奥羽諸藩が加われば、政変の行方は一変する。

そうさせてはならぬ。

勝は寛永寺に慶喜を訪ねて、状況を訴える。このままでは、寛大な処置どころか、慶喜には厳罰が与えられることになるかもしれぬと。

慶喜は激怒した。

「その者ども、余の申すことが聞けぬと言うのか!」

慶喜は、あらためて絶対恭順、江戸城引き渡しを言明、陸軍奉行の松平太郎を罷免した。同時に陸海軍に対しては、勝麟太郎の指揮下に入れ、と厳しく命じた。

慶喜が、前年のクーデター以来初めて見せた指導力であった。陸海軍は戦闘態勢を解除せざるを得なかった。

榎本が、三郎助ら海軍の士官たちに言った。

「上さまより厳命が下りました。海軍は、上さまの命に従い、抗戦せず、薩長勢の江戸入城を許します」

不平の声が開陽丸の艦長室にもれた。

榎本はつけ加えた。

「しかし、処分が決まらぬうちは、断じて武装は解除いたしませぬ。処分次第では抗戦、という方針に変わりはありませぬ」

これに対して、倒幕軍側は、徳川家の家名を立て、慶喜の死一等を減じる、という決定を伝えてきた。

しかし、徳川家が最終的にどの程度の大名として生き残るのかは、伝えられない。現在の四百万石がはたして半分になるのか、三分の一か。家臣全員が等しく貧しさを分かち合うことで受け入れられる程度のものか。それとも、完全に家臣の何割かは路頭に迷うのか。主君たる慶喜は、家臣の生活と将来については、何ひとつ倒幕側に求めず、交渉もしていないのである。

減封の程度が伝えられぬまま、四月十一日、慶喜は上野寛永寺を出た。水戸へと向かうのだ。遊撃隊と精鋭隊が慶喜の駕籠《かご》を護衛している。

同じ日、倒幕軍先鋒《せんぽう》隊が、江戸城に入った。尾張と肥後の藩兵隊である。

江戸城の中に、抵抗する者はない。

陸軍部隊もとうに城を出ていた。江戸城には、引き渡し事務を受け持つ少数の役人以外に誰もいない。江戸城は、無血で開いたのである。

この日、名目上も事実上も、徳川幕府は終わったのだった。

幕府の終焉《しゅうえん》を見届けた上で、夕刻、大鳥圭介率いる伝習歩兵第二大隊は江戸を脱走した。すでに脱走して北関東で京都政権軍と戦っている陸軍部隊に合流するためであった。

翌十二日になって、海軍も動いた。

榎本が全艦隊に命じたのだ。

「本艦隊は、ただいまより抜錨《ばつびょう》、館山に向かう。開陽丸を先頭に、全艦、縦陣隊形で続け」

三郎助は確かめた。

「これは脱走でしょうか。薩長と戦うために江戸を出るのでしょうか」

榎本は首を横に振った。

「いえ、ちがいます。徳川家に対するより有利な処分を手に入れるべく、艦隊はそのための圧力となります。我らは館山沖にあって、処分が出るのを見守ります」

「処分次第では？」

「あらためて対応を考えることになりましょう」

三郎助には、その言葉は、そのときは戦う、という意味に取れた。

小半刻後、幕府艦隊十二隻のうち、十一隻の船が築地沖を離れた。残りの一隻は神速といい、勝が自分の配下の水夫や士官たちを乗せている船であった。彼らは、館山行きを承諾しなかったのだ。

四日後、その神速に乗って、勝が館山に説得にやってきた。築地に戻って艦隊を新政府に引き渡せというのだ。

榎本は勝に条件を出した。

「徳川家には、家名にふさわしいだけの封地を。また、江戸城をあらためて徳川家血筋の者に与えていただきたい。ならば、艦隊の一部を引き渡しましょう」

勝は言った。

「おいおい、そいつは恭順謝罪した者の言い分じゃあないぞ」

榎本が言った。

「丸裸にされるべき罪人でもないはず」

勝が言った。

「その言い分は通らぬ。まず艦隊を上納せい」

「できませぬ。まず寛大な処置を」

押し問答が続いたが、けっきょく勝も、艦隊の三分の一だけでも引き渡すなら、処分については全力で交渉すると約束した。

榎本はこれを了解して、四隻の船を差し出すと告げた。富士山、翔鶴、朝陽、観光である。

艦隊はこの四隻を伴って築地に戻り、京都政権に船を引き渡す。勝は了解して帰っていった。

勝が去ってから、榎本が言った。

「中島さま。水夫たち火夫たちの一部には、暇をやらねばなりませぬ。徳川海軍は、これまでの規模を維持できなくなりました」

三郎助は言った。

「退役の希望者を募りましょう。なあに、精鋭だけが残ることになります。艦隊の戦力は減りやしません」

「乗組員の再編制が必要です」

「まかせてください」

翌日、徳川艦隊は築地に戻り、四隻の船を京都政権に引き渡した。このとき、江戸城に近い築地は新政権海軍の泊地となるので、徳川艦隊は品川沖を泊地とするよう定められた。

江戸城の引き渡しは、徳川幕府が行政機構も京都政権にそっくり引き渡したということであった。

閏《うるう》四月五日、浦賀奉行所の機構も解散、同十一日には施設も京都政権へと引き渡された。

さらに二日後の十三日、浦賀奉行所の与力と同心の全員に対して、浦賀退去が命じられた。

三郎助のふたりの息子、恒太郎と英次郎も与力の役宅を引き払い、江戸へと移った。新しい職に就くまで、父親である三郎助の役宅に居候ということになる。

やってきたふたりの息子を交互に眺めて、三郎助は言った。

「榎本さんに頭を下げて、お前たちを軍艦組に入れたいところだが、海軍はいま水夫たちの俸給も出せぬところだ。しばらくは浪人として、身体だけでも鍛えておけ」

息子たちは、素直にうなずいた。

このとき恒太郎は満十九歳、英次郎は満十七歳である。

しかし処分のほうは、閏四月になったというのに、まだ発表されなかった。

三郎助ら、徳川海軍の将兵が焦りながら待っているあいだに、奥羽越の諸藩は会津救済でまとまって同盟を結成した。いわゆる奥羽越列藩同盟である。

会津救済が正式に拒絶された直後の閏四月二十日、福島にいた鎮撫《ちんぶ》軍参謀の世良修蔵《せらしゆうぞう》を仙台藩士が襲って殺害した。同盟は、この日から鎮撫軍との全面的な対決に入った。

やがて江戸まで伝わってきたところでは、同盟は江戸まで進撃して、ここに京都政権に対抗する東部政権の樹立まで構想しているという。

五月、上野寛永寺にこもる彰義《しようぎ》隊に対して、京都政権側の軍勢が総攻撃をかけた。その数四千とも言われていた彰義隊は呆気《あつけ》なく敗走、かなりの数が北へと逃れた。

徳川艦隊はそれでも動かない。遊撃隊などの徳川諸隊の移動や彰義隊の逃走をひそかに支援しているが、基本的には品川沖に留まっている。勝の約束をなお信じて、よい結果が出るのを待っているのだ。水夫や若い乗組員のあいだに不満がたまってきていることは承知で。

五月二十四日になって、ようやく処分内容が伝えられた。

「徳川亀之助《かめのすけ》を駿府《すんぷ》七十万石に封ずる」

四百万石が七十万石に減封ということは、家臣の一割五分程度しか残れぬということになる。

あとの者は職も禄《ろく》も失い、路頭に迷う。

俗に旗本八万騎と言うが、その家族や家の子まで入れれば、徳川家の家臣の数は二、三十万人にもなるのである。その大半が、食べてはゆけぬことになる。

三郎助は思った。

薩摩は七十七万石。つまり新政権は、なんとしてでも徳川家を薩摩よりも小さな藩としたいのだ。決して再起して反攻などできぬように。

「許せぬ」「受け入れられぬ」の声が艦隊で一斉に沸き起こった。「何のために待った? 何のために、艦隊の三分の一を差し出したのだ？」

榎本が、乗組員たちに言った。

「それぞれの艦にて、この処分の中身をとくと検討してもらいたい。明日、衆議の中身を持ち寄って、あらためて士官のあいだでこれを議論いたしたい」

開陽丸の士官たちが船の艦長室に集まったところで、荒井郁之助が言った。

「こうなったら、道はふたつだけだ。処分を受け入れるか、陸軍や奥羽越列藩同盟と共にあくまでも戦うかだ」

榎本が首を振った。

「いいや、それだけではない」

「まだ他にも？」

三郎助らが見守っていると、榎本はテーブルの下から伊能図を引き出して、一点を示した。

蝦夷《えぞ》ガ島である。

「蝦夷ガ島に家臣団を封じてくれぬかと、勝さんを通じて、いま一度願い出る」

荒井が訊《き》いた。

「蝦夷ガ島に移封？　家臣団がどこかに封じられるということはありうるのか？」

「かたちとしては、徳川家血筋の者に与えられることになるだろう。家臣団は、その人物を、新しい主君と仰ぐ」

「それはどなたになる？」

榎本は、三郎助のほうに顔を向けて笑った。

「どなたでも構わぬ。我らにはもう、主君は名目上だけあればよいのではないか」

同意を求める表情だった。

ほかの士官たちも、三郎助の顔を見つめてくる。

三郎助は言った。

「どなたでも構いませぬ。徳川家血筋で、移封の引き受け手になってくださるのなら。余計なことに口出しをされぬのなら」

士官のひとりが訊いた。

「しかし、移封を朝廷が許さなんだら？」

榎本が言った。

「その場合、我らには生きる術《すべ》がない。生きてゆけぬものなら、死にもの狂いでどんなことでもなしうる権利があるはず。制止を振り切ってでも蝦夷地に渡り、生きる道を拓くしかありますまい」

「主君なしで？」

榎本は言った。

「親がなくても、という言葉もあります」

艦長室の士官たちは、互いに顔を見合わせた。うなずき合う者たちもいる。彼らには予想外であったかもしれぬが、しかしどうやら榎本の提案は、彼らの心を摑《つか》んだのだ。

しかし、榎本の家臣団蝦夷地移封の嘆願は、認められなかった。

新政権の鎮台府からは、江戸の完全な引き渡し期限が八月十五日と指示された。それまでには、徳川慶喜以下、家臣たちは駿府に移らなければならないのだ。また、徳川家家臣のうち、農商に就く者はこれを許すとされた。ただし、浪人となることは認めぬと。

榎本は、繰り返し蝦夷地移封を嘆願する。農商に帰する者たちを蝦夷ガ島開拓に従事させて欲しい。これは北辺の備えにもなると。

新政権の態度は変わらない。許さず、である。

三郎助は、ほかの士官たちと語らいながら、次第に気持ちを固めてゆく。

このままでは、家臣団の大半は路頭に迷う。かくなるうえは、たとえ移封のお達しがなくても、家臣団は蝦夷ガ島移住を強行するしかない。新政権との戦も覚悟で。

いま奥羽越列藩同盟も善戦している。新政権は、江戸から西の日の本半分をようやく実効支配したに過ぎぬ。奥羽越列藩同盟と、蝦夷ガ島に根拠地を移す徳川艦隊が協力するなら、蝦夷ガ島の自治州は十分に守りうる。

いや、そもそも、と三郎助は思う。この政変の理不尽さに対して、自分は断固として異議を唱えたいのだ。あの卑劣な薩長とは、存念なきまで戦いたいのだ。自治州の建設は、我らにひとつ、新政権と戦うべき大義を与えてくれる。もっと言うなら、死に場所をだ。

武士として、砲術家として、そして徳川海軍の士官として、自分がいま欲しているのは、ほんとうはそれかもしれぬ。

三郎助は、自分の生涯を振り返りながら思った。

この動乱の時代、自分に戦うべき大義、そのために死すとも可なりと言うべき理由があるというのが、武士の幸福でなくてなんであろうか。

八月八日、三郎助は築地に近い海軍の役宅で、妻のすずや息子たちと向かい合った。生まれたばかりの与曾八は、すずの腕の中だ。

明日は、現在の徳川家宗主たる徳川家達《いえさと》（田安亀之助）が、駿府に向かって江戸を発つという日である。それはつまり、家臣団もすべて、江戸を引き払って、駿府へ向かう日ということであった。

家臣団もすべて、とは書いたが、もちろん例外はある。すでに脱藩した家臣たちと、これから脱藩しようという家臣たちだ。彼らは、駿府には移住しない。明日、徳川家達のうしろに行列を作らない。

榎本武揚率いる徳川海軍は、主家の駿府移封を見届けた後、艦隊ごと脱藩することを決めている。蝦夷ガ島に、徳川家の家臣たちが生きて行ける新天地を拓くためだ。

しかしその企図を、新政府は許していない。となると、蝦夷ガ島移住の試みは反乱ということになり、軍事衝突が必至である。

一方で、奥羽越列藩同盟も果敢に新政府軍と戦っている。輪王寺宮《りんのうじのみや》を奉戴《ほうたい》して、北部政権の樹立を目指しているのだ。徳川脱藩海軍は、奥羽越列藩同盟と合流し、新政府軍と戦うことになろう。

そのことは、昨夜のうちに、すずにも説明した。そのとき、すずは何も言わずに三郎助の言葉を受け入れた、と見えた。朝になってみると、すずはひと晩、声もあげずに泣き明かしたのだとわかった。目の下に隈《くま》ができていた。

三郎助は、この日もあらためてすずに言った。

「長くても三年だ。三年で、ものごとは落ち着く。また一緒に暮らすことができる」

すずは、乳飲み子の与曾八を抱いたまま、うなずいて言った。

「承知しております。もうそれ以上、何もおっしゃらなくても、十分でございます。わたしは明日、上さまに従って駿府へ向かい、あちらで吉報をお待ち申し上げます」

女中と、初老の中間が、すずの駿府行きに従う。

三郎助はいちおうはまだ徳川家の家臣のつもりであり、だからこそすずを駿府に移すのだが、主家のほうが、男児不在となる中島家を家臣として扱うかどうかはわからなかった。家臣一族とは認めぬと、切り捨てられる可能性も大だ。そのときは、すずは手元にある金で食いつながねばならない。三郎助か、あるいはふたりの息子たちのどちらかが帰るまで。

ひとりだけでも、残すか。

三郎助は、すずと与曾八の顔を見つめているうちに、自分の決意がふとぐらついてきたのを感じた。すずの駿府での暮らしは、確実に厳しいものとなるのだ。徳川家が将軍家であったときとはちがう。七十万石に減封された貧乏藩となったのである。家臣として主家についていったところで、すずはほんとうにやってゆけるか？

三郎助は葛藤《かっとう》した。

息子たちを連れて行くつもりであったが、ひとりだけでも残すべきか。恒太郎か、英次郎かどちらかを残して、母親たちを守らせるべきだろうか。

三郎助は恒太郎と英次郎に顔を向けた。

そのとき、すずが切迫した調子で言った。

「心配はございませぬ。ふたりとも、お連れくださいませ。恒太郎も英次郎も、武家の男児として育てました。いま、ここで三郎助さまと共に出て行かなければ、男児として生きた甲斐《かい》はございませぬでしょう」

すずは、三郎助の決意の揺れを察したのだ。

三郎助はすずに顔を向けて、もう一度言った。

「三年だ。三年だけ、忍んでくれ。三年後には、世も落ち着いて、蝦夷ガ島に呼び寄せることができる。いや、あんがいもっとその日は早いかもしれぬ。それまでは、なんとか辛抱してくれ」

すずがうなずき、ふたりの息子たちを交互に見ながら、幼い子供を諭すときのように言った。

「お父上に従うのですよ。そして、兄弟助け合うのです。お父上をお助けするのです。再会する日、お父上とお前たちの誰が欠けていても、母の胸は張り裂けます。必ず三人一緒に、母の前に姿を見せるのですよ」

恒太郎が言った。

「三人、一緒です、母上。決して離れることはありませぬ」

英次郎も言った。

「父上と兄上を守り抜きます。母上を悲しませることはありませぬ」

三郎助は言った。

「苦労をかけるが、必ずお前を迎えにくる。新天地を拓いて、迎えにくる」

すずは、与曾八をあやすようなふりをしながら、三郎助の目から顔を隠した。

それから八日後、総督府が徳川家に命じた江戸退去の期限の翌日である。三郎助は開陽丸に息子たちを迎え入れた。暮れてから小舟でやってこいと指示しておいたのだ。

ふたりの息子たちは、徳川海軍の士官服に似た洋服を着ている。浦賀を追われた後、たぶん横浜の仕立屋に作らせていたもののはずである。

三郎助は言った。

「榎本さんに引き合わせる。徳川海軍副総裁だったが、矢田堀さんが海軍を離れたので、いまは実際のところ、海軍の総裁だ。乗り組みを認めてくれるだろう」

三郎助は、会議室にいた榎本に、息子たちを紹介した。

「愚息たちです。恒太郎と英次郎。乗艦を認めていただけませぬか。力の限り働かせます」

榎本は訊《き》いた。

「蝦夷ガ島行きを承知されているのですか」

「もちろんです。ふたりとも、浦賀では与力職を務めました。高島流砲術も習得しております」

榎本は、三郎助のふたりの息子たちを交互に見てから目を細めて言った。

「乗艦を許可します。お父上のもとで、どうか立派な働きを見せてくだされ」

「はい」と、息子たちは同時に答えた。

それからさらに三日後の、八月十九日である。

榎本武揚と松平太郎が、江戸府中にひそんでいた旧幕臣たちに、ひそかに指示を発した。

「本日、暮六ッの刻（午後六時ころ）に品川、浜御殿に集まれ」と。

総督府と新政府軍の目を逃れ、浜御殿前の海岸に集まったのは一千数百の旧幕臣たちである。大部分が伝習隊の将兵であった。伝習隊の軍服を着たままの男たちも多かった。

品川の沖合には、八隻の徳川海軍の軍艦が停泊している。今夜、艦隊は品川沖を脱走、一路仙台に向かって、奥羽越列藩同盟と合流するのである。

小舟を使って、部隊ごとに浜から沖合の船へと移送が始まった。

最初に開陽丸に乗ってきた一団が、三郎助に声をかけてきた。

「中島さま！」

かつて三郎助の部下であった浦賀奉行所の砲手たちだ。柴田伸助以下、二十人いる。

三郎助は、彼らにも、もしくる意志があるなら、と声をかけていたのだ。浦賀を追われていた柴田たちは、当然でしょうと、艦隊への合流を承諾していた。

一刻の後、品川の浜に集合した全将兵の収容が終わった。八月十九日であるから、月はまだ出ていない。いわゆる寝待ち月の夜である。月は西洋時計で言うなら午後十時くらいにやっと昇る。

周辺にあるはずの総督府軍側の艦船には、この収容は気づかれていないようだ。出港は四ッ（午後十時ころ）の直前の予定ということである。闇夜に抜錨《ばつびょう》して、一路江戸湾を南下する。月が昇って海面が見渡せるようになったころには、艦隊はもう江戸湾のかなり南を航行していることになる。

開陽丸の会議室に、陸軍諸隊の隊長たちも含め、士官全員が集合した。

松平太郎が言った。

「われら徳川脱藩家臣団の代表として、海将榎本和泉守を推挙したい。いかがだろうか」

松平太郎は、慶喜から直接陸軍を罷免されたとはいえ、部下の将兵たちはその罷免を承認していない。彼はいまだになお、徳川陸軍の最高指導者なのだ。

士官たちが口々に言った。

「賛成じゃ」

「異議はござらぬ」

榎本は、無意味な謙虚さを見せたりせずに、素直に言った。

「代表職、謹んでお受け申します。いずれ事態が落ち着いたときは、あらためて入れ札にて決めるべきと存ずるが、それがし、仮にこの責を負う覚悟にござる」

三郎助が見つめていると、榎本は懐から巻紙を取り出して広げた。

榎本は、集まっている士官たちを見渡してから、巻紙を読み上げ始めた。

「なるほど王政日新は皇国の幸福、わが輩もまた希望するところだ」

檄文《げきぶん》であった。榎本は、過激な調子で新政権の統治の理不尽さと歪《ゆが》みを糾弾し、徳川家に対する処分の過酷さを弾劾した。さらに榎本は、この治世もただ薩長強藩の私意にあるのであり、自分たちの訴えもまるで通じなかったというのが、今日に至る経緯である、と強調した。

榎本は言った。

自分たちが蝦夷ガ島に新天地を求めるのは、ただ我らが食べてゆくためだけの理由ではない。

皇国の数百年に亘《わた》る怠惰な気風を一掃し、我が国を万国に比肩するだけの近代国家とするためであると。

いかにも榎本らしい、理想と情熱に満ちた檄文だった。

士官たちがあらためて口々に言った。

「その通りじゃ」

「いかにも」

会議室の中で、鬨《とき》の声が沸き起こった。

鬨の声が収まったところで、沢太郎左衛門が榎本に言った。

「そろそろ出航すべきかもしれん。晴雨計の針もどんどん下がってきている。嵐がくるようだ」

「台風か」と榎本が言った。「みなの衆がそれぞれの船にもどったところで、錨《いかり》を上げよう。薩長の艦船に邪魔をされたくない。江戸湾は、全速で抜ける。合図には汽笛は使わぬ。灯火のみ。よろしいな」

士官たちが部屋を出ていった。

三郎助も、榎本と目を見交わしてから、会議室を出た。

その夜、四ツの刻の少し前、将兵を満載にして、艦隊は品川沖を出た。

艦隊の旗艦は、当然のことながら、三郎助の乗る開陽丸である。帆船の美嘉保《みかほ》を曳航《えいこう》する。また、回天は、蒸気機関を取り外した咸臨丸を、長鯨《ちょうげい》は千代田形を、それぞれ曳航する。このほかに、蟠竜と神速の二隻が続く。

寝待ち月が水平線上に顔を出したところで、三郎助は上部甲板の後尾に出た。艦隊の航行の様子を確認するためであったが、多少感傷的な気分もあった。脱走というかたちで、この江戸湾を離れるのである。いつ再び江戸湾を見ることができるのか、見当もつかない。新政府とは武力衝突が必至である以上、これが見納めとなるかもしれないのだ。

手すりに凭《もた》れていると、すっと横に立った男がいた。榎本だった。

榎本は、海面に目をやりながら言った。

「嵐になります」

波頭が白く砕けている。たしかに天気は崩れてきていた。

三郎助は言った。

「承知しております。これまで味わったこともないような暴風雨となりますな」

慶応四年(明治元年)八月十九日である。

翌々日、開陽丸が鹿島灘《かしまなだ》に達したころには、船は完全に暴風域に取り込まれていた。船は大波に翻弄《ほんろう》され、高く持ち上げられては、すとんと沈んだ。それを繰り返した。

榎本はやむなく美嘉保を曳航する索を切り離した。艦隊は、もうばらばらである。互いに目視できぬまま、北へと向かっていた。

美嘉保を切り離した後、バリバリという激しい音を立てて、舵《かじ》がもぎ取られた。ついで、三本あるマストが順に折れた。上部三分の一が、ねじり切られるように倒れて、海中に没したのだ。帆桁《ほげた》も何本も崩れ落ちた。

開陽丸に乗る誰もが、沈没を予測した。三郎助も、いったんは覚悟を決めた。

「ここで海の藻屑《もくず》となるか。薩長とは十分に戦わぬうちに。新天地たる蝦夷ガ島も見ぬうちに」

しかし二十三日の朝、台風は去った。

開陽丸は、舵も、三本のマストの上三分の一も失って、敗残兵のような姿で生き残った。周囲には、僚艦の姿はひとつも見えない。何隻かは、沈んだかもしれなかった。

榎本は乗組員に命じた。

「このまま、仙台湾を目指すぞ」

帆柱がこれだけ破壊された以上、もう帆走は不可能だった。あとは機走となる。舵の代わりに、繋船桁《けいせん》をおろして進路を調整することになった。

けっきょく、最初の目的地である仙台湾の寒風沢《さぶさわ》に到着したのは、艦隊八隻のうち五隻。開陽丸、長鯨、千代田形、回天、神速である。

美嘉保は犬吠埼《いぬぼうざき》に近い海岸に漂着した。咸臨丸もやはり回天から切り離された後、南へ漂流して、清水港に入っていたのだった。

三郎助は、寒風沢に見慣れた船を見た。自分が建造した鳳凰丸だ。数年前に幕府が仙台藩に貸したものである。

三郎助は、誇らしい気持ちで、榎本に言った。

「あのバーク型帆船は、わたしが浦賀奉行所の与力のころに建造したものです」

榎本は驚いた様子で、船と三郎助を交互に見つめてきた。

「西洋船の建造のこと、伺ってはおりましたが、あの船だったのですか」

「さよう」

「素晴らしい船です」

幕府が仙台藩に貸した船だと伝えると、榎本はうれしそうに言った。

「では、我らに返してくれないかと頼むこともできますね。返してもらえたなら、わが艦隊に編入しましょう」

艦隊は、船の修理のため、寒風沢から設備のある東名浜《とうなはま》に移動することになった。同時に榎本ら幹部は、仙台城下に向かった。奥羽越列藩同盟との共同軍事行動について協議するためである。

ところが、せっかく榎本艦隊が着いたというのに、この時期はちょうど会津も陥落、列藩同盟は急速に戦意を失って、恭順に傾いていたときだった。仙台藩は、榎本艦隊に対して、東名浜からの即刻退去を求めてきた。ただし、列藩同盟の諸隊のうち、なお新政府軍と戦う意志のあるものについては、これを収容して蝦夷地へと向かうことが許された。

榎本は、東名浜にもどってくると、士官たちに事情を説明して言った。

「やむをえません。かくなるうえは、我らだけで、新天地建設に当たりましょう」

十月十二日、艦隊は、遅れて仙台湾に到着した蟠竜を加え、蝦夷ガ島に向けて出航した。

艦隊はいま、仙台額兵隊を含め、奥羽越諸藩の脱藩部隊も収容している。徳川陸軍部隊を含め、その数は総計で三千に近かった。

仙台湾を出るにあたって、榎本はもう一度新政府に対して、蝦夷地移封の願いを出している。願書ではあるが、その末尾はこうだ。

「この段お願い申し上げるが、お沙汰《さた》次第では、余儀なく力をもって蝦夷地を頂戴《ちょうだい》することになりかねぬ」

つまり艦隊の出航は、単なる強行移住ではない。分離・独立の戦争に打って出る腹を決めた、ということであった。艦隊に乗り組んだ三千の将兵すべてが、その心積もりであった。

そもそもいま蝦夷ガ島の箱館は、総督府側の箱館府兵隊ほか、津軽《つがる》や福山の藩兵隊が防備している。蝦夷ガ島に上陸することは、すなわち彼らと戦火を交えることであった。戦争は、自分たちが蝦夷ガ島の海岸に足を下ろした瞬間から始まるのである。嘆願書の提出は、いまや手続きの上だけのことであった。

三郎助は、目の前にそびえ立つ山を見つめた。

駒ヶ岳、と和人が名付けた活火山だ。蝦夷ガ島の南部、箱館の北十里の位置にある。この鷲《わし》ノ木《き》の海岸から見て、箱館は駒ヶ岳のちょうど裏側にあることになる。

短艇に乗って、将兵たちが続々と鷲ノ木の海岸に上陸している。陸兵たちはここから箱館へと向かい、五稜郭の奪取をはかるのである。

いっぽう海軍は、回天を弁天台場攻撃に差し向けることになっている。艦隊の旗艦である開陽丸は、舵が間に合わせのものでしかないため、この攻撃には参加できない。それが少々癪《しゃく》でもあった。

三郎助の横に、榎本が立って言った。

「中島さま、残念でしょうが、焦ることはありません。船大工の上田が、舵をきちんと直してくれます。そのときは開陽丸も出動です」

三郎助は苦笑した。自分は、玩具《がんぐ》をねだる子供のような表情でもしていたろうか。

三郎助は榎本の顔を見つめて言った。

「開陽丸が、我らが兵力の要です。開陽丸があるあいだは、京都政権軍など、おそるるに足りませぬ。津軽海峡を制圧し、この蝦夷ガ島を守ることができる。存分に暴れましょう。向こうさんの海軍と戦うことになるのは、おそらくは来春以降。それまでに舵が直れば十分です」

しかし、そうはならなかった。

艦隊司令官である荒井郁之助が、江差《えさし》攻撃に開陽丸も振り向けると決定したのだ。陸軍だけに松前藩との戦いを任せておくわけにはゆかないと。

三郎助も艦長の沢も反対したが、榎本がけっきょく荒井に折れた。江差への陸海共同作戦に同意したのだ。

この決定が、新天地建設の構想にとって、致命傷となった。

十一月十五日、開陽丸は江差の町の前の海岸で座礁したのだ。

開陽丸が江差港の外の海面に停泊していたところ、この地方の和人たちが、したき、と呼ぶ季節風のせいで、海岸に吹き寄せられたのだった。錨《いかり》もきかなくなるほどの大嵐だった。巨大艦の開陽丸は、隠れた岩礁に乗り上げた。

満潮を待って離礁しようとしたが、天候は刻々と悪化し、雪まじり、氷まじりの強風が開陽丸の船体に吹きつけてくる。乗組員にできることは何もなかった。嵐がやむのを待つだけだった。

しかし、翌日になると、嵐はやまぬままに、船は次第に傾いた。機関を全開、全速後退させての離礁にも失敗した。

沢が三郎助に助言を求めた。

「中島さま、総員退去の時期でしょうか。それとも、このまま天気が回復するのを待ちますか」

三郎助は首を振った。

「これだけの嵐、退去はかえって危ない。満潮のいまのうちに、船をなんとかしましょう」

「ほかに何か手がありますか」

三郎助は砲甲板へと上がると、砲手たちを集めて命じた。

「左舷《さげん》すべての砲に実弾をこめよ。一斉射撃で、船を離礁させる」

砲を撃つとき、発射の反動で船体は後方へ揺れる。半舷の十三門の砲全部を同時に発射した場合は、その反動もかなりのものとなった。その揺れを使って、離礁しようという作戦である。機関のほうも、発射に動きを合わせて、船がわずかでも浮いたときに、推進力を最大にする。一回では駄目でも、数回繰り返しているうちに、船は暗礁から離れられるのではないか。

左舷の砲十三門すべてに実弾が装塡《そうてん》された。

三郎助は、嵐に負けぬだけの大声で叫んだ。

「撃ち方、用意！」

「撃て！」

耳をつんざくばかりの砲声が、砲甲板に響いた。その音で開陽丸の船体が壊れるのではないかとさえ思えたほどだ。ぐらりと船体は揺れた。

すぐに推進器が全速となった。耳障りな回転音が、甲板を通じて聞こえてきた。

しかし、船は動かない。それ以上浮き上がらず、後退もしないのだ。

「もう一度やる」

三郎助は、その後、小半刻のあいだに一斉発射をもう二回試した。しかし無理だった。沢が、やはり天候の回復を待とうと、三郎助に一斉発射を止めさせた。

翌日、船の傾きはいよいよひどくなった。浸水も激しくなってくる。もう使える状態ではない。どうにか短艇を降ろせるまでに波が収まったところで、総員退去が命じられた。

三郎助が海岸に着いたころ、開陽丸は、ちょうど巨大な獣が膝《ひざ》を折って倒れるときのように、完全に横倒しとなった。

その場にいた者すべてが、あっと短く悲鳴を上げた。

蝦夷ガ島に新天地を築こうとする者にとって、その夢を保証する軍事力の象徴が、この開陽丸だった。その船が難破し、いま大破したのだ。

それは、蝦夷ガ島に新天地を築くという自分たちの夢が座礁したということである。将兵たちの衝撃は大きかった。

三郎助も思ったのだった。

「もう、おれが乗る黒船は、なくなった」

三郎助の生涯は、浦賀奉行所の与力見習として、台場の砲手となったときから、ずっと黒船と共にあったと言ってよかった。

ある時期はそれは砲撃と打ち払いの対象であり、またある時期は応接する相手が黒船だった。ときに黒船は、学ぶべき技術であり、また使命として造り出すべきものだった。後年は、それを実際に動かすこと、航海させることが、自分の務めだった。

三郎助の生涯は、どの時期をとっても、つねに黒船と共に語られるのだ。

なのに……。

開陽丸という、あのペリーのサスケハナ号にも匹敵する黒い巨船をみずからの乗艦にできたのも、わずか一年半だった。

まだまだ活躍すべき開陽丸が、いま座礁して傾き、沈没しようとしている。

それは三郎助にとって、自分の半身をもぎ取られるようなものだった。とほうもなく大きな喪失感があった。

三郎助は、一瞬思わざるを得なかった。

「黒船と共にあった自分の人生も、どうやら最後に近づいたのだろうか」

暴風雨がまたひとしきり強くなった。

三郎助は、開陽丸を見つめたまま、マントの胸をかきあわせた。

それからちょうど一ヵ月の後である。

箱館の西にある西洋式要塞《ようさい》・五稜郭に、歓呼の声が響きわたった。

士官以上の者の入れ札（投票）により、蝦夷ガ島政権の指導部が誕生したのである。総裁には榎本武揚。副総裁には松平太郎、海軍奉行は荒井郁之助、陸軍奉行は大鳥圭介である。

榎本は、箱館地区の行政責任者として永井玄蕃《げんば》を箱館奉行に指名した。永井は、長崎海軍伝習所の初代の総督を務めた幕臣であり、三郎助にとっては学校長にあたる人物である。

榎本は、その永井を補佐する箱館奉行並として、三郎助を任命した。

「開陽丸が沈んだいま、中島さまには退屈な務めかもしれませぬが、奉行並をよろしくお引き受け願えませぬか」

三郎助は言った。

「新しい天地建設のときです。退屈などあろうはずがありませぬ。ただ」

「ただ、なんでしょうか？」

「わたしは本来は軍人です。戦が始まったときは、軍人として最前線で働かせていただきます。後方にはおりたくありません」

榎本は、少し考える様子を見せてから言った。

「では、箱館奉行並と同時に、五稜郭の南の千代ヶ岱陣屋の守りも、引き受けていただけますか。浦賀奉行組と開陽丸の砲手たちを、指揮していただけると、大いに助かります」

千代ヶ岱陣屋は、かつて津軽藩が蝦夷ガ島警備を命じられていたときに建設した砦《とりで》である。四角く土塁で囲まれたこぶりの要塞で、五稜郭に対する付け城の役目を担っている。五稜郭を要塞として機能させるためには欠かせぬ砦であり、つまりこの砦の防備は、五稜郭の生死の鍵《かぎ》を握っていることになる。津軽藩が武蔵国・川口の鋳物職人に鋳造させたというホイッスル砲が三門備えられていた。

「心得ました」

三郎助は、箱館奉行並と同時に、千代ヶ岱陣屋の守備隊長も兼ねることになった。

開陽丸という巨大戦艦を失ったいま、榎本政権が生き延びる道は、外交戦で勝つことであった。榎本はオランダで学んだ国際法の知識を活かし、諸外国との交渉で、まずみずからを交戦団体と認めさせた。単なる暴徒ではない、という認証を得たのである。諸外国は、当事者の一方が交戦団体である紛争には、局外中立を守らざるを得ない。

ついで榎本は、自分たちが蝦夷ガ島の「事実上の政権」または「事実上の（統治）権力」と認めさせることに成功する。ここから、独立国家として承認を受けるまではあと一歩である。

しかし、開陽丸沈没の情報が横浜にも伝わり、諸外国は榎本政権にはすでに意味のある軍事力は失われたと判断した。局外中立は撤廃され、京都政権軍の蝦夷ガ島攻撃が、時間の問題となった。

選挙の日からほぼ四ヵ月後の、明治二年（一八六九年）四月九日、京都政権軍先鋒《せんぽう》部隊が、乙部《おとべ》に上陸を開始した。

陸軍兵力で三倍の京都政権軍の前に、榎本政権軍は敵ではなかった。江差方面の全戦線に亘《わた》って敗北、退却、ついにひと月後には、箱館周辺まで追い詰められた。

京都政権の海軍も、繰り返し箱館湾に侵入、わずかに残った榎本艦隊の艦船と激闘を繰り広げた。榎本艦隊も善戦したが、最後には船を放棄、海兵たちは弁天台場にこもった。

五月七日、ついに箱館山裏手にも京都政権軍が上陸、七重浜方面でも京都政権側全軍が進撃を開始した。総攻撃である。

三郎助は、もう覚悟を決めている。

最後まで、この千代ヶ岱陣屋を守って戦う。降伏はしない。自分たちには、頭を下げて赦《ゆる》しを請わねばならぬ理由はないのだ。

もとより勝算があったから、自分は品川沖を脱走し、蝦夷ガ島に新天地を拓こうとしたわけではなかった。敗北が必至であるからといって、いまさら刀を捨てようとは思わぬ。自分が武士として歩んできた人生の最後を、誠実に、きっちりと締めくくるだけだ。敗北を恐れてはいない。自分の死も。

五月十一日、陣屋から四分の三里の位置で、土方歳三が戦死した。陣屋の北東方向と西から、京都政権軍は着々と部隊を進めているのだ。

その夜である。五稜郭の榎本から、使いがやってきた。榎本の従卒の大塚霍之丞《おおつかかくのじょう》という侍である。

大塚は言った。

「総裁は、ご子息ひとりを、五稜郭に転属させて欲しいとのことです。戦いがいかなる決着を見ようと、二手に分けておけば、中島家断絶の心配は減じます」

思いがけない提案だったが、三郎助は言った。

「乳飲み子ですが、男児がもうひとり、駿府におります。血筋のことはご心配ご無用。いまここで、われら父子三人、離れることはできませぬ」

大塚は、三郎助のそんな返事を予期していたようだ。直接、恒太郎に訊《き》いた。

「恒太郎さま、いかがでしょうか」

恒太郎は、憤然として言った。

「父子三人、品川を出るとき、死すときは一緒と誓ってきた身にございます。激戦を控えたいま、父や弟から離れるわけにはまいりませぬ」

大塚は、英次郎に顔を向けた。

「英次郎さまは、いかがです。五稜郭を守るというのは？」

英次郎は、激しくかぶりを振った。

「わたしがもし五稜郭に移って生き残り、父や兄が死んだならば、いったいどうなるのです？　そんなふうに生き残ることを、わたしが喜ぶとでも？」

大塚は困惑しきった顔で三人を見つめ、うなだれて帰っていった。

三郎助は目をつぶり、すずの顔を想い浮かべながら思った。

「すず、お前はよい男の子たちを育ててくれた。立派な男の子にしつけてくれた。おれたちのこのような最期を、お前は恨めしく思うかもしれぬ。だが、おれはこんな息子たちと共に死んでゆけることを、心の底よりうれしく思う。不憫《ふびん》とは思うが、おれ自身は、妻と息子に恵まれた。それを天に感謝する。おれの四十九年の生涯、何ひとつ悔いはないぞ」

その想いが、口からもれたのかもしれなかった。目を開けると、ふたりの息子たちがふしぎそうに三郎助を見つめていた。

「お父上、何か？」と恒太郎が訊いた。

三郎助は、夜空を見上げながら言った。

「なんでもない」

しかし三郎助は、もうひとつ思ったのだった。

「ペリーの来航から十六年、おれは世が平和な月夜から夜明けに移ろうとする、その移り目の時代を生きた。もしかすると、この時代のもっとも面白く興奮する局面を生きた、と言うことができるかもしれぬ。この星のめぐり合わせも、天に謝する。三郎助、幕臣として精一杯に働き、男として存分に夢を見た。素晴らしい夜明けの光の中を生きた。満ち足りていたぞ」

戊辰《ぼしん》戦争の最後の戦い、箱館戦争の、その終結七日前のことである。夏至にもあと数日という日であった。

五日後の五月十六日、中島三郎助永胤《ながたね》は、その夏至の曙光《しょこう》の中で、ふたりの息子と共に、壮絶な討ち死にを遂げたのだった。

激動の時代の幕開けのまさにその瞬間に立ち会い、その後に続く動乱の時代を、有能な官僚として、すぐれた技術者として、才ある文人として、それになにより、見事なまでに武士らしい武士として生きた男が死んだ。活力ある未来の日本を夢見つつ、同時に古き麗しき日本を体現していた男の死であった。

少し大げさに言うならば、日本の近代は、この男、中島三郎助の屍《しかばね》を越えるところから始まったのである。

解説

縄田一男

名作には忘れられない場面がある。

たとえば、第二十一回新田次郎文学賞を受賞した佐々木譲『武揚伝』全四巻（中公文庫）はどうであろうか。私が何回読んでも魂を揺さぶられるのは、ラスト近く、官軍に投降する榎本《えのもと》武揚《たけあき》が、「ラ・マルセイエーズ」の大合唱で見送られる箇所である。榎本は思う――「これは、フランス国歌、というよりは、共和制の歌なのだ、と言っていたのは誰だったか。五稜郭に最後まで残った将兵たちは、自分が投降するこのときに、共和制の歌を唱って送ってくれている」と。そして「歌声は、武揚たちの後方でいっそう大きなものになった。五稜郭全体、いや箱館全体をも震わせるほどの大きな歌声になって響いた」と。

榎本がつくりあげた蝦夷《えぞ》共和国。これこそは、押し寄せる外圧と、朝廷側と旧幕府軍の争闘の間隙《かんげき》をぬって日本史上に現れた奇跡の国家構想ではなかったか。そして作者は、そうした歴史的事象を過去に潰《つい》えてしまったものではなく、未来へ向けての一つの可能性としてとらえており、それが、畢竟《ひっきょう》、歴史小説を読む醍醐味《だいごみ》というものではないだろうか。特にこの「ラ・マルセイエーズ」のくだりでは、私は巨匠海音寺潮五郎がいった「歴史とは完全を求めようとする人間の意志である」という言葉を思い起こさずにはいられない。人間はそのために破壊と創造を繰り返すのであるのだから。

そして、前述の新田次郎文学賞の選考委員の一人である長部《おさべ》日出雄の「この小説にはテーマがあります。それは日本はもう一度、開国しなければ駄目だということです」とまるでこの言葉を受けたかのように、本書『くろふね』は、平成十五年九月、角川書店から刊行されたのである。主人公は、『武揚伝』にも登場、旧幕府軍の前線基地である千代ヶ岱《ちよがたい》で、二人の息子ともども戦死する中島三郎助である。

作者いわく、三郎助は「黒船に最初に乗り込んだふたりの日本人のうちのひとり」であり、かつ「浦賀奉行所の与力のひとりとして、ペリー艦隊と最初に接触、即刻退去を求めた」人物であり、「日本の近代は、この男、中島三郎助の屍を越えるところから始まったのである」（傍点引者）と、ある。客観性を装ってはいるが（失礼！）、何という熱い思い入れであろうか。

余談をいわせてもらえれば、歴史小説はこうでなければならぬ、と思う。史眼とは作者の熱い思い入れを客観化していく過程で生まれていくものではないのか。しかしながら、一時、わが国の歴史小説は、文学性喪失の危機に見舞われたことがある。それは、歴史を情報として読む歴史情報小説、もしくは歴史解説小説がサラリーマンのビジネスの副読本として読まれた時期のことをいう。たとえば、そうした作品は、ある歴史上の人物や事象を鳥瞰図《ちょうかんず》的にとらえ、小説というかたちさえ放棄しつつ、見事に腑分《ふわ》けすることで終わっている。また、それが一部の読者には、冷徹で学問的にさえ見え、ああ、これが歴史の事実というものか、という誤解を生ませるに到った。

が、そこには、佐々木譲作品のように、一つの歴史的事象の中で、流された血の量をはかり、人の思いのたけを知ろうとする、故人を愛惜、鎮魂しつつ、それを未来へとつなげようとする意志が欠落しているのではないのか。

そして、歴史小説が必要とされるということは、哀《かな》しいかな、決して私たちにとっての〈現在〉が本来、在るべき姿ではない、ということの証左なのである。

特に今年は、『くろふね』で扱われているのと同じく幕末維新期に材を得た力作が二作、立て続けに刊行されている。

一つは三好徹『侍たちの異郷の夢』（光文社）で、この一巻は、長崎をふり出しにして、いろいろなかたちで幕末維新にかかわった人たちを描いた連作集だ。その中で医師松本良順が師のポンペから、〝病気というのは身分を問わずに襲いかかってくるから、これからは身分を超えた治療をしなくてはいけない〟といわれて、衝撃を受けるシーンがある。幕末にして然《しか》り、が、今の平成の御世《みよ》では如何《いかん》？　去年、安倍晋三首相が敵前逃亡にも等しい退陣をして体調が悪くなった時のニュースを御記憶であろうか。慶應病院で仰々しい医師団がつき、その中の一人が「内閣総理大臣安倍晋三閣下に――」といった時、私は呆《あき》れ果ててしまった。これはまるで戦前のものいいではないか。が、それだけではない。安倍退陣の少し前、奈良では妊婦が病院をたらい回しにされて死産となっているのである。この生命の差というのは一体、何なのか。私はこの矛盾に満ちた、そして痛ましい事件を決して忘れはすまい。

そしてもう一冊は、植松三十里《みどり》『群青・日本海軍の礎を築いた男』（文藝春秋）である。はじめ、作者は何故この題材を、と思ったが、その意図はすぐ分かった。主人公矢田堀景蔵《けいぞう》とライバル関係にあった勝海舟の台詞《せりふ》に、「矢田堀は、よく言ってたもんさ。俺たちは日本を守るために海軍をおこしたんだ、内乱のためじゃないと。日本の軍備は保持することによって、国を守り、防ぐものであって、戦争をしかけるための道具じゃないんだと」がある。このくだりが何を示しているかはいわずもがな、のことであろう。

にもかかわらず、政治家は子供が愛国心を持つ教育をしろ、という——馬鹿をいってはいけない。愛国心を持て、というなら、国民が真に愛国心を持ち、誇らしいと思う国をつくってからいえ、というのだ。こんなことを考えるたびに、私は、冒頭で触れた『武揚伝』の「ラ・マルセイエーズ」のくだりを思い出す。

そして話を佐々木譲作品に戻せば、作者の歴史小説はこの『武揚伝』をもって第一作とすることが定説となっているが、再び海音寺潮五郎の「太平洋戦争の敗北までを描くのが歴史小説で、それ以降は現代小説である」という定義づけを持ち出せば、『ベルリン飛行指令』にはじまり、『エトロフ発緊急電』『ストックホルムの密使』(以上、新潮文庫) と続く〈第二次大戦三部作〉は、堂々、現代史を扱った歴史小説の側面を持った傑作といえるだろう。さらに『五稜郭残党伝』『雪よ荒野よ』『北辰群盗録』(以上、集英社文庫) 等の〈北海道ウェスタン〉はどうであろうか。これらの作品は、日本の風土への西部劇の、さらにいえば、ハードボイルド小説の歴史的視座を取り込んでの移植であり、あたかも、ハメットやゴアスの直系を思わせる、一夜にして死人の山が築かれる作品もある。が、ここで注目しなければならないのは、作者が先住民としてのアイヌの問題をきっちりとおさえている点である。が、アイヌを先住民として認める決議が採択されたのは、ついこのあいだの六月のことである。しかも、その裏には北海道洞爺湖《とうやこ》サミットにおける政治的アピールがあってこそ、という考えは捨て切れない。

そして、佐々木譲は、これらの作品を通して常に、北方謙三とは別の意味で国の在り方を問うてきた。それは天下国家を論じるなどという紋切り型のものではなくて、常に一方に国のために流された血の量、或《ある》いは死者の数を置き、もう一方に私たちの〈現在〉を据え、果たして、その血の量、或いは死者の数は見合ったものであるか——換言すれば、身捨つるほどの国家があるや否や、というシビアなものなのである。

たとえば、戦国期に材を得た『天下城（上下）』（新潮文庫）は、安土城炎上で幕を閉じるため、真の天下城は、人間が創造と破壊を繰り返すはるか彼方《かなた》にある理想郷の謂《いい》であるのだが、これが理解されなかったのか、惜しくも中山義秀《ぎしゅう》文学賞受賞を逸してしまった。私はこの時、同賞の選考委員であったので、今でもこの作品を推し切れなかったことを作者に申し訳なく思っている。

そして話は、蝦夷共和国に戻る。確かに久遠の歴史の流れから見れば一瞬のことかもしれない。しかし、ここには間違いなく、理想の国家構想が存在した。その中で、箱館戦争終結二日前に、日本を技術面の進歩によって旧体制から近代国家へ導く能力を持ちながらも、最後のサムライとして逝ってしまった中島三郎助——彼こそは、技術や合理的思考は学んでも、追従的な欧化主義に足もとをすくわれることなく、かといって、偏狭なナショナリズムにとらわれることなく、新しい時代を生きることができた一個の優れた可能性であった、と作者はいいたいのではあるまいか。

さて、中島三郎助に関しては、私家版ではあるが、三郎助の令孫中島義生氏によって『中島三郎助文書』（平成八年）がまとめられている。その中には、本書でも触れられている、三郎助が幕府に提出した上書をはじめ、長崎文書、書簡、詩句等が収められているが、興味深いのは、妻すずの実父岡田定十郎画、三郎助賛による「荘周之夢図」がカラーの図版として載っていることである。紙幅の都合で詳しい説明は避けるが、この一幅は、舅《しゅうと》と娘婿三郎助が親密に心を通い合わせていた良き証左である、とされている。それならば、三郎助とすずの夫婦仲の悪《わろ》うはずはない。作者もそう考えたのではないか。「第六章 鳳凰丸建造」の最後の方で、長崎の伝習所へ行くことに決まった三郎助が、すずに、往復の旅を入れて二年近く離れて暮らすのだから、もう少し寂しがれ、といって、すずが

「我慢いたしますので、どうぞきょうは、お褥《しとね》に入れてくださいませ」

という場面は、本書における最もほほえましくも愛らしいそれとして印象に残る。

死の直前、三郎助は「あの時代、世界を、うねる歴史を、地球を、科学を、最初に目にした日本人、それがこの自分、中島三郎助であったかもしれぬと。あれは十六年前、一八五三年(嘉永《かえい》六年)のことだった。それからここまで、たった十六年しかたっていない」と回想する。が、その十六年——確かに歴史も三郎助を必要としたのではないのか。幕末維新の必要欠くべからざるパーツ、中島三郎助を主人公にしたはじめての長篇の誕生を心から喜びたいと思う。

本書は、二〇〇三年九月小社刊の
単行本を文庫化したものです。

くろふね

佐《さ》々《さ》木《き》譲《じょう》

平成20年 7月25日 初版発行
令和6年 11月25日 15版発行

発行者●山下直久

発行●株式会社KADOKAWA
〒102-8177 東京都千代田区富士見2-13-3
電話 0570-002-301(ナビダイヤル)

角川文庫 15234

印刷所●株式会社KADOKAWA
製本所●株式会社KADOKAWA

表紙画●和田三造

●お問い合わせ
https://www.kadokawa.co.jp/（「お問い合わせ」へお進みください）
※内容によっては、お答えできない場合があります。
※サポートは日本国内のみとさせていただきます。
※Japanese text only

ISBN978-4-04-199804-5 C0193

◆◆◆

角川文庫発刊に際して

角川源義

第二次世界大戦の敗北は、軍事力の敗北であった以上に、私たちの若い文化力の敗退であった。私たちの文化が戦争に対して如何に無力であり、単なるあだ花に過ぎなかったかを、私たちは身を以て体験し痛感した。西洋近代文化の摂取にとって、明治以後八十年の歳月は決して短かすぎたとは言えない。にもかかわらず、近代文化の伝統を確立し、自由な批判と柔軟な良識に富む文化層として自らを形成することに私たちは失敗して来た。そしてこれは、各層への文化の普及滲透を任務とする出版人の責任でもあった。

一九四五年以来、私たちは再び振出しに戻り、第一歩から踏み出すことを余儀なくされた。これは大きな不幸ではあるが、反面、これまでの混沌・未熟・歪曲の中にあった我が国の文化に秩序と確たる基礎を齎らすためには絶好の機会でもある。角川書店は、このような祖国の文化的危機にあたり、微力をも顧みず再建の礎石たるべき抱負と決意とをもって出発したが、ここに創立以来の念願を果すべく角川文庫を発刊する。これまで刊行されたあらゆる全集叢書文庫類の長所と短所とを検討し、古今東西の不朽の典籍を、良心的編集のもとに、廉価に、そして書架にふさわしい美本として、多くのひとびとに提供しようとする。しかし私たちは徒らに百科全書的な知識のジレッタントを作ることを目的とせず、あくまで祖国の文化に秩序と再建への道を示し、この文庫を角川書店の栄ある事業として、今後永久に継続発展せしめ、学芸と教養との殿堂として大成せんことを期したい。多くの読書子の愛情ある忠言と支持とによって、この希望と抱負とを完遂せしめられんことを願う。

一九四九年五月三日

角川文庫ベストセラー

ハロウィンに消えた　佐々木　譲

シカゴ郊外、日本企業が買収したオルネイ社は従業員、市民の間に軋轢を生んでいた。差別的と映る〝日本的経営〟、脅迫状に不審火。ハロウィンの爆弾騒ぎの後、日本人少年が消えた。戦慄のハードサスペンス。

新宿のありふれた夜　佐々木　譲

新宿で十年間任された酒場を畳む夜、郷田は血染めのシャツを着た女性を匿う。監禁された女は、地回りの組長を撃っていた。一方、事件を追う新宿署の軍司は、新宿に包囲網を築くが。著者の初期代表作。

鷲と虎　佐々木　譲

一九三七年七月、北京郊外で発生した軍事衝突。日中両国は全面戦争に。帝国海軍航空隊の麻生は中国へ出兵、アメリカ人飛行士・デニスは中国義勇航空隊として出撃。戦闘機乗りの熱き戦いを描く航空冒険小説。

北帰行　佐々木　譲

旅行代理店を営む卓也は、ヤクザへの報復を目的に来日したターニャの逃亡に巻き込まれる。組長を殺された舎弟・藤倉は、2人に執拗な追い込みをかけ……東京、新潟、そして北海道へ極限の逃避行が始まる！

ユニット　佐々木　譲

17歳の少年に妻子を殺害された真鍋と、夫の暴力に苦しみ家を出た祐子。同じ職場で出会った2人は交流を重ねるが、ある日真鍋は犯人が出所したことを知る。祐子にも夫の魔の手が迫り……。長編サスペンス。

角川文庫ベストセラー

軌跡　今野　敏

目黒の商店街付近で起きた難解な殺人事件に、大島刑事と湯島刑事、そして心理調査官の島崎が挑む。(「老婆心」より)警察小説からアクション小説まで、文庫未収録作を厳選したオリジナル短編集。

熱波　今野　敏

内閣情報調査室の磯貝竜一は、米軍基地の全面撤去を前提にした都市計画が進む沖縄を訪れた。だがある日、磯貝は台湾マフィアに拉致されそうになる。政府と米軍をも巻き込む事態の行く末は？　長篇小説。

鬼龍　今野　敏

鬼道衆の末裔として、秘密裏に依頼された「亡者祓い」を請け負う鬼龍浩一。企業で起きた不可解な事件の解決に乗り出すが……恐るべき敵の正体は？　長篇エンターテインメント。

陰陽　鬼龍光一シリーズ　今野　敏

若い女性が都内各所で襲われ惨殺される事件が連続して発生。警視庁生活安全部の富野は、殺害現場で謎の男・鬼龍光一と出会う。祓師だという鬼龍に不審を抱く富野。だが、事件は常識では測れないものだった。

憑物　鬼龍光一シリーズ　今野　敏

渋谷のクラブで、15人の男女が互いに殺し合う異常な事件が起きた。さらに、同様の事件が続発するが、その現場には必ず六芒星のマークが残されていた……警視庁の富野と祓師の鬼龍が再び事件に挑む。

角川文庫ベストセラー

歪　捜査一課・澤村慶司
堂場瞬一

長浦市で発生した2つの殺人事件。無関係かと思われた事件に意外な接点が見つかる。容疑者の男女は高校の同級生で、事件直後に故郷で密会していたのだ。県警捜査一課の澤村は、雪深き東北へ向かうが……。

執着　捜査一課・澤村慶司
堂場瞬一

県警捜査一課から長浦南署への異動が決まった澤村。その赴任署にストーカー被害を訴えていた竹山理彩が、出身地の新潟で焼死体で発見された。澤村は突き動かされるようにひとり新潟へ向かったが……。

黒い紙
堂場瞬一

大手総合商社に届いた、謎の脅迫状。犯人の要求は現金10億円。巨大企業の命運はたった1枚の紙に委ねられた。警察小説の旗手が放つ、企業謀略ミステリ！

十字の記憶
堂場瞬一

新聞社の支局長として20年ぶりに地元に戻ってきた記者の福良孝嗣は、着任早々、殺人事件を取材することになる。だが、その事件は福良の同級生2人との辛い過去をあぶり出すことになる――。

約束の河
堂場瞬一

幼馴染で作家となった今川が謎の死を遂げた。法律事務所所長の北見貴秋は、薬物による記憶障害に苦しみながら、真相を確かめようとする。一方、刑事の藤代は、親友の息子である北見の動向を探っていた――。

角川文庫ベストセラー

砂の家　堂場瞬一

「お父さんが出所しました」大手企業で働く健人に、弁護士から突然の電話が。20年前、母と妹を刺し殺して逮捕された父。「殺人犯の子」として絶望的な日々を送ってきた健人の前に、現れた父は――。

棘の街　堂場瞬一

地方都市・北嶺で起きた誘拐事件。捜査一課の刑事・上條のミスで犯人は逃亡し、事件は未解決に。解決に奔走する上條だが、1人の少年との出会いをきっかけに事件は思わぬ方向に動き始める。

ヘルドッグス　地獄の犬たち　深町秋生

関東最大の暴力団・東鞘会で頭角を現す兼高昭吾は密命を帯びた潜入捜査官だった！　彼が追う、警視庁を揺るがす重大機密とは。そして死と隣り合わせの兼高の運命は？　警察小説の枠を超えた、著者の代表作！

煉獄の獅子たち　深町秋生

関東最大の暴力団・東鞘会の跡目争いは熾烈を極めていた。現会長の実子・氏家勝一は、子分の織内に台頭著しい会長代理の暗殺を命じる。一方、ヤクザを憎む警視庁の我妻は東鞘会壊滅に乗り出していた……。

天国の修羅たち　深町秋生

高名なジャーナリストが惨殺された。警視庁の神野真里亜は、捜査線上に信じられない人物が浮かび上がったことを知る。独自に捜査を進めるうち、真里亜は警視庁を揺るがす陰謀に巻き込まれていた。

角川文庫ベストセラー

角川文庫ベストセラー

孤狼《ころう》の血　柚月裕子

広島県内の所轄署に配属された新人の日岡はマル暴刑事・大上とコンビを組み金融会社社員失踪事件を追う。やがて複雑に絡み合う陰謀が明らかになっていき……男たちの生き様を克明に描いた、圧巻の警察小説。

最後の証人　柚月裕子

弁護士・佐方貞人がホテル刺殺事件を担当することに。被告人の有罪が濃厚だと思われたが、佐方は事件の裏に隠された真相を手繰り寄せていく。やがて7年前に起きたある交通事故との関連が明らかになり……。

検事の本懐　柚月裕子

連続放火事件に隠された真実を追究する「樹を見る」、東京地検特捜部を舞台にした「拳を握る」ほか、正義感あふれる執念の検事・佐方貞人が活躍する、司法ミステリ第2弾。第15回大藪春彦賞受賞作。

検事の死命　柚月裕子

電車内で痴漢を働いたとして会社員が現行犯逮捕された。容疑者は県内有数の資産家一族の婿だった。担当検事・佐方貞人に対し不起訴にするよう圧力がかかるが……。正義感あふれる男の執念を描いた、傑作ミステリー。

蟻の菜園
―アントガーデン―　柚月裕子

結婚詐欺容疑で介護士の冬香が逮捕された。婚活サイトで知り合った複数の男性が亡くなっていたのだ。美貌の冬香に関心を抱いたライターの由美が事件を追うと、冬香の意外な過去と素顔が明らかになり……。

角川文庫ベストセラー

臨床真理　柚月裕子

臨床心理士・佐久間美帆が担当した青年・藤木司は、人の感情が色でわかる「共感覚」を持っていた……美帆は友人の警察官と共に、少女の死の真相に迫る！　著者のすべてが詰まった鮮烈なデビュー作！

凶犬の眼　柚月裕子

マル暴刑事・大上章吾の血を受け継いだ日岡秀一。広島の県北の駐在所で牙を研ぐ日岡の前に現れた最後の任俠・国光寛郎の狙いとは？　日本最大の暴力団抗争に巻き込まれた日岡の運命は？『孤狼の血』続編！

検事の信義　柚月裕子

検事・佐方貞人は、介護していた母親を殺害した罪で逮捕された息子の裁判を担当することになった。事件発生から逮捕まで「空白の2時間」があることに不審を抱いた佐方は、独自に動きはじめるが……。

暴虎の牙 (上)(下)　柚月裕子

広島のマル暴刑事・大上章吾の前に現れた、最凶の敵。ヤクザをも恐れぬ愚連隊「呉寅会」を束ねる沖虎彦の暴走を止められるのか？　著者の人気を決定づけた警察小説「孤狼の血」シリーズ、ついに完結！

小説 孤狼の血 LEVEL2　原作／柚月裕子　映画脚本／池上純哉　ノベライズ／豊田美加

呉原東署の刑事・日岡秀一。大上の遺志を継ぎ広島の裏社会を治める刑事・日岡秀一。だが出所した五十子会の〝悪魔〟上林により再び抗争の火種が。完全オリジナルストーリーの映画「孤狼の血 LEVEL2」ノベライズ。